書下ろし

「密命」読本

佐伯泰英
祥伝社文庫編

祥伝社文庫

●注・本書における「密命」シリーズの略称について

本書では以下のような略称を用いています。ご参照ください。

①『密命　見参！寒月霞斬り』→『密命―見参』
②『密命　弦月三十二人斬り』→『密命―弦月』
③『密命　残月無想斬り』→『密命―残月』
④『刺客　密命・斬月剣』→『刺客』
⑤『火頭　密命・紅蓮剣』→『火頭』
⑥『兇刃　密命・一期一殺』→『兇刃』
⑦『初陣　密命・霜夜炎返し』→『初陣』
⑧『悲恋　密命・尾張柳生剣』→『悲恋』
⑨『極意　密命・御庭番惨殺』→『極意』
⑩『遺恨　密命・影ノ剣』→『遺恨』
⑪『残夢　密命・熊野秘法剣』→『残夢』

はじめに

『密命』の一作目が刊行されてから早六年、今やシリーズは十二巻を数え、大きく成長した物語もまだまだ続きます。はじめは金杉惣三郎という主人公の魅力で牽引されてきた物語が、妻を得、家族・友人が増え、それらのキャラクターが己の人生を歩んでますます広がっていきます。舞台は享保時代ですから、今から三百年近く前の設定なのですが、多くの愛読者は、まるで自分の隣人ででもあるかのような親しみを登場人物たちに感じるほどまでになっています。

そもそも、『密命』はいかにして生まれ、その物語世界はどのように広がってきたのか？　また、このような小説を書く佐伯泰英とは何者なのか？

こんな単純な疑問に答えるために本書『「密命」読本』は企画されました。『密命』をもっともっと楽しむために、読者の座右に置かれることを期待いたします。

なお、本書の最大の目玉は、これまで語られたことのない十代の金杉惣三郎を描いた特別書下ろし作品「虚けの龍」であることは言うまでもありません。

平成十七年三月

祥伝社文庫「密命研究会」

目次

『密命』関連御江戸地図
永福寺
⑦
⑥
尾張藩戸山下屋敷
雑司ヶ谷鬼子母神
C
③
蓮華寺
尾張藩上屋敷
湯島天神
⑤
寛永寺
茂木藩上屋敷
浅草三間町
鷲明神
②
千住大橋
両国橋
⑧
④
回向院
大川
関屋ノ里
①
亀戸天神
五ッ目の渡し
⑨
西
南
北
東

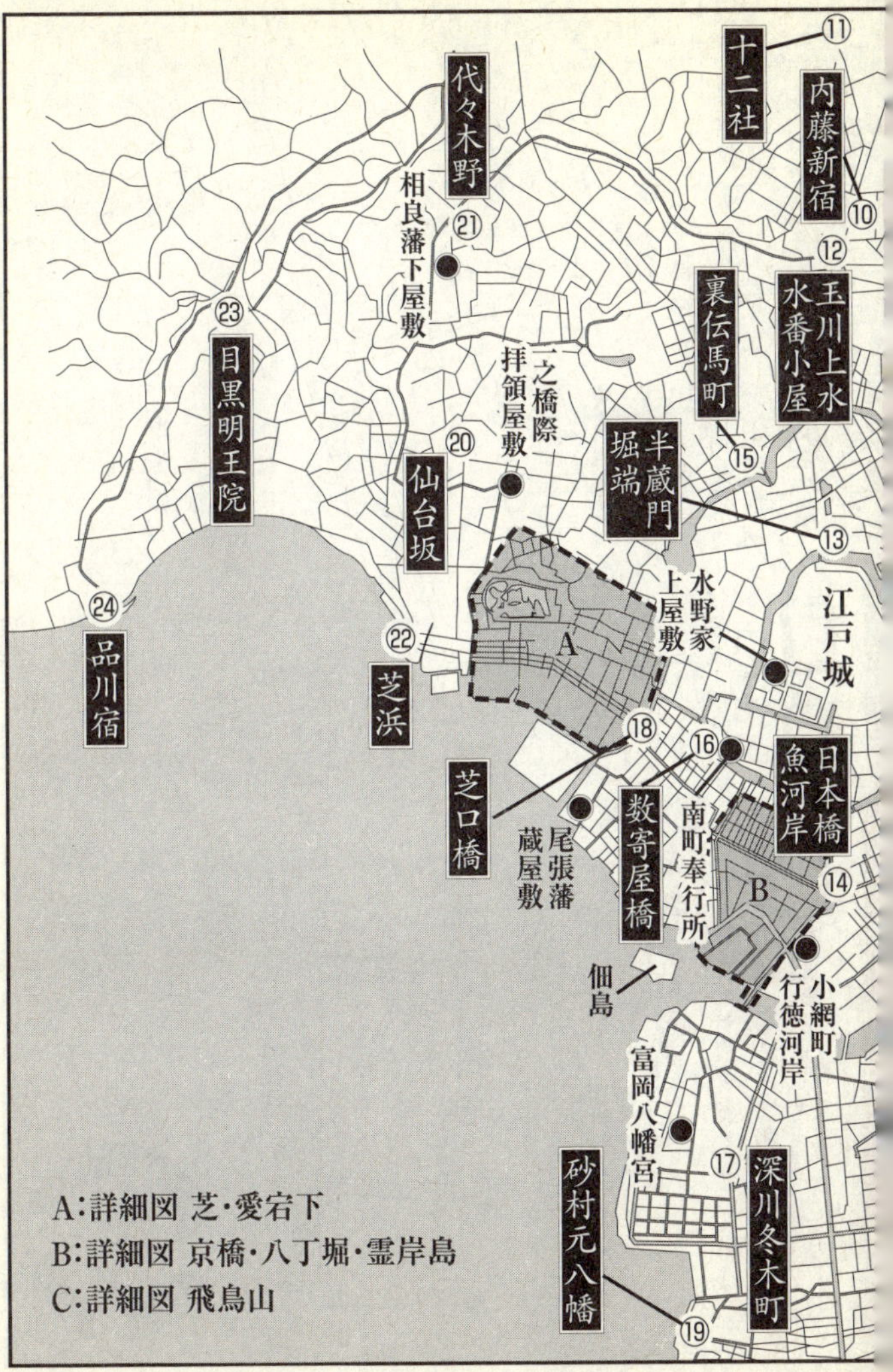

⑪ 十二社
⑩ 内藤新宿
代々木野
㉑ 相良藩下屋敷
⑫ 玉川上水番小屋
⑮ 裏伝馬町
㉓ 目黒明王院
⑳ 仙台坂
一之橋際拝領屋敷
⑬ 半蔵門堀端
江戸城
水野家上屋敷
A
㉔ 品川宿
㉒ 芝浜
⑱ 芝口橋
尾張藩蔵屋敷
⑯ 数寄屋橋
南町奉行所
日本橋魚河岸
⑭
B
小網町行徳河岸
佃島
富岡八幡宮
⑰ 深川冬木町
⑲ 砂村元八幡
A:詳細図 芝・愛宕下
B:詳細図 京橋・八丁堀・霊岸島
C:詳細図 飛鳥山

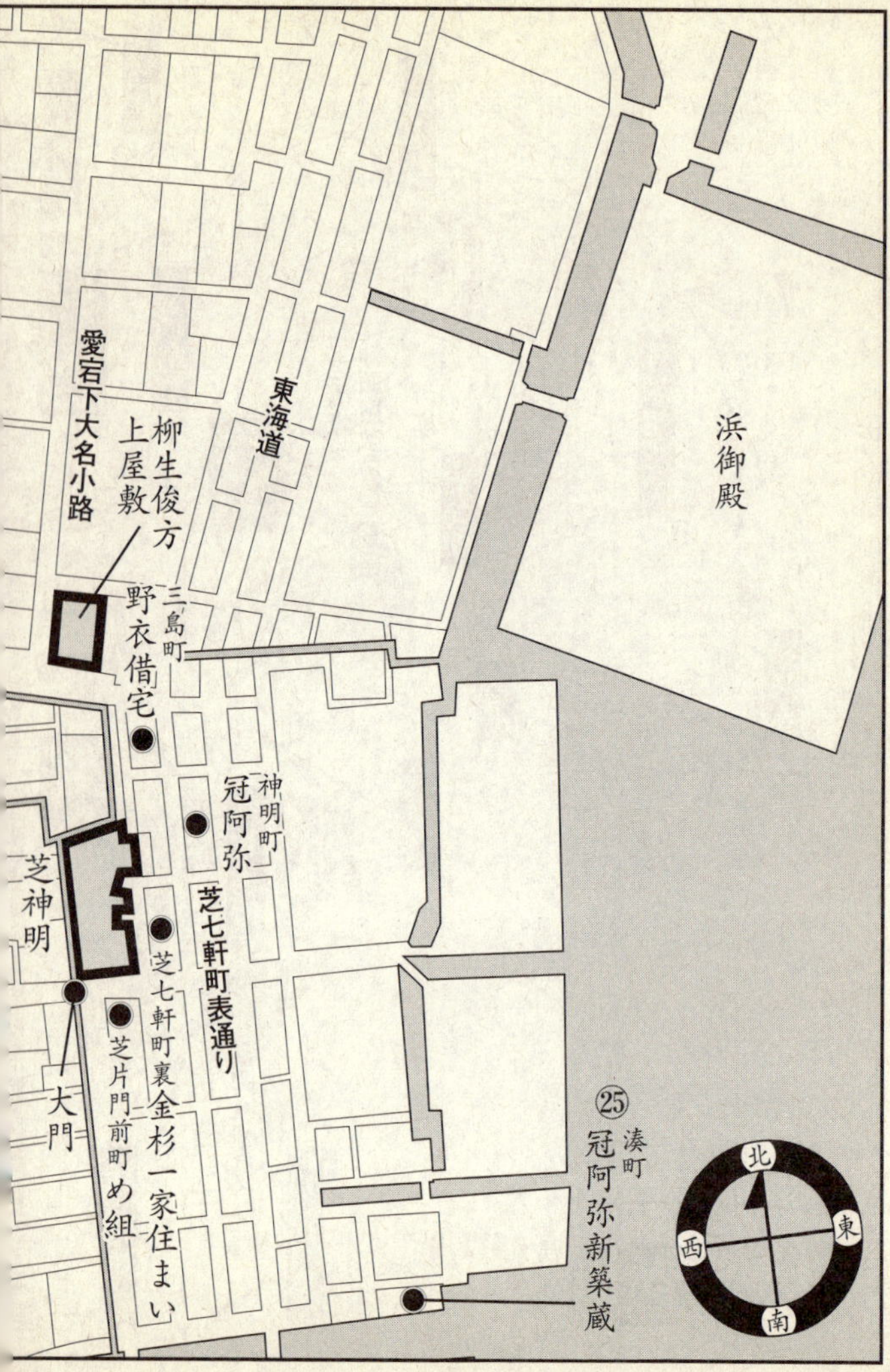

愛宕下大名小路
柳生俊方上屋敷
東海道
浜御殿
三島町
野衣借宅
神明町
冠阿弥
芝神明
芝七軒町表通り
芝七軒町裏金杉一家住まい
芝片門前町め組
大門
㉕
湊町
冠阿弥新築蔵
北
東
西
南

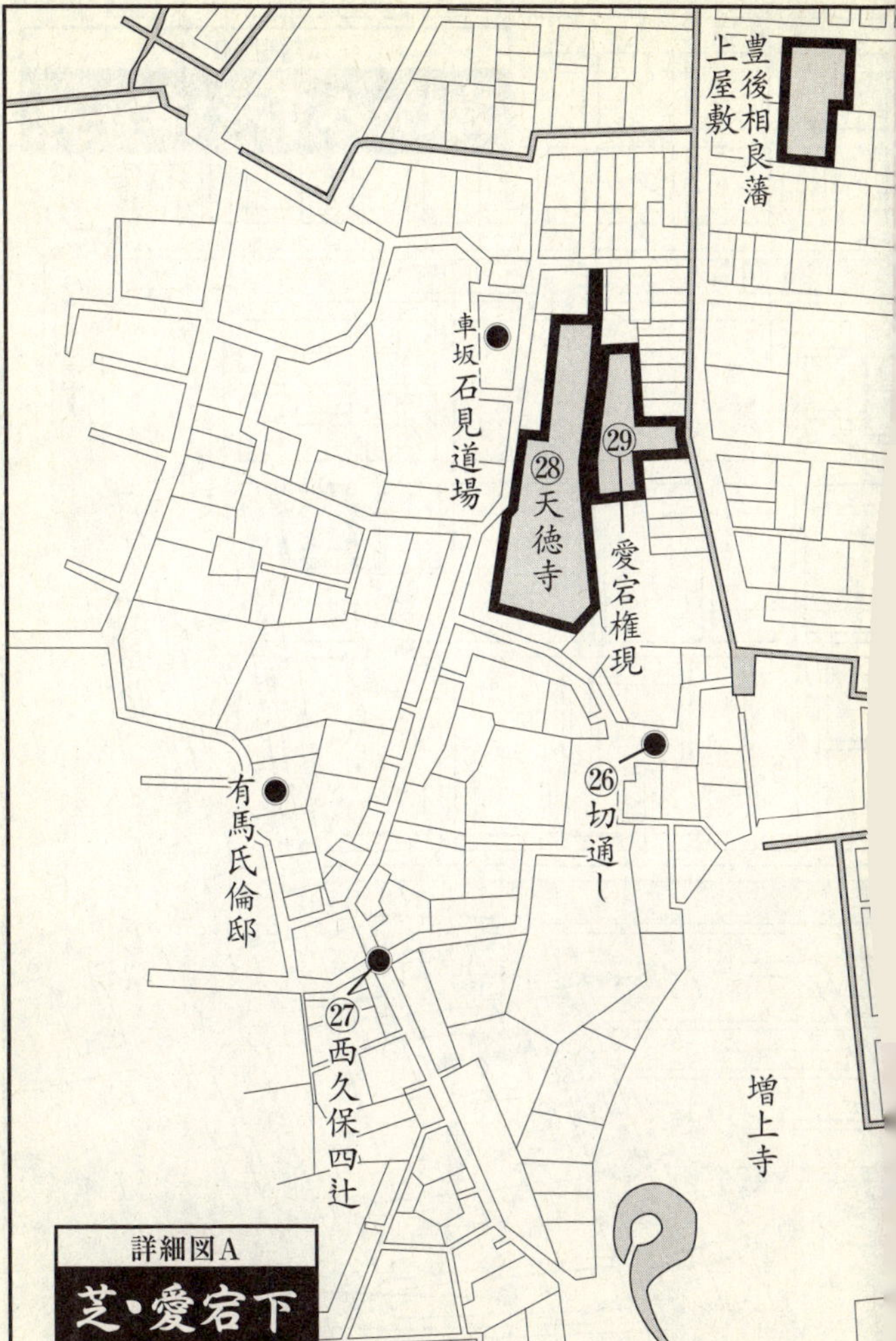

豊後相良藩
上屋敷
車坂石見道場
㉘天徳寺
㉙
愛宕権現
㉖切通し
有馬氏倫邸
㉗西久保四辻
増上寺
詳細図A
芝・愛宕下

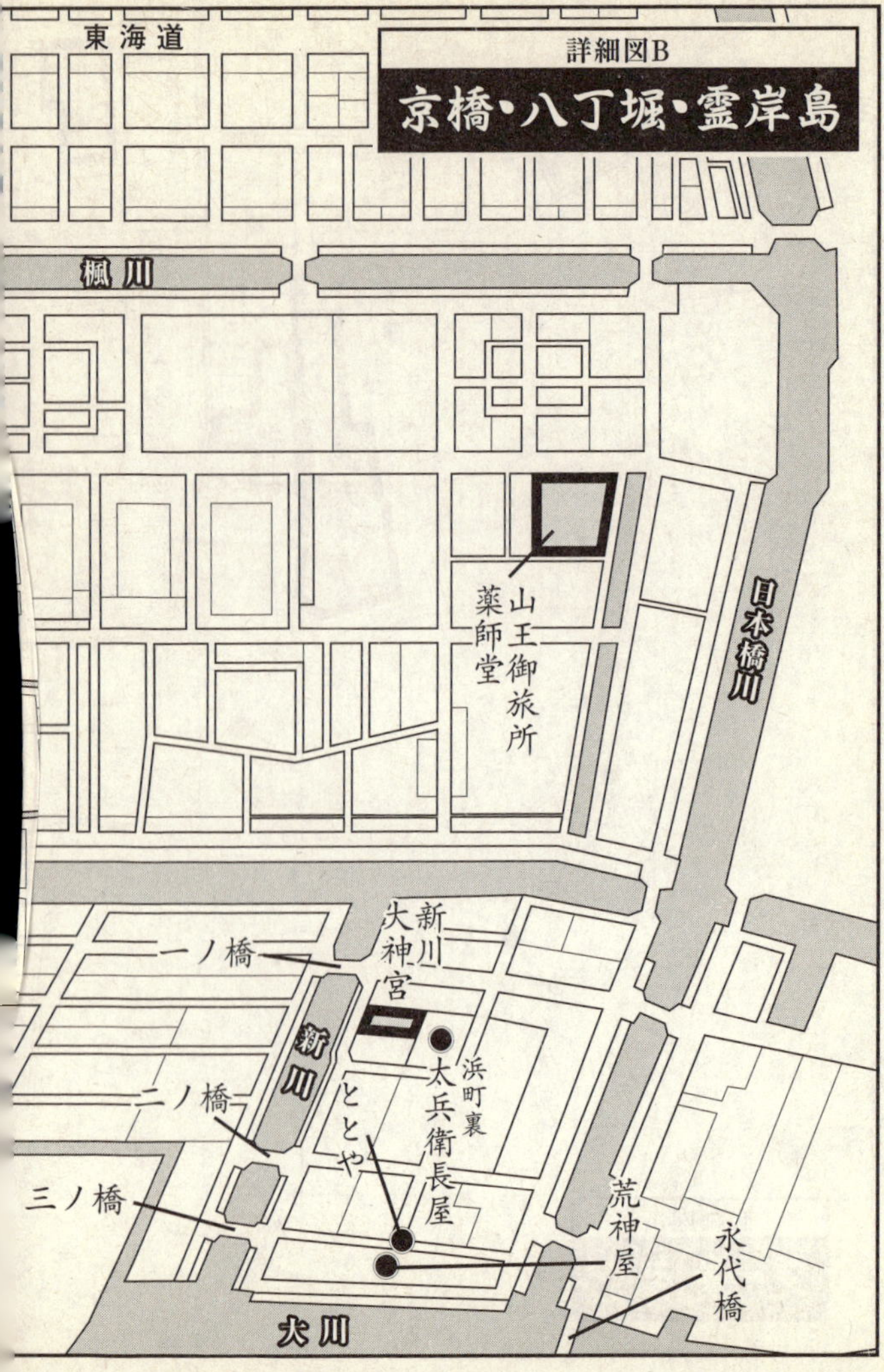

詳細図B
京橋・八丁堀・霊岸島
東海道
楓川
日本橋川
山王御旅所
薬師堂
新川大神宮
一ノ橋
二ノ橋
三ノ橋
新川
とゝや
太兵衛長屋
浜町裏
荒神屋
永代橋
大川

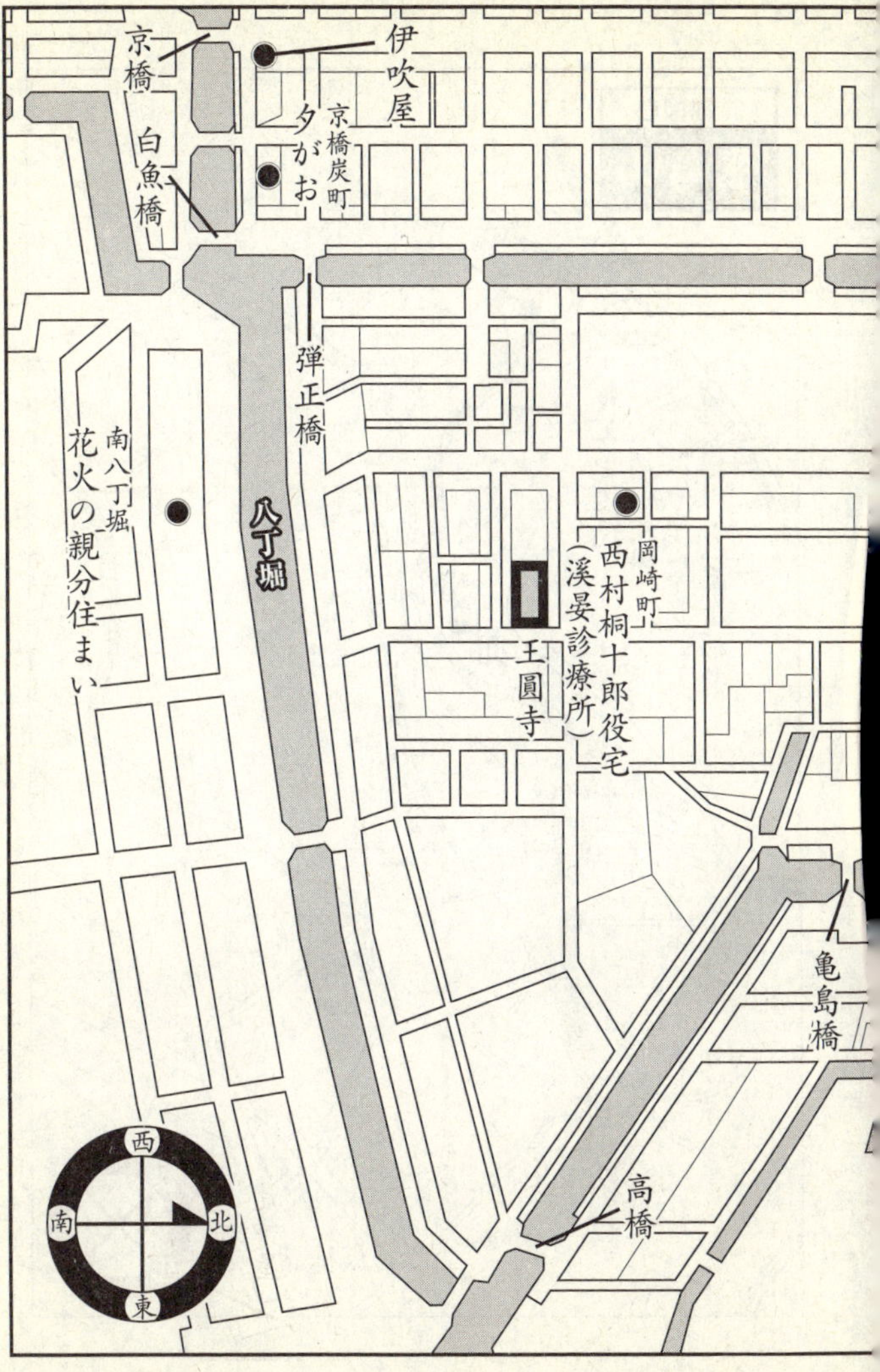
伊吹屋
京橋炭町
夕がお
京橋
白魚橋
弾正橋
八丁堀
南八丁堀
花火の親分住まい
岡崎町
西村桐十郎役宅
（溪晏診療所）
王圓寺
亀島橋
高橋
西
南
北
東

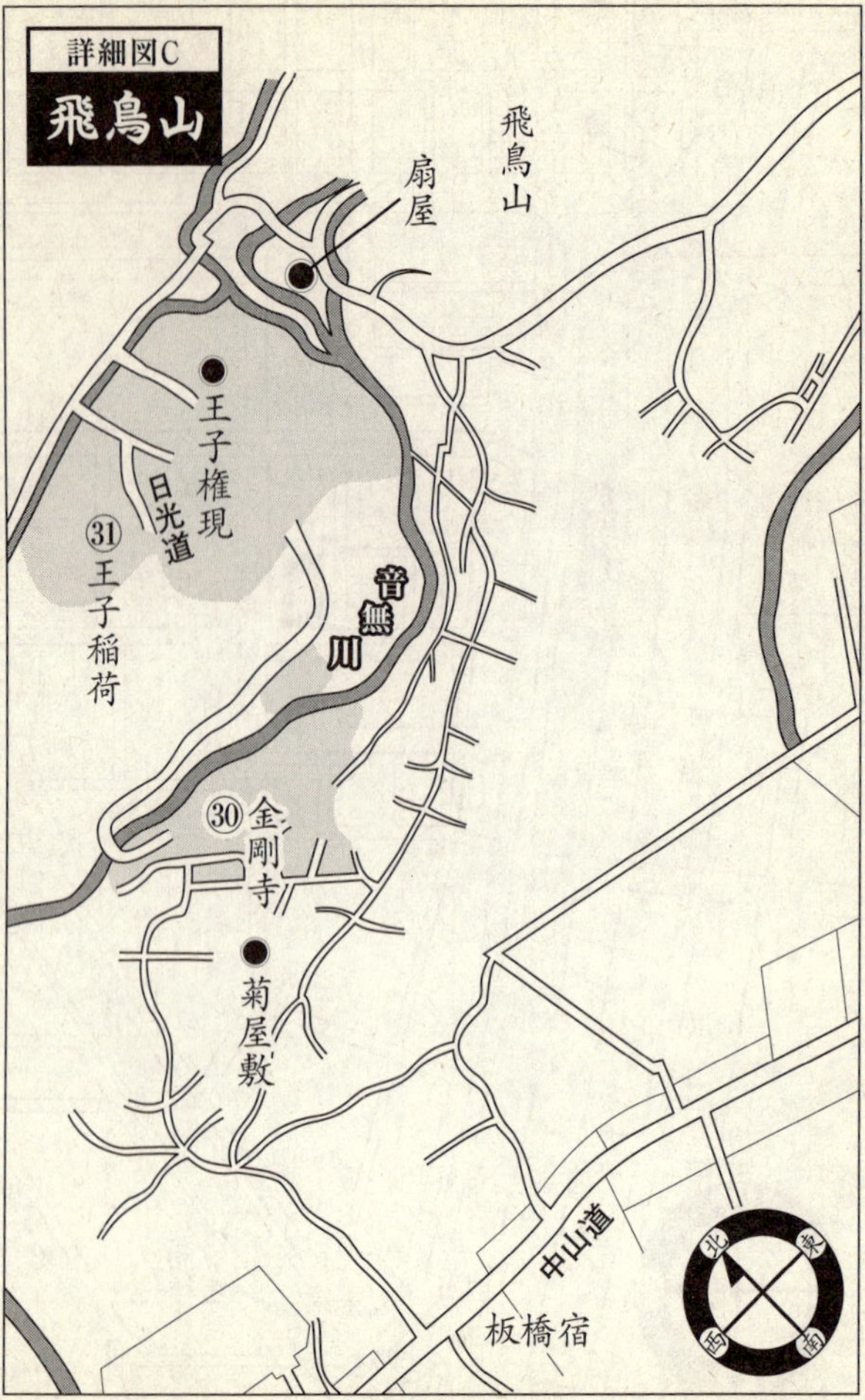

詳細図C
飛鳥山
飛鳥山
扇屋
王子権現
日光道
㉛王子稲荷
音無川
㉚金剛寺
菊屋敷
中山道
板橋宿
北
東
南
西

『密命』関連御江戸地図解説

1 関屋ノ里 小出直三郎と惣三郎の決戦の地 『極意』

2 鷲明神 惣三郎が、しの・清之助・みわとここに、酉の市に出かけた帰り道、日下左近が現われ因縁の対決『密命―見参』

3 蓮華寺 野衣の前夫・山口鞍次郎の墓がある寺『兇刃』

4 浅草三間町 半次郎が棺桶の為三郎にかどわかされて連れてこられたところ『兇刃』

5 湯島天神 みわが軽部駿次郎と待ち合わせては、甘酒を飲みながら会話を楽しんだ『悲恋』

6 尾張藩戸山下屋敷 大岡の密偵・藤里季右門がお吉をかばって命を落とす『初陣』

7 永福寺 この寺にたびたび参籠するという徳川宗春を惣三郎が訪ねる『遺恨』

8 回向院 石突不動率いる修験者の一団が催す「熊野三山出開帳」に、連日江戸っ子が両国橋を渡って詰めかける。参仕修学者・十文字解燵との戦いも『残夢』

9 五ツ目の渡し 石動奇嶽と惣三郎の決戦の地『密命―残月』

10 内藤新宿 力丸は、この地に診療所を構える医師・尾形虎山のところからもらわれてきた『密命―弦月』 御庭番・明楽樫右衛門失踪の鍵を握る曖昧宿「大和屋」もここにある『極意』

11 十二社 傷心のお杏が藤村林伍と暮らしていた住まいがほど近くに『密命―弦月』 石突不動・黒野分一味と惣三郎の最終決戦の場『残夢』

12 玉川上水水番小屋　横地坐禅坊らと戦い、三児が大怪我をする『悲恋』

13 半蔵門堀端　大岡忠相と惣三郎が初めて出会った場所『密命―弦月』

14 日本橋魚河岸　出刃投げの名人・久次がかつて働いていた「房州屋」がある『密命―見参』

『初陣』では北町臨時廻り同心・杉本金兵衛が、一条寺菊小童を追ってきて斬られるところ

15 裏伝馬町　町火消誕生を阻む定火消御役たちの雇う渡辺津兵衛四天王と惣三郎が対決『火頭』

16 数寄屋橋　火頭一味との対決の場。大岡を護って西村桐十郎が歌右衛門と、惣三郎が野津虎之助と決戦『火頭』

17 深川冬木町　石動奇嶽を誘きだすため、三方ケ原の戦いを再現する大掛かりな芝居「合戦深川冬木ケ原」を興行する『密命―残月』

18 芝口橋　西村と野衣の祝言の帰り道、速水左馬之助が待ち伏せる『悲恋』

19 砂村元八幡　みわを救い出したい一心で一人駆けつけた昇平が、瀕死の重傷を負う『悲恋』

20 仙台坂　坂上の梅寺にみわが幽閉される。法全正二郎と惣三郎の対決『悲恋』

21 代々木野　遠乗りの帰途、一息入れる斎木高玖・惣三郎の主従を野犬の群れが襲った場所『密命―見参』

22 芝浜　冠阿弥専用河岸がある。巨大な突きん棒をつけた弁才船・神明丸がここから出帆する『密命―見参』

23 目黒明王院　身籠ったお杏が、昇平・しのらとともに安産祈願のお参りに出かける『火頭』

24 **品川宿**　清之助が絹子と心中をはかったのがこの海岸『密命―残月』　相良藩士・飯田国春と九重馬之助が京極長門と会談したところ『兇刃』

25 **湊町冠阿弥新築蔵**　古い蔵屋敷の解体作業で荒神屋の若い人足が死傷。この時の古材で大川土手上に二軒長屋を建てる『兇刃』

26 **切通し**　武者修行の旅に出る清之助を一条寺菊小童が待ち伏せる『初陣』　棟方新左衛門が鷲村次郎太兵衛に襲われた場所でもある『遺恨』

27 **西久保四辻**　有馬邸からの帰途にある大岡一行を襲う相良藩分家一派を、惣三郎が迎え討つ『兇刃』

28 **天徳寺**　石見門弟・溝上張蔵が速水左馬之助に襲われる『悲恋』　鷲村次郎太兵衛が潜んでいた草庵もこの敷地内にある『遺恨』

29 **愛宕権現**　男坂では乗源寺一統と惣三郎の壮絶な決戦が『密命―弦月』　女坂では一条寺菊小童に襲撃され、危ういところだった『初陣』

30 **金剛寺**　寺村重左ヱ門の墓がある。行方不明になった惣三郎の弔いも『刺客』

31 **王子稲荷**　お狐一味の手掛かりを追って、花火の親分と猪之吉が訪れる『初陣』

『密命』番外・惣三郎青春篇

虚《うつ》けの龍

佐伯泰英

時は元禄三年。抑えきれぬ激情を胸に、豊後相良にて
煩悶する惣三郎、十六の春。初めて明かされるその青春！

一

遠く海が望める山野には所々春の雪が残っていた。数日前に降り積もった雪だ。

それが山の北側の斜面の紅梅にも残って淡い景色を見せていた。

元禄《げんろく》三年（一六九〇）、江戸から二百六十余里と遠く離れた豊後相良領《ぶんごさがら》には、「美《うま》し春」が穏やかに広がっていた。だが、この穏やかさの陰には大地に張る根っこに絡《から》みついたような貧しさがしっかりとこびりついていた。

豊後領は戦国時代から土豪が割拠した土地柄の上、薩摩島津《さつましまづ》軍の侵入、豊臣秀吉《とよとみひでよし》の朝鮮出兵、関ヶ原《せきがはら》の合戦、さらにはキリシタン騒動と続き、そのたびに権力者の意向で領地は分けられて小藩が分立することになった。

関ヶ原の合戦の後、相良藩斎木《さいき》家はなんとか二万石を安堵《あんど》された。その後、海の恵みを得て、かろうじて小名としての体面を保ってきた。

徳川幕府が開闢《かいびやく》して八十余年、江戸は空前の元禄の賑わいを見せようとしていた。だが、ここ相良の地にはどこを探してもそのような華やかな空気はなかった。

今、山野を一人の若者が息を切らして走っていた。

蓬髪《ほうはつ》の髷《まげ》は藁《わら》すぼで結ばれ、何度も水を潜った縦縞《たてじま》の袷《あわせ》はいくつも継《つぎ》が当てられ、その裾《すそ》は後ろ帯にからげられて、その下には股引《ももひき》と草鞋履《わらじば》きだ。腰には竹拵《ごしら》えの粗末な脇差が一本差し落とされ、その若者が武士身分であることが推測された。脇差は先祖が島原《しまばら》の乱に赴《おもむ》いた折、戦場から拾ってきた一尺二寸余の刀身に竹で柄《つか》と鞘《さや》を拵《こしら》えたもので、むろん鍔《つば》などない。

若者は肩に手造りと思える赤樫《あかがし》の太い木刀を担《かつ》いで、山を駆け上がり谷を駆け下り、岩の間を食《は》む流れを飛び越え、岩場から尾根へとよじ登った。

喉が渇けば谷川の流れに汗をかいた顔を突っ込んで飲み、再び走り出した。

「分からん」

時折若者の口からこの言葉が洩《も》れた。

十六歳になったばかりの深井惣三郎《ふかいそうざぶろう》は数日前、剣の師、綾川辰信《あやかわたつのぶ》に呼ばれた。

「惣三郎、おぬしは百年生まれるのが遅かったわ。おまえの荒々しい斬撃《ざんげき》は、戦場往来の時代なら二千石、いや五千石でも召し抱えられたかもしれん。じゃが戦乱の時は遠く去った。よいか、惣三郎、おぬしは本性を殺すことを覚えねばならぬ。受けの剣を身につけよ。それがおぬしの生きる道じゃ」

と懇々《こんこん》と諭《さと》された。

師の前では素直に受けた。

だが、一人になってみると辰信が命じたことが到底理解できなかった。

深井家五十三石の三男坊の惣三郎にとって、剣はただ一つの希望だった。剣さえ強くなれば部屋住みの身から抜け出られる。その日の食の心配から、下士の暮らしから脱することができる。

いや、なにより剣術の稽古《けいこ》をしている時、惣三郎は生きていることを実感した。どんな猛稽古にも耐えられた。わずか十六歳で、

「相良に惜しきものが二つあり、龍の惣三に虎の左近《さこん》よ」

とその才が城下内外に喧伝《けんでん》されていた。

直心《じき》影流綾川道場の龍虎の一人、日下《くさか》左近の家は相良譜代《ふだい》の三百五十石、旗奉行であった。かろうじて武士身分の深井家とは比較にもならない。

辰信は若い惣三郎に、

「本性を殺せ」

「受けの剣を身につけよ」

と諭した。

惣三郎は綾川道場に入門した十三の年から、ひたすら前進しつつ相手を攻める技を身につけてきた。

「相手を制することこそ剣術の要諦《ようてい》」

と信じてきたものを惣三郎は師によって封じられた。

（先生はおれの利点を殺してなにをなされようというのか）

（重臣方に媚《こ》びへつらっておれの剣を封じられたか）

若い惣三郎の脳裏に邪《よこしま》な考えが浮かんでは消えた。

惣三郎はその答えを自ら導き出すためにひたすら山野を走り回り、邪念を払うために五体を疲労困憊《こんぱい》に追い込もうとしていた。

だが、惣三郎の走りを止めることはなかった。

惣三郎の行く手から雉《きじ》が飛び立ち、猪《いのしし》が走り出た。

日が尾根にかかり、遠望する豊後の海と島々が黄金色に染まる頃、惣三郎は城下外れの里に下りた。

朽木《くちき》村の曹洞宗正玄寺《しょうげんじ》の石の階段が山門へと延びていた。

正玄寺は深井家の菩提寺《ぼだいじ》であり、惣三郎は幼少の折に何度か預けられたことがあった。

深井の台所がいよいよ困窮《こんきゅう》し、三男坊を寺に預けて小僧にしようと考えてのことだった。

一人分の食を助けるために寺に預けられた惣三郎は、母の意を理解しようとはせず、朝早くから竹棒を手に裏山に入り、立ち木相手に剣術の真似事をして、経を詠《よ》むことも作法を身につけることも拒《こば》んだ。

その上、仲間の小僧を集めては戦《いくさ》ごっこを繰《く》り返して寺内を駆け回り、経卓《きょうじょく》は壊す、

墓石は倒す所業で和尚《おしょう》に呆《あき》れられた。そして、滞在数日で母親が寺に呼び出されて、

「お石《いし》様、惣三郎は寺の小僧には不向きにござる。どこぞの剣術道場の住み込みにでも出されよ」

と忠言されて再びお長屋へと戻された。

そんなことが幾たびか繰り返されて、惣三郎は綾川道場の門を潜ったのだ。

その道すがら母親が、

「惣三、剣では食えぬぞ。坊様になれば腹を空かすこともないがのう」

と嘆いたことを思い出す。

今残照《ざんしょう》に暮れなずむ石段を、初老の下僕と女中を連れた少女が降りてこようとしていた。

山門の上には和尚の天厳《てんげん》が立って見送っていた。

「あやめ様、お気をつけて帰られよ」

石段の途中でまだ幼い面差しと体つきを残した少女が腰を折って天厳に頭を下げた。

御右筆方《ごゆうひつ》百十石金杉由継《かなすぎよしつぐ》の一人娘のあやめだ。

後年、惣三郎は由継の急逝《きゅうせい》を受けて、金杉家に婿養子に入り、あやめと結婚をすることになる。だが、このとき惣三郎もあやめもともに互いの運命を知るよしもない。

三人連れが城下へと去り、山門上にいた天厳が、

「惣三郎、相変わらず棒振りか」

と声を掛けてきた。山門下に惣三郎が佇《たたず》んでいるのを承知していたらしい。

「和尚様、ご機嫌麗《うるわ》しく拝察致します」

「そなた、どこでそのような言葉を覚えなされた」

　と苦笑いした天厳が手招きした。

「どうせ腹を空かしているのであろう。庫裏《くり》で夕餉《ゆうげ》を食していかれよ」

　という天厳の言葉に、

「なによりのお言葉にございます」

　と答えた惣三郎は帯に挟んだ袷の裾をかたちばかり下ろした。

「和尚、本性を殺すことも修行にござるか」

　石段を上がりながら途中から問いかけられた和尚が、

「禅問答か」

「いや、師匠に諭されたのです」

　とその時の経緯を告げた。

「綾川先生はそなたの行く末を考えられてのお言葉かな。それをそなたは分かりたくはないか」

「剣は強いほうが勝者です、そうではありませぬか。和尚、惣三郎の剣は攻めに攻めて勝ち抜くことです。先生はそれを封印せよと申された、おれは負け犬にはなりとうない」

「綾川様はそなたを負け犬の身に落としたくてそう申されたわけではないわ。そなたの利点を一旦封じて、受けの剣を身につけよと申されたのはそなたに懐《ふところ》の深い剣を会得してもらいたいゆえじゃよ」

「懐の深い剣とはどのようなものです」

「情智を極めた剣術よ、無殺他生の剣を極めよとの教えよ」

「無殺他生とはどのような剣術です。剣は人を斬るためにあるのではございませぬか」

「抜かずして相手を制す。これ、剣の究極よ、哲理よ」

「抜かずして相手を倒すなれば剣者は要らぬ道理、坊さんばかりでことが済みます」

「惣三郎、まだまだそなたの剣の道は険しいのう」

「分からぬ。なにもかも分からぬ」

「よいよい、十六歳の青二才で道理が分かっては、われら坊主の飯の食い上げよ」

と笑った天厳が、

「庫裏に行け、飯など食うて腹を癒《いや》せ」

と言った。

庫裏では顔見知りの青坊主たちが夕餉の仕度《したく》をしていたが、

「おや、惣三郎さんだ。また腹を空かして見えられたか」

「私どもと一緒に夕餉を食しましょうぞ」

と話しかけた。

「飯の後に和尚に長々と説教を受けるのはかなわん。すまぬが握りを一ついただきたい」

「ならば惣三郎さんが自分で握りなされ」

納所《なっしょ》坊主が、

「貰《もら》い物じゃが土産にしなされ」

と一連の干し柿を呉《く》れた。

「有難うござる、家に土産ができた」

白粉《しろこ》がふいた干し柿は七つほどあった。

惣三郎は大握りを片手に持ち、もう一方の手に木刀を提《さ》げて、濁った茜《あかね》色に染まる山門を潜り出た。石段を降りながら胡麻《ごま》塩をまぶした握り飯を頬張った。腰には干し柿がぶらさがっていた。

「うまい」

朝から相良領の山並みを走り回った身にはなんとも美味で、

「世の中にこれほどの馳走《ちそう》があろうか」

と惣三郎は思った。

深井の家では白米を食した覚えなど数えるほどしかない。当主の臨終に際し、一膳の白米が用意されるが、だれ一人としてその白飯に箸《はし》を付けた者はいなかった。死に赴《おもむ》かんとする者は、この世に生き残る家族に最後の憐憫《れんびん》を授ける。あの世ではなく、この世こそが飢餓地獄だということを承知して深井家の者たちは死んでいった。

生き残った家族が一膳の白米を分けて食す、それが豊後相良藩下士の暮らしだ。

石段を降りきったとき、惣三郎は握り飯を食べ終え、掌《てのひら》についた飯粒を綺麗に舐《な》めた。

石段の下には疏水《そすい》が流れていた。

その流れに手を突っ込み、洗った。

「よし、戻ろうか」

惣三郎は正玄寺から一筋海に向かって延びる道を大股に歩き出した。

身の丈はすでに五尺八寸（約一七五センチ）を超えていた。だが、その体つきは未だ成人のそれではなかった。

しなやかとも伸びやかともつかぬ五体が、大股にすたすたと夕暮れの道を歩く。小さな里を過ぎ、曲がりくねって城下に注ぐ番匠川《ばんじょうがわ》の土手と並行して進むと海辺に出た。それを南に五、六町下れば城下の外れに到着する。

惣三郎は海辺の道を越えると浜へと出た。緩やかに弧を描いて、石ころだらけの浜が湊《みなと》へと延びていた。

晴れた海の向こうには伊予《いよ》国を望むことができた。だが、刻限も刻限、今にも闇に包まれようとする海が広がっているばかりだ。

「なにをなされます！」

ふいに老人の切迫した声が響いた。

惣三郎の行く手に船が止まり、数人の男たちが娘を抱えて船に乗せようとしていた。それを下僕と女中が必死で止めようとしていた。娘はぐったりと気を失っているようだ。

先ほど正玄寺で会った三人の主従だ。

惣三郎は、

「待て、なんたる所業か」

と叫ぶと石ころだらけの浜を飛ぶように走り出した。

男たちが惣三郎を見て、
ぎょっ
とした。だが、声をかけたのが一人と知るとまた勢いづいた。

「先生方、始末して下せえ」

長羽織の下の唐桟《とうざん》の裾を粋《いき》にからげ、菅笠《すげがさ》を被《かぶ》った町人が浪人らに命じた。どうやら一行は人攫《ひとさら》いのようだ。

走りながら惣三郎はこれと目をつけた少女や娘を遠国《おんごく》に運んで遊里などに売り飛ばす、人攫いが横行していると道場で門弟たちが噂《うわさ》しているのを思い出した。

惣三郎は今にも海へと漕《こ》ぎ出しかねない船の舳先《へさき》に走り寄ると、
くるり
と身を転じた。

長羽織の子分二人が少女を今にも船に抱え込もうとしていた。

「娘ごを下ろせ、下ろさぬと木刀にて痛い目に遭わすぞ」

惣三郎は叫んだ。

「なにを抜かしやがる」

と手下の一人が懐から匕首《あいくち》を抜こうとした。

その瞬間、飛燕《ひえん》のような動きで惣三郎が少女を抱いた手下に迫ると、片手に提げていた木刀の柄《つか》を鳩尾《みぞおち》に突っ込み、続いてもう一人を殴りつけた。

ぐえっ
と呻《うめ》いて立ち竦《すく》む手下の腕から気を失った少女を奪い取ると、下僕と女中の許に走った。

「どなたか存じませぬが」

と礼を述べようとする老人に、

「この場を動くでないぞ」

と命じた。

取り戻した少女を囲んで下僕と女中が寄り添った。

惣三郎が再び振り向いた。

「おのれ、ちょっかいをしおって」

三人の武芸者が立ち塞《ふさ》がった。

関ヶ原の合戦の後、諸国を流浪した浪人たちは島原の乱に出世と奉公の機会を見出そうとした。だが、それを最後に戦乱の世も終わりを告げ、武芸では食えぬ時代が到来していた。

浪人たちはその日の生計《たつき》のために腕を売った。大方そのような武芸者であろうか。

薄闇を透《す》かした武芸者が、

「まだ小僧っこか」

と吐き捨てた。

「小僧と抜かしたな。相良藩綾川道場で龍虎の一人に数えられる深井惣三郎だぞ」

「なにっ、こやつが龍の惣三か」

浪人の一人は惣三郎の噂を承知していたと見え、構えを直すと剣を抜き、

「おのおの方、油断めさるな。こやつが本物の綾川道場の龍なればちと厄介《やっかい》かもしれぬ」

と仲間に告げた。

三人の武芸者が惣三郎を囲んだ。

惣三郎は下僕と女中が不安そうに見つめる中、悠然《ゆうぜん》と木刀を構えた。

間合いは二間とない。

飛び込めば生死の境がきられる。

惣三郎は手造りの赤樫を立てた。

「参れ」

綾川道場の龍が誘った。

三人の武芸者が躊躇《ちゅうちょ》したか互いに顔を見合わせた。

その隙《すき》を惣三郎は見逃さなかった。

木刀を傾けつつ、左手に飛んだ。木刀が振り込まれ、慌《あわ》てた相手が剣で合わせようとした。

だが、赤樫の木刀の打撃は武芸者が想像したものをはるかに超えていた。

木刀と剣がぶつかった瞬間、物打ちの下を叩かれた剣は二つに折れて飛び、さらに肩口を砕《くだ》いて倒すと横へと飛んで二番手の胴を抜き、逃げ出そうとした三番目の浪人武芸者の背を強打していた。

一瞬の動きに三人の武芸者が浜に転がっていた。

「あわあわっ」

人攫いの頭分が恐怖の表情を見せた。

惣三郎は気を失った少女と二人の奉公人の様子を見て、

「人攫いめ、此度《こたび》だけは許して遣《つか》わす。二度と豊後相良領に足を踏み入れてみよ、この深井惣三郎が許さぬ」

と一睨《ひとにら》みして、三人の許へと戻った。

「参ろうか」

「はっ、はい」

老人が少女をよろよろと抱え上げた。

「それがしが抱えて参ろう」

惣三郎は老人の手からぐったりと気を失ったままの少女、遠い将来に惣三郎の嫁となる金杉あやめを抱くと、浜から海沿いの道へと上がっていった。

二

惣三郎は大手町《おおてまち》の金杉家にあやめを届け、大騒ぎになった屋敷の門前からすいっと姿を消した。

豊後相良藩の居城、華澄《かすみ》城を大きく回って城の北側、下士や中間《ちゅうげん》ばかりが住み暮らす一帯があった。その名も御番外町のお長屋に惣三郎が戻りついたのは五つ（およそ午後八時）近くになっていた。

御番外町のお長屋はどれも塀も門もない。下士およそ六十坪、中間四十坪を見当に敷地を拝領し、各々の先祖が自分たちの手で家を造ったのだ。

深井家は華澄城の北側を流れる一木川の河原から拾い集めてきた石ころで腰高まで塀を築き、一間半の間を置いた一方には流木が、もう片一方には柿の木が植えられ、それが深井家の門代わりとなった。

今では柿の木は幹元回りが二尺以上もの老木に育ち、毎秋、渋柿を実らせる。この渋柿から干し柿が作られるがそれは深井家が食するものではなく、城下の市に出される作物の一つであった。

屋敷の屋根の茅葺《かやぶき》も土壁も先祖が苦労して素人細工したものだ。

庭の一角には代々の主婦が守り育てる野菜畑があって、深井家の食を助けていた。

茅葺の一角からうっすらと夜空に煙が上がっていた。

惣三郎は表口と称される玄関を避けて裏に回った。裏戸をあけると土間が広がり、台所に接して八畳ほどの囲炉裏《いろり》の切り込まれた板の間があって、夜鍋《よなべ》仕事に精を出すお石や兄や妹が顔を上げて惣三郎を見た。

「おや、うちの虚《うつ》けどのが泥棒猫のようにお帰りだぞ。母上、もはや夕餉の刻限を過ぎておるのだ、わざわざ飯など用意せんで下され」

年の離れた長兄の田之助《たのすけ》が惣三郎を睨んで、お石に釘《くぎ》をさした。

主の章佑《あきすけ》はすでに奥の間で寝ていた。

国境の海岸番屋に勤務する章佑の朝は早く、七つ(午前四時)には家を出る。そのせいもあって早寝が当主のただ一つの特権だった。だが、家人には夕餉の後、竹笊《たけざる》造りや草履《ぞうり》造りの夜鍋仕事が待っていた。

「田之助、そうはいうても惣三も腹が空いていよう」

「虚けの龍どのは好き勝手に山野を走り回り、天狗《てんぐ》の真似事をしておるのです。屋敷の手伝いも致さぬ惣三に飯など食わされましょうか」

「明日は御城の石積みの使役というではないか。腹を空かしていては怪我《けが》もしよう」

お石はそういうと惣三郎の姉のお市《いち》に目で合図を送った。田之助とお石の問答を聞いていたお市は膝の上の作りかけの竹笊を床に置いて、素早く台所に立った。

「姉者《あねじゃ》、相すまぬ」

惣三郎は長身を屈《かが》めてお市に頭を下げた。

「惣三、手足を井戸端で洗ってきなされ」

と命ずる姉に惣三郎は、

「正玄寺の疎水で洗った」

と答えると、のそのそと囲炉裏端に上がった。すると妹のお軽《かる》が、

「兄様、今日はどこを走ってござった」

と小声で問うた。

十四歳のお軽も草履の鼻緒を造る夜鍋仕事に加わっていた。

「国境の尾根を走り回った。猪にも出くわしたぞ」

「惣三、綾川道場の龍なれば猪の一頭も手取りにして来ぬか。うちの家計が大いに助かろう」

田之助が情けないことを言った。

「兄上、猪を取るには藩の許しが要《い》りましょう」

「何事も窮屈じゃのう」

「兄上、参勤に加えていただけそうにございますか」

二十五歳の田之助は春先の参勤交代の供として江戸入りを密《ひそ》かに狙《ねら》っていた。

だが、相良藩の財政はこのところの不作続きも加わって城下の商人衆からの借金が増え、供もできるだけ減らす方針との通達が家中に流されていた。

「番頭《ばんがしら》には何度も願うてはいるが、最後の決め手は付け届けらしい」

田之助が深い溜息をついた。深井家にとって、田之助が江戸に参勤することだけがほの明るい希望であった。

「付け届けにはいくら要るかのう、田之助」

お石が聞いた。

「母者、父上がそのようなことを毛嫌いなされているのは承知でございましょう。お考えあるな」

と吐き出しながらも田之助の手は黙々と竹を割っていた。

御番屋勤務五十三石を四公六民で分けると深井家の実収は二十一石である。相良領内の米相場では一石金一両二分足らず、年収三十一両二分となる。

だが、藩財政窮乏の折から四割の上げ米で十二両が藩に召し上げられ、十九両二分で一家の暮らしと武士の体面を保たねばならなかった。

家臣方はどこも夜鍋仕事が当たり前、お役に就くには賂《まいない》、付け届けが効いた。

「まあ、無理じゃな」

田之助が諦め切れぬ風情で言ったとき、お市が縁の欠けた丼《どんぶり》に大根を炊き込んだ麦雑《ぞう》炊《すい》を運んできた。

「惣三、食べよ」

「姉上、すまぬ」

と答えた惣三郎は思い出した。

「そうじゃ、忘れておったわ。姉者」

受け取った丼を囲炉裏端に一旦置いた惣三郎は、腰に提げた干し柿を取ると、

「正玄寺の納所様が土産じゃと呉れなされた」

とお市に差し出した。お市よりお軽が、

「これは甘そうな」

と思わず言葉を洩らし、田之助が、

「これ、お軽、はしたない」

と叱《しか》った。

「ちょうどよい、お茶にしましょうかな」

お石が言い、夜鍋仕事の手を休めた。

惣三郎はその間に大根がたっぷりと刻み込まれた麦雑炊を啜《すす》り込んだ。

その翌朝、惣三郎は田之助に伴われて、御城の壊れた石積みの使役に加わった。

相良領内にその冬二度ばかり大雪が降った。そのせいで御城の外曲輪《くるわ》の石垣が崩れたのだ。

海岸からもっこで担ぎ運んだ石を作事奉行の近林馬乃助《ちかばやしうまのすけ》と石工《いしく》の棟梁《とうりよう》が相談し、形を決めながら積んでいく。

田之助と惣三郎の兄弟はひたすら海岸から手ごろな石を運ぶ作業に加わった。なにしろ田之助の身丈は五尺二寸（一五七センチ）そこそこ、惣三郎ときたら長兄よりも六寸（一八センチ）は大きいから、惣三郎は腰を屈めてもっこの縄を通した棒を担ぐことになる。

深井家にはこの二人の兄弟の間に新次郎《しんじろう》という次男がいた。新次郎は三つの夏、海岸に遊びに行き、高波に攫《さら》われて溺死していた。

惣三郎は新次郎が亡くなった後に誕生したが、深井家三男として惣三郎と名づけられた。

御城の石垣積みがそろそろ終わろうとする夕暮れ、作事奉行の近林のところに壮年の武士が訪ねてきた。何事か話し合っていた二人に突然田之助が呼ばれた。

惣三郎はなんとはなしに田之助を呼んだ相手を見た。

羽織袴《はかま》の武士は挟箱《はさみ》を持った若党を一人連れていた。身なりから見て御城の奥勤めと推察された。

ふいに三人の目が惣三郎を見た。田之助が、

「惣三郎、これへ参れ」

と弟を呼んだ。

作業着姿の惣三郎がのしのしと三人のところに行くと、近林が、

「御右筆金杉由継様である」

と普段とは違う声で言った。

御右筆はさほど禄高は高くはない。だが、藩主近くに仕え、藩の機密に接するがゆえに

信頼のおける家系が受け継いできた職階だ。ある意味で禄高の高い作事奉行よりも力があるともいえた。

　職務柄か金杉由継は気難しそうな顔をしていた。

　惣三郎は目礼した。

「ほう、これが綾川辰信どの自慢の秘蔵っ子か」

　金杉由継が惣三郎の頭から足の先まで仔細《しさい》に点検するように見た。

「金杉様、龍などと過分な呼び名を頂いてはおりますが、からっきしのでくの坊にて家の厄介者にございます」

　と謙遜する田之助を一顧だにせず、

「昨夜は造作をかけた。お蔭で娘が危ういところを助かった」

　と相変わらずの苦虫を浮かべた顔で礼を述べた。

　その言葉でようやく惣三郎は昨日助けた娘の親だと気付いた。

　田之助は狼狽《ろうばい》して、惣三郎に事情を聞いた。

　答えたのは金杉由継だ。

「惣三郎、そのような大事、なぜ藩役所に届けぬ」

　田之助が惣三郎を叱った。

「これ、深井、娘には危害がなかったのだ。かようなことは往々にして碌《ろく》な噂を呼ばんとも限らぬ。惣三郎の処置、なによりであった」

と由継が言い、

「本日は礼に参った。なんぞそなたに褒美《ほうび》をと考えてきたが、惣三郎、望みはないか」

「ございません」

惣三郎の答えははっきりとしていた。

苦虫を噛《か》み潰したような由継の顔にようやく笑みが浮かび、

「にべもないのう」

と答えた。

「辰信どのと相談致そうか」

と独り言を呟《つぶや》き、

「惣三郎、また会おうぞ」

と言い残し普請の場を去った。

「田之助、そなたの弟は人攫いの用心棒侍を一瞬のうちに三人も倒したというが、それほどの腕前か」

近林がじろじろと惣三郎を見た。

「綾川道場では御旗奉行の嫡男《ちゃくなん》日下左近どのが門弟中の第一と承知していたがこやつがのう」

とひょろりと背ばかり高い惣三郎をまた見た。

「兄者、戻ってよいか」

「待て、惣三郎、そなたが海岸で人攫いの用人棒侍を倒し、人攫いに対し二度と領地に来るなと怒鳴りつけた旨に相違ないか」

今一度田之助が念を押した。

「兄者、昨日のことは昨日のこと、忘れてしもうたわ」

「この虚け者が」

田之助に怒られた惣三郎は石積みの仕事にさっさと戻った。

外曲輪の石積み作業は三日ほど続いた。むろん無償の使役だ、一文の稼ぎも深井家には齎《もたら》さなかった。

石積みの使役が終わった翌日、惣三郎は城下本町筋にある綾川道場の朝稽古に顔を出した。

外様二万石の相良藩の御流儀の一つは、綾川辰信の師である志和喜左衛門《しわきざえもん》直伝の直心影流であった。綾川は斎木家の剣術指南であり、綾川道場主でもあった。ゆえに綾川道場は相良藩の藩道場の役目も果たしていたといえる。

とはいえ、戦国の世が遠く過ぎ去った時代、剣道場に家臣たちが詰め掛ける時代は過ぎ去っていた。

家臣の中で才気のある者は城下の御用商人と結託して、相良藩内の海産物を売り買いする仕事に熱を入れていた。そういった連中が表芸の剣術に汗を流す家臣よりも出世するとの噂はもはや定説になりつつあった。

「おお、久しぶりじゃのう」

師範代の大木《おおき》玉次郎《たまじろう》が寄ってきた。

「御城の石積みの使役に出ておりました」

朝稽古は非番の家臣か部屋住みの惣三郎のような身分の者ばかりだ。数こそ少ないが激しい稽古になった。

その朝も十数人の若い門弟たちが、木刀を手に型稽古から袋竹刀に替えての立ち合い稽古と二刻ばかり休みなく汗をかいた。

惣三郎の立ち合い稽古は相変わらず相手を攻めまくる今までどおりの激しいもので、打たれた相手が、

「惣三郎、ちと手加減せぬか」

と嘆くほどのものであった。

そんな様子を見所《けんぞ》から綾川辰信が、
じいっ
と観察していた。だが、一言も惣三郎に注意を与えることはなかった。

稽古が終わった後、惣三郎は辰信に奥へと呼ばれた。

「先生、お呼びにございますか」

惣三郎はまた新たな注意かと身構えた。

「御右筆金杉由継様が当家にお見えになった」

「はあ」

惣三郎はただ頷《うなず》いた。

「そなた、浜にて金杉家のご息女を助けたそうじゃのう」

「偶々《たまたま》その場を通りがかりましたゆえに」

「相手は三人か」

「用心棒の侍ですか。三人にございました」

「そなたは木刀にて叩き伏せたそうじゃな」

「先生、成り行きにございました」

「そう言い訳せずともよい」

と苦笑いした辰信が、

「三人組は隣藩府内城下にて大給松平《おぎゅうまつだいら》家の御番衆一人を斬り殺し、三人に傷を負わせた一味と思える」

「手捕りに致さばよかったでしょうか」

苦笑いした辰信が、

「金杉家のことを考えれば折檻《せっかん》して追い出したほうがよかったかもしれぬな」

と言うと隣座敷に姿を消し、一振りの脇差を手に戻ってきた。

「金杉家に伝わる脇差初代河内守国助《かわちのかみくにすけ》じゃそうな。そなたに渡してくれと由継様が置いていかれた」

「惣三郎にですか」

「いくら三男坊とは申せ、竹柄竹鞘の脇差ではのう、体面にも差し障ろう」

「先生、このような名剣、貰うほどの働きをしておりませぬ」

「金杉家にとっては河内守国助よりも娘ごの命が大事、そのお気持ちじゃぞ。有難く頂戴致せ」

「宜《よろ》しいのでございますか」

「よい」

辰信の言葉に惣三郎は河内守国助を両手で受け取った。

その夜、城に呼び出された深井章佑は微醺《びくん》を帯びて戻ってきた。

「お前様、御酒をお召し上がりなさいましたか」

お石も珍しいことがあるものだと思いながら聞いた。むろん自前で酒を飲む余裕など深井家にあるわけもない。

「うーむ」

と章佑は相好を崩そうともせず囲炉裏《いろり》端の主の円座に着いた。

この刻限、章佑が主の座に着くことなどない。

一同が注視した。

だが、章佑は沈黙したままだ。

「お前様、惣三郎がえらいものを頂戴致しました」

お石が茶を用意しながら先に報告した。

「惣三郎がとな、だれからなにを頂いた」

口の重い章佑は囲炉裏から遠く離れた板の間で竹ひごを作る三男を見た。

「御右筆の金杉様がお家伝来の脇差を惣三郎に渡すように綾川先生に預けていかれたそうな」

とお石が事情を話すと田之助が奥の間から脇差を緊張の面持ちで持ってきた。

「なんとのう」

脇差を手にした章佑が姿勢を正すと、国助をすいっと抜いた。

惣三郎は何度も独りで抜いてみた初代河内守国助の豪壮な造りが囲炉裏の火に映えて光るのを眺めた。

章佑も刀身に見入り、

「見事なものじゃな、御番屋勤めの三男には勿体《もったい》なき一剣かな」

と嘆息した。

「父上、惣三郎にはこれまでどおり竹柄の脇差で我慢せえ、なんぞのときのために大事に家に置いておけと命じてございます」

と長男の田之助が言った。

章佑が三男坊を見た。

「惣三郎、竹柄の脇差で我慢致すか」

「父上の御命なれば」

「その顔は不満そうじゃな」

いつもの不機嫌な顔が崩れ、

「田之助、刀は身近においてこそいざという場に間に合うものだ。惣三郎には大刀さえ購《あがな》い与えられぬ様《ざま》だ。金杉様の志《こころざし》、惣三郎に差すことを許してやれ」

「はい」

田之助が不満を堪《こら》えて承知した。

惣三郎は内心で快哉《かいさい》を叫んでいた。

「田之助、そなたにも褒美《ほうび》がある」

「それがしに褒美とはなんでございますな」

「此度《こたび》の参勤、父に代わりてそなたが随行することに決まった」

「真でございますか、父上」

田之助の言葉が弾《はじ》けた。

「本日、御城に呼ばれたはそのことよ」

「有難き沙汰にございます」

「田之助、それもこれも御右筆金杉様のお口添えがあってのことと組頭が申されたわ。それで帰りに組頭に酒を馳走になった」

「お前様」

お石が叫んで、惣三郎を見た。

三

この日、綾川道場に大勢の門弟衆と家臣たちが集まり、参勤出府する若手家臣を激励する壮行試合が行なわれた。

六代藩主斎木高茂《たかしげ》によって定められた政事条目十五条の一に、

「弓馬剣槍は必ずこれを修練すべし」

とあるように武芸の熱心な藩であった。

それだけに参勤出府の際の壮行試合は熱が入った。

この度の出府には相良の家臣団総数四百七十八人のうち百三十余人が従うことが決まっていた。重臣や若党中間を除き、青年、壮年の随行者はおよそ六十人、そのうちの半数が綾川道場に集まり、東西戦を行なうことになった。

東方の副将は、

「綾川道場の龍虎」

の一人日下左近だ。

惣三郎はこの日、東西戦の下働きを務めた。

兄の田之助は参勤出府の随行者だ。東西戦に出る権利はあったが元々剣術は不得手、稽古も熱心ではなかった。それゆえ東西戦に選ばれてはいなかった。

普段は気合の声や竹刀のぶつかり合う音などを除いて粛然《しゆくぜん》としている道場が殺気を帯びていた。

審判は綾川辰信自ら務め、勝負は一本勝ち抜き戦と告げられた。

西方の先鋒御番士の佐々木兼造《ささきけんぞう》が得意の面打ちで東方四人を破り、自軍を勢いづかせた。

そうなると応援の家臣たちも、

「兼造、もう一人打ち破れ」

「これなれば左近との試合が見物ぞ」

と興奮したものの五番手の小手打ちに敗れた。だが、西方の二番手も奮闘して、二人目にして東方の副将日下左近を道場に引き出した。

しかし、西方の奮闘もそこまでであった。

左近は多彩な攻めで二番手以降を次々に破り、最後には変幻多彩な突きの一つまで披露した。だが、それは師匠の綾川辰信にも見せたことのない、

「下から伸び上がるような秘剣の突き」

ではなかった。

それでも相手の、西方の総大将近習の糸川は出ていこうとするところを完膚なきまでの非情な突きに見舞われ、後方に吹き飛んで倒れた。

道場が震撼《しんかん》とした。

それほどの突きだった。

気絶した糸川は惣三郎らの手で道場の外に運び出された。

万が一に備えて待機していた医師の多野村杷堂《たのむらはどう》は糸川の治療に当たりながら、

「これは参勤随行には間に合わぬかもしれんな」

と洩らした。

試合の下働きを惣三郎と一緒に務めていた菊池丹次郎《きくちたんじろう》が、

「同門の壮行試合ではないか。左近様もこれほど手酷く突きを見舞われることもなかろうに」

と非難して呟いた。

それほど日下左近の打撃は試合の域を超えていた。

惣三郎も糸川が皮一枚で命を拾ったことを承知していた。

東西戦の終わった道場では酒が供され、するめなどで試合の講評をしながら戦いの余韻を楽しんだ。

一方でどうしても西方に与《くみ》した面々と応援の人々が意気消沈するのは致し方のないことであった。何しろ西方総大将の糸川の受けた突きが重傷との噂が流れたのだ。

「左近もあれほどまでに突きに拘《こだわ》ることもあるまいにのう」

「糞っ、西方に深井の三男坊が加わっておればのう」

「綾川道場の龍虎ではどちらが強い」

「それは左近に一日の長があろう」

「いや、近頃の惣三はなかなかのものぞ」

と酒を酌《く》み交わしながら鬱憤《うっぷん》を晴らす会話が流れた。

東西戦に出場できなかった若手の門弟たちは、出場者や見物の重臣方の酒の世話に走り回った。

惣三郎は試合の様子を道場の格子戸の外から逐一《ちくいち》見ていた。

左近の突きは侮《あなど》り難い必殺の技で、惣三郎はあの突きを破る手を考えつけないでいた。

まして今の惣三郎は師匠から、

「攻め」

の姿勢を封じられていた。

試合が終わって一刻後、見物の衆も道場から一人消え、二人帰りといなくなった。惣三郎らは宴で使われた酒器や皿を井戸端で洗い、片付けを終えた。

惣三郎は独り道場に戻ってみた。

先ほどまで熱気と興奮に包まれていた道場はがらんとして人影もなかった。

惣三郎は壁にかけられた木刀を取ると無人の道場の床に立ち、日下左近が繰り出した多彩な突きを避ける手を考えつつ、木刀を振った。

その独り稽古にいつしか没入した惣三郎の姿を密かに綾川辰信は見ていた。だが、稽古に熱中する惣三郎はそのことを知る由もなかった。

惣三郎が独り稽古を終え、道場の門を出たのは、もはや日が西山の端に没して半刻が過ぎていた頃だった。

綾川道場は華澄城の南側、内町《うちまち》と呼ばれるところにあった。深井家のある御番外町からは南にあたり、城を挟んで反対側だ。

相良城下は城を中心に南側の重臣や高禄の家臣が住む内町と、番匠川の北に位置する御番外町に大きく二つに分かれていた。

その二つの階級の間に御用商人たちが暖簾《のれん》を掲げる船頭町や本町が広がっていた。また城下町には番匠川の他に数本の川と堀が縦横に流れ、華澄城を護《まも》る天然の要害になると同時に、海からの物資を運び込む水運が便利な造りとなっていた。

惣三郎は番匠川の河岸《かし》に出ると船頭町を北の御番外町へと歩を進めた。

船頭町には曖昧宿《あいまいやど》が何軒もあり、濁り酒を飲ませる飲屋も軒を連ねていた。

綾川道場での壮行試合の流れか、あるいは参勤の送別の宴か、あちらこちらで高歌放吟《こうかほうぎん》する藩士たちの声が響いていた。

番匠川に架かる土橋がちらちらと見え始めた河岸で、縺《もつ》れ合うように一軒の料理茶屋を出てきた藩士らの姿を見て、惣三郎は迷った。

まっすぐに進み、土橋を渡るとすぐに御番外町に出る。だが、酔った藩士たちと顔を合わせるのもどうしたものか。今来た道を戻り、もう一本下流の本町橋を渡ろうか。

迷う惣三郎を藩士たちが認めた。

「おおっ、これはこれは、綾川道場の龍どのではないか」

声の主は日下左近の腰ぎんちゃくと呼ばれ、本日の東西戦で東方の中堅を務めた駒飼次《こまかいじ》郎丸《ろうまる》だ。

「おう、いかにも辰信先生の秘蔵っ子だぞ」

五、六人の藩士たちは東方に与した勝ち組の連中で、意気軒昂《いきけんこう》だった。大半が内町に住む上士の子弟であり、中には試合の名残りの木刀や袋竹刀を手にしている者もいた。

惣三郎は茶屋の門内には日下左近がいることを察した。

「東軍の方々、本日は見事な勝利おめでとうございます」

「西方にそなたがおらんゆえな、勝ちを貰った」

「そのようなことはございませぬ」

と答えた惣三郎は、

「これにて失礼申します」

と挨拶《あいさつ》をすると駒飼らの間をすり抜けようとした。するとやはり東方六番手を務めた長《なが》瀬琢馬《せたくま》が両手を広げて、惣三郎の前に立ち塞がった。その手には四尺（一メートル二〇センチ）に近い木刀があった。

「惣三、そなたが日頃差しておる竹脇差はどうした」

酔眼の長瀬が惣三郎の腰の脇差を見据えていた。

「その脇差、なかなか凝《こ》った拵《こしら》えではないか」

「長瀬どの、待て待て。近頃、海っぺりで人攫いの用心棒を退治してどこぞの娘ごを助けたという御番外町の若い衆の噂を知らぬか」

「なにっ、それがこの惣三か」

「大方、その脇差は用心棒侍の腰から奪ったものではないか」

「よし、おれが目利き致す。惣三、貸せ」

と駒飼が手を伸ばし、惣三郎の脇差の柄《つか》を摑もうとした。

飛び下がった惣三郎は、

「駒飼様、お戯《たわむ》れを。それがし、これにて失礼致す」

と後ろへと戻ろうとした。

「ならぬ、惣三！」

駒飼が叫ぶと仲間が惣三郎を囲んだ。

船頭町の飲み屋から人が飛び出してきて騒ぎを見物していた。川向こうの曖昧宿からも人の顔が大勢覗《のぞ》いていた。

「惣三、そなた綾川先生に可愛がられてちと増長しておらぬか。兄弟子の申すことも聞けぬか」

駒飼は酒癖が悪い人物として知られていた。

「駒飼様、御酒に酔っておられるようだ。それがしの脇差目利きはまたの機会にお願い申します」

「ならぬ、この場で致す」

「駒飼様、ちと戯れが過ぎますぞ」

「御番外町の腹っぺらしが言いおるぞ」

惣三郎は駒飼らの間をすり抜けて強引に土橋を渡ろうと決心した。

「惣三、そなたの兄者も此度の参勤に加えられたそうじゃな」

「はい、お蔭をもちまして随行の端に加えて頂いたそうにございます」

「ようも御番外町の貧乏たれが賂《まいない》の金子《きんす》を持っておったな」

「なんと申されましたな、駒飼様」

「聞いたとおりよ。それとも人攫いの懐を浚《さら》ったか」

「駒飼様、酒に酔い食らわれ正気を失くされましたか。兄者を愚弄し、それがしを盗人扱いになさる気か」

「おう、それがどうした」

「謝りなされ、詫《わ》びなされ」

「おのれ、兄弟子を捉《とら》まえて詫びよと申すか」

「いかにも」

惣三郎の左手に位置していた長瀬琢馬が気配もなく四尺の木刀を惣三郎の肩口に叩きつけてきた。

その瞬間には長身の腰を沈めて惣三郎は長瀬の内懐に入り込み、木刀を保持した両の腕を抱え込むと相手の勢いを利用し、腰車に乗せて投げ飛ばしていた。

どさり
と番匠川の河岸道に長瀬の体が叩きつけられて、
ぐえっ
という奇声を発して気を失った。

「やりおったな！」

駒飼が剣を抜いた。

さすがに仲間たちに剣を抜いた者はいなかった。だが、手にしていた木刀や袋竹刀を構えた。

惣三郎は長瀬の木刀をだらりと垂らしたまま、料理茶屋の門内の日下左近がどう動くか気配を探った。だが、左近は仲間の行動を止めようとも自ら加わろうとする気配も見せなかった。

惣三郎の出方を探る気のようだ。

今や番匠川の両岸は騒ぎを見物する男女で溢《あふ》れていた。

「どうだ、綾川道場の龍と兄弟子方の戦い、どちらに分がある」

「龍といわれてもまだ十六歳というではないか。それに御番外町の下士の倅《せがれ》だ、上士に恥をかかせるわけにもいくまい」

「あれだけ好き勝手に挑発したのだ、最初からあれは喧嘩を売る気だぞ。まずは綾川道場の龍が勝つな」

「いや、途中で逃げよるわ」

両岸の見物衆は勝手な問答を交わしながら、戦いを見守っていた。

惣三郎の脳裏を、

「受けの剣を身につけよ」

と命じた綾川辰信の教えと、

「抜かずして勝つ、これ剣術の究極の哲理よ」

と諭した天厳和尚の言葉がよぎった。

(どうすればよいのか。抵抗することなく木刀を投げ捨てるか、ならば負け犬ではないか)

駒飼らは兄の田之助の参勤随行を、

「賂で買ったか」

と侮蔑し、惣三郎が金杉由継から贈られた脇差を、

「人攫いの用心棒の腰から盗み取ったか」

とまで決め付けたのだ。

惣三郎の中で怒りが勃然《ぼつぜん》と湧《わ》いてきた。それにもはや抜き差しならぬところに追い込ま

れていた。

自分は悪くないという考えが惣三郎を大胆にさせていた。

「お相手致します」

「こやつ、声が震えておるぞ」

惣三郎の迷いを駒飼はそう受け止めたようだ。

「見掛け倒しが！」

と吐き棄てた駒飼に呼応した畠山《はたけやま》が突きに構えた木刀を、惣三郎の死角から顎《あご》下目掛けて突っ込んできた。

惣三郎は気配を感じると視線は正面の駒飼に置きつつ、木刀を翻《ひるがえ》した。

がつん
と木刀と木刀が打ち合う音がして、惣三郎が片手打ちした打撃が畠山の木刀を番匠川の流れに飛ばしていた。

「おおっ、やりおったぞ」

両河岸から歓声が上がった。

畠山が剣を抜いた。

駒飼が突進してきた。

惣三郎は木刀を引き付けて、駒飼の突っ込みに合わせて胴を強《したた》かに叩いた。

それが見事に決まり、よろよろとよろめいた駒飼は番匠川の流れへと落下していった。

残る四人が一瞬迷った末に惣三郎を押し包むように攻撃してきた。

だが、もはや惣三郎の敵ではなかった。

存分に相手の動きを見極めつつ、木刀を右に左に振るって腰を、腕を叩き、相手を河岸道に転がした。

一瞬の間の勝負、それも圧倒的な勝ちだった。

船頭町に静寂が支配した。

次の瞬間、
おおう
というどよめきが起こった。

惣三郎は駒飼らが姿を見せた料理茶屋の門内に視線をくれ、静かにその場を立ち去った。


その足で惣三郎は綾川道場に戻り、辰信に面会を求め、経緯を報告した。事情を聞いた辰信はしばし沈思した後、

「惣三郎、そなたはこれより正玄寺に参り、寺内で謹慎しておれ。今、天厳和尚に手紙を書く」

と言うとその場に惣三郎を待たせ、奥へ引っ込んだ。

辰信は住み込みの門弟を船頭町の土橋際に走らせた。惣三郎の話を確かめさせるためである。その手配をした後、天厳への手紙を書き上げた。

惣三郎は寺に向かうために密かに綾川道場を出された。

その直後、綾川辰信の許には数多《あまた》のところから船頭町の騒ぎが伝えられた。その大半が惣三郎自らの話を裏付けるものであった。

駒飼らに一方的な非があると報告してきた者もあった。

辰信はどう決着を付けたものか迷った。

探索に赴《おもむ》かせた門弟もほぼ同じ証言を得て戻ってきた。

衆人環視の中で相戦ったのは辰信の弟子たちであった。その騒ぎを起こしたのも戦いを仕掛けたのも駒飼ら壮行試合の勝ち組の連中だった。だが、

（決着の付け方次第ではあとをひく）

その結果、深井惣三郎の将来は潰されると思った。

駒飼らは五十三石御番屋方の深井家の上司ばかりだ。その背後には間違いなく代々旗奉行を務める日下左近が控えていた。日下家は重臣の家系とも繋《つな》がっていた。

（どうしたものか）

四半刻（三十分）余り沈思し続けた綾川辰信は動いた。

その日の東西勝ち抜き戦を見物に来ていた町奉行森村五郎左衛門《もりむらごろうざえもん》の屋敷を訪ねるべく、内儀に仕度《したく》を命じた。

四

「おお、見えられたか」

町奉行職森村五郎左衛門は内町の屋敷にいた。相良城下の治安を担当する町奉行職とはいえ、格別役所があるわけではなく、城内の御用部屋が役所である。それでも森村の下には同心五人がいた。

「聞かれたな」

「船頭町の騒ぎじゃな」

頷いた辰信は、

「相手の怪我はどうか」

「長瀬、駒飼と打擲をうけておるがさほどのことはない。そのほかにも三、四人が肩口や腰を叩かれて打ち身を作っておる。怪我が軽いのはそなたの弟子が手加減したせいだ」

「それはよかった」

「傷はなかったが面子《めんつ》が潰された。こちらが厄介だ」

辰信は頷いた。

「惣三郎によって番匠川に叩き落とされた駒飼一族が御番外町の小わっぱをなにがなんでも仕留めねば駒飼一族の恥と申して、屋敷に眷属《けんぞく》を集めているそうな」

「駒飼一族が剣槍を揃えて押し出せば恥の上塗りをすることになる」

「それればかりか高定様の耳に入れれば、駒飼一族に厳しい沙汰が下るは必定だ。高定様は身分の上下に関わりなく公平無私な裁きを申しつけられるお方だからな」

「いかにも」

「殿の耳に間違った知らせが入らぬうちに真相の究明を致し、内々に事を収めねばならぬ」

と言った森村が、

「惣三は、御番外町か」

「いや、正玄寺に謹慎させておる」

「辰信どの、よき判断かな」

と森村が応じたとき、血相を変えた火事装束《しょうぞく》の同心都築又兵衛《つづきまたべえ》が廊下に姿を見せた。

都築も辰信の弟子の一人だ。

「あっ、先生」

と辰信の顔を見た都築が上役の森村に向き直り、報告した。

「お奉行に申し上げます。駒飼様ご当主代太郎様が陣頭指揮にて一族郎党十数人に戦仕《いくさ》度を命じられて、今にも屋敷の外に押し出す気配にございます」

「なんということを」

森村が舌打ちした。

駒飼家は領地二十八カ村のうちの七つの村を監督する代官職を務めていた。家禄は二百十石だ。

「次郎丸はどうしておる」

辰信が都築に聞いた。

「代太郎様に此度の騒ぎの発起人、そなたが恥を雪《すす》げと一統の先頭に立つように命じられたとか」

辰信と森村は期せずして頷き合い、辰信が、

「ご出陣願おうか」

と剣友に言いかけた。

「辰信どの、その前に手を打つべきことがある」

辰信をしばし待たせた森村はその場で書状を一通書き終えた。そして、そのまま待たせていた同心の都築に渡し、

「御側衆糸川様の屋敷を訪ね、ご当主の籐左衛門《とうざえもん》様にお会いしてじかにお渡しせよ」

と命じた。

糸川籐左衛門は西方の総大将を務めた蔵之丞の叔父にあたる。

都築が命を受けて二人の前から消えた。

「これからの展開次第では殿の耳に正確な経緯をお入れせねばならぬ。糸川籐左衛門様なら うってつけであろう」

と森村が手紙の内容を仄《ほの》めかして伝え、

「蔵之丞の喉元の傷はえらく深いという話ではないか」

「完治するのに二月はかかろう、参勤随行は無理じゃな。左近め、壮行試合を戦と勘違いしておる」

「左近の後ろには分家どのがおられるゆえな、強気だ」

相良藩の表高は二万石だが、津以領二千石分は分家の斎木丹波《たんば》に割《さ》かれていた。つまりは一万八千石が相良藩の実高だ。

この丹波が藩政の悉《ことごと》くに首を突っ込み、内紛の種を相良藩に振り蒔《ま》いていた。

日下左近はこの丹波と親しく、駒飼一族の行動の背後にも丹波と左近が控えているのは容易に察せられた。

西方の総大将を務め、左近に突きを食らった蔵之丞は近習の一人だ。御側衆の籐左衛門は藩主の高定の信頼も厚い人物であった。

森村は万が一の場合、高定への使いを籐左衛門に頼もうと書状で依頼したのだ。

「これでよし」

町奉行が険しい顔で立ち上がった。

駒飼家の両開きの扉は大きく開かれ、門の左右に篝火《かがりび》が焚《た》かれて、赤々と天を焦がすように燃えていた。そして、門内からは馬の嘶《いなな》きが聞こえ、今にも押し出そうという気配があった。

屋敷の玄関前にも篝火が焚かれて、その明かりに若党らが立てた槍の穂先がきらきらと輝いていた。

「御免」

森村の声に、

「おおっ、町奉行どのか」

と答えた者がいた。

駒飼家の分家、駒飼高平《こうへい》老人だ。すでに隠居の身の高平はまるで戦仕度で古々しい鎧《よろい》を身に着け、短槍を杖《つえ》のように突いていた。兜《かぶと》は式台に転がっていた。

「老人、勇ましい格好じゃな」

「戦じゃからな」

高平老人の答えに苦笑いした森村が願った。

「ご当主、代太郎どのにお目に掛かりたい」

「出陣の刻限も近い、どうかのう」

篝火の明かりに老人の顔が奇妙に興奮して、てらてらと光っているのが辰信にも見てとれた。

高平老人とて実際に戦場に出たことはないはずだ。おそらく鎧を身に着けたのも初めてではないか。

式台の奥に乱れた足音が響き、甲冑《かっちゅう》を身に纏《まと》った代太郎と胴を着けた次郎丸の親子が姿を見せた。

「先生」

次郎丸が顔を歪めた。すでに酒の酔いは醒《さ》め、自らが巻き起こした騒ぎの大きさに困惑している様子が見てとれた。同時に深井惣三郎への憤怒《ふんぬ》が内心渦巻いていることも容易に察せられた。

「これは町奉行森村どのに綾川先生か。出陣の間際、何用にござるな」

代太郎は詰問調に聞いた。

「何事とは知れたことでござる。駒飼様、この戦仕度、何のためですかな」

「うちの倅が御番外町の下士の小倅に狼藉《ろうぜき》を受けたのだ。なんの顔《かんばせ》あってご奉公ができようか。これより一族郎党で繰《く》り出し、そやつの一族を根絶やしに致す」

「了見違いめさるな」

森村の声が凛然《りんぜん》と駒飼家の玄関先に響いた。

「了見違いとはいかなることか。町奉行とは申せ、無礼な言葉を吐くとそなたから血祭りにして押し出すぞ！」

代太郎が怒鳴り返し、具足を着けた両足で式台を踏み鳴らした。

「駒飼代太郎どの、船頭町の騒ぎ、家中全員、城下じゅうが承知の出来事でござる。だれが壮行試合の酒に酔いくらい、偶々通りかかった弟弟子に無理難題を吹きかけたか、はたまた多勢で一人を相手に闘争に誘い込み、一方的に打ちのめされた上に番匠川に落とされたか、大勢の者が見ておる。次郎丸どの、それに相違ないな」

と森村が次郎丸に念を押した。

次郎丸が顔を背《そむ》けた。

「代太郎どの、これ以上の恥の上塗りを一族郎党で繰り返される気か！」

森村五郎左衛門の声は朗々と玄関先に響き渡った。

「おのれ、言わしておけば」

今にも刀を抜かんとする代太郎を牽制《けんせい》したのは綾川辰信だ。

すいっ
と二人の間に立っただけで相良藩の剣術指南の貫禄が漲《みなぎ》り、辺りの空気を支配した。

「駒飼どの、ましてただ今は参勤上府を間近に控えた大事な時期にござる、この時期に藩内に騒ぎを起こされる気か。もしそなた様方が押し出し、御番外町で剣槍を持って闘争に及んだとなされよ、そなた一族の面子は別にしてそれで事が鎮まるとお思いか。町奉行のそれがし、目付の百瀬《ももせ》彦太夫《ひこだゆう》どのと合議の上で喧嘩の経緯ならびに此度の押し出しを取り調べることに相成る。殿の命もなく、戦仕度で城下に押し出した駒飼一族にどのようなお沙汰が下るか、代太郎どの、そなたも代官の一人、推察付かぬわけでもあるまいな」

森村の理路整然とした言葉に興奮していた高平老人らは出鼻をくじかれ、

しゅん

とした空気が駒飼家の玄関先に広がった、中には森村の介入にほっと安堵の表情を見せる一族の者もいた。

「初代斎木高政《たかまさ》様以来の駒飼家は改易《かいえき》、一族の長、代太郎どの、嫡男次郎丸どの両名は切腹、一族は路頭に迷うことになるがよろしいな」

森村がぐいっと乗り出して迫り、

「うーむ」

と代太郎が呻《うめ》いた。

森村が声を潜め、代太郎だけに聞こえるように告げた。

「今なれば事は鎮められる」

「……」

「それがしの職権にて此度の騒ぎ、殿にご注進申し上げる手筈を整えてござる。それがしの胸三寸で高定様へ注進がなされる、それでよろしいか」

森村五郎左衛門がさらにぐいっと詰め寄り、代太郎がくるりと身を翻して奥へ姿を消した。

「次郎丸、そなたがただ今心がけることは参勤上府の御用を無事果たすことじゃ、それが相良藩家臣としての務めである」

辰信の諌《いさ》めに次郎丸が小さな声で、

「はっ、はい」

と返事した。

船頭町の騒ぎから十五日後の夜明け前、相良湊《みなと》から藩主斎木高定ら一行を分乗させた三隻の御座船が豊後水道《ぶんごすいどう》へと出帆していった。

一行は瀬戸内を水行して摂津《せっつ》国に入り、そこから陸路で江戸へ向かうことになるのだ。

この夜明け、謹慎中の正玄寺を抜け出した深井惣三郎は裏山から落ノ浦《おちのうら》に走り、その突端の岩場に正座すると御座船が眼下を通るのを待った。

四半刻も過ぎたか、東の空から日が上り、海を橙《だいだい》色に染めた頃合、豊後相良藩斎木家の家紋を染め出した帆を広げた御座船の姿が落ノ浦を回って見えてきた。

惣三郎は岩場の上に平伏すると一行を見送った。

一行には初めて江戸入りする兄の田之助も駒飼次郎丸も乗船しているはずだ。

師匠の綾川辰信の命で惣三郎が正玄寺に謹慎している間に騒ぎは鎮まった。

一時は深井家にまで累《るい》が及び、父の御番屋勤務にも兄の田之助の江戸行きにも支障が生じるのではと惣三郎は不安を感じていた。

お使いに出た小僧や出入りの物売りから、

「理は深井惣三郎にあり。その上、多勢に無勢の闘争にもかかわらず一方的な勝ちを得た惣三郎は綾川道場の龍虎の一に決まり」

との世評が城下に飛んでいることなどを聞かされていた。

ともあれ、深井家にも惣三郎自身にも、無論騒ぎの切っ掛けを作った駒飼次郎丸らにもお咎《とが》めはなかった。

参勤出府を前に騒ぎを表沙汰にすると御用にも差し障りが生じ、駒飼家、深井家双方に傷がつき、お咎めを免《まぬか》れないことを承知していた町奉行の森村五郎左衛門らが迅速に動いて事を鎮めたのだ。

藩主の高定は騒ぎの一部始終を御側衆の糸川籐左衛門らから報告を受けていたが、

「血気に逸《はや》る若い連中の行動」

ということで大目に見過ごしになったのだ。

惣三郎は御座船が遠く豊後水道の果てに姿を没するまで平伏して見送った。

そして岩場に立ち上がったとき、

「事は終わった」

という気持ちでつい謹慎の身ということを忘れていた。

腰に金杉家から頂いた河内守国助を得意げに手挟《たばさ》み、惣三郎は携《たずさ》えてきた手造りの木刀を片手に握ると落ノ浦の岩場から走り出した。

謹慎中、和尚の天厳は惣三郎に座禅を命じた。

毎日、道場で猛稽古を積み、豊後相良領内の山野を天狗のように駆け回る毎日を過ごしていた惣三郎の体内には、漲る力が溜まりに溜まっていた。

その勢いを借りるように惣三郎は奇声を発しながら尾根から谷へ、岩場から岩場を飛んで木刀を振り回した。

惣三郎が動きを止めたのは夕暮れを前にした刻限だ。

ようやく芽吹《めぶ》き始めた若葉を透かして残照が番匠川の上流にある白布の滝に差し込んでいた。

惣三郎が全身汗みどろの体を滝の水で拭《ぬぐ》わんと水辺に下りたとき、薄暗がりに人の気配を感じた。

深編笠に面体を隠した人物は沈黙のままに抜刀すると足場の悪い岩場を、するする
と移動して惣三郎に迫った。
半日、山野を走り回っていた惣三郎は弾んだ息をしていたが咄嗟《とっさ》に木刀を構えた。
その瞬間に深編笠の相手は惣三郎との戦いの間合いを切って踏み込み、刀で惣三郎の胴
めがけて薙《な》ぎ斬った。
伸びやかな剣捌《さば》きで白く光った円弧が惣三郎へと伸びてきた。
木刀で迎え撃つ暇《いとま》を与えない迅速さだ。
惣三郎は飛び下がって胴打ちを避けた。
だが、二の手、三の手と矢継ぎ早の攻撃に惣三郎は反撃の暇さえ見出しえなかった。
惣三郎は飛び下がりつつ、反撃の機を必死で探った。
飛び下がった岩場に片足が滑り、よろけた。
刃が脇腹を掠《かす》め斬って痛みが走った。
惣三郎は次の手を避けきれると判断すると滝壺へと飛んで、間合いを一旦空けた。
頭まで潜った滝壺から浮かぶとようやく赤樫の木刀を立てた。
深編笠の侍は水辺に悠然《ゆうぜん》と立っていた。
腰まで冷たい水に浸かった惣三郎は走った。

間合いを詰めて、走り寄った。

おおっ
と自ら気合を発すると水中から飛び上がった。そして、必殺の一撃を飛び降りながら深編笠の侍へ見舞おうとした。

惣三郎の攻撃を横っ飛びに軽やかに避けた相手は、着地した惣三郎の動きを確かめるように見て、ふいに剣を鞘に戻した。その代わりに腰の前帯に差していた白扇を抜くと、間合いを詰めてきた。

（おのれ！）

近頃、綾川道場の龍虎の一人に対してこれほど愚弄した者はなかった。

木刀を手元に引き付けた惣三郎は白扇を振り翳《かざ》す相手の小手を叩こうとした。だが、いつの間に間合いが詰められたか、惣三郎の内懐に入り込んだ相手の白扇が、
ぴしゃり
と惣三郎の額を打った。

思わずよろよろと腰砕けによろめくほどの打撃が全身を走った。

惣三郎はそれでも木刀を構え直そうと試みた。

だが、白扇の攻撃は間断なく惣三郎に襲いかかり、肘を、首筋を、胴を次々に叩いた。

惣三郎は今や白扇の攻撃に身を晒《さら》されて立ち竦《すく》んでいた。

「何事かあらん、虚けの龍が！」

その声が耳元で響いた。

惣三郎は思わず防御の姿勢も忘れて立ち竦んだ。

白扇が立ち竦む惣三郎の鳩尾《みぞおち》に突っ込まれ、
うっ
と息を詰まらせた惣三郎は尻餅を突くように岩場に転がると意識を失った。そして、遠のく意識の中で、

(師匠が戒《いまし》めのために白扇を振るわれた)

と気付いていた。

惣三郎、十六歳の春の出来事であった。

闘牛から時代小説へ

佐伯泰英インタビュー・聞き手／細谷正充（文芸評論家）

闘牛カメラマンとしての出発から
『密命』誕生秘話、そして今後の行方を語る。

◆ノンフィクションから冒険小説へ

細谷 なかなか佐伯先生の生の声を聞く機会がないので、お聞きしたいことが山のようにあるんですよ。

佐伯 だんだん歳をとってくると、人前に出るのがおっくうになってしまいまして（笑）。

細谷 『密命』と『瑠璃《るり》の寺』が最初に出たときは、正直なぜ佐伯泰英が時代小説なんだと思いました。

佐伯 時代小説を書き始めて最初の二、三年は、あの佐伯泰英と同じ人かってよく訊かれました。去年（平成十六年）ぐらいからかな、僕がスペインものを書いてたってことを知らない読者が増えてきたのは。僕、スペインから帰ってきたとき、カメラマンだったんですよ。自称ですけど。

細谷 自称ですかぁ（笑）。

佐伯 僕、大学が映画学科なんですよ。卒業して映画に進もうと思ってたけど、不景気な時代ですよね。就職ってないから、今でいうフリーター。ともかく仕事が入るのを待つという生活を、大学卒業して数年しました。何カ月に一回仕事があるかないかの生活です。

ところが運がよくて、テレビのコマーシャルがふっと出てきたんですね。それで食いつないでいったという感じです。映画の現場に入りたかったけど、入れるような状態じゃなかったですからね。
だからコマーシャルだけで、スペインに行くまでは食べてきたんです。いくらかお金が残ったんで、ヨーロッパに行ったんですよ。ヨーロッパからアジアを回って、その後スペインにという感じだった。そのときにスチールのカメラを安い中古で買って持っていったから自称カメラマンなんですよ。それで、帰ってきて、定点観測というか、定住しなきゃ、これは物にならんなぁというんで、女房と一緒にまた横浜から船で行ったわけです。

細谷　では、特にスペインに惹《ひ》かれて行ったとか、そういうことではないんですね。

佐伯　闘牛を撮りためていけばなにか見えてくるかなぁとおぼろに思ってたんだけど。写真の技術は基本的にないわけですよ。それから、取材をどうしていいかがまったくわからないわけですね。ただともかく闘牛場に通って、人と少しずつ知り合っていった。それに二年ぐらいかかったと思います。

最初はバルセロナに住み始めたんだけど、何にもわからないのね。言葉もわからなければ、闘牛を取材するといったって、お金がふんだんにあるわけじゃないから、観客席から毎回撮れないんですよ。相撲と一緒でけっこう高いの、観客席の値段。今の感覚でいうと、だいたい一万円とか一万二千円、そんな感じかな。

細谷　すると、なかなか取材っていうわけにもいかない。

佐伯　いかない。二年ぐらい経って、じゃ、本格的な態勢を整えようというので、アンダルシアに移ったんですけど、すでに貯《たくわ》えの大半は消えていました。子供が向こうで生まれたから僕ら生きて帰ってこれたみたいなもんでしたよ。

千人ぐらいののんびりした村でしたよ。朝、うちの娘をどこかの娘が迎えに来て、夕方までどこで遊んでいるか全然わからない。夕方になったら、僕と女房はふらふらと散歩と称して出ていく。すると、どこかから声がかかってくる。娘はアサコって言うんだけど、「アサキータ、ここにいるよ」と言うからその家に入り込んで、アンダルシアの夕方はだいたいもうみんな酒飲んでますから、私達も合流してお酒飲んで、ご飯をご馳走になって帰る（笑）。それを二年繰り返しました。
　今もその村とずーっと付き合いがあって、娘はそこでちょうど同じころの子供たちが結婚したり子供を産んだりすると、今でも呼ばれて行き来している。そこが故郷みたいなものですね。

編集部　帰国したのが一九七四年……。

佐伯　そう。日本に帰ってきたときは、トランクいっぱいのネガと、闘牛のカラー写真の一部を持ってきたものの、写真家の体裁なんか何もなしてないですね。それで白黒のネガを持って平凡社に行って、「すいません、これ、なんとか本にしてください」みたいな話になって（笑）。

細谷　それじゃ、一作目の本『闘牛』は持ち込み企画だったんですか？

佐伯　そうです。平凡社が闘牛の本を何冊か出版してたんですけど、どれも当たってないんですね。それで二の足踏んでたところもあると思うんです。日本に帰ってきて二年ぐらい経ってからじゃないでしょうかね、本になったのは。

闘牛
平凡社（1976年）

佐伯氏の原点にして記念すべき処女出版。裏表紙に掲載された、ひげをたくわえた著者写真も若々しい。

細谷　その次に出されたのが同じ平凡社からで『角よ故国へ沈め』。文章を小川国夫さんが書き、闘牛の写真が佐伯先生ですね。ほとんど、闘牛の写真集という感じですが、どんな経緯だったんですか？

佐伯　僕の主力は白黒写真だったのね。ところが、白黒の写真集なんていうのは、そう売れるものではないんです。それで平凡社が考えに考えたあげく、当時、純文学の騎手だった小川国夫さんと組めば売れるんじゃないかという魂胆もあって（笑）。それで僕と編集者の方で小川さんのところにお願いに行った、というのが経緯ですね。

細谷　その次に出されたのが同じ平凡社からで『角よ故国へ沈め』。文章を小川国夫さんが書き、闘牛の写真が佐伯先生ですね。ほとんど、闘牛の写真集という感じですが、どんな経緯だったんですか？

角よ故国へ沈め
平凡社（1978 年）

作家・小川国夫氏との共著。佐伯氏の闘牛カメラマン時代を総括するかの如き迫力に満ちた闘牛写真の数々。

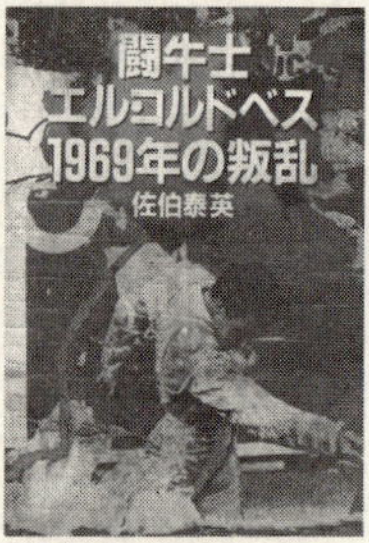

闘牛士エル・コルドベス 1969 年の叛乱
集英社(1981 年)

第 1 回 PLAYBOY ドキュメント・ファイル大賞受賞作。スペイン闘牛界の異端児の栄光と挫折を通しフランコ政権下のスペインを描破。

佐伯　僕の主力は白黒写真だったのね。ところが、白黒の写真集なんていうのは、そう売れるものではないんです。それで平凡社が考えに考えたあげく、当時、純文学の騎手だった小川国夫さんと組めば売れるんじゃないかという魂胆もあって（笑）。それで僕と編集者の方で小川さんのところにお願いに行った、というのが経緯ですね。

細谷　『闘牛士エル・コルドベス一九六九年の叛乱』でノンフィクション作家としてデビューしたんですね。これは第一回PLAYBOYドキュメント・ファイル大賞を受賞したものです。

佐伯　そうです。それがおそらくスペインから帰って七年か八年経ってると思うんです。一気に体力にまかせて書いたのが、その本です。いささか強引な言い方をすると、「時代小説の最初の芽ってどこだ?」って訊《たず》ねられたら、この本かもしれない。そんな気がします。

細谷　なるほど。つまりここで描かれた「牛と人間の生と死」みたいなものが、時代小説のほうにつながってきた。

佐伯　と思います。剣道のことも知らない、江戸時代のことを勉強したわけでもない。ただ、戦いを描写しようとしたときに、惣三郎と誰かの対決であれ何であれ、「ああ、ああいう闘牛士がいたな。あんな戦いを見たな……」と闘牛の「間合い」を思い出しながら書いている、とか。それはきっとあると思う。

細谷　ノンフィクションから小説を書こうと思ったきっかけは?

佐伯　転機になるときは、いよいよ生活に追い詰められて、というのが僕の場合は多いんですけどね(笑)。ノンフィクションを書くにも、取材の仕込みに何年もかかるわけ

殺戮の夏
コンドルは翔ぶ
徳間書店（1987 年）

CIA 工作員らの破壊工作に巻き込まれた日本人カメラマンたちの闘いとは!?　この作品が小説家としての第一歩となった。

ユダの季節
角川書店(1989 年)

妻子を殺され巨大な陰謀に巻き込まれた闘牛カメラマンは復讐を誓う。スペインを舞台に雄大なスケールで描く、細谷氏も絶賛の傑作サスペンス。

じゃないですか。情けないことを言うようだけど、家賃を払うともう終わり、次の月どうしようっていう、そんな生活がずーっと続いてましたのでね。これはノンフィクションでは、回転率が悪いなと思って、ならば小説ならばいけるかなって（笑）。

ちょっとスケベ心を起こして書いたのが『殺戮の夏　コンドルは翔ぶ』（八七年徳間書店刊）です。そのころ僕は中南米を歩いていて、一九八〇年代のアルゼンチンの失踪者三万人と言われた軍事政権下の悲劇をノンフィクションではなく小説というかたちで書きたいと思ったんです。

細谷　ミステリーや冒険小説を選んだというのは、題材に合わせてということですか？

佐伯　そうですね。それはあったかもわかりません。真実云々というよりは、何より知ってもらうことが大事、という気持ちがあったんです。一人でも多くの人が読んでくれるのであれば、フィクションでもノンフィクションでもよかった。

細谷　その後『ユダの季節』（八九年角川書店刊）から続編の『白き幻影のテロル』（九〇年刊）へと続いて行きますが、私、『ユダの季節』が大好きなんですよ。

佐伯　ありがとうございます。あれは書いてて「冒険小説はこうあるべきだ」というところが強すぎて、文章の流れがよくないんですよ。それが広い読者に受け入れられなかった理由かなと今では思ってます。

細谷　ずっと海外を舞台にされることが多かったんですけれども、『犯罪通訳官アンナ』

（九四年小社刊）では日本を舞台になさいましたね。

佐伯　そうですね。日本の社会が国際化社会へとどんどん変貌していった。それまでは僕のほうから出かけなきゃ外国というのに出会わなかったけど、そのころはもう外国のほうが押し寄せてきてました。その中でも、まだスペイン語圏にこだわってたんですよね。この作品はその残滓《ざんし》だろうと思いますね。少しは「いいかなあ」と思ったけど、これもあまり売れませんでした（笑）。

編集部　でも、今読んでも非常に力が入ってます。

佐伯　その力が入ってるのがよくない（笑）。手を抜くっていう意味じゃなくて。あんまり力が入りすぎると、読者だってしんどいよね。

時代小説を書くきっかけをつくってもらって、初めてそこからプロの物書きとして認知されたんだもの。それ以前はやっぱりアマチュアだよね、まだ。

◆『密命』の方向性をめぐって

細谷　それから時代小説に移るわけですが、そもそも時代小説を書かれるようになったきっかけというのは？

佐伯　細谷さんにはちゃんとした理由を言いたいんだけど、これがねえ（笑）。『犯罪通訳官アンナ』シリーズが五冊出たあとで、編集者に「書くとしたらあとは時代小説か官能小説しかないね」っていわれて、時代小説を書いて持っていったら、ひどいんですよ、祥伝社って社《とこ》は。それからずーっと置きっぱなしになってたの。こっちは本がいつ出るかよりも、いつ銀行振込があるかが問題だった（笑）。全然振り込まれないから、「あのう、あれ、どうなったんだろう」と尋ねたら、「あぁっ！」って忘れられててね（笑）。慌てて先払いしてくれたのが百万円。それをかたちにしたのが『密命』なんです。

それでともかく本がかたちになって、一週間から十日したときに、「佐伯さん、『密命』が重版になったよ」という電話をいただいたの。僕の物書き人生で初めての重版。僕、絶対嘘だと思ったから、「どなたかとお間違いではございませんか」って。

細谷　ハハハッ。

佐伯　そのころ、電車に久しぶりに乗ったんですよ。そしたらラッシュアワーの時間で、たまたま隣のサラリーマンが僕が書いた本を読んでる。いきなり握手か何か、しようかと思った、ほんとに（笑）。「現実に僕の本を読んでくれてる人がいるんだ」と思った。それで、「ああ、この方向でいいんだ」って確信した。

もっとも、一、二年目は手探りです。これは編集者も一緒だね。『密命』の三冊か四冊出たときに、編集部から「シリーズを変えませんか？」って言われた。でも、そのとき僕は、確信じゃないんだけど、「親子の物語にしよう」と思っていた。つまり最初、なんたって『密命』は連作なんて考えてないから惣三郎の一番書かねばならない時代を飛ばしてるんです（笑）。かといって昔に戻るわけにはいかないから、「これは息子を育てるしかないわ」という思いがあったんです。「家族の成長の物語」にならんかなあ、という考えがおぼろにあったの。だから僕、「これは家族の物語であり、かつ息子の物語にしたいから、父と子の葛藤の物語だから、続けさせてください」ってお願いした。それから四、五冊目からですか、少しずつ反響が出てきたのは。

編集部　そうですね、『刺客』のときに刷り部数が伸びたんです。上向きにどーんといったのは、『初陣』でした。

佐伯　編集部が思い描いていた闘いのシーンを中心にしている剣豪小説的な時代小説と、僕が考えてたのとは、やっぱり違っているわけです。三冊目、四冊目でぶつかったというのは、そういうことだろうと思うんだけど。僕は、どんどん江戸と家族に重心を移

していった（笑）。でも、今考えると、チャンバラばっかりでなくてよかったのかなあ、とね。

編集部　読者がついたのは、その家族なんですね。清之助がぐれたりしましたね、あの辺から読者は金杉一家から目が離せなくなったようです。剣豪小説からスタートして家族小説に移った。この移り方がよかった。

佐伯　最初は連作じゃなくはじめるんですが、やっぱりどうしても連作になっちゃったんですね、結果的には。

細谷　佐伯先生の時代物は、一冊を除いて全部がシリーズなんですけれども、これは、別に意図したことではなくて、結果的にそうなったということなんでしょうか。『密命』もそうですし、『瑠璃の寺』も、最初は全然シリーズ化とか考えてなかったんですか？

佐伯　というより、僕、最初に時代もので手をつけたのが短編をいくつか書くことだったんです。で、五編ぐらい書いたような気がするんだけど、やっぱり短編は売りにくいといわれた。で、どうしようかと。まあ苦肉の策ですよね。『居眠り磐音《いわね》』シリーズ、あれは冒頭の三人の若い侍たちが江戸勤番を終えて国許に帰ってきて、相戦うまでがひとつの短編だったんですよ、すいません（笑）。シリーズ化はほんとに考えてなかったんだけど、なんとなく冒頭のシーンからイメージが湧いてきちゃった。だから、すごく座りの悪いものもありますよね。

細谷　『居眠り磐音』シリーズは、将軍の密命を受けなかった惣三郎の話みたいな（笑）。

佐伯　ああ、なるほど。ふ～ん、そうですね。

◆『密命』の独自性

細谷　例えば『密命』の一番最初ですと切支丹《キリシタン》本疑惑とか、『瑠璃の寺』ですと主人公が実は密かに海外へ放浪をしていたとか、どこかそういう国際色がありましたね。『密命』の二作目でも、吉宗のお母さんが実は切支丹とか、そういった国際色が初期は佐伯さんの時代小説の特色になってたと思うんです。

あるいは『密命』の一作目で船の先に巨大な銛をつけて突っ込むとか、普通の時代作家が書かないようなシーンがまた面白かったんですけれど。

佐伯　江戸時代における市井の暮らしというものが好きなんですが、どうしてもやっぱり閉鎖された社会ですから、どこかに開いた窓がないかと思うと、それが長崎なんです。だから切支丹のものになる。

でも今は、江戸って囲まれた社会の中にも自由があったのかな、規制された中でそれなりにみなさん楽しんでたりなんかするのかなあって、江戸の市井を書きながら、そんな風に感じてますけどね。そう思うと、すごく書きやすいんです。

細谷　『密命』の江戸は、そういう江戸だと。

佐伯　将軍様とどこかの小名の家臣がつながるわけはない。いわば絵空事ってのはわかってるんだけど。僕が意識するのは、これだけ逼塞《ひっそく》してる、息苦しさしかないような現代に、息抜きできる何かがもしあるとすると、それが時代小説かなと思う。僕はそういう意味で、時代小説を書いてるんですけどね。読んで「へぇー、こんな時代があったか」、「こんな暮らしがあったか」と思っていただければいいんじゃないか。その日、会社で起こった嫌なことを一瞬でも忘れてもらえればいいなと思ったりしながら書いてます。

編集部　佐伯先生のスペインでの生活を、江戸の庶民の生活とだぶらせておられるところが、かなりあるんじゃないですか？

佐伯　僕が知ってる一九七〇年代のスペインというのは、シンプルな生活なんですよ。ちょうど江戸時代みたいなもので、フランコの独裁制で政治的にはしんどいけど、生きていく分には別になんていうことのない時代ですよね。闘牛であれ、フラメンコであれ。逆に言えば政治的には抑圧されているがゆえに、名人・上手がどんどん出てくるような時代なんですね。生活から言えば簡単で、低賃金だけど、田舎で暮らしていくにはお金もそんなにいらない。

細谷　惣三郎が密命解決のために折々の敵方と戦いますが、そのときに戦いの設定というか、それがとても奇抜です。たとえば『密命　残月無想斬り』の深川の広大な芝居仕立てとか、『密命　弦月三十二人斬り』では愛宕《あたご》神社の石段で戦いながら三十二人斬りをしたり、そういった壮大なアイデアがすごく魅力的だと私は思ってるんですが。

佐伯　時代設定が一七〇〇年ぐらいから始まってるんですね。今書いている作品が、享保八年、一七二三年でしたか。江戸も中期、つまりあらゆる物品が出てくる。食べ物屋さんとかが出てくるといった時代の少し前かな？　まだ江戸が始まって百年経つや経たぬや。だから武士の時代から商いの時代に移りかけて、中期はまだ江戸の闇っていうのが後期より深いような気がする。

そういうときに魑魅《ちみ》魍魎《もうりょう》が出てきてもいいんじゃないかと、そう思っただけです。

だからこの作品の魅力というのは、時代設定にあるんだなって、これ書いてようやく気づいたの。江戸の市井物語やったって、ソバ屋だなんだってちゃんと出てくるの、けっこう中期以降ですよ。時代設定を江戸初期にすると、物語を展開していくうえでものすごく苦しくなる。

一八〇〇年近くになると食べ物屋さんもありお茶屋さんもある。吉原《よしわら》なんかは最初からあったにしても、きちんと基盤はあるんだけど、この時代だからじゃないですか。この日はルール破っていいよ、みたいなものが出てくるのは、この時代だからじゃないですか。

細谷　『密命　残月無想斬り』で惣三郎が家康を演じるとか、どう考えても不敬罪ですよね（笑）。あの発想はどこから出たんでしょう。

佐伯　あんまり考えてないですけどね。

細谷　一作目は「亀甲船《きっこう》」で、二作目は「三十二人斬り」、三作目には「百五十歳以上の敵」（笑）。

佐伯　ホラばっかり吹いて（笑）。等身大に今、必死に修正しております（笑）。

細谷　敵のイメージとして強烈だったのが、石動奇嶽《いするぎきがく》（『密命　残月無想斬り』）と一《いち》条寺菊小童《じょうじきくこどう》（『初陣』）の二人。非常に印象的なんです。

佐伯　ほんと言うと、時代小説の中であいった特殊能力を出すのはタブーなのかもしれない、百五十六歳とかそういう類は。僕は、書いたものを読み返すことは滅多にないけれど、それでもなんとなく懐かしいし、やっぱりあの二人は印象深い。

細谷　そういったアイデアが浮かぶときは、ぽっと浮かぶんでしょうか。それとも書いてるうちに自然に。

佐伯　今はそうです。おそらくそのときもそうだったと思います。職人のようにノミをコンコンやっているうちに、この木はこうしなきゃというのが、手が自然に動くみたいな、というとなんか達人みたいに思えるかもわかりませんけど。そんな感じです、僕の場合は。

編集部　佐伯先生は、基本的に読者サービスというか、この辺で読者を驚かしてやれとか、そういう計算があるんじゃないですかね？

佐伯　いや、意識してはいないですよ。

編集部　かつて書かれた現代物を改めて読んでみると、時代物と共通項があるんですね。それは同じ人が書いているから当たり前なんですけれど、ストーリー作りで最初に読者を驚かす、大きな設定があるんですよ。

佐伯　それはおそらく冒険小説を書いてたとき、読者を意識した部分はあったかもしれない。だから今はタイトルを変えてるけど、『殺戮《さつりく》の夏』って、たしかフォークランド紛争かなにかの話なんだけど、あれも飛行機が飛んでいって消えるという仕掛けがあった。でもそれをとある編集者が、僕の友人でもあるんですが、僕が『ピカソ青の時代の殺人』を書いたときに、「佐伯さん、この手法に頼ってたら、佐伯さんは現代物では賞は一切取れないよ。この手法を改めないかぎり」と言った。つまり「人間書かなきゃ駄目だよ」って言われた覚えがある。その彼が何度もつっ返してきて、できたのが『青の時代』だったんですよ。結局、僕はそのときそれができなかったの。

転じて時代小説というのは、時代を何百年か越える。江戸の時間の流れ方や空間が違うとするなら、逆にこれをやってもいいかなみたいなのが、さっきおっしゃった戦いの数々になっていくんですね。だから当然のことながら、僕は時代小説の文庫書き下ろしを始めたときに、基準は読者にあって、もうそれ以上は何もないと思いました。僕には道具立ては一つの手だったんですが、現代物が成功しなかった理由を彼は的確に言い当てたという感じでした。

◆火事場始末は実在した

細谷　荒神屋の仕事についてですが、火事場始末というのは佐伯先生の創作ですか？

佐伯　あれね、資料に一行あったの、「火事場始末」って。創作じゃないんです。江戸っていうのは火事が多いですよね。吉原にしても大店の越後屋さんにしても、ともかく火事で燃えたらすぐ仮宅を建てて、営業しなきゃいけない。するとお金に余裕のあるところは、今のこの建物とまったく同じ木組みを木場なら木場に預けて、燃えたらすぐ持ってきて整地してそこに建てて、店を再開する。資料にはそこまで詳しく書いてなかったけど。ただ、やっぱり江戸の職業諸々を見ても、そういう職業は出てこないから、流行ったものかどうかはわかりません。火事場始末は鳶《とび》が請け負ったんだと思うんですね、火消しから整地までを。独立した職業ではなかったかもわかりません。
僕の時代小説にはそういうのがけっこうある。『古着屋総兵衛』の古着屋ってのもそうなんです。富沢町《とみさわ》の由来を何かで読んでたときに、盗賊の鳶沢《とびさわ》某から来てるとあった。恩赦を受ける代わりに、市中の無頼漢をここに集め、古着販売の商いをさせて再犯防止に努めたと。これが本当かどうかは知らないけど、そういう話が一行あると僕、助かるんです。

細谷　資料には、随分あたるんでしょうか?

佐伯　最初はスペインものしか資料がなかったんですよ（笑）。それで最初の二年は図書館に行って江戸ものの資料をコピーして。少しだけ余裕ができて、今は図書館に行かずとも家の中で一応あたれます。

細谷　随分書きなれておられるような感じなので、昔から興味があって資料など集めたのかなと思いまして（笑）。

佐伯　柴田錬三郎《しばたれんざぶろう》さんがずっと好きだったんですよ。漢文の素養のある時代小説の方が、どんどん亡くなられていきますね。今や僕みたいに二次資料しか読めない作家が出てこざるを得ないんだけど。やはり柴錬さんの小説を読んでると、「わっ、こりゃかなわん」と思います（笑）。でも、あんまり歴史上の大人物を大上段にかざして書かれるのは、「しんどいなあ」と（笑）。

細谷　他にお好きな作家は？

編集部　『密命』の一作目を書かれたころは、藤沢周平《ふじさわしゅうへい》さんを好きでよく読んでると。

佐伯　ええ、周平さんは読んでいた。でも、時代小説書くようになると、他の人の作品が読めなくなるよね。「うわーっ、こんなこともうすでに書いている」って（笑）。夜、読んでから寝るのが内田百閒《うちだひゃっけん》さんと永井荷風《ながいかふう》さん。お二人とも大教養人だけど、へそ曲がりな部分を持っていらっしゃる。

◆登場人物について

細谷　惣三郎も初期のころはかなり長屋暮らしが切実でしたね（笑）。

佐伯　今は楽しんでる。僕自身がまだ生活に余裕のないときは、惣三郎の一家に「大きい屋敷を」って考えてたの。今は、ちょっと余裕が出てきて、逆にあそこでいいやって思うようになった（笑）。勝手なんです（笑）。

細谷　最近は、みんな非常に楽しく生きてるような（笑）。

佐伯　ですね。しんどい話は、書くのもしんどいし。楽しんで書いていければいいかな。おそらく何年かしたときに、その書き方が嫌になって、どこか違った方向へいこうと考えるときが来るかもしれない。そのときはそのときで考えればいいや、と。

細谷　家族が非常に魅力的ですが、一方でチャンバラ小説でもあるわけで、常にいろいろな「敵」を考えなきゃならない。そこら辺のご苦労は？

佐伯　格別にはないですね。僕の場合、朝早く、例えば午前三時半頃に起きて、前の日書いたのを読み返して、それからそのまま執筆という感じなんです。スポーツというか、毎日やってるトレーニングみたいなものです。そういう流れの中から「敵」というか、「敵役」が出てきたりします。

ただ、小説の展開を考えるとき、主役が息子に変わっていったら尾張はどういう仕掛け方をしてくるだろうか、とは考えますけど。

清之助は、それなりに江戸で功なり遂げちゃったんで、『残夢』ではついに惣三郎の前には出てきませんでしたが、次は清之助の前にちょっと変わった魑魅魍魎も登場する機会があるのかなという気はしてます。今のところは剣術家ばかりしか出てないですが。なんとなく「江戸期にはそんな深い闇もあったのか」と思ってくれたらいいですね。

細谷　関連してですが、レギュラー陣の一人である米津寛兵衛《よねつかんべえ》を『遺恨』で殺してしまった、あれはかなりショックだったんですけれども（笑）。

佐伯　よく言われました。「なぜだ」と言われると、まあ勢いなんですよ（笑）。物語を最初からきちんと構成してきてるわけじゃないから、やっぱり、どこかで弛緩《しかん》していくものがある。ある種、物語に刺激を与える、緊張を与えるという点から、一番いなきゃならない人を亡くすというのも必要かな、と。

それと、清之助も旅に出ているし、帰るべき場所を残しておくべきではないというのもあった。やはり、生あるものは死んでいく。「剣に生きるものは剣に死んでいく」というものを現実に突きつけておくのも、清之助のこれからには大きな教えになるかなと思ったんです。

ともかく清之助の退路を全部絶っちゃった（笑）。これからどうしていいかわからない。だって清之助の帰るべき地というのは芝七軒町の長屋にはない。あるとしたら葉月のところなんだけど、葉月ともそう簡単にいくとも思えない（爆笑）。

細谷　あれですごく物語に緊張感が出たし、このあと誰が死ぬのかわからない（笑）。

佐伯　父親かもわからない。それはまったく考えてないんですよね。

編集部　一人生まれましたしね。

佐伯　うん、桐十郎に（笑）。今度、棟方さんも結婚するものね。そうなんですよ、新しい世界も出てくるんですよ。

編集部　読者は葉月と清之助がどうなるんだろうとか、みわと昇平はどうなるんだろうと、気が気ではありません。

細谷　このままシリーズが進むと当然、二人の結婚も……。

佐伯　結婚……。どうなんですかねえ。清之助の生き方を現在書いている本（『乱雲』）の中で定めていけるかなとは思ってますけど。葉月さんは、やっぱり心の中でそれが生きがいとなって、彼は修行してるわけですから。惣三郎の役割を、清之助がこれからやっていくのかなあ。明確に「吉宗密偵二代目」になってしまうかもしれない。そうするとまもな結婚は……（笑）。

編集部　一作目の『密命　見参！　寒月霞斬り』でも惣三郎自身、しのとの関係でかなり悩んでますよね。剣を捨てる道もあるんだぞと言われ、剣を捨てればどんなに楽になるだろう、と。

佐伯　そういえば、おかしかったですよ。編集部から今度、『「密命」読本』で惣三郎の青年時代を書けっていわれて。ああそうか、その手もあるなと思った。だってもう五十になってる人じゃない、惣三郎は（笑）。その十六歳は、どう考えても、清之助より若いし、ほんとどうしようもないんだよね。

貧しさの度合いが違うよね。相良という架空の藩でも、五十三石なんていうのは。それが一家で食べるだけじゃなく、武士の体面を保たなくちゃいけないわけですよね。やっぱり厳しい生活です。

特に考えてなかったんだけど、惣三郎の「三郎」からいきゃ、あれ三男坊だよね。上に二人いるのよ（笑）。深井惣三郎さん。だからお父さん、夜鍋するような家でしょう。山《やま》田洋次《だようじ》さんの「たそがれ清兵衛」に出てくる家の感じを思い浮かべた。ご飯だって満足には食べられない。三男坊はお腹空かしていたんだろうし、「ははあ、こういうところから惣三郎さんが出てきたのか」と、今ごろになって思ってます（笑）。

細谷　三男っていうのは、気がつきませんでしたね。

佐伯　三男なんだなあ。長男がいるから、彼は金杉家に養子に行かされてるわけですよね。

編集部　惣三郎との関係で、しのとお杏さんでいえば、お杏さんが可哀相だったな。惣三郎に片思い。

佐伯　お杏さんがだんだん違った人になっちゃったものね（笑）。

編集部　惣三郎は、真ん中をとるということをしなかった。しのとも別れていたし（笑）。なかなか惣三郎の立場を思うと複雑です。

佐伯　二股かけると、これは読者の方、絶対ついてこないような気がして。嘘でもいいからそうしてくれなきゃ困るんですよ、きっと（笑）。

編集部　『密命』の中で、先生はどの人物が好きとかあるんですか。

佐伯　格別誰ってことはないかなあ。気になるのはあの娘二人、みわと結衣。今後どうしていいか正直言って全然わかんないですけどね。

細谷　結衣は一度旅に出たときに、「一生旅をしていたい」と言っていたから、そのうちどこかにふらふら行っちゃうんじゃないかっていう気が（笑）。

佐伯　みわは『悲恋』で書きましたので、今度は結衣を書く番なんですがね、どうしていいのやら。まだ十三か十四でしたか。だからもうちょっとあるけど、まあお伊勢参りはそれぐらいから行ったそうですから、行ってもいいかもわからないけど。

細谷　清之助が一度戻ってきて旅に出るときに、一緒についていく（笑）。

佐伯　難しいよねえ、清之助の江戸への戻し方というのがね。簡単なのは、父に危機があったときのことだろうとは思うんだけど、う～ん、どうしましょうねえ。

細谷　その辺を楽しみにしています（笑）。

◆故郷・九州とのつながり

編集部　豊後相良藩と佐伯先生とのつながりは？

佐伯　うちの故郷は熊本県人吉なんですよ。あそこが正真正銘、人吉藩相良家なんです。で、僕が生まれ育ったのは北九州なんです。大名領からいうと福岡藩なんですね。そこは小倉との境なんです。国境だから城下町の雰囲気はなんにもないところですね。そこで時代小説を書こうと思ったとき、藤沢周平さんの海坂《うなさか》藩みたいな架空のものをセッティング

しようとした。だけど、自分が生まれ育った筑豊と北九州の接点みたいなところではできない。どこだろうと考えたときに、思いついたことがあった。アンダルシアの村で食うや食わずの暮らしをしていたとき、母が手紙で、おまえは豊後の侍の家系、どんなことがあってもその矜持を忘れるなみたいなことを書いてきたんです。天正年間、豊後は薩摩の侵入を受けるのだけど、佐伯一族は薩摩に追い出されて熊本に逃れているというのです。

また、豊後というところは小藩が分立するところで、秀吉の朝鮮征伐とか、薩摩の侵入とか切支丹の問題とかがあって、大大名っていないんですよ。ちっちゃな、二万石からせいぜい五万石ぐらいなものが分立しているところなんです。

そのときの権力者によってもう好き勝手にやられてる。関ヶ原でも負け戦に行ったほう。だから、僕の頭の中にある豊後相良というのも、関ヶ原で負けて、切支丹の島原の乱でなんとなく二万石を安堵された場所。それが僕の父祖の地豊後関前だったの。大分市の府内というところをそれなりにモデルにしたんです。

編集部　あの近辺に架空の藩をつくったと。

佐伯　あの近辺は海に面してますよね。だから、さっき言ったように大大名がいないというのは、僕にとって一番好きなところなんです。自分が権力者になり得ないぶん、だいたい圧制されてる人が好きなもんで。そんなこんながあってあそこにしたんです。

細谷　佐伯先生の主人公に九州出身というのが多いというのも故郷だからですか?

佐伯　そうですね。僕は十八歳までしか住んでないんですけど、やはり身近というか。たとえば東北とかほかの風土っていうのは、やっぱり書きづらい。

戦後になって全部の価値観が消えた、物もなにもない、ほんとにゼロの状態、無の状態の中で僕は物心ついてますから。それを重ね合わせていくと、その相良の貧しさがなんとなく自分の中にイメージできるところがあった。豊かな社会に僕が生まれてたら、また違った時代小説が書けたかもわかりませんけど。

細谷　佐伯先生の場合、武士といってもだいたい浪人しているとか(笑)。

佐伯　ですね。でも、僕のひ弱さというか、だいたい権威にくっついてるんだよね(笑)。

惣三郎なんか特権ですよね。誰かにくっついていらっしゃるんですよ（笑）。それほどの強さがないんです、僕の主人公には。

編集部　読者からしたら、侍なのに庶民とものすごく親しくしてため口をきくような惣三郎が、同時に将軍とも親しいという、この縦社会をぽーんと突き抜けられる人間が、時代小説の中のヒーローとしてあるみたいですよ。

佐伯　もしそれが受け入れられているとすると、今の社会ではそんなことがあり得ないからですかね。夢物語。

◆今後の展開は

佐伯　今後、惣三郎がなるとしたら米津寛兵衛的存在ですよね。あの寛兵衛の領域にどんどん近づいていくしかない。融通無碍《ゆうずうむげ》な剣客になっていければいい。

細谷　平岩弓枝《ひらいわゆみえ》さんの『御宿《おんやど》かわせみ』と、池波正太郎《いけなみしょうたろう》さんの『鬼平《おにへい》犯科帳』あたりから、シリーズの中で登場人物がどんどん歳をとっていき、生活環境とかが変わっていくというかたちが初めて出てきたんですよ。それまでシリーズものって歳をとらなかったんです。

佐伯　ああ、それは僕、気がつきませんでした。なんとなく親子の物語というか、成長して年老いていく物語という意識はおぼろにあったんだけど。そうですよね、うんうん、確かにそうだ。

細谷　逆に今、シリーズものだと歳をとらないほうが少ないんじゃないでしょうか。つまり一作ごとに少しずつ状況が変わっていくというふうに書かないと。捕物帖とか、読者も明確に割り切ったシリーズならいいですよね。いつまでも変わらないと、同じところをぐるぐると回っているような感じになっちゃいますので。

佐伯　歳とっていくと人のつながりが出てくるでしょ。子供も生まれたり、孫も生まれてきたりするでしょ。

細谷　その変わっていく状況を読むのが非常に楽しい（笑）。

佐伯　いつまでやれるかねえ。

細谷　シリーズとしては、先のことはあまり考えずに書けるところまで……。

佐伯　そうですね。『乱雲』で十二冊目ですか。

史実としては、一番勢い盛んな敵方と吉宗との暗闘というのが、これから始まるわけです。これはもう惣三郎の世代じゃなくて、清之助の世代になって「吉宗密偵二代目に彼がならざるを得ないかなあ」みたいな感じではいます。それだけが頭の中になんとなくあるんですけど。

『密命』では、書き手の立場からいうと、まだまだ尾張の継友、宗春が健在で、これから彼らが力をためていって、名古屋の繁栄が始まるわけだから、そういう意味じゃ、すごく先ゆき明るいですよ。僕自身としてはね（笑）。連作というかたちでいうと、例えば柴田錬三郎さんのシリーズだってなんだって、主人公のほうがダレても、敵方をはっきりさせて、また相手方の権力が巨大であればあるほどいいわけです。『密命』でいえば尾張の兄弟ね。

まだまだ尾張に栄華が到来してないんだよね。もうちょっと経って宗春の時代にならないと、名古屋の繁栄ってこないんですよ。そうすると、どう考えても惣三郎じゃ間に合わない（笑）。次の代にいかないと。だから今ようやく少しずつ世代替わりしている。敵との闘争も惣三郎に向かわずに息子のほうに向かうというのが、今書いてるところですかね。

細谷　惣三郎はもしかしたらリタイヤというか脇役にまわって、清之助のほうがメインに……。

佐伯　清之助があってこその話になってるね。おそらくこれからはそうなると思います。新しいのを今書いてるんですけど（『乱雲』）、清之助が中心にならざるをえない。尾張の目が父親よりせがれのほうへいくようなことになるんでしょうかね。

ともかく、あまりにも一冊目が駆け足で、「あれ、惜しいね……」とみんなが言う（笑）。編集部から「飛ばした青春時代の惣三郎を短編でいいから書け」って言われた。そういう手もあるかと思って、今回この『「密命」読本』で十六歳ぐらいの惣三郎を書いたんですけどね。ひょっとしたら、今後もそういうかたちで空白を埋めていく、番外でね。あくまで番外編でしかないかなあ（笑）。

◆執筆生活について

細谷　早朝に起きられるというのを聞いて驚いたのですが、一冊書くのに、どのぐらいかかるのですか？

佐伯　僕の場合、一章を四つに分けてやってます。今、五章立てで、序章がつく場合があるんですが、一章のうちの四分の一を一日の執筆分としてるんで、例えば五章立てプラス序章だとするならば二十一日。もうちょっと長くなるようだったら二十五日ぐらいのペースで書かないと間に合わない。今はしんどいとは思ってないですよ。ただ、これ以上はしんどいと思います。

編集部　筆が進まないということはないですか。

佐伯　それはないです。僕の場合は職人さんに近いかな。ともかく朝起きて、普通に体力さえあれば、犬の散歩に行く前に、その日の半分か六割を終えとく。六時に犬の散歩に行くんですが、それまでの二時間か三時間のうちに。それから犬の散歩を一時間ぐらいして、また書き出してお昼ぐらいまでに終えるという感じです。朝の一番クールな時間、早朝三時半に、一番大事な展開部分を骨格だけ作っておくために起きるんです。

その代わり、夕方は早いです。八時に寝てしまうこともあります（笑）。僕、寝ないと駄目なんです。昔の無頼派の作家のように、どこかに飲みに行って刺激を受けてというのもいっさいないです。正月が来ようと何が来ようと毎日、ともかく仕事をする。前の日つい珍しく飲んだりするとしんどいときもありますけど、それでも少しはやるというのがここ数年のペースですね。やっぱりチャンバラや活劇のシーンは、エネルギーがものすごくいりますよね。二日酔いではできないんですよ。

朝に一回、夜に一回、犬の散歩と称して歩く。代々木のマンションにいるんですけど、犬を連れて、朝は代々木公園、夕方は代々木公園から表参道に出て、あの近辺をうろうろっとしてくるか、あるいは渋谷に出て若い人達がいるところをただ見るだけなんです、雑踏の中に立って。

細谷　執筆に際して、二つのシリーズを同時に書くということは？

佐伯　それはできないんです。書くのは一つだけ。『密命』を書いてるときは、『密命』だけ。ただ、どうしても著者校（校正作業）が重なるとき、今がそうなんだけど、『鎌倉河岸捕物控』シリーズ（ハルキ文庫）と『居眠り磐音江戸双紙』シリーズ（双葉文庫）が重なってるんですが、それはできるんです。朝からお昼ぐらいまでに執筆のノルマを果たして、午後からは著者校をやる感じですね。一つだけに集中して二十日で書こうと思ったら書ける。それ以上のことはできない。

細谷　シリーズものは、今抱えているのでいっぱいいっぱいという感じでしょうか。

佐伯　いっぱいです。すでにもう飽和状態なんだろうと思うんですよね。だけど、やはり物書きにしてもなんでもそうなんですけど、新しいものを一年か二年に一回はつくっていかなきゃいけないなと。去年、幻冬舎の『酔いどれ小籐次留書』を書いて、今年もなんとかどこかで新しいものをと思ってます。

◆電車の中、病院のベッドで読んでもらえたら

編集部　佐伯先生、以前、「ワルというものを書いてみたいんだ」ということをおっしゃってましたね。

佐伯　言ったかもわからないけど、全然ワルにならないんでね、僕の場合。

編集部　でも、いわゆるワルのエネルギーというか、そういったものも書いてみたいと。そこから始まったものですよね、『秘剣雪割り』に始まる「悪松」シリーズは。

佐伯　そうです。だから、あれもほんと言うと、もう五、六冊になってなきゃいけないんだよね。

編集部　そうなんですよ。

佐伯　すいません（笑）。

細谷　最後に読者に何かおっしゃりたいことは？

佐伯　どうぞ、惣三郎を末長く、よろしくお願いいたします（笑）。

編集部　読者には電車の中で読んでもらって。

佐伯　そうなんです。それが一番嬉しい。書斎ではなくて、電車の中とか、たとえば病院のベッドの上で、眼の前の病気を考えたくない方に読んでいただきたい。それ以上は何も望まない、ほんとに。

文庫が六百円程度で買えるというのは得がたいことだと思う。ラッシュアワーの電車の中でハードカバーを読むのは至難の業だけど、文庫なら読める。カバンの中にも入るし。僕はこれでよかったと思ってる。

（平成十七年一月二十四日　於・九段下ホテルグランドパレス）

登場人物紹介

「密命」を彩る面々の素顔。

コラム

1 長屋暮らし
2 江戸町人お仕事拝見
3 江戸の豪商
4 江戸火消
5 町奉行と町方たち
6 江戸の船
7 剣術の聖地・鹿島
8 江戸の物見遊山
9 豊後佐伯藩
10 吉宗と女性
11 尾張・宗春の実像
12 江戸っ子的グルメ道

◉金杉惣三郎一家

金杉惣三郎一家と愛犬力丸は、芝七軒町《しばしちけん》の表通りから一本入った端にある長屋に住んでいる。長屋とはいっても豪商冠阿弥《かんあみ》の家作であるため、二階建てで、小さいながら裏庭もついている住まいである。当然、住人もそれなりの者が住んでおり、棒手《ぼて》振りや職人は住んでいない。近所には、八百屋・魚屋・豆腐屋・乾物屋などが軒を並べている。

◉金杉惣三郎《かなすぎそうざぶろう》

本作の主人公。普段は火事場始末《かじばしまつ》御用の荒神《こうじん》屋の帳簿付けを務める中年の浪人に過ぎないが、その実態は南町奉行大岡越前守《おおおかえちぜんのかみ》忠相《ただすけ》と将軍徳川吉宗《よしむね》の密命を受けて尾張《おわり》藩徳川継友《つぐとも》・宗春《むねはる》兄弟の陰謀に立ち向かう愛すべき凄腕《すごうで》のスーパーヒーロー。剣の流派は直心《じきしん》影《かげ》流。シリーズを通して数々の難敵と死闘を繰り返し、「秘剣寒月霞斬《かんげつかすみぎ》り」での八面六《はちめんろっ》臂《ぴ》の活躍はわれらの血を躍らせる。

性格は温厚で実直。時に破天荒なことも考えるが、常に慎重な計算のうえにたった行動をとる。名誉や栄達も願ってはいない。家族を愛し、友人を大事にする常識人でもある。いわゆる理想の中年でもあるのだ。若いころは女性によくもてた。

だが相貌はお世辞にもいいとは言えない。普段は不精髭《ぶしょうひげ》を生やし、単衣《ひとえ》に古びた踏込袴《ふみこみばかま》の出で立ちだ。六尺（一八一センチ）を超える長身で、顔には刀で受けた古傷が残り、頭には白髪がまじっている。

生活も地味なものだ。市井の生活が性に合うと言い、長屋生活を満喫している。

出自は豊後《ぶんご》相良《さがら》藩の下級武士の三男。若いころはそれなりに苦労した。二〇歳で幼君斎《さい》木高玖《きたかひさ》の武芸指南に取り立てられたこともあったが、すぐにその役を解かれ、腑抜《ふぬ》けのような生活を送ったこともある。婿養子に入って右筆《ゆうひつ》のお役を引き継いだが、字が下手だったため、みんなから「かなくぎ惣三」と呼ばれる始末だ。

しかし腑抜けぶりは仮の姿であり、努力は怠っていなかった。隠れて地元の番匠川《ばんじょうがわ》で秘剣を編みだす稽古を続けていたのである。努力はやがて実る。宝永六（一七〇九）年にお家騒動が勃発するが、未然に防いだのは惣三郎であった。以降、彼の人生は一変する。相良藩の江戸留守居役に大抜擢されただけではない。今をときめく幕閣の大岡忠相と将軍吉宗の信を得ることとなり、彼らから密命を受ける身となったのだ。

読者としては惣三郎のさらなる活躍を期待したいのは当然だ。しかし、彼が五〇歳近くになったこともあり、体力・気力の衰えが少々気になるところではある。

◉しの

惣三郎の二度目の妻。顔はふくよかで、目鼻だちがはっきりしており、白い肌はあくまできめこまやか。文中では「江戸の水にすっきりと洗われたような風姿の細身の日本的美人」と表現されている。常に生死の境に身を置く惣三郎の精神的な支えになり、かいがいしく尽くしている。

性格は優しくおっとりとしていて、涙もろい。特に回国修行の旅に出た長男の清之助《せいのすけ》のこととなると、過剰なまでに心配して、すぐ涙ぐんでしまう。女性らしく静寂な安定した暮らしを望んでいるが、なかなか叶《かな》いそうにない。『残夢』では、子どもたちが成長したこともあり、得意の菊づくりを再開しようと決意する。

生い立ちは決して恵まれたものではなかった。相良藩の江戸留守居役・寺村重左ヱ門《てらむらじゅうざえもん》が囲っていた女性の娘として生まれる。一二歳のときに母を亡くし、板橋の祖母に預けられて成長する。その後、叔母が女将をしている明石《あかし》町の料亭いそむらで商いを覚え、元禄十四年に父の出資を得て京橋炭町に小料理屋「夕がお」を出店し、女将となる。ちなみに惣三郎と初めて出会ったのは、この「夕がお」の座敷であった(『密命―見参』)。

余談になるが、多くの読者は、惣三郎が結婚するにあたって、しのとお杏《きょう》のどちらを選ぶかやきもきさせられた。しのが「静」とすれば、お杏は「動」と表現できる女性である。結局、惣三郎が選んだのはしとやかなしのであり、お杏ファンにとっては残念な結果となった。

◉**清之助**　せいのすけ

惣三郎の長男。新進気鋭の青年剣士。江戸の石見《いわみ》・鹿島《かしま》の米津《よねつ》両名門道場で稽古を積み、めきめきと頭角を現す。その後、享保の剣術大試合において二位となり、その名が全国に轟《とどろ》くこととなる。今やシリーズでは、父惣三郎を凌《しの》ぐスターに成長しつつある。現在は諸国を回国修行中。

得意技は、蠟燭《ろうそく》の炎に向かって繰り返し切り込んで編みだした「霜夜炎返し《そうやほむらがえし》」。この技は『初陣』から登場するが、巻を重ねるごとに冴《さ》えを増す。「霜夜炎返し」を駆使する場面は、清之助のしなやかで颯爽《さっそう》とした風貌、その六尺二寸（一八八センチ）の長身と相まって、清之助ファンにはこたえられない。

しかし彼の幼年時代は、決して順風満帆《じゅんぷうまんぱん》なものではなかった。実母あやめは四歳のときに亡くなったし、父が密命を受けて脱藩した際にも船内に拉致《らち》されて妹みわとともに危うく殺されそうな経験もしている（『密命―見参』）。思春期には、品川の女郎屋の出戻り娘と心中未遂事件を起こしたこともあった（『密命―残月』）。しかし、こうした境遇と経験が清之助を大きく成長させることとなった。

読者としては、最終的に父の「寒月霞切り」と清之助の「霜夜炎返し」のどちらが強いのか、非常に興味を引かれるところではある。果たしていつ江戸に戻ってくるのか、また葉月との恋の行方も気になるところである。

◉みわ

惣三郎の長女。芯《しん》が強く、よく気がつく利発な娘。亡くなった実母のあやめに似た、細身でうりざね顔の美人。幼いころから家事を手伝い、一〇歳にして一人前の主婦の役目を果たす。家計を助けるために八百久で働いている（『残夢』時点では家計に余裕が出たため給金はすべてみわの小遣いとなる）。『火頭』では、汚穢《おわい》屋に扮した火頭一味が紙問屋に入るところを見て父に報告、一味を捕らえる大手柄をあげた。

しかし、そんな賢いみわにも、忘れられない失恋がある。『悲恋』で尾張柳生の四天王の一人である悪漢・軽部《かるべ》駿次郎《しゅんじろう》こと法全正二郎《ほうぜんしょうじろう》に恋心を抱いてしまうのだ。法全は惣三郎に近づくために、みわを言葉巧みにだます。結局みわは、しばらく立ち直れないほどの打撃を受けてしまうのである。

しかしよくしたものである、みわのことをいつも思い、みわのことだったらどんなことでも厭《いと》わないという男がいるのだ。め組の鍾馗《しょうき》様こと昇平《しょうへい》である。だが、昇平の好意に対してみわは今一歩踏み込まず、彼に頼りっぱなし、甘え放題なのだ。

清之助と葉月の恋の行方とともに、みわと昇平の今後の展開も気になるところだが、ほとんどの男性読者は、「みわよ、昇平の気持ちを酌《く》んでやれ」と思っているのではなかろうか。

◉**結衣**《ゆい》
惣三郎の次女。しのが惣三郎に知らせずに、一人で産んだ子。面立ちはふっくらと豊かで、はっきりとした目鼻だちや白い肌は母親に似ている。順調に成長して一人前に家事を手伝っている。素直でしっかりした子だが、ときおり大人びた口を利き、周囲をびっくりさせることもある。桜よりも梅のほうが好きだと、自分の好みをはっきり言う子でもある。
『残夢』では、生まれ育った飛鳥山《あすかやま》の菊屋敷で、侵入しようとする火盗・黒野分《くろのわき》を白鉢《はち》巻《ま》きに白襷《しろだすき》姿で待ち受け、武士の娘らしい覚悟をみせた。
シリーズを通してみれば、姉のみわよりも活躍の機会が少ないが、今後は成長とともに重要な役割を担っていくに違いない。

◉**力丸**《りきまる》
金杉家の飼い犬。オス。お杏をかばって負傷した登五郎《とうごろう》が運ばれた内藤新宿の医師・尾形虎山家の犬が産んだ六匹の子犬のうちの一匹。お杏がもらい受けた二代目しろとは兄弟にあたる（初代のしろは『密命―見参』に登場し、冠阿弥が火事になった際に騒いで知らせる活躍をしている）。

長屋の番犬をよく務めており、不審な訪問者には激しく吠え立てる。惣三郎が長屋に戻ってくると喜んで尻尾を振って出迎える。大川端の様子をよく知っていて、結衣を先導したりもする。

『残夢』では、火盗に襲われて記憶を失った娘・鶴女《つるじょ》に献身的に付き添って癒《いや》し、セラピー犬として存在感を示した。

◉あやめ

惣三郎の亡き先妻。父は豊後相良藩の御右筆方。ふっくらした顔だちの城下で評判の美人であった。結婚して二年目に清之助を出産。その三年後にみわを産むが、その直後に流行病《はやりやまい》で亡くなった。

清之助にとっては今でも忘れられない存在で、回国修行中にあっても相良に立ち寄り、墓参りをしている。

コラム 1

江戸の運命共同体――長屋暮らし

江戸の集合住宅、長屋。江戸の町人の七割が長屋暮らしで、互いに助け合いつつにぎやかに生活していた。そんな長屋の全貌を紹介する。

＊

●割長屋・棟割長屋

いわゆる〝長屋〟というのは、表通りに面した店（表店）や表長屋の奥の路地に並ぶ裏店、裏長屋のことを指すことが多い。割長屋は、長い家を棟と直角に切り割って数件の家に分けた一般的な長屋のこと。広さは九尺二間、今でいうと四畳半に台所がついた程度の広さが普通だった。惣三郎が始めにすんだ霊岸島浜町《れいがんじまはまちょう》の太兵衛《たへえ》長屋もこういった長屋だった。

棟割長屋は割長屋をさらに棟で仕切った長屋で、風通しも悪く、三方から隣家の物音が聞こえてきて住環境は劣悪だったが家賃は安かった。

●割長屋の内部復元図

家族構成は夫婦と子ども一人（深川江戸資料館資料より）

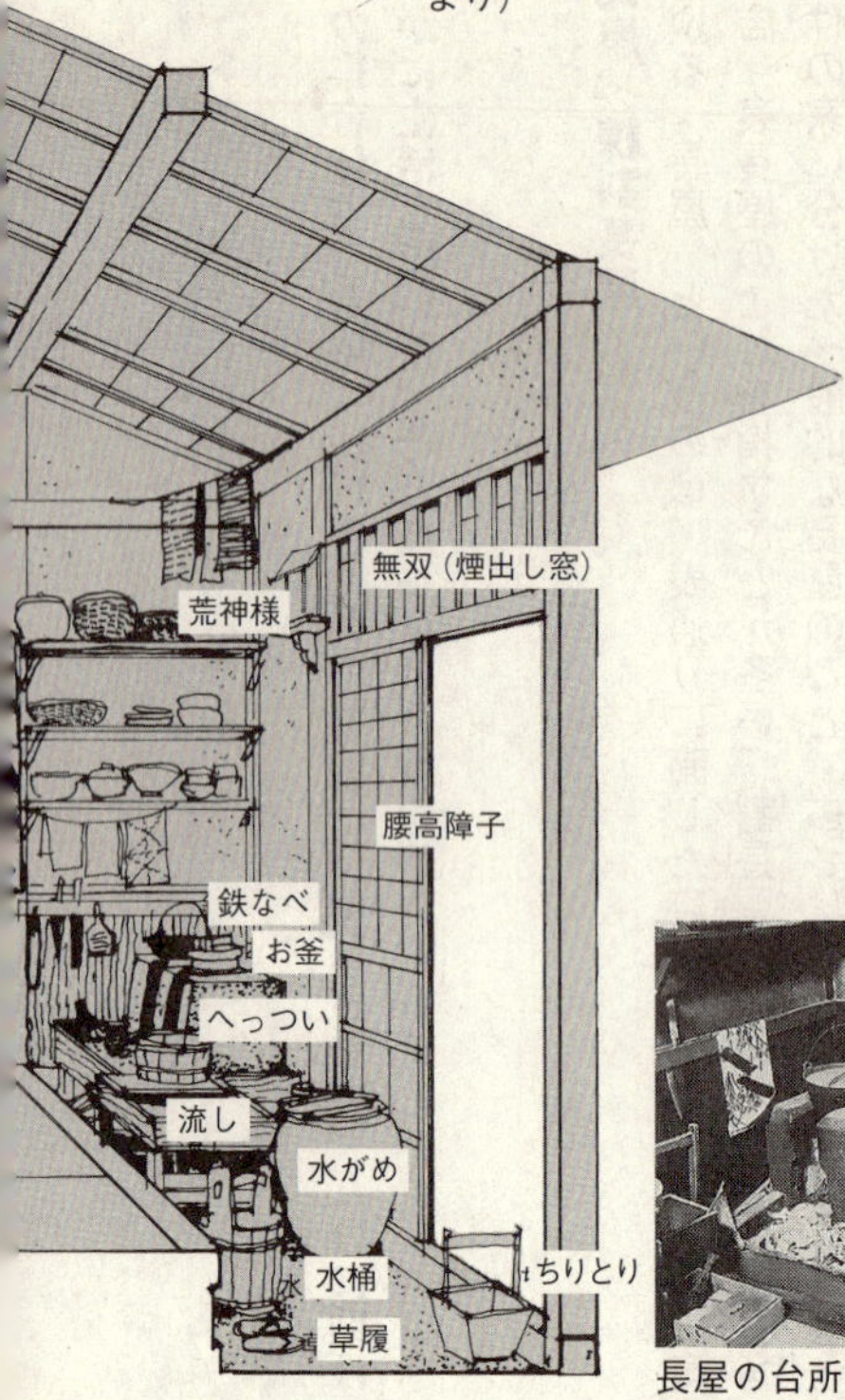

長屋の台所。台所といっても狭い土間にへっつい（かまど）と水がめ、木製の流しが置かれているだけのシンプルなものだった
（深川江戸資料館）

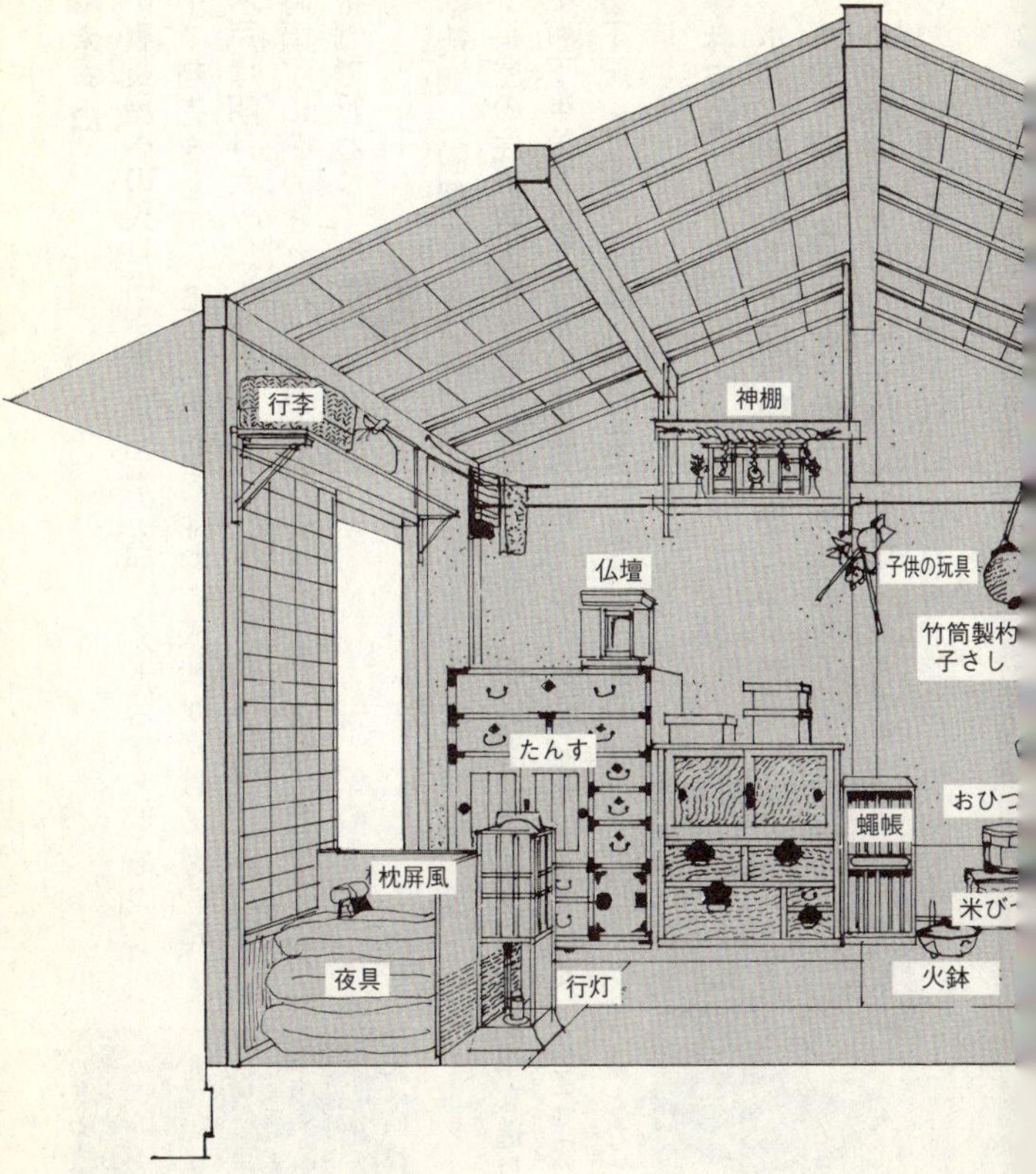
行李
神棚
仏壇
子供の玩具
竹筒製杓
子さし
たんす
おひつ
蠅帳
枕屏風
米び
夜具
行灯
火鉢

●木戸口

裏長屋への入り口。集合住宅の玄関にあたることもあって、中で商売をしている人の看板を兼ねた表札が掲げてあった。木戸は明け六ツ（午前六時頃）に開けられ、夜四ツ（午後十時頃）に閉められた。木戸の開閉は家主か、長屋の住人の当番制で行われていた。

●後架《こうか》（雪隠《せっちん》）

長屋の住人数世帯が使う共同トイレ。踏み板を渡しただけの簡単な造りだった。扉も下半分だけだったので誰かが入っていると頭が見えていた。ここで汲《く》み取られる下肥は、肥料として農家に買い取られており、家主の貴重な収入源となっていた。

●井戸端

水は、共同の井戸から桶をつけたつるべを下ろして汲み上げ、各戸の水がめに溜めて使った。洗濯などはこの共同の井戸端で行ったので、女房たちにとっては文字通り井戸端会

後架（深川江戸資料館）

井戸端。奥にはお稲荷さんの社もある（深川江戸資料館）

大店の裏長屋
家主
割長屋
はきだめ
井戸端
後架（雪隠）
大店
木戸口

議に花が咲く社交場となっていた。

●家主

長屋の家主の住居は、普通は自分が管理している長屋の入り口の木戸脇にあった。長屋に関する家主の仕事は、家賃の取り立てにはじまって、家屋の修理、奉行への連絡、旅行証明書となる関所手形の処理、町方との応対など役所の職員のような仕事も多く、果ては、長屋内の結婚、出産、葬式、親子・夫婦喧嘩《げんか》の仲裁、密通事件の扱いなどにも責任を持たねばならなかった。それだけに、店子たちは家主には頭が上がらなかったという。

◉火事場始末　荒神屋

荒神屋の業務は火事場始末である。商家の火事場を片付け、一刻も早く仮店普請にかかれるようにすることがメインの業務だ。また、まだ使えそうな木材は、削ったり洗い落としたりして再生し、小屋や納屋などを造る材料として売ってもいる。廃材を切りそろえて湯屋に卸すのも収入源である。

仕切り場・作業場は大川端の永代橋《えいたいばし》際にあり、人足は五〇人を超える。大雨が降っても大丈夫なように、土手上に、二階建ての人足用の長屋を自分たちだけで建てた。

惣三郎にとっては、脱藩して困っているときに働かせてもらった因縁の職場でもある。惣三郎は今でも帳簿付けを務めている。

◉荒神屋喜八《こうじんやきはち》

荒神屋の親方。いぶし銀的な存在の、落ち着いた常識人。惣三郎とは以心伝心で、お互いの胸中を察しあう。

若いころは遊び人で、父親の掛け軸や刀を持ち出し、骨董屋《こっとう》にたたき売って板橋宿の女郎を買いに行ったこともあったというが、惣三郎はその風格から彼は元武士ではないかと睨《にら》んでいる。

ともあれ、喜八は惣三郎にとっては寛大で優しい上司であり、うらやましいかぎりである。一か月ぐらい欠勤しても、「昨日今日のつきあいじゃありませんや。少しくらい留守をなされたからといって恐縮することはありませんや」と言ってくれるのだから。

◉小頭の松造《こがしらのまつぞう》

荒神屋のナンバー2。まとめ役。以前は母・かねと銀町の裏店に住んでいたが、仕事場近くの飲み屋であるとやの女給・お由《よし》と結婚して五人の子どもをもうける。現在は荒神屋の人足長屋の大家的存在。酒が好きな愛すべき人物で、照れ屋でもある。

ちゃらちゃらした上方訛《なま》りは大嫌いといって憚《はばか》らない生粋の江戸っ子だが、直情的な性格で、『密命─見参』では宮地芝居の太夫・上村彦乃丞《うえむらひこのじょう》に入れあげて仕事もおろそかになり、殺人の疑いをかけられたエピソードを残す。

◉とめ

荒神屋の女人足。酒好きの夫・権六《ごんろく》（死亡）のあとを継いで、荒神屋で働きはじめる。

現在は女衆の頭分的な存在。三〇年以上浜町裏の太兵衛長屋に住んでいたが、三男の芳三郎とともに荒神屋の長屋に引っ越す。長男は左官に、次男は大工にそれぞれ弟子入りしている。芳三郎は四〇歳近くで産んだ、いわゆる恥かきっ子。

普段はしわがれ声で男言葉を使っており、気も荒いが、情に厚くて涙もろいところもある。真っ黒に日焼けした顔をしている。

◉芳三郎《よしさぶろう》

とめの三男（末っ子）。一四歳。『遺恨』から本格的に登場したニューフェース。職人になる話もあったが、「大川端を離れたくないし、おっ母さんも歳だから、そろそろ代替わりさせてやりたい」という気持ちから荒神屋に入った孝行息子。荒神屋では、「一、二年は作業場で働き、体が出来上がってから現場に出るのだ」と諭され、まずは廃材の処理作業から仕事を始める。

背丈は五尺三寸（一六一センチ）。節のない竹のようにすうっとした体つきで、何事に対してもはっきりとした受け答えをする。『残夢』では、日頃の働きぶりが認められ、親方の喜八から一人前の証である荒神屋の長法被《はっぴ》を贈られた。

登場して間もないが、いつかシリーズのどこかで大きな役割を務めるのでは、と予感させる少年である。

コラム 2

江戸町人・お仕事拝見！

大都市江戸ではありとあらゆる職業があり、みんなせっせと食い扶持《ぶち》を稼いでいた。その一部をのぞいてみよう。さて、密命シリーズでは誰が、どんな職を持っていただろうか？

＊

●**棒手振《ぼてふ》り**

商品を天秤《てんびん》棒で担いで街を売り歩く行商人のこと。野菜・魚はもちろん、しじみや豆腐などの総菜用食品から、油・塩・炭などの生活必需品、すだれや盆提灯などの季節の行事用品まで、朝から晩まであらゆる物が行商されていた。彼らのおかげで町人たちは買い物に行く必要がほとんどなかった。

「密命」シリーズでは、惣三郎が始めに厄介になっていた浜町裏の長屋の住人、竹次が棒手振りだった。

●**大工・左官**

数ある職人の中でも比較的高給取りの部類。火事の多い江戸では仕事に困ることはなかった。なお、大工や左官のように外に仕事場がある職人を「出職《でしょく》」、建具屋など家の中で作業をする職人を「居職《いじょく》」といった。

●汚穢屋《おわいや》

下肥を汲《く》み取る業者。何でもリサイクルされた江戸の町で、特に下肥は農作物の肥料として欠かせないものだったため、江戸近郊の農民や業者たちは、大名屋敷、大店、長屋と年間契約で汲み取り権を確保し、現金や野菜で代価を支払っていた。『火頭』ではこの汚穢屋が事件の重要な鍵となった。

●三味線《しゃみせん》師匠

江戸時代、庶民の間で三味線や踊りなどの習い事が流行るようになった。子女はもちろん、男たちも色町での座興《ざきょう》用、または美人の師匠目当てにせっせと習い事に励んでいたようだ。

「密命」シリーズでは、金杉一家が住む芝七軒の長屋の住人に、年増だが美人の三味線師匠、歌文字がいる。また、花火の親分の恋女房静香《しずか》も踊りの師匠。いつも若い娘たちが通ってきている。ちなみに『火頭』では親分が静香に踊りの稽古をつけ

スイカ売り

虫売り…蛍・コオロギ・松虫・鈴虫などを屋台で売っていた

ところてん売り…夏の風物詩。砂糖か醤油をかけて食べた

●盛夏の街角の行商人たち

江戸の町では棒手振りや辻売り、屋台などの便利な「動く店」があらゆる物を商っていた。（『東都歳事記』深川江戸資料館蔵）

天麩羅の屋台

冷や水売り…別料金で白玉や砂糖を加えて飲むこともできた

てもらっている微笑《ほほえ》ましいシーンも。

●丁稚《でっち》・手代《てだい》・番頭

商家の奉公人は、一三歳の頃にまず丁稚として雇い入れられ、店頭の雑用と使い走りをした。元服後には手代となり、雑用をしながら商品の仕入れなどを覚えていく。その後も多くの職階を経て仕入れの責任者である番頭となる。そして、支配人、後見人などを経て、やっと暖簾《のれん》分け・独立することができた。

●手習い師匠

町の子どもたちに「読み・書き・算盤《そろばん》」を教える手習い塾（寺子屋は主に関西系の呼び方）の師匠。江戸時代にはこうした自発的な教育機関が増加し、文化年間の頃には江戸府内に大小合わせて約一五〇〇もの塾があったという。

師匠たちは、本業を別に持っていて、ボランティアのような形で教師をしていることが多かった。師匠となるのには身分、学歴、性別を問わず、何の資格も必要なかったため、その教育法は千差万別だった。

◉札差 冠阿弥

冠阿弥は増上寺《ぞうじょうじ》の近くにある芝神明町の有力な札差。お杏《きょう》の実家。両替商や回船問屋も営んでいる。三百諸侯の大名家が頭を下げても、なかなか金を借りられないほどの厳然とした力を持つ豪商である。

惣三郎とはお杏と荒神屋を通じて知り合う。『密命―弦月』では、改革の一つが札差の縮小であったために倒産の危機に陥るが、惣三郎の活躍で難を逃れた。

◉冠阿弥膳兵衛《かんあみぜんべえ》

札差冠阿弥の大旦那。お杏の父。『密命―弦月』からは帳簿を長男の治一郎《じいちろう》に譲って隠居の身。若いころは目端のきいたやり手の商人であったが、現在は盆栽の手入れをして過ごす好々爺《こうこうや》である。白楽天《はくらくてん》の詩を暗唱できるほどの学才もある。

財力があり、社交好きで顔も広いため、シリーズを通して惣三郎にとっては何とも頼もしい存在。惣三郎がしのと結婚するときには、仲人も務めた『密命―残月』。

できるだけ長生きをして、いつまでもシリーズに登場してほしいが、鹿島の米津寛兵衛《よねつかんべえ》が亡くなって以来、「めっきり年をとったようじゃ」という言葉が気になる。

◉忠蔵《ちゅうぞう》

札差冠阿弥の大番頭。白髪頭に眼鏡をかけた、いかにも商人といった風体。店主治一郎の片腕となって、如才《じょさい》なく店を取り仕切っている。たたき上げだけに、大旦那の信頼も厚い。

『密命—見参』でお杏が誘拐された際に、飼い犬しろの探索費のたった二倍の料金で惣三郎に捜査を依頼したのはご愛嬌《あいきょう》。

コラム3

江戸文化の立役者――江戸商人のキーワード

●札差《ふださし》

武士の給与である禄米は、春・夏・冬の年三回に分けて支給されており、入手した米から必要分を除き、それを米問屋に売り渡して現金を得ていた。しかし、それはとても煩《わずら》わしい作業だったという。そこで、三代家光《いえみつ》の時代に蔵出しから売り払いまでの面倒な手続き一切を代行するようになったのが札差である。

札差の名前の由来は、禄米の受け取り時に米と引き換えにする手形を割竹に挟み、御蔵役所の入口に用意された藁束《わらたば》の棒にそれを刺した（差し札）ことからきている。

また、生産者ではない武士は、先祖伝来の禄高で生活していかなければならなかった。しかし、平和な時代の中で大都市江戸の生活はだんだん贅沢になっていく。その結果、武士は生活が苦しくなり、借金を余儀なくされることになっていった。

そこで、札差は禄米を担保とした現金の貸付けも行い、莫大な利息収入を得た。

成功した札差たちは豪商となり、後に蔵前風と呼ばれる独特の町人風俗を生んだ。なかでも、大口屋治兵衛《おおぐちやじへえ》は御蔵前の今助六《いますけろく》といわれ、金を湯水のように使い、人目を引く身なりや行動をした「通人のなかの通人」十八大通の筆頭とされた札差である。彼らは文化・芸能面でも経済的な支援者として江戸文化に影響を与えた。

●**蔵前**

浅草の隅田川右岸に面した一角で、幕府が旗本たちの禄米を貯蔵する米蔵が設けられていた。そのため、この界隈に札差の店が集中した。

ただし冠阿弥は、創業時に陸奥仙台藩への出入りを許されていた関係で、仙台藩の上・中屋敷のある芝神明町に看板をあげている。それが仇となり（？）、危うく店がとり潰しになりかけたことも……（『密命―残月』参照）

●**両替商**

江戸時代は「金」「銀」「銭」の三種類の貨幣が併用されていた。江戸では金貨、大坂では銀貨が主流で、それぞれの交換比率の相場は日々変動していた。また、幕府による貨幣の改鋳が繰り返し行われ、しばしば相場の混乱が起こった。この金・銀・銭の売買両替を行ったのが両替商で、同時に為替・預金・貸付けなども行って富を築いた。

冠阿弥は両替商も兼業しており、『密命―残月』では交換条件で吉宗の新貨幣統一政策に手を貸すことを約束させられたりもしている。

◉火消め組（芝鳶）

め組は芝片門前町にある町火消。二番組下。その町内は、桜田久保《さくらだくぼ》町・兼房《かねふさ》町・二葉《ふたば》町・源助《げんすけ》町・露月《ろうげつ》町・神明《しんめい》町・中町門前浜松《なかまちもんぜんはままつ》町・芝口《しばくち》町一丁目から三丁目までなど。火消人足は、二三九人に及ぶ。大岡越前守忠相の指揮による享保五年八月の町火消再編成までは、芝鳶という名であった。ちなみに、当時のいろは四十七組（のちに四十八組）の火消人足の数は、十番組で八八六三人、これに本所深川十六番を加えると、一万一四三人であった。

◉辰吉《たつきち》

め組の頭取。お杏の義理の父。義理人情に厚い昔気質《かたぎ》の常識人。数々の修羅場をくぐり抜け、腹がすわっている。『火頭』では、人望があるために江戸の鳶《とび》の総代・町火消一万余人の総頭取に推薦された。いろは四十七組町火消の発足と同時に現役を退いて登五《とうご》郎《ろう》に頭取を譲る気でいたが、まわりがやめさせてくれない。

惣三郎とはシリーズを通して信頼関係にあり、要所要所で絶妙な連携をみせる。読者としては、今後も威勢のいい啖呵《たんか》を聞き続けたいところであるが、冠阿弥の大旦那と同様に老人くさくなってきたのが少々気になるところ。

◉お杏おきょう

め組の姐さん。登五郎の妻。冠阿弥膳兵衛の娘としてわがまま放題に育つ。芝鳶の一人息子・半次郎《はんじろう》と所帯を持つが、二年で未亡人となる。その後、密かに自分を思ってくれていた芝鳶の若頭（当時は纏持ち）登五郎と再婚して一児をもうける。きりっと整った顔立ちの美貌で、全身からは艶《えん》とした色気が漂っている。聡明で勘がよく、物事の呑み込みも早い。ちゃきちゃきとした明るい性格で、情に厚く、鉄火肌なところもある。『火頭』あたりからは、粋な町火消の姐さんとしての貫禄を身につけ、伝法な口調になった。

現在は子育て中でおとなしくしているが、再度初期の『密命─見参』『密命─弦月』のような颯爽《さっそう》とした活躍を期待したいところだ。

◉登五郎とうごろう

め組の若頭。お杏の夫で半次郎の父親。浅草聖天町《あさくさしょうでん》の裏店育ち。背に昇竜の彫物を持つ、きっぷと度胸が自慢の火消。纏持ちのときに、家を出たお杏を探し出し、身を捨てて守る（『密命―弦月』）。お杏と結婚後は夫婦で芝鳶の養子となり、辰吉の後継となる。地味な存在ではあるが、半次郎の父親でもあることから今後は出番も増えそうだ。

◉半次郎《はんじろう》

お杏と登五郎の長男。亡くなったお杏の前夫の名前を引き継いだ。誕生時は、体重が一貫はあろうかという元気な赤ん坊であった。順調に成長し、『残夢』では「おっ母さん、ぼんは纏《まとい》持ちになる」と回らぬ舌で言うまでになっている。

今後の成長が楽しみである。

◉鍾馗の昇平《しょうきのしょうへい》

め組の人足。石見道場の門弟でもある。シリーズには欠かせないキャラクターの持ち主で、しっかりレギュラーに定着した。

身長六尺三寸（一九〇センチ）、体重一八貫（六七・五キロ）の大男。一見のっそりしていて、冬眠明けの熊のように見える。最近は石見道場の朝稽古のおかげで筋肉がつき、体が一段と引き締まった。性格は体つきとは対照的に、優しくのんびりしており、誰からも愛されている。特に芝界隈《かいわい》の娘たちのあいだではアイドル的な存在だ。

惣三郎を師と仰ぎ、尊敬の念を込めて師匠と呼んでいる。剣術の腕前も日を追うごとに上達してきているので、今後の活躍が期待される。しかし読者が最も気になるのは、惣三郎の娘みわへの思いが叶《かな》うかどうかということであろう。あせらずに温かい気持ちで二人の展開を見守ってあげようではないか。

コラム4

きっぷと度胸がモノを言う！――江戸火消のキーワード

●鳶《とび》

鳶の名の由来は、細長い棒の先端に鋼鉄の鉤《かぎ》をつけた「鳶口《とびぐち》」という道具を扱うことからきている。鳶の仕事は、今も同じ名前で呼ばれるように、建築現場の足場を組んだりする土木作業員だった。彼らは他にも特定の商家に出入りして雑用をしたり、町の道路の補修、どぶの清掃、祭礼の準備、注連縄《しめなわ》の飾り付けなどを行って日当をもらっていた。火消の仕事も、そういった〝副業〟の延長だった。

しかし、当時の消火法は水での消火ではなく、延焼を防ぐため周囲の建物を壊していく破壊消防。建物の構造を熟知し、高所での作業や、鳶口を扱い慣れている職人たちでなければ手に負えない。

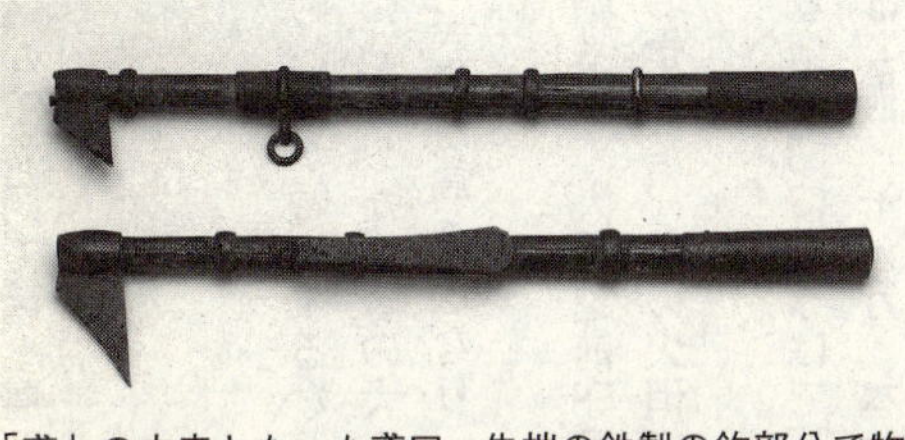

「鳶」の由来となった鳶口。先端の鉄製の鉤部分で物をひっかけて運んだり、壊したりする道具で、当時の破壊消防にはなくてはならないものだった。また、現在の消防現場でも使用されている。（東京消防庁消防博物館蔵）

そこで、町人たちは町の予算の中に鳶の手当を組み込んで共同で鳶を雇うことにした。これが町火消の元となった。

●町火消制度

江戸の町は大都市化するにつれ、火事場泥棒目的の放火が頻発するなど、火事の発生件数が急増した。特に、明暦三（一六五七）年に発生した明暦の大火（俗にいう振袖《ふりそで》火事）は、江戸城本丸をはじめ、江戸の町の大半が焦土《しょうど》となり、死者十万余人ともいわれる大惨事となった。

そんな中、享保元（一七一六）年に吉宗の治世が始まり、大岡越前守忠相が江戸町奉行に就任する。大岡は、従来の幕府の火消である定火消、藩の火消である大名火消とは別に、町火消の制度を発案した。

町火消の編成は、二十町四十八組とされ、担当する地域別にいろはで区別することになった。威勢や語呂が悪い「ひ・へ・ら・ん」は「百・千・万・本」が当てられた。さらに組内も、組頭を筆頭に、纏持ち・梯子持ち・平人・人足といった階級が定められた。

このように、指揮系統や担当が明確になったことで、消火の能率はかなり上がるようになった。また、各組がそれぞれのシンボルである纏《まとい》や幟《のぼり》を持つことで、お互い切磋琢磨《せっさたくま》した。そして町火消は、その抜群の消火能力と活躍で「江戸の華」と呼ばれる存在となったのである。

●臥煙《がえん》

火消小屋で集団生活している幕府の火消人足のこと。旗本の次男坊・三男坊といった身分が多かったが、彼らは火消の中でも最も乱暴な連中だった。体中に入れ墨をし、素肌の上に半纏《はんてん》をひっかけて、博打や喧嘩、無銭飲食、たかりは日常茶飯事。町火消ともしばしば争いを起こした（『火頭』ではそんな臥煙に登五郎が怪我をさせられている）。

●纏《まとい》

言わずと知れた江戸の火消の看板道具。その用途は、火事場で自分の組がその地点までの消火を引き受けたという目印にするためのもの。纏こそは、その組のシンボルであり歴史であり誇りだった。纏持ちはたとえ延焼してきても、焼け死ぬ覚悟で火の粉の中に立ち尽くした。だからこそ、梯子持ちや平人たちは、兄貴を死なせてなるものかと奮い立ったのだ。

また、仲の悪い組の纏持ち同士が屋根の上でかち合うと、先に逃げるのは末代までの恥とばかりにお互い一歩も退かなかったという（お杏の前夫の半次郎もそうした纏持ち同士の争いが原因で亡くなっている）。そして、そんな纏持ちは火消にとって最も憧れの役だったのだ。

●半纏《はんてん》

火事場装束であり、組のユニフォームでもある。その模様や印によって、何組の、どんな役目の者かが、直ちに分かるようになっていた。しかし、裏地にはそれぞれが粋を凝らした絵柄を施しており、消火を終えて意気揚々と引き上げる時には、この時とばかりに裏地に返して着た。火消の半纏は、既婚者の場合は妻が縫い、未婚の場合は頭の内儀かその娘が縫った。火消にとって半纏は単なる仕事着ではなく、火事場での安全を祈る家族の思いと、命を張って火事に挑む火消の心意気がこもった大切なものだったのである。

◉南町奉行所

南町奉行所は数寄屋橋《すきやばし》際にある二千坪以上の敷地を持つ幕府の役所である。北町奉行所とともに幕府の行政と司法を担当した。しかし南北の奉行所は、江戸を二分して担当していたわけではなく、毎月交代の月番制で事務をとっていた。町奉行の地位は幕府内でも重職とされた。今でいえば、都知事と裁判官、消防庁長官、警視総監を合わせたような重職である。当然、抜擢《ばってき》される人物は超エリートばかりであった。

◉大岡越前守忠相《おおおかえちぜんのかみただすけ》

ご存じ江戸幕府の南町奉行。書院番・徒頭・使番・目付を歴任した後、三六歳の若さで山田奉行に就任。四年の勤務を経たのちは、江戸に戻って普請奉行となる。さらに享保二年に、官職名を越前守と改め、南町奉行に抜擢される。

大岡裁きはテレビなどで有名だが、本作では吉宗の密命を受けて惣三郎とともに尾張《おわり》藩の徳川継友《とくがわつぐとも》・宗春《むねはる》兄弟の陰謀に立ち向かう。日頃は柔和で温厚な人物。しかしひとたび事が起きれば幕府の行政者としての有能な政治家の顔に戻り、毅然とした態度をとる。惣三郎との阿吽《あうん》の呼吸での大人の会話もシリーズの魅力となっている。

◉織田朝七《おだちょうしち》

南町奉行所の内与力《うちよりき》。奉行と現場をつなぐ秘書的役割を担い、大岡の番頭役を務めている。歴代の内与力には、探索には口を出さないという不文律があったが、大岡が奉行に就任して以来様相が変わり、織田の線から極秘の探索がしばしば行われるようになった。しかし、彼が直接事件に出動することはない。

痩せた体型のややお固い武士という印象だったが、『兇刃』では部下の西村の嫁の世話に奔走し、人間的な一面も見せた。

◉西村桐十郎《にしむらとうじゅうろう》

南町奉行所の切れ者の定廻り同心。『密命―見参』からのレギュラー。八丁堀岡崎町の同心長屋に住んでいる。

父のあとを継いで北町奉行所に長年勤めていたが、大岡のスカウトで南町奉行所に配属される。出世欲はなく、普段は仏の桐十郎と呼ばれている。お上の威光をひけらかすこともなく、捜査で立ち寄った酒屋などでもきっちり代金を支払う好男子。剣術も、南北町奉行所同心二五〇人中の一〇位に入るほどの凄腕だ。惣三郎とは仕事を抜きにした固い友情で結ばれている。
『悲恋』では長年の独身生活に終止符を打ち、思いを寄せていた野衣《のえ》とめでたく祝言をあげた。『遺恨』では長男晃太郎《こうたろう》も誕生し、公私ともに今が絶好調といったところ。

◉**野衣**《のえ》
西村桐十郎の妻。一児の母。細面の美人で、おっとりしていて品がある。男性にとっては理想的な良妻賢母型の女性。『悲恋』からレギュラー入りした。
実家は出石《いずし》藩佐竹《さたけ》家だが、江戸藩邸で生まれたため但馬《たじま》出石のことはよく知らない。桐十郎とは以前から知り合いだったが、前夫の墓参に同行したことがきっかけで結婚に至る（『兇刃』）。夫を心臓発作で亡くしたばかりのときで、結婚には様々な障害もあった。しかし結局は、大岡や織田などの助力もあり、めでたく祝言の運びとなった。現在は庭の一角で季節の野菜などを栽培しながら暮らしている。

◉牧野勝五郎《まきのかつごろう》

南町奉行所の与力。西村の直属の上司で探索方の長。大岡からの命で西村と野衣の仲人を仰せつかり、張り切って妻のお園《その》とその任を務める（『悲恋』）。あまり登場の機会はないが、南町奉行所の重要な任務を担い、大岡を補佐している。

◉時蔵《ときぞう》

大岡の密偵。小柄な五体だが、俊敏な動きの持ち主。同じく大岡から密命を受けた多津《たづ》とともに堅実に役目をこなしている。普段は歯切れのいい物言いをするが、密偵らしく感情を押し殺す術も身につけている。

惣三郎と信頼関係を築いた背景には、同じ役目を担ったお吉《きち》の無念の死があった。それだけに時蔵、多津、惣三郎の三者は深い絆で結ばれている。

◉花火の房之助《はなびのふさのすけ》

西村桐十郎から十手《じって》鑑札《かんさつ》を預かる南八丁堀の敏腕で聞こえる岡っ引き。八丁堀・鉄砲洲・明石町《あかしちょう》を縄張りとし、事あるごとに惣三郎のために地道な捜査を担当している。典型的な江戸っ子で、花火の異名は、花火師の三男に生まれたことからつけられた。スタート時からのレギュラーで、頭に白いものが混じりはじめたが、まだまだ若い者には負けない貫禄を示している。
羽織下の着流しの裾を腰帯にきりりと挟み込み、股引・紺足袋・草履を突っかけた岡っ引姿も堂に入ったもので、思わず声を掛けたくなるほどである。今後もいぶし銀的な活躍を期待したい。

◉静香《しずか》
花火の親分の恋女房。踊り手習いの師匠でもある。あだっぽい小粋な姐さんといった風情の女性。子どもに恵まれないことが唯一の悩みとなっている。
伝法な口を利くこともあるが、きれい好きで、家のなかは玄関から羽目板までぴかぴかに磨き上げている。夫の御用の話にはいっさい口を挟まない昔気質な気風も持ち合わせている。西村の結婚の際には、仲に入って様々尽力した（『悲恋』）。
江戸から一歩も出たことがないため、旅をすることが目下の希望だ。

◉三児《さんじ》
花火の親分の手先。準レギュラー。親分の家のすぐ近くの裏長屋に住んでいる。身長五尺五寸（一六七センチ）、長い顎が特徴。めっぽう威勢がいいが、軽率なところもある。
『密命―残月』で惣三郎の供をして甲州に出向くが、食べ過ぎて腹痛を起こしたり、女郎を買いに行って敵に捕まる失敗を演じてしまう。愛すべきキャラクターの青年だが、いま一つ頼りにならないのが玉にきず。親分の家の女中うめに心を寄せている（『極意』）。

◉猪之吉《いのきち》

花火の親分の手先。三児の同僚。印判彫り職人の父親のあとを継ぐのを嫌って十手持ちの手先になる。三児とは違って無口だが、粘り強い性格で機転も利き、手先としての将来を嘱望されている。そんな猪之吉も、三児にかかれば「猪之吉は暗くていけねえ。あれじゃあ喋《しゃべ》りたくても誰も口をきいてくれねえ」となる。みわがかどわかされた事件のときは、蔵屋敷に忍び込んで情報収集するなど、素晴らしい活躍をみせた（『悲恋』）。

◉うめ

花火の親分宅の住み込みの女中。しっかり者で、家事をてきぱきこなしている。何事をするにも要領がよく、踊りを教え込まれている静香からも「習い事をしていなかったわりには筋がいい」と言われる。

しかし、そんなうめも悲しい過去を持つ。父親は花火の先代に使える手先だったが、捕り物で命を落とし、母親も流行病で亡くなる。花火の下っ引きを務めていた祖父熊吉《くまきち》に男手ひとつで育てられるが、その熊吉も火頭一味によって殺されてしまう。そんな天涯孤独となった彼女に、救いの手を差し伸べたのが花火夫婦だったのである。『極意』では怪我をした三児の看病をし、親しくなった。この薄幸な娘にも、ほのかな恋の予感がするのだが……。

コラム 5

実は一番ヤクザな業界だった!?――町奉行のキーワード

●町奉行所

江戸の町方の行政・司法・警察機構などの役割全てを担う機関。享保四年に中番所が廃止されてからは北町奉行所・南町奉行所の二つが置かれていた。北町、南町といっても市街を南北に分けて担当したわけではなく、一月ごとに交代で業務を行っていた。

●町奉行

町奉行所の長。現在でいうところの都知事・裁判官・消防庁長官・警視総監を兼ねており、相当な激務だった。また、非番の月も書類の処理などで月番の時と同様に忙しかったようだ。

●与力

奉行の下に南北各二十五騎置かれた役職。与力は、力士・火消とともに「江戸三男」と呼ばれ、〝かっこいい男〟の代表だった。また本作の織田朝七のように、与力とは別に、奉行の秘書的役割を務める役職は内与力といった。

●同心

与力の命令に従って、現場での実務を行う役職。身分はお目見え以下で三十俵二人扶持。庶民に対する直接的な警察権は、この同心が持っていた。

●八丁堀の旦那

与力・同心の別名。組屋敷が現中央区の八丁堀に多かったことからこう呼ばれた。与力・同心とも禄高は低かったが、大名や町人から、何かあった時に有利にしてもらうための付け届けや心付けをもらうことが多かったので、生活は裕福だった。また、八丁堀の湯屋では、混雑する朝の時間に、空いている女湯に入ることができるという特権まで持っていた（ちなみに我らが西村桐十郎は、そんな特権を良しとしない稀有な同心である）。

●岡っ引き

同心のもとで捜査や容疑者の捕縛などを手助けした手先。岡っ引きの「岡」は〝正式でない〟という含みを持つ言葉であり、その身分は幕府から認められていない、あくまでも同心の私的使用人だった。〝蛇《じゃ》の道は蛇《へび》〟ということもあり、前科者が起用されることも多かったという。そのため、花火の親分のような義侠心に満ちた人材ばかりとはいえず、警察権力を笠に着てゆすり、たかりなどを行う者も多く、幕府はたびたび岡っ引きを使うことを禁止した。しかし、当時すでに町人だけで約五十万人もの人口を抱えていた江戸の町は、同心だけではとても目が行き届かず、岡っ引きは御用聞きなどと名前を変えて存在し続けた。

●十手

捕り物道具といえばこれ。相手の刀をよけたり攻撃するためのもので、訓練次第では相手の刀を取り上げることもできた。役職によってさまざまな種類があり、与力の十手は、実戦にはほとんど使用しなかったため、蒔絵《まきえ》や彫刻が施されたりと、装飾性が高かった。一方、同心は実戦向きの鉄製に紺か緋の房がついたものが主流だった。

江戸町奉行所同心真鍮銀流し十手（明治大学博物館蔵）

江戸町方同心捕物出役長十手（明治大学博物館蔵）

●三ツ道具

袖《そで》がらみ、刺股《さすまた》、突棒《つくぼう》のこと。袖がらみは相手の攻撃を受け止め、衣類をからめて動きを封じるもの。刺股は、のど・腕・足を押さえ込むもの。突棒は衣服や髪をからめて動きを封じるもの。

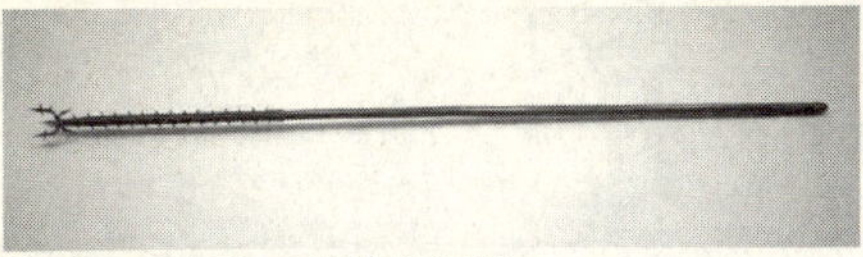

袖がらみ（明治大学博物館蔵）

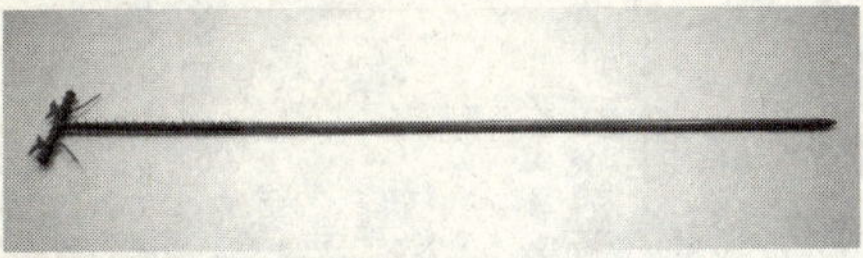

突棒（明治大学博物館蔵）

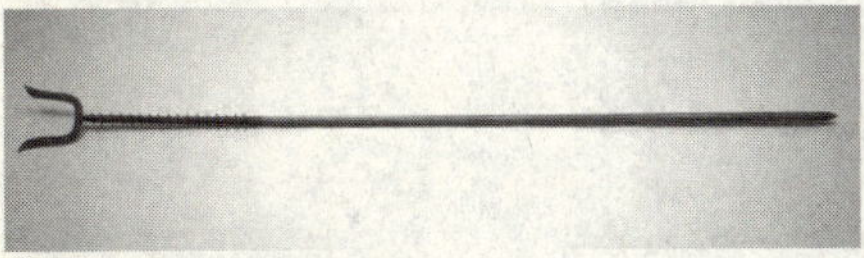

刺股（明治大学博物館蔵）

はしごを使った大立ち回り。捕物では、はしごや熊手などの身近な道具も活躍した。はしごを持っていない者は三ツ道具を構えている（『徳川幕府刑事図譜』明治大学博物館蔵）

「密命」シリーズにおける奉行・町方関係図

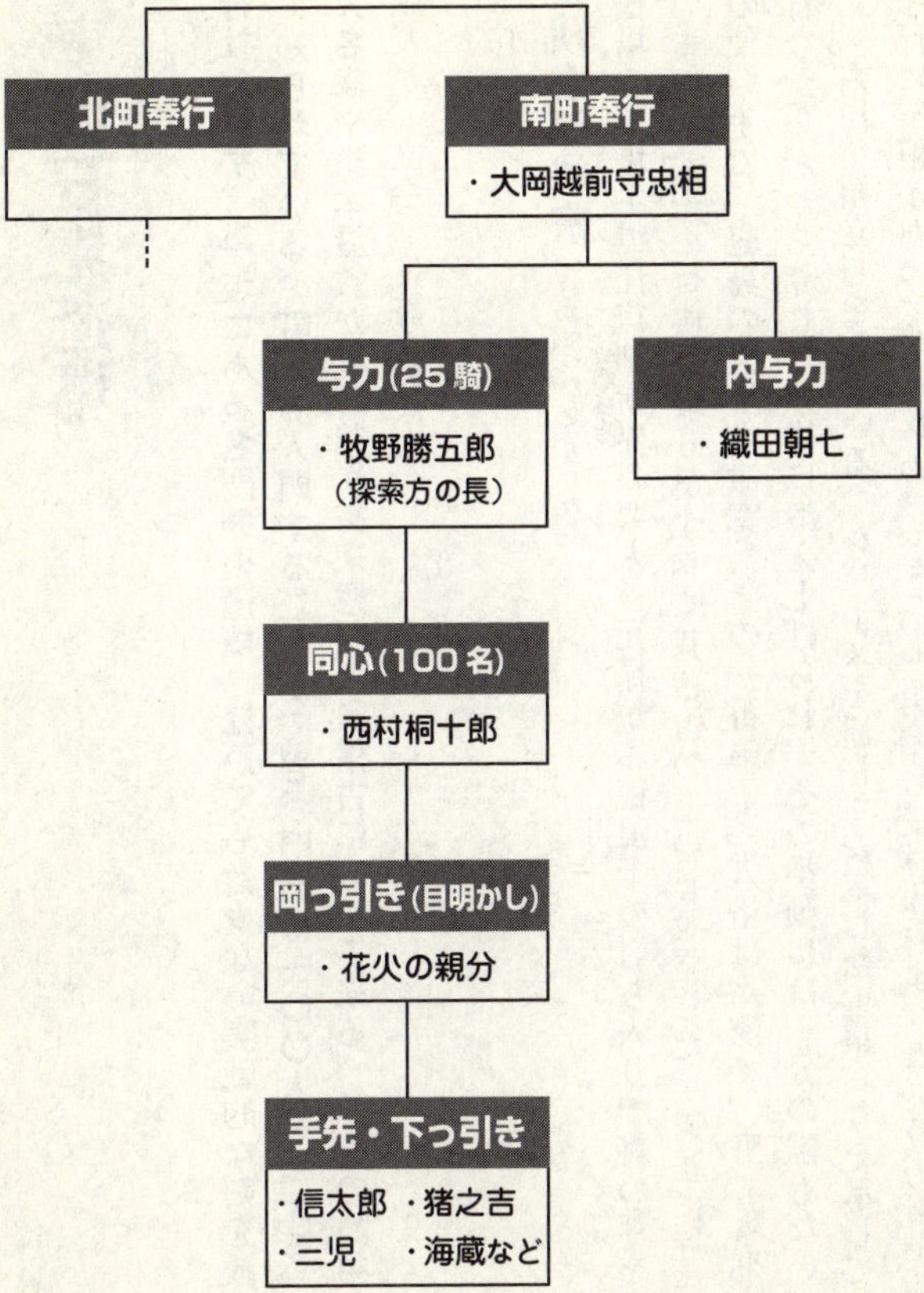

◉車坂石見道場

愛宕《あたご》神社の裏手、車坂《くるまざか》にある名門剣術道場。江戸でも数少ない実戦的な剣を教える道場として知られている。町人も入門することができ、門弟は一〇〇人を超える。朝は、近くの大名家や旗本屋敷から師弟や家来衆が大勢稽古にやって来る。他流の門弟との稽古は自由だが、立会いは許さない。

◉石見銕太郎成宗《いわみてつたろうなりむね》

石見道場の道場主で江戸剣術界の要人。元禄が赤穂浪士の討ち入りで終わりを告げたとき、いま一度武士の気概を取り戻すべく荒稽古の道場を設立した。還暦に近い年齢。一刀流の使い手で、鹿島の巨星米津寛兵衛の一番弟子。人格は高潔で、野心も邪心もない。中背ながらがっちりした体格に鍛え上げられ、その挙動には一分の隙《すき》もない。普段は温厚で、柔和な顔立ちをしている。シリーズを通して安定した重鎮ぶりを示している。「剣の修行に垣根があってはならぬ。どこの門弟でも受け入れよ」という方針で、「剣術は強さだけではない。心を鍛え、磨くことこそ真髄」と常々諭す。享保の剣術大試合では審判を務めた（『初陣』）。惣三郎とは初対面からお互いを認めあい、胸襟《きょうきん》を開いた。米津が亡くなったため、鹿島の今後を託されている。

◉棟方新左衛門実忠《むなかたしんざえもんさねただ》

奥州二本松《にほんまつ》藩出身の津軽卜伝《つがるぼくでん》流の中年の剣客。『初陣』が初登場だが、以降シリーズには欠かせない存在となる。諸国を回遊して異形の剣術家たちと数々の死闘を重ねてきた。風雪に耐えてきたその相貌と物腰は、彼の実直で鷹揚《おうよう》な性格と相まって、悠然とした風格をかもしだしている。

惣三郎と出会ったのは鎌倉由比ケ浜《かまくらゆいがはま》で、美濃高須《みのたかす》藩城下の平沢道三郎の仇討ち七人との対決の場においてであった。以後、惣三郎とは同じ剣の道に生きる者同士の固い信頼と敬愛の絆で結ばれることになる。惣三郎の紹介で石見道場に客分として迎えられ、弟子たちを指導し、また、惣三郎の推挙で相良藩の剣術指南役も務めた。

彼の剣への評価は、享保の剣術大試合で八強に入ったことで不動のものとなる。『残夢』では、惣三郎とともに鹿島の米津道場に出稽古に出向いた折りに、旅武芸者の岩屋歌平次と木刀で立ち会って圧倒的な勝利を収め、米津門弟から絶大な人気を得る。

『遺恨』にて下野茂木《しもつけもてぎ》藩細川家の江戸屋敷元締格久村護一郎《ひさむらごいちろう》の一人娘おりくとの縁談が持

ち上がり、『残夢』ではおりくの家と藩主細川興栄を訪ね、婿入りが決まった。

仕官したため惣三郎たちとは頻繁には逢えなくなるが、伴侶を得て落ち着いた今後の棟方の活躍は大いに楽しみである。

◉伊丹五郎兵衛《いたみごろべえ》

石見道場の住み込みの師範。生真面目な性質で道場の誰からも信頼されている。朝稽古の前には、他の住み込みの門弟たちとともに道場の拭《ふ》き掃除を欠かさない。道場のことを考えるあまり、時に心配性の一面をのぞかせることもある。

享保の剣術大試合の際には、出場する棟方の付添いを務めた（『初陣』）。

登場機会は少ないが、名門石見道場の師範としての存在感を示している。

◉木下図書助《きのしたずしょのすけ》

筑前福岡藩黒田家の家臣。江戸勤番中に石見道場に通い、師範格となる。中背ながら精悍な風貌をしている。俊敏な動きからは、並々ならぬ剣技が感じられる。享保の剣術大試合の選抜選考会に石見道場代表として参加するが、決勝で敗れる。清之助を可愛がり、面倒をみた。勤番を解かれて国許に戻ったが、『極意』では回国中の清之助が福岡の木下邸を訪ねて再会を果たしている。

コラム6　江戸の船

「密命」シリーズで毎回活躍する乗り物といえば、何といっても船。江戸時代、あらゆる用途に使われていた船をいくつか紹介する。

＊

●猪《ちょ》牙《き》船

江戸の河川で、漁業、舟遊び、庶民の足として広く使われた一〜二人漕ぎの小型船。文字通り猪の牙のように先が細長くとがった船型と軽快な船足が特徴。

●日《ひ》除《よけ》船

一〜二人漕ぎの小船に屋形を設けた船。通称・屋根船。夏は簾《すだれ》、冬は障《しょう》子《じ》で囲い、交通や舟遊びなどに用いた。

●屋形船《やかた》

武士や豪商などの富裕層の舟遊び用の大型船。派手な破風《はふ》をつけた屋形が特徴で、内装も豪華だった。

●弁才《べざい》船

江戸時代の経済を支えた主力的廻船の船型名。一枚帆の古典的な帆装だったが、帆走性能がよく、江戸後期には耐航性能も増大して海運効率を大幅に向上させた。

●菱垣廻船《ひがきかいせん》

船型や構造は弁才船と同じで、大坂〜江戸間の貨物輸送を行った船。船の側面にヒノキの薄板か竹を交叉して菱形の垣をつくり、積荷の落下防止と目印を兼ねたことからこの名がついた。元禄年間には江戸の十組問屋と大坂の二十四組問屋が菱垣廻船での輸送を独占した。

◉鹿島米津道場

鹿島神宮のすぐそばにある名門道場。建物は藁葺《わらぶ》き屋根の百姓家を改造したもの。広い敷地に何軒かの長屋があり、長期に滞在して修行に励む者たちに開放されている。門弟は五〇人前後で、その半分以上が漁師や百姓。「剣の修行は畢竟《ひっきょう》心身を鍛練するものなり。修行鍛練に身分上下の違いなし。来るを拒まず、去るを追わず」が方針。

清之助が享保の剣術大試合で二位になったため、道場の名声がますます高まった。道場主の米津寛兵衛は亡くなったが、門弟たちは変わらず一糸乱れぬ結束ぶりを示している。

◉米津寛兵衛《よねつかんべえ》

天和から享保にかけて鹿島を拠点に「この人あり」と剣名を謳われた鹿島一刀流の達人。米津道場の道場主。剣技・人格とも第一級の人物と評され、生涯の大半を鹿島で過ごした。武芸に専念するため、生涯独身を貫いた。

普段は背の丸い普通の好々爺《こうこうや》だが、立会いになると背筋がぴーんと伸びた。いつも慈愛に満ちた眼差しをたたえ、誰とでも分け隔てなく接した。

シリーズ当初から重鎮としての存在感を示し、欠かすことのできない人物だっただけに、『遺恨』で不慮の死を遂げたのは返す返すも残念でならない。

「なぜこんな好人物を殺すのだ！　なにも殺す必要はないだろう！」と抗議の電話が『遺恨』発売当時編集部にかかってきたほど。

◉梶山隆次郎《かじやまりゅうじろう》

米津道場の師範。道場の敷地の一角に小さな家をもらって住み込んでいる。清之助には歯が立たないが、ぐいぐいと真っ向から攻めていく剣風には鋭いものがある。努力と人柄で師範の地位を得て、「寛兵衛様の道場は、番頭さんの梶山隆次郎で持つ」と言われるまでになった。しかし自分自身では一貫して、人間も凡庸で剣の技量も抜きんでてはいないと思い込んでいる。

享保の剣術大試合では清之助の付添いを務めた（『初陣』）。寛兵衛亡きあとも、米津道場を守るために必死の努力を続けている。応援してあげたくなるようなけなげな若者である。

◉**絵鳥秀太郎**《えどりしゅうたろう》
水戸藩士。大組頭千二百石の嫡男。水戸藩から鹿島に剣の修行に派遣され、米津道場の師範となる。努力の梶山に対して、秀太郎は七、八歳から「水戸に秀太郎あり」と謳われた天才剣士。得意は八双。絵鳥の右肩に立てた八双から変幻する攻撃を読んで対応できる者はそうそういないと言われている。
少々天狗になっていた時期もあったが、惣三郎と立ち会い、足元にも及ばないことを悟り、考え方を改めた。

◉**雨三**《あまぞう》
米津道場の住み込みの老庭番。食事の支度を一手に引き受けている。マイペースを貫き、何事があっても動じない。いつも飄々《ひょうひょう》としていて目立たない地味な存在だが、周囲からの信頼は厚い。
米津の死のショックがまだ尾を引いており、「元気だが無性に寂しい。近頃はなんだか張り合いがない」というせりふを漏《も》らしている（『残夢』）。

コラム7

剣術の聖地・鹿島

清之助が修行に励んだ地、鹿島は古くから剣術を志す者の聖地といわれてきた。ここでは鹿島にまつわる剣術の歴史を紐解《ひもと》いてみることにする。

＊

●鹿島神宮

清之助が修行した米津道場の近くにある常陸国一《ひたちのくにいち》の宮鹿島神宮《みやかしまじんぐう》は、紀元元年に創建されたといわれる古社で、香取《かとり》神宮・息栖《いきす》神社とともに東国三社に数えられる。祭神の武甕槌神《たけみかづちのかみ》は、『古事記』によれば、天照大神《あまてらすおおみかみ》の命に従って東国に入り国中を平定し、神武天皇東征の際には神剣を奉じて国家成立に貢献したと伝えられており、古来より武神・剣神として武人たちの信仰を集めた。

●剣術流派の発祥

まだ、剣術が流派として体系化される以前の時代、剣技はごく狭い地域で発生・伝授されていたと考えられている。しかし、それらの技は後継者を育成して伝えて

鹿島神宮の楼門。現在のものは寛永11（1634）年に水戸初代藩主の徳川頼房公より奉納されたもの。金杉一家もこの門をくぐった!?（写真提供・鹿嶋市観光協会）

いくというものではなく、個人の一代限りの技術に過ぎなかったといえる。

紀元四四〇年頃、鹿島神宮の神官であった国摩真人《くになずのまひと》が、神託を受けて編み出したといわれるのが剣技〝鹿島の太刀〟である。神に仕える神官たちが剣術を磨いていたというのは不思議に思われるが、古代においては刀剣が一種の神器《じんぎ》であったことを考えると、神官たちが刀剣の扱いに習熟するようになったのもうなずけるだろう。また、神官には神領内の治安を維持する役目もあったようだ。

〝鹿島の太刀〟はその後、鹿島神宮の七つの神官の家系に代々伝えられるようになり、〃関東七流《かんとうしちりゅう》〃と呼ばれるようになった。この〃関東七流〃が、わが国最古の剣術流派であり、東国剣術諸流派の源流となったのである。

●松本備前守政信《まつもとびぜんのかみまさのぶ》と鹿島神流

〃鹿島の太刀〃はその後も〃関東七流〃として鹿島神宮の七家の神官に伝えられていった。そして室町時代、この七家の神官一族に生まれたのが、松本備前守政《まつもとびぜんのかみまさ》信《のぶ》である。松本家は鹿島神宮の神官であると同時に、当時常陸国を治めていた鹿島家の家臣でもあった。

政信は、家伝の〃鹿島の太刀〃の技に加え、鹿島神宮の対岸に位置する香取の地で天真正伝香取神道流《てんしんしょうでんかとりしんとうりゅう》を興した飯篠長威斎家直《いいざさちょういさいいえなお》にも学んで研鑽《けんさん》を積み、鹿島神流という自らの流派を打ち立てた。なお、戦国乱世の当時、剣術流派は太刀や刀だけでなく、槍や薙刀、棒術や柔術なども網羅していた。政信は十文字槍の達人でもあり、薙刀や杖《じょう》や鎌の扱いにも優れていたという。

●塚原卜伝と鹿島新当流

塚原卜伝《つかはらぼくでん》も松本備前守政信と同じく、室町時代に鹿島神宮の七家の神官一族の吉川家に生まれた。卜伝は家伝の〝鹿島の太刀〟の他に、養子に入った塚原家で天真正伝香取神道流を修め、さらには同門の兄弟子であった松本備前守政信から直々に香取神道流の技の指南を受けたという。

このように非常に恵まれた環境にあった卜伝だが、十七歳の時に塚原家を出奔《しゅっぽん》、武者修行の旅で実戦の剣技を磨くことを選んだ。十三年にも及ぶ修行の旅から帰参した卜伝は、松本備前守政信のすすめで鹿島神宮に千日間参籠する。そして、ついに神徳を得、秘剣〝一の太刀《ひとつのたち》〟を編み出したのである。その後も、卜伝は諸国を巡って武者修行を行い、自ら編み出した剣技を広めて、後世の名だたる剣術流派に多大な影響を与えた。また、生涯三十九度におよぶ合戦で生き残り、十九度の真剣勝負にも全て勝利したという卜伝は剣聖と称えられ、この〝一の太刀〟を基本とした剣術は、卜伝の死後、鹿島新当流と呼ばれることとなる。

ちなみに、「密命」シリーズの米津寛兵衛は、剣を志して卜伝の実家である吉川家の道場で研鑽を積み、許しを得て鹿島の地に道場を開いたが、鹿島新当流を名乗るのは恐れ多いとして、〝一の太刀〟の教えから〝鹿島一刀流〟の看板を上げている。

◉老中水野屋敷道場

老中水野《みずの》忠之《ただゆき》の屋敷内にある道場。老中の屋敷は御城近くの西丸下に設けられていた。惣三郎が剣術指南役になるまでは、自主に任せた稽古をしていたため、朋輩が競い合うこともなく、稽古量も少なければ怠ける者もいた。

その後惣三郎が指南役になり、享保の剣術大試合が水野邸で行われたこともあって、家中の剣術熱が高まり、朝の暗いうちから青年組・隠居前の年配組・少年組など家臣四十数名が熱心に稽古に取り組むようになった。

◉佐古神次郎左衛門《さこがみじろうざえもん》

水野家の江戸家老。老中水野忠之の側近。エリート官僚として、諸事をつつがなく処理している。情報収集力・判断力は他の追随を許さない。

享保の剣術大試合の際には、多忙な老中に代わって実行の指揮をとった。

惣三郎が吉宗の影御用を務めていることもうすうす承知し、理解を示している。惣三郎が道場の指南に来る日には、たびたび自らも道場に出て、汗を流すようになった。

◉佐々木治一郎《ささきじいちろう》

水野家の御側衆。佐々木三兄弟の長男。神武一刀流の免許皆伝者。主・忠之に従って御城に上がる勤めを持つ。

免許を得てからは、さらなる奥義《おうぎ》を探究する目標を失っていた。そんなときに、惣三郎と立ち会って手もなくひねられ、自分の実力を思い知る。以後、激務の合間を縫って虚心《きょしん》坦懐《たんかい》に猛稽古を重ね、めきめき腕を上げる。水野道場内勝ち抜き戦では、青年組の第一位となった。密かに、次の剣術大試合への参加を狙っている。

今後の活躍が期待される若者の一人だ。

◉佐々木次郎丸《ささきじろうまる》

水野家上屋敷の玄関番。佐々木三兄弟の次男。享保の剣術大試合の呼出し係を務める。兄治一郎とともに道場の稽古に励みめきめき腕を上げ、道場内の勝ち抜き戦で青年組の上位八人に残るまでに成長した（『極意』）。

『残夢』では、め組に火付けにやって来た黒野分一味を車坂の門弟たちとともに待ち構え、惣三郎に加勢して戦っている。

◉佐々木三郎助《ささきさぶろうすけ》

水野家の近習。佐々木三兄弟の末弟。惣三郎が指南役になったころは、満足に木剣の素振りもできない状態であったが、精進を重ねて腕を上げる。道場内の勝ち抜き戦では少年組の第一位となり、主人の忠之から小袖を賜《たまわ》った（『極意』）。車坂で執《と》り行われた米津の法要に出席し、米津を偲《しの》んで開催される剣術大会（若者の登竜門）への出場を早くも志願した（『遺恨』）。

◉弓削辰之助《ゆげたつのすけ》

水野家の馬廻り役。身長六尺（一八二センチ）・体重二二貫（八二・五キロ）の巨漢。筋肉質の引き締まった体格をしている。柳生新陰流の遣い手で、江戸の柳生道場でも一、二の怪力。つばぜり合いになって肩をぶつけられた相手は、それだけで羽目板まではじき飛ばされ、気絶する者もいた。

水野道場での稽古にも非常に熱心で、勝ち抜き戦では佐々木治一郎に敗れたものの、第二位となった。

コラム 8

江戸の物見遊山《ものみゆさん》

昔も今も物見遊山は何よりの楽しみ。江戸っ子たちの観光ポイントとは？　密命シリーズにも登場した名所の数々を紹介する。

＊

●飛鳥山・王子稲荷

飛鳥山は享保五年に吉宗が二七〇本の桜を植え増しして以来、一躍桜の名所になった。王子稲荷は古くは岸稲荷と呼ばれ、源頼朝《みなもとのよりとも》が義家《よしいえ》の兜《かぶと》や薙刀《なぎなた》を奉納したのが始まりとされている。名物は跳ね狐のからくり

鳥居清長「飛鳥山花見」江戸の観光名所となった飛鳥山は多くの浮世絵に描かれた（東京国立博物館蔵）

人形と扇屋《おうぎや》の釜焼《かまやき》玉子。『初陣』では花火の親分が猪之吉を連れてお狐様事件の捜査に、『遺恨』巻では金杉一家と葉月、昇平が菊屋敷へ向かう途中に訪れている。

●目黒不動

権之助坂《ごんのすけざか》下、目黒川のほとりにある江戸五色不動の一つ。目白・目赤・目青・目黄の全ての不動に詣でる五不動参りも盛んだった。また、「江戸の三富」といわれる三大富くじ場所の一つでもあったようだ。

●成田山《なりたさん》

成田山新勝寺《しんしょうじ》参りは、片道一泊二日の行程ということもあり、信仰に行楽に手頃な旅として江戸っ子たちに親しまれた。小網町の河岸から江戸川縁の本行徳河岸まで船で行けるのでお年寄りにも受けていた。この定期船は行徳船と呼ばれ、「密命」シリーズでも何度か登場する。成田山に祭礼の多い春〜秋には一日六〇隻もの行徳船が往来したとも。また、成田山は歌舞伎の荒事の創始者である市川家とも縁が深く、金杉一家が『火頭』で、成田山に立ち寄った際、市川小十郎の所属する市村座の役者衆と遭遇している。

●江ノ島

江ノ島の江島《えのしま》神社は、古くは三人の女神を祀《まつ》り、江島明神と呼ばれていたが、仏教との習合によって弁財天女とされ、江島弁財天として広く信仰された。また、弘法大師や日蓮上人など名だたる高僧が修行し、源頼朝が戦勝祈願をしたことでも知られている。江戸時代には、幸福財運招来、芸道上達の神としても信仰が集まり、参詣の人々で大変な賑わいを見せた。『初陣』では、金杉一家もこの地で観光を楽しんでいる。

●伊勢参り

「一生に一度はお伊勢参り」というのは町人たちの夢だった。伊勢信仰は平将門《たいらのまさかど》が関東で活躍した天慶《てんぎょう》時代（九三八〜九四七年）頃から既に盛んだったといわれる。宝永二（一七〇五）年には四月から五月の五〇日間だけでも三六二万人もの人々が参詣したという。柄杓《ひしゃく》を持った伊勢参りの参詣人には、街道筋の人たちが食べ物や宿を競い合って提供したため、たとえ無銭旅行でも大丈夫だったという。子どもだけの伊勢参りもかなりの数に上った。『密命―見参』でも棒手振り竹次とおたつの息子磯吉が仲間と抜け参りに行っている。

◉豊後相良藩

二万石の小藩。そのうちの二千石を分家に分与しているから、四公六民に照らせば実収は七千二百石。家臣も国家老以下五〇〇人に満たない。初代藩主高政《たかまさ》は切支丹大名の一人だったが、改宗して藩内に禁令を敷く。常に財政難にあり、借財を重ねる。しかし惣三郎が行った藩財政立て直し策が功を奏し、健全財政に戻る。

江戸上屋敷は愛宕下の佐久間小路《さくまこうじ》に、中屋敷は品川宿の西に、下屋敷は広尾《ひろお》にある。

◉斎木阿波守高玖《さいきあわのかみたかひさ》

豊後相良藩の第七代藩主。聡明で探究心が強く、実直な性格。読書を好む篤学《とくがく》の士でもある。端整な顔だちをしている。

江戸藩邸で生まれて育ち、幼年期に惣三郎から武芸指南を受ける。この時、犬を殺傷してしまった秘密を惣三郎と共有する。生類憐みの令の下での事件だっただけに、以来二人の結びつきは特別のものとなった。

初のお国入りの年となる宝永六年に御家騒動が勃発し、切支丹関連本を相良藩が所持していることが幕府に知れるところとなり、藩取り潰しの危機に追い込まれるが、惣三郎の活躍でなんとか乗り越える。
その後、大岡越前守と将軍吉宗から惣三郎を貰い受けたいとのじきじきの要請があり、「密命として天下のお役に立つためなら」と断腸の思いで惣三郎を手放す。しかし二人の絆は強く、惣三郎は今でも高玖を「唯一の主人」と言って憚《はばか》らない。『密命―見参』『密命―弦月』での颯爽《さっそう》とした若殿ぶりが印象に残るが、ここのところめっきり出番が少なくなったのは寂しいかぎりである。

◉**麻紀の方**《まきのかた》
斎木高玖の正室。父は紀州新宮藩三万五千石の藩主の水野土佐守次仲《つぐなか》。吉宗の遠い縁戚にあたる。一七歳のときに輿入《こしい》れし、享保元年までに光紘《みつひろ》と加奈姫《かなひめ》の二子を出産する。
物静かで落ち着いた性格。子どもを産んだにもかかわらず若々しい顔だちをしている。藩士に対しても、あれこれとよく気がつく。
『兇刃』で高玖が側室を持つこととなったが、慌てず騒がず大人の対応をしたのはさすがであった。

◉寺村重左ヱ門《てらむらじゅうざえもん》
相良藩の元江戸留守居役。しのの父親（しのは妾に産ませた子）。先代藩主高茂《たかしげ》と生涯の大半を共にしたが、後継高玖の信頼も厚かった。有能な官吏で他藩への顔も利き、「相良二万石は寺村で持つ」と言われたくらいであった。体は痩せて小さく、顔はしわくちゃで声もしわがれていた。
御家騒動がおさまったのち、中風に倒れ、後任に惣三郎を推挙して留守居役を退く。その後、飛鳥山に隠宅を構えて静かな余生を送り、『密命―残月』で「幸せな生涯であった」と言い残して生涯を閉じた。
故人となっても忘れられない硬骨の士である。

◉古田孫作《ふるたまごさく》
相良藩の江戸家老。世襲で七八〇石の江戸家老職を継いだ。茫洋《ぼうよう》とした顔をしているため「人柄だけが取り柄の凡庸《ぼんよう》な人物」との評価が定着しているが、なかなかどうして、藩と主君への忠義心は誰にも負けてはいない老家老だ。勤めも堅実にこなしている。
『兇刃』では惣三郎とともに堂々とした役者ぶりで敵を欺き、御家騒動を未然に防いだ。
その後、庵原三右衛門に家老職を譲って隠居した。

◉米谷鎌吉《よねやかまきち》

相良藩の勘定奉行。貧乏武士の四男。藩の大坂屋敷に五年あまり勤めたのち江戸藩邸に出仕。現在は国許で勘定奉行に就き、藩の中枢を担う。一刀流の免許皆伝者で凄腕の剣を使う。一見茫洋としているが、切れ者の顔を隠し持つ。大坂弁での人を食ったような物言いもユニークであったが、『兇刃』以降は国許での生活が長くなったせいか、大坂弁もあまり出なくなった。要所要所で相良藩の危機を救う、頼もしい存在でもある。「極意」では、番匠川で回国中の清之助を目撃し、惣三郎に手紙で消息を伝えた。とぼけた味のキャラクターで、本作では貴重な存在だけに、登場機会がもっと増えてほしいものである。

◉庵原三右衛門《いおりはらさんえもん》

惣三郎の後任の相良藩江戸留守居役を務めたのち、家老となる。代々国家老や中老などを歴任した名家に生まれる。国許の綾川辰信道場に通っていたので惣三郎の弟子ということになるが、剣の腕はそれほどでもない。しかし如才なく物事を処理する実務派で、惣三郎があと一歩のところまで進めた藩の財政再建を完遂させた。『兇刃』では、西村と野衣の結婚問題がうまく運ぶように但馬出石藩の江戸留守居役を訪ねるなど、人間味も見せている。

コラム 9

豊後相良藩は豊後佐伯藩!?

金杉惣三郎の母藩、豊後相良藩。本シリーズの始まりから現在に至るまで、この藩の存在抜きには何も語ることはできないだろう——しかし「豊後相良藩」は、残念ながら架空の藩である(詳しくは著者インタビューを参照のこと)。

今回は、その「豊後相良藩」のモデルとなった「豊後佐伯藩」を紹介する。「豊後相良藩」との類似点はここでは敢えて明示しないので、該当する箇所をぜひシリーズ中から探し当ててもらいたい。

*

●豊後佐伯藩とは?

佐伯藩——佐伯毛利《もうり》氏の祖となった森高政《もりたかまさ》は、尾張国苅安賀《かりやすか》に生まれ、当時まだ木下藤吉郎と名乗っていた豊臣秀吉に仕えた武将だった。天正十(一五八二)年、中国攻めの最中に本能寺の変の報を聞いた秀吉は、高政を人質として差し出して毛利氏との和睦を図った。人質として毛利氏の元に残った高政は、姓を毛利と改める。関ヶ原の戦いののちは徳川家康に帰参、慶長六(一六〇一)年、佐伯二万石を領

惣三郎、清之助が修行した番匠川。現在の大分県南海部郡本匠村の三国峠を水源に、佐伯湾まで注ぐ流域面積464㎢の一級河川で、九州屈指の清流である

し入部した。以後、一度の転封もなく明治維新に至った。秀吉に仕えながら明治まで存続できたのは佐伯藩の毛利氏と岡《おか》藩の中川《なかがわ》氏だけだといわれている。

●「佐伯の殿様浦でもつ」

佐伯藩における漁業の重要度を象徴した言葉。藩では入部当初から漁業保護に努めたという。特に、鰯《いわし》や鰊《にしん》などを干して作る肥料、干鰯《ほしか》は、畿内先進地域の綿作に不可欠なものとして名声を得た。海産物以外の特産品としては、紙が挙げられる。

●佐伯城

番匠川の下流左岸の八幡山に位置する平山城。この地は水上交通の便がよく、防衛上の観点からも要害の地であった。南北に鳥が翼を広げた形状を呈し、鶴が舞う姿に似ていることから鶴屋城、鶴ヶ城とも呼ばれていたという。

●歴代藩主

佐伯毛利氏の歴代藩主は次の通り。

高政→高成《たかなり》→高直《たかなお》→高重《たかしげ》→高久《たかひさ》→高慶《たかやす》→高丘《たかおか》→高標《たかすえ》→高誠《たかのぶ》→高翰《たかなか》→高泰《たかやす》→高謙《たかあき》

豊後佐伯藩毛利氏「丸に矢筈」紋

豊後佐伯藩毛利氏の家紋「丸に矢筈」。豊後相良藩と同じである。

なお、菩提寺は臨済宗 竜鼎山養賢寺《りゅうていざんようけんじ》。

●毛利高標と佐伯文庫

佐伯藩八代藩主 毛利高標《たかすえ》は、学者大名と呼ばれるほど生来の学問好きで、藩内においても藩校の四校堂《しこうどう》を設立するなど、学問の奨励を図った。また、高標は家臣を長崎へ派遣し、清の船やオランダの船が入港するたびに貴重な本や珍しい本の見本を送らせたという。

さらに、天明元（一七八一）年には、城内に三棟の御書物倉を建設し、書庫及び御書物奉行所として、それまでに蒐集《きしゅう》してきた書物の保管場所とした。こうしてできた文庫は「佐伯文庫」と名付けられた。

佐伯文庫の蔵書の大部分は中国の本

であり、分野は儒教の四書五経をはじめ、歴史書・詩文・仏典・医学書・数学書・天文・生物学と非常に多岐にわたるものであった。また、オランダ語やフランス語で書かれた植物書や医学書、世界地図など西洋の本も含まれていたという。こうした蔵書は八万冊にも達し、質的にも初版本など価値の高いものばかりが選ばれていた。

しかし、高標が毎年数百部もの書物を買い集めていたしわ寄せは確実に藩財政に影響を及ぼしていった。

高標の死後、佐伯文庫は引き続き管理されたが、文政七年(一八二四)十代藩主、高翰《たかなか》の時に、二万冊余りが幕府に献本される。その理由としては、幕府からの強要、領内の幕府領と書物の交換を図った、といったことが考えられている。

ちなみに、江戸幕府に献本された書物は、その後もよく保存され、現在国立国会図書館などに保管されている。

◉徳川幕府

本シリーズの主な舞台は享保である。すでに徳川の幕藩体制は百年余の歳月を経て確固としたものになっていた。八代将軍の後継争いに勝利した徳川吉宗は、二〇〇名に及ぶ紀州者で周りを固め、享保の改革に取り組んでいる。

◉徳川吉宗《とくがわよしむね》

八代将軍。紀州二代藩主の光貞《みつさだ》の第四子（三男）として生まれる。母はお由利《ゆり》の方（浄円院）と言われているが、定かではない。一四歳のときに時の将軍綱吉《つなよし》に拝謁《はいえつ》し、越前丹生郡葛野藩三万石の藩主に取り立てられる。その後宝永二年に紀州の第五代藩主となり、一二年間にわたって緊縮政策を敷き、藩財政の立て直しを図った。将軍になったのは享保元年のことである。

本作の吉宗も、颯爽《さっそう》とした名将軍として登場し、我々の期待を裏切らない活躍ぶりである。信頼する大岡越前守と惣三郎に密命を与え、幕府転覆を企む尾張藩の継友・宗春兄弟の暗躍に敢然と立ち向かっている。

周囲の必死の説得にも応じず、怪物・石動奇嶽《いするぎきがく》を呼び出すために惣三郎が企画した芝居「合戦深川冬木ガ原」を「どうしても見たい」と駄々をこねたり（『密命―残月』）、「武士の本義を呼び起こそう」と享保の剣術大試合を企画する（『初陣』）など、将軍としては柔軟な精神の持ち主である。

◉水野和泉守忠之《みずのいずみのかみただゆき》

勝手掛老中。老中首座。三河岡崎藩五万石藩主。家康の生母である伝通院《でんづういん》の父親が水野忠政だが、その四男が忠之の先祖にあたる。奏者番・若年寄・京都所司代を経て享保二年に老中に昇進した。吉宗の信頼は厚く、財政再建を託されている。

柔和な顔だちのなかにも時折光る眼光は鋭く、「この人只の人にあらず、最も聡明にして他に類なし」と評される。『初陣』では吉宗から剣術大試合を主催するように命じられ、自分の屋敷で開催した。

◉有馬兵庫守氏倫《ありまひょうごのかみうじのり》

御側御用取次。紀州藩の執事だったが、吉宗の将軍就任に伴い、吉宗と老中などとの間をとりもつ取次役に就いた。さらに享保二年、千石加増されて御用取次に昇進した。あくの強い権威主義者。

幕府内での力は絶大で、「人の憎がるもの、人喰犬と有馬兵庫」などと陰口を言われている。吉宗の信頼を一身に集める大岡越前守に激しい嫉妬を覚えており、『兇刃』では大岡憎しの念から、相良藩の分家をそそのかして危機に陥れた。

◉柳生備前守俊方《やぎゅうびぜんのかみとしかた》

将軍家剣術御指南番（五代目）。柳生大和藩一万石の藩主。江戸柳生新陰流の遣い手。剣術指南だけではなく、密偵を指揮する役目もあわせ持っている（密偵は武者修行を隠れみのに諸国を放浪し、各藩の動静を報告する）。

剣術家としての実力・名声は衰えており、今では流派の象徴でしかなくなっている。小名として一万石の領地を守ることに汲々《きゅうきゅう》としているのが実情だ。

コラム10

吉宗と女性

吉宗は身長六尺（一八二センチ）を超える大男で、色が黒くてあばた面であったというから、およそ将軍としてのイメージを裏切る男であった。怪力の持ち主でもあったらしい。精力も絶倫だったようで、〝天一坊事件〟の沢の井の話からもわかるように、彼を取り巻く女性も多彩だったようである。

当時は側室を持つのはあたりまえで、正室のほかに九代家重《いえしげ》を産んだ妾大久保氏、田安宗武《たやすむねたけ》を産んだ妾竹本氏、一橋宗尹《ひとつばしむねただ》を産んだ妾谷口氏、それに妾稲葉氏、おさめ、お咲等の女性が知られている。しかし美醜・教養などは気にしないタイプで、他の将軍や大名たちのように、女性に耽溺《たんでき》するようなこともなかったという。

『徳川実紀』に吉宗らしい面白いエピソードが残されている。将軍となった吉宗は、ある日大奥にいる女性のなかから「みめすがた麗しき者」をリストアップして書き出すように命じた。もしかしたら側室になれるかもしれないと自ら期待する女性も含めて美女五〇人が選出され、提出された。しかし吉宗は、なんとその五〇人に「家に帰って自由に嫁に行くように」と言い渡し、即刻暇《いとま》を出したのである。驚き呆れる周囲に対して吉宗は、「美人であれば嫁に行けようが、醜女《しこめ》は貰い手がなくて生活に困るだろうから、今後もずっと大奥に置いてやろう」と言ったのだという。

暇を出された娘たちのその後が気になるところだが、この話には続きがある。じつは奥女中のなかに一人だけ吉宗の気に入った娘がいたのである。さっそく彼は側近に命じてその娘を側室に迎えようと交渉させた。しかし結局は「親が決めた男がいるから」と断られてしまうのである。天下の将軍を振るなど、普通では考えられないが、そこは吉宗である。慌てず騒がず「しょうがない。望みどおり暇をつかわしてやれ」と言い、おまけにお祝いだといって三〇〇両をくれてやったのだという。

◉尾張徳川家

尾張国名古屋に藩庁を置く親藩中の雄藩尾張藩。歴代藩主は「尾張殿」と公称され、徳川御三家の筆頭として大名中最高の格式を持っていた。七代藩主宗春が幕府の緊縮方針に抗して景気浮揚《ふよう》策を展開したことは史実でも証明されている。

◉徳川継友《とくがわつぐとも》

尾張藩の六代藩主。八代将軍の最有力候補であったが、政治力に勝る吉宗にその座を奪われる。そのことが遺恨となり、弟宗春とともにあの手この手で吉宗に刺客を放ち続けている。

本作においては、我が強くて自分の思うようにならないと気が済まない嫉妬深い性格。めったに登場することはないが、一貫した悪の象徴となっている。

◉徳川宗春《とくがわむねはる》

継友の弟。八代将軍が吉宗に決まったとき、江戸藩邸に張られた落首、

　尾張にはのうなし猿が集まりて　見ざる聞かざる　天下とらざる

　惣領の節目も今はおわり殿　紀伊国天下　武運長久

を見て屈辱を感じ、吉宗を憎悪するようになる。

おっとりとした面長の公卿顔をしているが、多感繊細で、鷹揚と癇性を秘めている。

継友と共謀して吉宗暗殺を画策するが、いずれも失敗に終わった。

策略に長けた宗春が送り込む次の刺客が楽しみである。

コラム 11

尾張と紀州の対立——宗春の実像

家継死亡のあとをうけて吉宗が八代将軍になった事情については、『徳川実紀』によれば、御三家筆頭の尾張徳川家の継友が家康から四代目（玄孫）であるのに対し、吉宗はそれより一代近い曽孫であったためといわれる。しかしそれは名目で、紀州徳川家と尾張徳川家の間には、巷間に言われたような深刻な権力闘争があったようである。

こんなエピソードがある。七代家継が臨終の折、後継争いの正念場に、御三家に対して呼出しがかかった。紀州の吉宗は普段より供回り人数も多く、家老が二人も従うという用意の良さだったのに対し、尾張は駕籠の用意もなかなか整わなくて継友はどんじりでかけつけたという。このことは、尾張の平素の心掛けが悪かったというだけでは説明がつかない。不自然すぎるのである。紀州側に内通して工作する者があったとしなければ説明がつけにくい。実際、このころ紀州側の間者が商人などに化けて尾張家屋敷、水戸家屋敷さらにはその他の大名屋敷などの動静を探り歩いていたとの噂が立っているのである。

徳川将軍家・御三家略系図

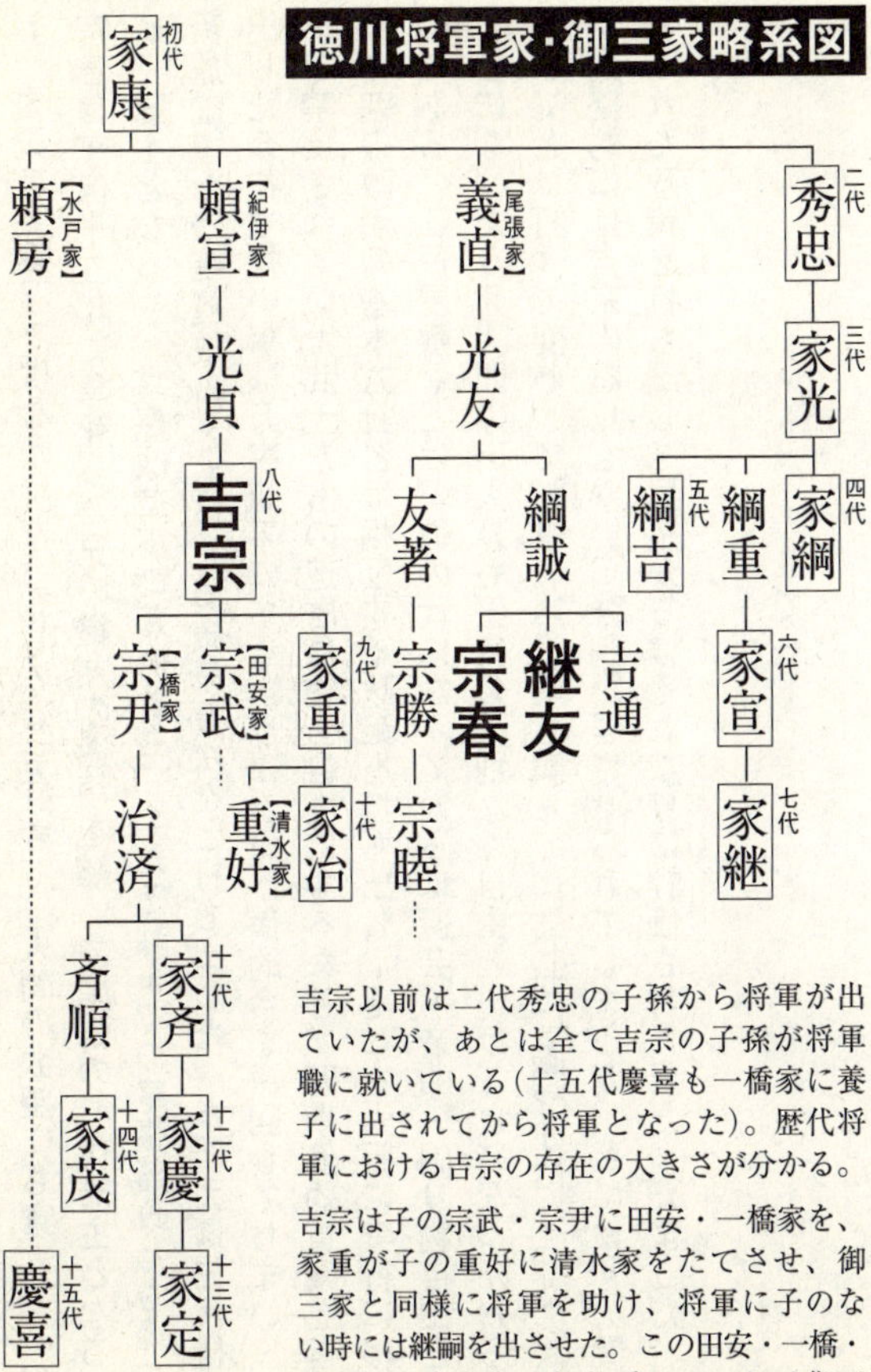

（□は歴代将軍）

吉宗以前は二代秀忠の子孫から将軍が出ていたが、あとは全て吉宗の子孫が将軍職に就いている（十五代慶喜も一橋家に養子に出されてから将軍となった）。歴代将軍における吉宗の存在の大きさが分かる。

吉宗は子の宗武・宗尹に田安・一橋家を、家重が子の重好に清水家をたてさせ、御三家と同様に将軍を助け、将軍に子のない時には継嗣を出させた。この田安・一橋・清水の三家を御三卿と呼ぶ。これは御三家の力を抑える意図もあった。

次に宗春の実像を覗いてみよう。結論から言うと、吉宗への対抗意識はあるにせよ、そこまで陰湿ではなかった。むしろ派手好きで、人間の欲望にも寛大であった。宗春は享保十五年に急死した兄の継友の遺領を継いで尾張の七代藩主となるのだが、藩主となるや、享保改革下の幕府とも、またそれまでの尾張藩政とも違った、豪放闊達《ごうほうかったつ》かつ華麗放縦《かれいほうじゅう》ともいえる政策を次々と打ち出した。たとえば先代継友が出した祭礼や祝い事は万事簡素にするようにという倹約令を撤回してしまい、それまで禁止されていた武士たちの芝居見物も自由にするなど、万事倹約質素を旨とする吉宗の政治の基本方針とは相反する政策を打ち出し、それを大胆に実行に移したのである。江戸屋敷などは、彼の代になってからは遊芸・音曲・鳴り物自由ということになったうえ、門の出入りも昼夜の区別なく自由ということになったから、それまでとは打って変わって弦歌の声に満ち満ちて、にわかに賑やかになったという。最終的には吉宗の怒りをかい、強制隠居させられてしまうが、とにかく人間味にあふれた政策を打ち出し、民衆からはそれなりに評価された男だったようだ。

◉その他

◉伊吹屋金七《いぶきやかねしち》

その昔、江州《ごうしゅう》から江戸に出てきた先祖が故郷伊吹山のもぐさを売り出して一代を築き、今では薬種問屋《やくしゅどんや》として名が知られた京橋の老舗伊吹屋の主人。

鹿島から成田へ向かう道中で、浪人五人組に襲われたところを清之助に救われた縁で惣三郎一家と知り合った（『初陣』）。『遺恨』でも、宮川藩の内輪もめに巻き込まれそうになるなど、しっかりレギュラーとして定着している。

◉葉月《はづき》

『初陣』から登場した京橋の薬種問屋伊吹屋の長女。片えくぼのある清楚《せいそ》で可憐な娘。浪人に襲われた危機を助けられたことから清之助と知り合い、お互いに恋心を抱くようになる。

旅に出た清之助の無事を願い、三日とあげずに社寺に参拝している姿がいじらしい。すっかり金杉一家の女性陣とも親しくなり、雛《ひな》祭りなどを催している。『遺恨』では、あやうく宮川藩堀田家の側室にされそうになった。
今はただ清之助との純愛が成就することを祈るばかりだ。

◉久村りく《ひさむらりく》

下野茂木藩江戸屋敷元締格二百二十石の久村護一郎の娘。拝領屋敷の一角にある重臣方の役宅に住み、屋敷勤めをしている。ふっくらとした顔立ちで、見目《みめ》麗《うるわ》しい。『残夢』で棟方新左衛門との婚約が整った。棟方が選んだだけに、芯の強い聡明な女性である。朗らかで気さくな一面もあり、初々しさも留めている。

◉奥山佐太夫《おくやまさだゆう》

江戸剣術界の最長老、心貫流の達人。白髭《しらひげ》を顎にたくわえた老人だが、耳が少々遠いくらいで言葉も挙動も矍鑠《かくしゃく》としている。延宝のころに日本中を流浪して修行に励み、幾度もの死地を切り抜けて剣の極意を会得した。
『密命―残月』で吉宗の御鷹狩りに従って護衛を務めたり、『初陣』で享保の剣術大試合の顧問を務めたりしている。長生きしてほしい人物の一人である。

◉渓晏《けいあん》

老医。外科を得意としている。くわい頭で歯がすけているが、腕前は確か。荒療治で鳴る。診療所は八丁堀岡崎町の同心西村桐十郎の敷地内にある。診療所はさながら八丁堀御用達の感があり、運ばれてくるのは同心や手先、火消といった連中が多い。惣三郎や辰吉、昇平らも負傷した際に世話になっている。

◉ととやの源七《ととやのげんしち》

大川端永代橋《えいたいばし》際にある安直な煮売酒屋の亭主。毎朝魚河岸に買い出しに行くので、魚がうまいと評判を取っている。ととやは仕事帰りの職人や漁師、武家屋敷の中間《ちゅうげん》小者たちの行きつけの店で、利は薄いがポケットマネーで飲める店なのでいつも繁盛している。荒神屋の人足たちも常連で、惣三郎もよく顔を出す。享保七年の暮れに建て増しし、四畳ほどの小上がりを増築した。

コラム 12
「早い・安い・うまいが基本!」――江戸っ子的グルメ道

せっかちな江戸っ子たちのお腹を満たすために考え出された江戸のファーストフード。「食事風景が毎回美味しそう」と評判の「密命」シリーズにも出てきた庶民派メニューを紹介する。

＊

●そば

江戸っ子好みの、そば粉八に小麦粉二の割合の「二八そば」ができたのは寛文年間（一六六一〜七三年）といわれている。当初菓子屋などで扱っていたものが夜鷹《よたか》そばとして売り歩かれるようになった。そば屋という店に発展するのは享保年間（一七一六〜三六年）、浅草馬車道に正直仁左衛門が開いた店が元祖とされ、文政年間（一八一八〜一八三〇年）には江戸で三〇〇〇軒以上のそば屋が営業していたという。

左より天麩羅屋、焼きイカ屋、四文屋の屋台。四文屋はすべての商品が銭四文の煮売り屋のこと（鍬形蕙斎『近世職人尽絵詞』東京国立博物館蔵）

●**煮売り屋**

江戸で煮売り屋が盛んになったのは、明暦の大火後のことである。町の三分の二が焼き尽くされた江戸の町には、復旧工事のため、多くの労働者が集まった。こういった労働者相手に煮魚や野菜の煮しめ、煮豆などの簡単な食事を提供したのが始めといわれている。ちなみに、おなじみ「ととや」は食事の他に酒も出す煮売り酒屋。

●**初鰹**《はつがつお》

旧暦の四月、初夏に獲れる鰹のこと。初物好きの江戸っ子が特に先を

初夏の風物詩、初鰹売り（『東都歳事記』深川江戸資料館蔵）

争って買い求めた。もちろん密命シリーズでも何度かお目見えしている

●鮨《すし》

江戸の味覚といえば鮨。屋台で江戸前の魚介を握って出すようになったのが始まりで、一躍庶民の人気を集めた。しかし、このいわゆる「握り鮨」が生まれたのは文政年間頃。「密命」シリーズの舞台である享保年間には、箱に飯と魚を入れて押す「押し鮨」が一般的。

●山くじら

獣肉のことで「山」の「くじら肉」という意味。また、獣肉を売る店は「ももんじ屋」「山奥屋」といった。この時代、まだ肉食は珍味で、庶民には敬遠されていた。『火頭』では冠阿弥からもらった猪肉にしのたちがすっかり困ってしまい惣三郎に荒神屋に持っていってもらっている。

歩いてみた『密命』の江戸東京

歩いてみれば、必ずや「密命」の読み方が変わる。
「江戸歩き」のお誘いです。

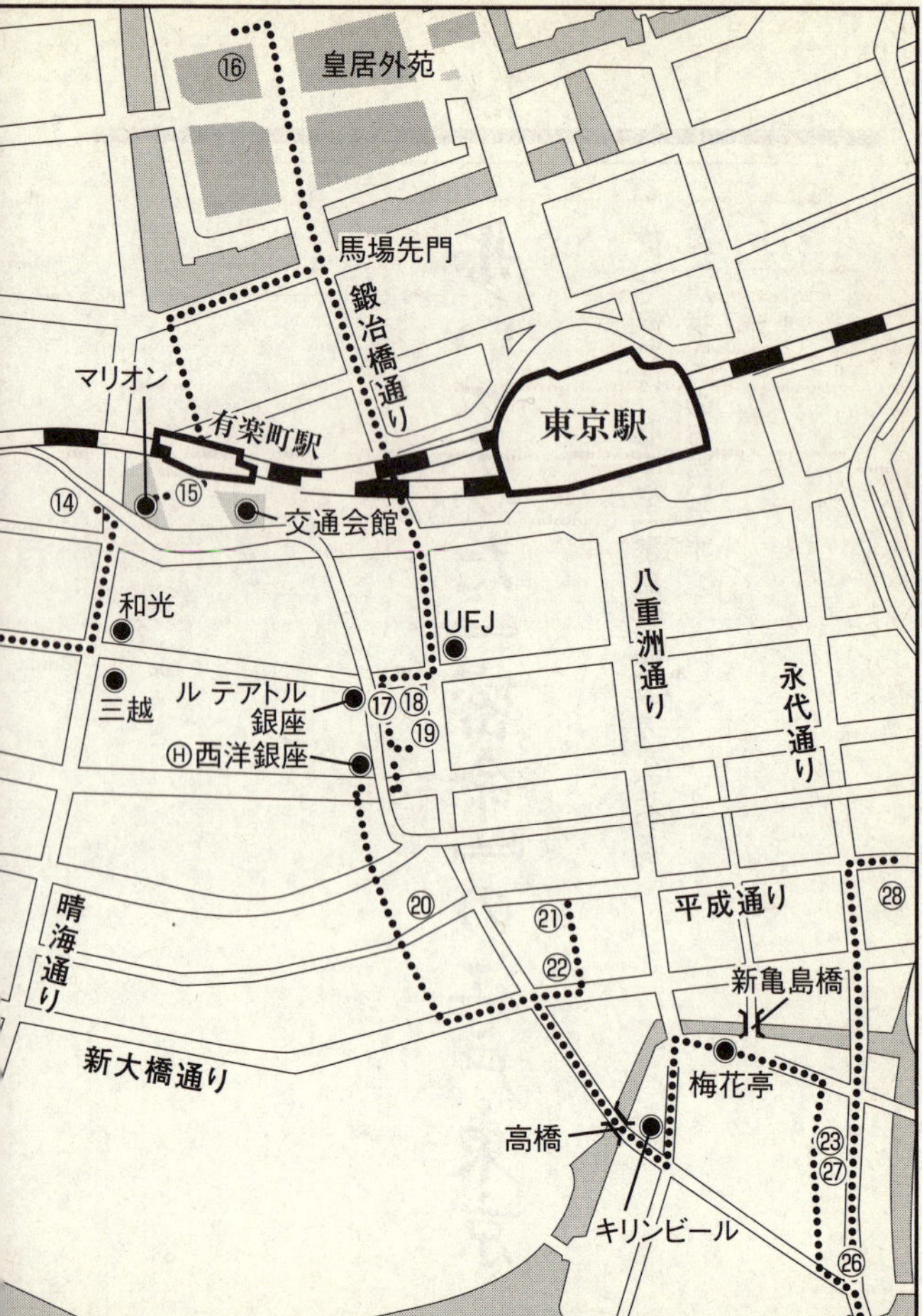
⑯
皇居外苑
馬場先門
鍛冶橋通り
マリオン
有楽町駅
東京駅
⑭
⑮
交通会館
和光
UFJ
八重洲通り
三越
ル テアトル銀座
⑰
⑱
⑲
Ⓗ西洋銀座
永代通り
晴海通り
⑳
㉑
㉒
平成通り
㉘
新亀島橋
新大橋通り
梅花亭
高橋
㉓
㉗
キリンビール
㉖
㉔
㉕
永代橋
隅田川

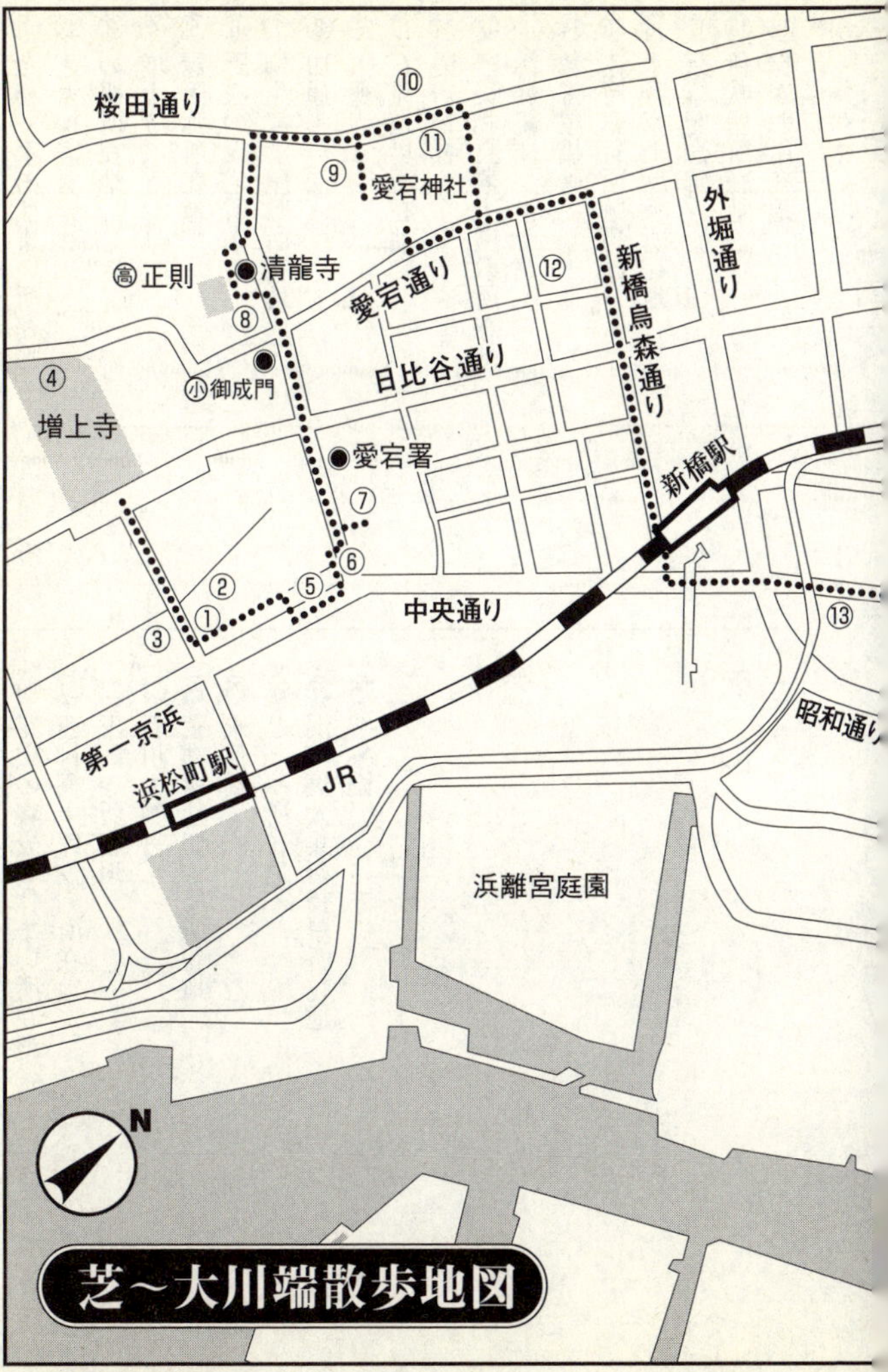

桜田通り
⑩
⑪
⑨
愛宕神社
外堀通り
清龍寺
高 正則
⑫
愛宕通り
新橋烏森通り
⑧
④
小 御成門
日比谷通り
増上寺
愛宕署
新橋駅
⑦
⑥
②
⑤
中央通り
①
③
⑬
昭和通り
第一京浜
浜松町駅
JR
浜離宮庭園
N
芝～大川端散歩地図

①金杉一家の住まい所在地
②芝大神宮
③め組所在地
④増上寺
⑤冠阿弥所在地
⑥野衣の仮宅所在地
⑦柳生家上屋敷所在地
⑧切通し
⑨天徳寺
⑩石見道場所在地
⑪愛宕神社
⑫豊後相良藩上屋敷所在地
⑬新橋親柱
⑭数寄屋橋碑
⑮南町奉行所跡標識
⑯水野家上屋敷所在地
⑰京橋記念碑
⑱伊吹屋所在地
⑲夕がお所在地

---

⑳花火の親分の住まい所在地
㉑西村桐十郎役宅所在地
㉒王圓寺所在地
㉓新川大神宮
㉔荒神屋仕切り場所在地
㉕永代橋
㉖ととや所在地
㉗浜町裏太兵衛長屋所在地
㉘智泉院

惣三郎が毎日歩いた道

強行軍の御江戸・芝〜大川端編

芝七軒町の冠阿弥長屋から、大川端の荒神屋まで。
実際にその道のりを歩いてみると……

「師匠、迎えに来たぜ！」

早朝の芝七軒町《しばしちけん》にめ組の鍾馗《しょうき》様・昇平《しょうへい》の声が響く。

六尺を超す二人の大男が肩を並べて、薄暗い芝の切通しを通り、天徳寺《てんとくじ》門前、車坂《くるまざか》町の一刀流石見鉄太郎《いわみてつたろう》道場にたどり着く。金杉惣三郎《かなすぎそうざぶろう》は一日交代で石見道場と、西丸下の勝手掛老中・水野忠之《みずのただゆき》邸内岡崎《おかざき》藩道場に、朝稽古に通っているのだ。

稽古で汗を流したあとは、奥の座敷で石見・棟方新左衛門《むなかたしんざえもん》とともに朝餉《あさげ》を馳走になり、つかの間の楽しい時間を過ごす。

その足で一路勤め先の大川端、火事始末御用荒神屋《こうじんや》へ。道すがらには旧藩・豊後相良《ぶんごさがら》藩の上屋敷があり、京橋口には薬種問屋伊吹《いぶき》屋が大きな間口を構えている。

ひとたび「御用」となれば、数寄屋橋《すきやばし》を渡って、大岡忠相《おおおかただすけ》の詰める南町奉行所へ立ち寄らなければならない。あるいは八丁堀の旦那・西村桐十郎《にしむらとうじゅうろう》に、南八丁堀の花火の親分にひとつ相談だ。

霊岸島《れいがんじま》に渡り、今日も少々急ぎ足で大川端へ……。

そんな惣三郎のなじみの道を、本『読本』編集部員六名がたどってみた。電車・バスなどの交通手段にはいっさい頼らず、江戸の昔の人々と同じように、自分のこの足で歩きとおしてみようではないかという企画である。芝、大門《だいもん》駅前から始まって、茅場町《かやばちょう》、山王《さんのう》御旅所薬師《やくし》堂まで。はたして無事、成し遂げられるのであろうか？

芝七軒町から愛宕神社まで

都営地下鉄の大門駅から地上に出ると、そこは大きな道路を途絶えることなく行き交う車と、足早にオフィスに急ぐ人の波。近代的なビルの建ち並ぶ、いかにも都心といった風景のただなかに大門の威容がそびえる。

そんな駅前の雑踏のなか、首からカメラをぶらさげ、地図を片手にした老若男女が三々五々集まってきた。『密命読本』編集部、「惣三郎の足跡をたどる御江戸探検隊」の面々だ。メンバーは祥伝社文庫編集部編集長の加藤氏、同編集部の牧野氏。編集プロダクション・編集館の川本氏と矢島氏。『密命』シリーズ解説でおなじみの文芸評論家・細谷正充氏。そして筆者の六人。

皆これから始まる苦難の行程など思いもせず、遠足の朝の小学生のように顔を輝かせている。天気は上々。ぬかりなく足元をスニーカーで固め、いざ出発だ！

まずは金杉一家の住まい、芝七軒町を訪ねよう。

地下鉄大門駅A6出口を出たところに、江戸の名残《なご》りを訪ね歩く私たちをのっけから喜ばせてくれるかのような佇まいの蕎麦屋《そばや》があった。「更科布屋《さらしなぬのや》」（芝大門1‐15‐18）という名のその店の脇には、石造りの標のようなものが立っていて、それによれば寛政三年

（一七九一）の創業とか。

『密命』の時代よりもう少し後のことだ。となれば惣三郎はここの蕎麦を味わうこともなかったか……などと埒《らち》もないことを考えつつ地図に目を落とすと、ちょうどこの道の左側、りそな銀行のあるあたりが「芝七軒町《しばしちけんちょう》」。金杉一家が住まう冠阿弥《かんあみ》の長屋があったとされる場所（地図①　芝大門1-14）だ。

見知らぬ者が木戸を開けて入ってきたとあれば、力丸《りきまる》が容赦なく吠えかかってくるところであろう。広い敷地にはたくさんの樹木が植えられ、共同井戸には神田上水の水があふれている。季節が秋ならばしのの育てる菊の香が、あたりに漂っていただろうか……。

物語に描かれる芝七軒町裏の長屋の様子を、しばしコンクリートの町並みに重ねてみる。「更科布屋」とりそな銀行の間の道を入り少し行くと、芝大神宮《しばだいじんぐう》（地図②　芝大門1-12-7）の参道に出る。左を向けば青空を背景に、白い鳥居が清々しい神明《しんめい》さまだ。石段の上のお社の向こうには、東京タワーが頭を覗かせている。

芝大神宮

芝大神宮は古くは芝神明宮・飯倉《いいくら》神明宮と呼ばれた。主祭神は天照皇大御神《あまてらすおおみかみ》と豊受大神《とようけのおおかみ》。創建は平安時代。寛弘二年（一〇〇五）、一条《いちじょう》天皇の御代である。

現在は屋上に境内がある

鎌倉時代には源頼朝の篤い信仰を受け、江戸時代は徳川幕府の保護の下、境内は勧進相撲・宮地芝居・見世物小屋などで大いににぎわったといい、その様子は『江戸名所図会』や多くの錦絵にもうかがうことができる。

芝神明の勧進相撲といえば歌舞伎『神明《かみの》恵和合取組《めぐみわごうのとりくみ》』で名高い「め組の喧嘩」だ。文化二年（一八〇五）、勧進相撲の力士たちとそれを見物に来ため組の鳶たちがささいなことから大喧嘩になって、仲間を集めるために半鐘まで鳴らされ、挙句に多数の逮捕者が出たという実在の事件である。

宮地芝居についてはシリーズ第1作『密命―見参』の、小頭《こがしら》の松造《まつぞう》若気のいたりのエピソードで読者諸兄にはおなじみだろう。芝神明の芝居小屋で娘道成寺を演じる

飯倉神明宮祭礼（『江戸名所図会』）だらだら祭りの様子

上村《うえむら》彦《ひこ》乃《の》丞《じょう》に、がらにもなく入れあげた荒神屋の小頭・松造は熱を上げるあまり太夫をつけまわし、ついには殺しの疑いをかけられてしまうのだ。

現在は境内こそ縮小され、やれ相撲だの芝居だのといった広さはないが、「関東のお伊勢さま」として関東一円の庶民信仰を集めていることは今も昔と変わらない。

毎年九月十一日から二十一日に行なわれる例大祭は、長期間だらだらと続くことから「だらだら祭り」と呼ばれ、この間は境内に生姜市が立つ。

鳥居を潜り、石段を上るとまずは「め組」の文字を台座に刻んだ狛犬が迎えてくれる。境内には、昔「金杉の藤吉」という力士が片手で差し上げたと伝えられるという「五拾貫余」の銘のある「力石」や、「お百度石《ひゃくどいし》」が

「め組」狛犬が出迎える

しのも葉月も踏んだお百度石

残されている。

お百度といえば清之助《せいのすけ》の享保の剣術大試合への出場が決まってから、しのと葉月《はづき》は毎日ここでお百度を踏んでいた（『初陣』）。

七軒町に移り住んでからの金杉一家にとって、芝神明は心のよりどころ。ここを通りすがるとき、思いついては誰彼となく旅の空の清之助の無事を祈る場所である。

石見道場に通いはじめる以前の惣三郎は、毎朝この境内で木刀を振っていたし、初詣ももちろん家族揃ってここへ。

一方、人気のない神明さまは金杉一家が危難に遭遇する場所となることもあった。

尾張柳生四天王の一人、沢《さ》渡《わたり》鵜《う》右衛門《えもん》がこの境内に惣三郎を待ち伏せ、戦いを挑んできたことがあった（『悲恋』）。また、お使い帰りの結衣《ゆい》が惣三郎の身辺を付け狙う鷲村次郎太《わしむらじろうた》兵衛《ひょうえ》の殺気に恐怖し、「動転してはいけない、私は武士の娘なのだから」と自分に言い聞かせながらも荷物をほっぽり投げて、鼻緒の切れた下駄を脱ぎ捨てて逃げ帰ったエピソードもある（『遺恨』）。

探検隊が訪ねた二〇〇五年は、折りしも御鎮座千年を迎える年にあたり、境内は晴れがましい空気に満ちていた。

神明さまに本日の御江戸探検の無事を祈って石段を下りた私たちは、裏に回って大門の前に続く通りに出た。

め組の向かい側には大門が

め組を横目に大門をくぐって

そのまま芝大門の交差点に歩いていく。行く手の道路をはさんだ向こう側に、街角でしばしばお目にかかるコーヒーショップが見える。ここが芝片門前町《しばかたもんぜんちょう》、大門の前にあるという、『密命』中の「め組」所在地（地図③　芝大門2-1）である。

こうして実際、現地に来てみると、惣三郎の家とめ組の近さが実感できる。

大門の手前右手には、往時の芝神明の賑わいを伝える二代広《ひろ》重《しげ》・三代豊国《とよくに》の『江戸自慢三十六興』「芝神明生姜市」などがレ

家康建立による三解脱門

リーフとなって、道行く人の目を惹いている。

大門をくぐり増上寺《ぞうじょうじ》へと向かう道すがらは、オフィスビルや商店などが建ち並んでいるという印象だが、実は現代風に佇まいを変えて、あるいは少々奥まって、古地図にも見られる増上寺の子院のほとんどが残っている。

ここにもお寺が、あ、ここにも……と左右をきょろきょろ歩くうち日比谷《ひびや》通りに出る。正面に増上寺・三解脱門《さんげだつもん》の有無を言わせぬ姿が壮観だ。

増上寺

三縁山《さんえんざん》広度院《こうどいん》増上寺（地図④　芝公園4-7-35）。明徳四年（一三九三）に浄

正月二十五日　増上寺　御忌法会（『東部歳時記』）

土宗第八祖・聖聡《しょうそう》によって現在の千代田《ちよだ》区紀尾井町《きおいちょう》の地に開かれ、のち江戸城辰《たつ》ノ口《のくち》付近への移転を経て慶長三年（一五九八）、江戸城の拡張にともなって現在の地に移った。

浄土宗の総本山で、昔は広さ二十四万坪、常時三千人の学僧が詰めていたというから壮大な規模だ。

上野《うえの》の寛永寺《かんえいじ》と並んで徳川家の菩提寺としても知られる。徳川家十五代将軍のうち、二代秀忠《ひでただ》・六代家宣《いえのぶ》・七代家継《いえつぐ》・九代家《いえ》重《しげ》・十二代家慶《いえよし》・十四代家《いえ》茂の六人が眠っているが、われらが上様・吉宗《よしむね》は残念ながら寛永寺のほうであった。

高さ二十一メートル、間口十八・五メートル、奥行き九メートル、入母屋造りの三解脱門は、慶長十年（一六〇五）に家康の

東京タワーを背景に増上寺の大殿

命により建立（強風による倒壊で元和八年＝一六二二に再建）されたもので、門内左手奥の経蔵とともに現存する都内最古の建築物という。国の重要文化財である。

広々とした境内にはさすがに見所も多く、一つ一つをじっくり眺めて歩けば小一時間もつぶれようか。

め組供養の碑

堂々の大殿に恵心僧都の作といわれる秘仏・黒本尊を祀った安国殿（御開帳・祈願会、正月・五月・九月の十五日）、国重要文化財の三大蔵経を収蔵していた経蔵、千躰子育て地蔵尊、和《かずの》宮《みや》ゆかりの茶室・貞恭庵。

直径五尺八寸（約一八〇センチ）、高さ一丈（約三三〇センチ）、重さ四千貫（約一五トン）という東日本一の大きさを誇る梵鐘の音は、遠く木更津《きさらづ》まで聞こえたという。

その他、め組の殉職者を供養した「め組の碑」が三解脱門を入ってすぐの右手奥に。アメリカ大統領のグラント将軍、ブッシュ（父）氏が参拝記念に植樹したという「グラント松」や「ブッシュ槇《まき》」まで実に多彩だ。

芝神明前から車坂へ

日比谷通りを渡り、もと来た道を引き返す。大門を出て、冒頭に見つけた蕎麦屋を過ぎたあたり、第一京浜の一本手前の道を左に折れると、そこは芝神明前商店街である。みわが手伝う八百久《やおきゅう》や魚常、蟹床《かにどこ》などが建ち並ぶ七軒町表通りはもう一本手前、先ほど芝大神宮の参道へと歩いた「更科布屋」とりそな銀行の間の道だが、その賑いはこちらの通りで疑似体験できるのではないだろうか。

さほど広くない道の両側に並ぶ、さまざまな商店を眺めつつしばらく行ったところで、右手の大通り、第一京浜に出てみよう。ひっきりなしに車が通る、少々排気ガスが多い道だが、ここは旧東海道。ちょうど今歩いているその左手が、冠阿弥の大店だ。

江戸でも一、二を争う札差でほかにも両替商・回船問屋と手広く商いをする冠阿弥（地図⑤　芝大門1-3）だが、小売りをするわけではないので、その店先は人でごった返すという風景ではない。むしろ金策に汲々の大名家・大身旗本家の留守居役や用人が、人目を憚《はばか》りつつ出入りする姿が頻繁に見られたのかもしれない。

思えば、惣三郎と江戸の人々との出会いはここ冠阿弥の火災がきっかけだった。

浜松町《はままつちょう》一丁目の交差点を左に折れよう。この道をずっと行くと地下鉄神谷町《かみやちょう》の駅。桜《さくら》田《だ》通りに突き当たる。

都営地下鉄「大門」駅が直近

今でも下町情緒を留める芝神明前商店街

左折したら左手を見ながら歩く。先ほどの芝神明前商店街につながる路地を横切ったあたりが、昔の三島町《みしまちょう》。大岡忠相《おおおかただすけ》・織《お》田《だ》朝七《ちょうしち》の力添えで山口《やまぐち》家との離縁成った野衣《のえ》が、西村桐十郎のところに嫁ぐ前に短期間暮らした冠阿弥の家作があった場所（地図⑥　芝大門1-2〜3）だ。

さらに進んで日本赤十字社の向かい、道路をはさんだところに東京美術倶楽部のビ

数々の名場面を生んだ切通し

ルがある。その裏手は享保の剣術大試合を機に、惣三郎も知遇を得た江戸柳生《やぎゅう》宗《そう》家《け》・大和柳生藩一万石五代藩主・柳生俊方《としかた》の上屋敷があったところ（地図⑦　新橋6-19）である。

愛宕《あたご》署の前を通り、日比谷通りを横切る。左手は芝公園だ。昔はこのあたりまでずっと増上寺の敷地だった。

ここはしばらく一本道。探検隊の面々は、隣り合った者同士、なごやかに談笑しながら歩を進める。まだまだ元気いっぱいだ。足取りも軽い。

御成門《おなりもん》小学校を過ぎたところが愛宕通り。歩道橋で通りを渡って少し行ったところで、左手に正則《せいそく》高校へと登っていくゆるやかな坂道が出現する。

少々こちらへ回り道をしてみよう。

というのもこの坂道は、物語にもよく登場する増上寺と愛宕権現《ごんげん》の間の切通し（地図⑧）。清之助が一条寺菊小童《いちじょうじきくこどう》に三度も待ち伏せされ（『初陣』）、享保の剣術大試合で八強に入ったあの棟方新左衛門《むなかたしんざえもん》が、影ノ流鷲村次郎太兵衛に背中を割られるという不覚をとった（『遺恨』）場所だからだ。

坂道の登り口には当時、時鐘があった。その隣の清龍《せいりゅう》寺は今も健在である。シリーズきっての危険地帯ということで、一同こころなしか緊張の面持ちで登りはじめたが、現在では拍子抜けするほど明るく見通しのよい道となっていた。

桜田通り〜天徳寺・車坂

さて、右手に坂を下って先ほどの大通りに戻る。桜田通りはもう目と鼻の先だ。地下鉄神谷町駅の入り口が「そろそろお疲れでしょう?」と誘うが、まだ旅は始まったばかり。ここからしばらく見所の連続だ。

高層のオフィスビルにはさまれた激しい車通りを、ひたすら都心に向かって歩く。寄り道する場所や老舗が並んでいるから、通りの右側を行くのがよいだろう。

三代将軍・家光《いえみつ》のころから営業しているという老舗蕎麦屋「巴町砂場《ともえちょうすなば》」の手前を右手に折れる。二本目の路地、ＮＨＫ放送博物館下のトンネルの手前を右に入ると、そこには

今やビル街となった車坂

天徳寺《てんとくじ》（地図⑨　虎ノ門3‐13‐6）がある。

天徳寺は天文二年（一五三三）、江戸城内の紅葉山《もみじ》に開創した天地庵が始まりで、その後天正十三年（一五八五）に霞ケ関《かすみがせき》に移り、さらに慶長十六年（一六一一）に現在地へ移転。浄土宗江戸四か寺のひとつに数えられる大寺院であったが、当時の建物は戦災で消失してしまったため残っていない。

高層ビルに囲まれた境内には見事な樹木がそびえていて、奥に八角堂が見える。

その向かいが車坂《くるまざか》の石見《いわみ》道場ということもあり、天徳寺の名は物語のなかによく登場する。『密命―弦月』では、その門前の様子を「花や線香を用意した茶店が数軒あった」と描写している。

ここもまた、物語のなかでは少々用心の必要な場所である。

尾張柳生の放った刺客・速水左馬之助《はやみさまのすけ》に、石見道場の門弟がこの境内で襲われ、斬殺されている（『悲恋』）。また、鷲村次郎太兵衛が、傷癒えた棟方を襲う再びの機会を待った草庵も、この寺領内にあった（『遺恨』）。

桜田通りに戻ると、行く手に歩道橋が見える。その歩道橋を過ぎたあたり、通りの向こう側が昔の車坂町。惣三郎が隔日朝稽古に通い、清之助が剣の修行を始めた石見銕太郎の一刀流道場所在地（地図⑩　虎ノ門3－4　オムロン社・36森ビルのあたり）だ。

物語中の描写によれば、この車坂の道場には、住み込みの弟子に加えて近所の大名家や旗本屋敷から、大勢の門弟が通ってきたとある。徳川の世も百年を過ぎ、ややもすると遊《ゆう》惰《だ》の気風が蔓延していた武士社会に、いま一度武士の気がまえをとりもどすべく石見が建てた荒稽古で鳴る道場だ。

歌川広重「愛宕下藪小路」（『名所江戸百景』）

朝もまだ暗いうちから、道場の床の拭《ふ》き掃除が始められ、鍾馗の昇平の力任せの面打ちに、兄弟子たちが辟易《へきえき》する。ときに旅の武芸者が、江戸に来たからにはかの石見先生に一手ご指南にあずかりたい、と道場の門を叩く……。
そんな物語の世界に思いを馳せつつ、和菓子の老舗「岡埜栄泉《おかのえいせん》」の店先を通り過ぎて、虎ノ門三丁目の交差点に出る。

惣三郎は稽古が終わると奥座敷で朝餉を馳走になり、石見や棟方としばし談笑したあと一路大川端へ向かうが、私たちはせっかくだからここでもう少し寄り道をしていくことにしよう。

交差点を右折して愛宕通りに出る。愛宕通りを少しだけ芝の方角に引き返し、ふと右手を見ると、通りから少し奥まったところに赤銅色の立派な鳥居。その先に樹木生い茂る小高い山を二つに割って、天まで続くと思われる長く急な石段が。

これもまたシリーズ中、多くの名場面の舞台となった愛宕神社（地図⑪　愛宕1‐5‐3）である。

愛宕神社

愛宕神社は家康が幕府を開いた慶長八年（一六〇三）、京都の愛宕神社をここに勧請したことに始まる神社。主祭神は火産霊命《ほむすびのみこと》で、江戸の防火の守護神として崇められていた。ほかに水の神として罔象女命《みずはのめのみこと》、山の神として大山祇命《おおやまづみのみこと》、武徳の神として日本武尊《やまとたけるのみこと》が祀られている。

まず何が驚くといって「出世の石段」として名高い四十度の急勾配、八十六段の石段の

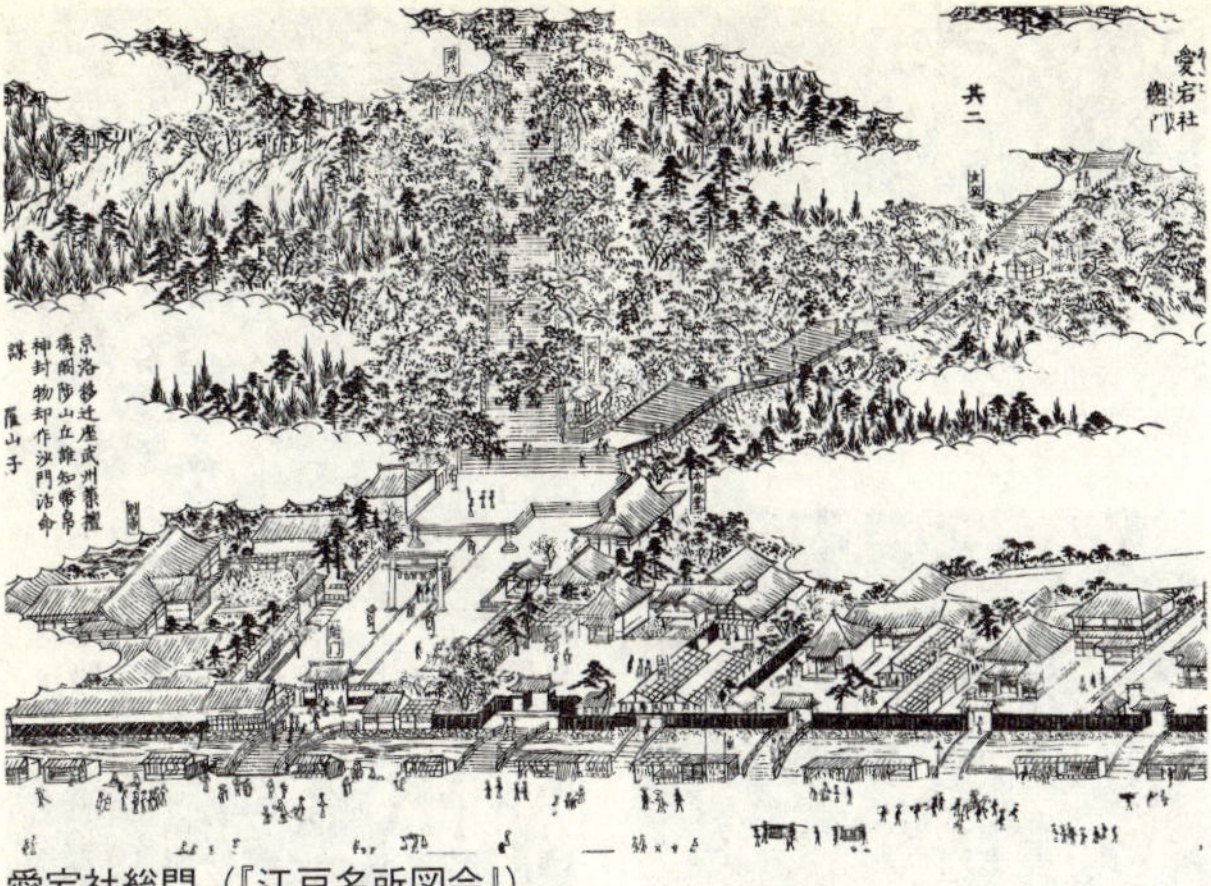

愛宕社総門（『江戸名所図会』）

見上げるばかりのさまだろう。「男坂」と呼ばれるこの石段はただ登るのでさえ息が切れ、足腰が利かなくなってくる。加えて高いところが苦手な人なら、登りながら足がすくむだろう。けっして途中で後ろを振り返ってはならない。

ここを馬で登り、さらに折り返して駆け下りてきた人間がいるというから茫然《ぼうぜん》とするほかない。丸亀《まるがめ》藩士・曲垣平九郎《まがきへいくろう》は三代将軍家光の「だれぞ男坂を騎乗で駆け上る者はおるか」の呼びかけに応え、愛馬を駆って登り、社前に咲く源平の梅の一枝を手折って駆け下り家光に差し出したというのだ。曲垣平九郎が家光公にその一枝を献上したという源平の梅は、今も境内左奥に「将軍梅　平九郎手折りの梅樹」と銘打たれ、故事を偲ぶ人々の感慨を誘っている。

かつて名水が湧いていた「児盤水」

鳥居をくぐれば八十六段の石段が

祠の中には「源六様覚え書き」が？

「平九郎手折りの梅樹」

曲垣平九郎以降も、男坂を騎馬で上り下りすることに挑戦、成功した人が何人かいて、もっとも最近の記録は昭和五十七年のものという。神社ではこの偉業を成し遂げたかたがたの写真も見られるとか。

　そんな少々無謀とも思えるようなことをするのは、一部のチャレンジ精神旺盛な人だけと思いきや、なんと、九月の例大祭（二十二日〜二十四日）では二年に一度、「出世の石段祭り」としてこの石段を神輿が上り下りするそうだ。勇壮な祭りはさぞ盛り上がることであろう、一度見物してみたいものである。

　さて、私たちはこの男坂でもっとすごいことをやってのけた人物を知っている。ほ

見下ろすとめまいを覚える「出世の石段」

かでもない、金杉惣三郎だ。

『密命―弦月』の大詰め、紀州の山忍び・乗源寺《じょうげんじ》一統にしのと結衣を捕らわれた惣三郎は、山上で一味の頭目に直刀をつきつけられる二人を救いに、この石段を登る。その惣三郎に三十二人の忍びたちが次々襲いかかるのだ。

石段の両脇の、鬱蒼《うっそう》とした雑木林に棲む野生の鶏が飛び交う。乗源寺一統は「飛びいたち」「蛇踊り」「夜烏」など熊野《くまの》の山で鍛えた秘技を繰り出し、大胆にも境内に湧く名水・児盤水《こばんすい》を溜めた池を爆破して、怒《ど》濤《とう》の水流を坂下めがけて落下せしめる。惣三郎は手摺上に避難してそれをやり過ごすが、多少弱まった水の流れにのって、今度は忍びたちが槍衾《やりぶすま》のように直刀を寝かせて、山上から滑り降りてくる……。

そんな恐ろしい攻撃に阻まれつつも、三十二人の敵をことごとく倒して、惣三郎はこの石段を登りきる。

　惣三郎と乗源寺一統の演じた死闘を思い描きながら、探検隊も男坂登りにチャレンジした。「こりゃ大変だ」「これはきつい」と口々に感想を述べながらも、皆なかなかの健脚だ。途中で立ち止まって息をつくこともなく、登っていく。後ろを振り返って驚愕《きょうがく》の声を上げる者もいる。

　半分も来ると疲れと怖さで足がガクガクと震える。こんなところを敵の苛烈な襲撃を受けながら登ったなんて、とても人間業とは思えない。

　ようやく山上にたどりついた。恐る恐る振り返ると、目もくらむばかりの高さであることを実感する。しかしここを「登った」という達成感がなんともさわやかで、それだけでも十分、愛宕神社にお参りするご利益といえるだろう。

　標高二十六メートルの愛宕山山頂からは、江戸時代には房総《ぼうそう》半島まで望めたという。現在は残念ながら高層ビルに阻まれて味気ない眺めだが、昔は江戸の町並みが一望のもとに見渡せたのだ。勝海舟《かつかいしゅう》が西郷隆盛《さいごうたかもり》をここに連れてきて、江戸の町並みを見せ、これを戦火で焼失させることのむなしさを説いて無血開城に導いたという逸話も残っている。

　物語のなかでも惣三郎と清之助がここから江戸の町を眺め渡す場面がある。惣三郎が相良藩の江戸留守居役を務めていたころ。その当時清之助は七年前に吐いた自分の心無い言

歌川広重「芝愛宕山」（『江戸名所』）

葉が、しのを父の前から去らせてしまったという慙愧《ざんき》の念に苦しんでいた。それが父との関係をぎくしゃくとさせ、現実逃避的な生活につい流れてしまっていた。

しかし、剣術の稽古に通う車坂の石見道場にこの日訪ねてきた父が、大勢の門弟の前で師匠の石見鋳太郎と模範稽古に竹刀を合わせたその姿、剣技を見て、誇らかな気分になるのだ。

道場の帰り道、久々に並んで歩く父子は、愛宕権現にお参りをしていこうと山の裏側の坂道から登り、この男坂上に立つ。物語の中の描写によれば父子の目にした光景は、

「眼下に伊予《いよ》松山《まつやま》藩松平《まつだいら》隠岐守《おきのかみ》十五万石の上屋敷を始め、大名屋敷の甍《いらか》が連なり、さらには浜御殿から大川の河口、江戸湾までが望遠できてなんとも壮快な気分である」

というものであった。

このあと金杉父子は階段の傍らの茶店でだんごを食べながら、久しぶりに腹を割って話し合う。現在は、石段を登りきった左手に「Tてい」というレストランがつくられている。昼定食のほか、コーヒーも飲めるので、ここで少々休憩をとるのもいいだろう。

白い鳥居を潜ると境内である。こぢんまりとした境内だが、末社や記念碑などが所狭しと点在し、一つ一つ見て回るのに忙しい。ここでは物語に関連するいくつかを紹介しよう。

まず、男坂を登りきった右手に、赤い鳥居の弁財天社がひっそりとある。鳥居脇の立て札には、慶長十五年安芸の厳島《いつくしま》より勧請された音楽・財宝・弁財の守護神とある。飛び石を踏んで奥の小さな祠に手を合わせる。この祠の中には乳母伊津女《いづめ》（刀祢《とね》）が徳川吉宗の出生の秘密を記した書付、「源六様《げんろくさま》覚え書き」が惣三郎によって隠されたままになっているはずだ（『密命―弦月』）。

その隣には小舟を浮かべた浅い池がある。昔、児盤水（小判水）といわれる名水がこの地に湧き出ており、平将門の乱の折、源経基がこの水で水垢離《みずごり》をとって乱を鎮めたと伝えられるのだという。

これが前述の、乗源寺一統が爆破して男坂にその水を流した池である。

陽光にきらきらと光る水面は、ある時代小説のなかで主人公を苦しめる強力な凶器として登場させられたことなど、まったく知らぬげにおだやかで悠々と鯉たちが泳いでいる。

鮮やかな丹塗りの神門の向こうに拝殿があり、それに並んで太郎坊社、福寿稲荷社、大黒天神祠・恵比寿神祠。桜田門外《さくらだもんがい》に井伊《いい》大老を襲う水戸藩士が、勢揃いしたのを記念した碑は鳥居と神門の間に。家康が信仰し、天下取りの祈願をかけた行基《ぎょうき》作の勝軍地蔵菩薩と巳年・辰年の守り本尊、普賢大菩薩も祀られている。

また、九月の例大祭のほかにも、多彩な祭事が行なわれている。

毎年六月二十三日・二十四日は千日詣り。社殿前にしつらえられた茅の輪をくぐりお参りすれば、千日分の御利益があるといわれる。境内で自生していたほおづきを飲めば、子どもの癇《かん》や婦人病に効くといわれていたことから、現在もこの日にほおづき市が立つ。二月一日〜三日には梅祭りも開催される。

また祭事ではないが、愛宕山の桜は実に見事で、その季節の昼時は界隈の会社員が弁当を手に手に登ってきては、花見を楽しむ姿でにぎわう。

思い思いに境内をめぐっていた探検隊の面々であったが、しばらくすると誰彼となく、腰掛けられる場所を見つけてはへたりこんだ。

男坂がようやく効いてきたのだ。登っている最中はさほどに感じなかったものの、八十六段の石段は確実に私たちの足腰に打撃を与えている。御江戸探検はまだ始まったばかりというのに、ちょっと無理をしてしまったか。

小休止ののち、多少の不安を残しつつも愛宕山を降りた。

下りに男坂を使うにはかなりの勇気を要する。愛宕山を上り下りする道は、男坂のほかにもいくつかある。裏手の坂道、そして男坂のかたわらの女坂と呼ばれる石段。いずれも男坂に比べれば緩やかな勾配で、歩きやすい。参考までに、隣のNHK放送博物館にはエレベーターが完備されている。

探検隊は九十九折《つづらおり》の女坂を選び、百九段の石段を下りた。

ここ女坂もまた、惣三郎が危うい対決を迫られた場所である。

享保六年、吉宗の命で剣術大試合が開催されることとなり、その第一回発起人会が老中・水野忠之邸で開かれた。水野家のお抱え剣術指南役として、大会の実行委員の一人に加わることになった惣三郎は、この日忠之の前で剣技のほどを披露してきたのだ。

帰り道、清之助の武運を祈ろうと愛宕権現に立ち寄った。参拝を終えて女坂を下る途中に白の着流し、痩身総髪、眉目秀麗《びもくしゅうれい》の男が待ち構えていた。美濃高須藩《みのたかす》に雇われた刺客・一条寺菊小童である。

菊小童は惣三郎の秘剣・寒月霞斬り一の太刀とそっくり同じ構えをとる。そして坂の下方にある菊小童の擦り上げのほうが有利に働き、惣三郎の懐を強襲。しかし、偶然にもこの日水野家から下された、お抱え剣術指南支度金・二百両の袱紗《ふくさ》包みが懐にあったおかげで、惣三郎はからくも命拾いをするのだ（『初陣』）。

佐久間小路から芝口橋

愛宕通りを再び都心に向かって進む。歩道橋をくぐり、交番前の交差点に出たら右折。新橋烏森通りを新橋駅に向かってひたすら歩こう。

新橋烏森《からすもり》通りはちょうど昔の佐久間小路《さくまこうじ》に相当するようだ。烏森通りに入って間もない右手が、豊後佐伯《ぶんごさえき》藩二万石・毛利安房守《もうりあわのかみ》の上屋敷のあった場所である。現在はこま切れにされた敷地に、比較的低層のオフィスビルや商店が建っている。

さてここで、惣三郎の旧藩の名は豊後相良《ぶんごさがら》藩であったはずだが、と首を捻る愛読者諸兄も多いはず。

豊後相良藩という藩は、史実には存在しない。しかし、物語には佐久間小路に豊後相良藩の上屋敷（地図⑫西新橋2-3・4 11〜13）があるとされており、古地図を見ても佐久間小路沿いに黒丸黒矢《まるにやはず》の毛利安房守上屋敷が存在する。

史実をひもとけば、毛利安房守高重《たかしげ》の治める所領は、番匠川《ばんじょうがわ》流れる豊後佐伯の荘二万石。家紋は物語中の豊後相良藩斎木《さいき》家と同じ、黒丸黒矢。惣三郎の旧主・斎木高玖《たかひさ》の官職は同音の阿波守である。

また、高玖の父である先代の名は高茂《たかしげ》。時代は必ずしも一致しないが、毛利高重の後継は高久《たかひさ》という名前で、この二代の名前の読み方も一致する。さらに八代藩主毛利高標《たかすえ》が天明元年（一七八一）、三の丸城内に世界各国の書物を収集した全国有数の蔵書「佐伯文庫」を開いたというから、まさしく豊後佐伯藩はあらゆる点で豊後相良藩と符合する。

以上はまったく一読者としての推測の域を出ないが、こんなことを調べてみたり、発見したりするのもまた、時代小説の楽しみ方の一つではないだろうか。

現在この界隈は、もっぱらビジネスマンの街。大名の上屋敷が並んでいたところには、大小新旧さまざまのオフィスビルがひしめき、通り沿いはビジネスマン御用達といった観の飲食店・商店・パチンコ店などで賑やかだ。

豊後相良藩の江戸留守居役時代、惣三郎は清之助・みわとともにこの藩邸内の役宅に暮らしていた。

また再びの脱藩後も、近くを通りかかるたび旧主・高玖を思って、屋敷の方角を見やらずにはすまなかっただろう。芝から大川端に出勤するのに必ず通る道すがらだ。こうして毎日一度は、惣三郎の胸にかすかな痛みがよぎったにちがいない。

ＪＲ新橋の駅を抜けてすぐ左折してはいけない。せまい路地をさらに進むと中央通り、新橋の交差点を過ぎて高速道路の高架を見上げると、そこには「銀座新橋」の文字が。先

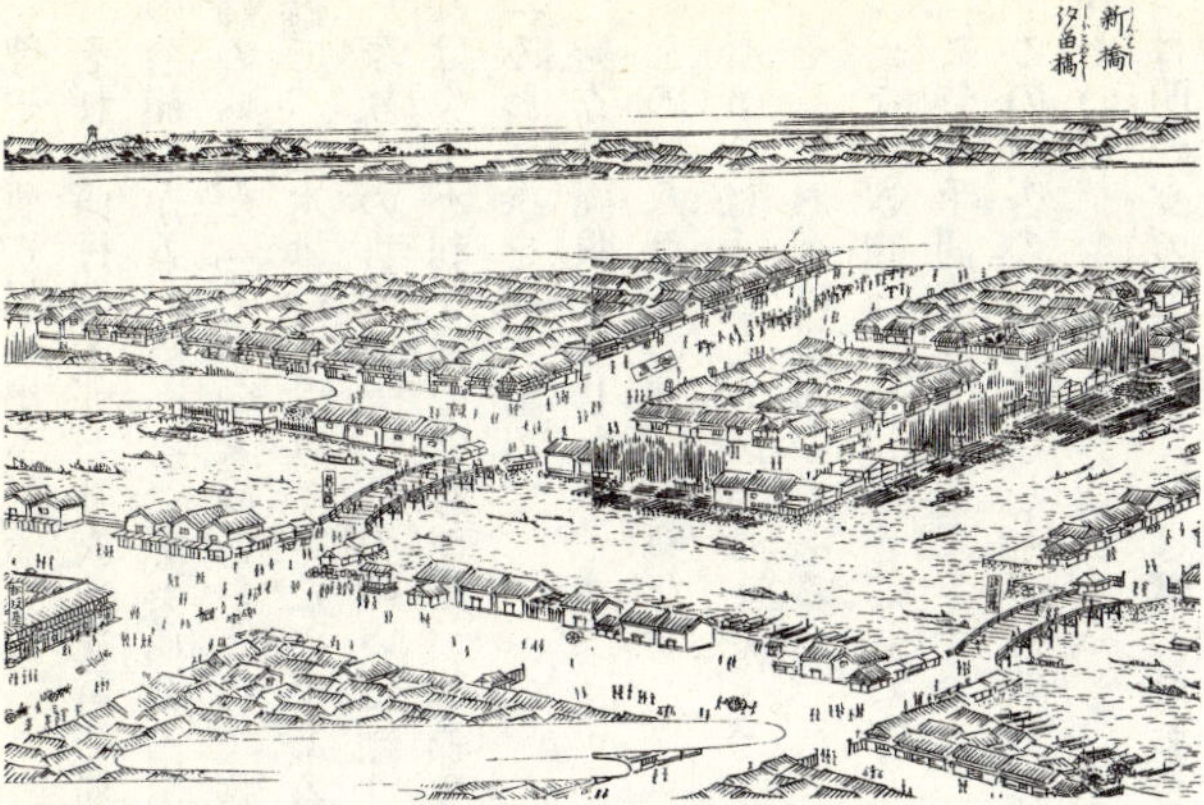

新橋　汐留橋（『江戸名所図会』）左の橋が「新橋」

ほど芝で、冠阿弥の店先として通った旧東海道の続きにぶつかるので、ここを左折だ。

江戸初期の街道整備の折、ここに新しく橋が架けられた。すぐ隣に以前からあった土橋（一本隣の外堀通り）に対して〝新しい橋〟ということで、新橋と呼ばれたのだという。

のち芝口《しばぐち》御門がこの地に移ってからは、芝口橋と呼ばれるようになる。『密命』のなかでもやはり芝口橋としてしばしば登場するが、新橋・芝口橋いずれの呼び方にしても昭和三十九年、汐留《しおどめ》川の埋め立てにともない撤去され、現在は高速をくぐる手前の右手、青々とした柳が風に枝を揺らしている「銀座柳の碑」の隣に残された親柱（地図⑬　新橋1－6）にその面影をとどめるばかりである。

ここ芝口橋といえば『悲恋』に描かれる、尾張柳生に雇われた刺客・速水左馬之助と惣三郎の対決が思い出される。

それは西村桐十郎と野衣の祝言の帰り道のことだった。旧知の同心の幸せあふれる祝宴の余韻をかみしめつつ、武者修行中の清之助を除く金杉一家と、め組の登五郎《とうごろう》・お杏《きょう》夫婦の六人が「一つの家族のように」睦まじく、しんみりと語らいながらさしかかった芝口橋で、速水は待ち受けていたのである。

家族らの目の前で、その戦いは繰り広げられた。酒が入り、長いこと座っていた惣三郎には少々不利な戦いであった。苦戦を強いられる惣三郎を前に、

「みわは拳を握り締めた。

結衣は両眼を閉じた。

しのは八百万の神に祈った。

登五郎は手出しができないかどうか考えていた。」

そしてお杏は叫ぶのである。

「かなくぎ惣三、しっかりおしな！　おまえさんらしくもないねえ、なにをこんなへなちょこ侍に手間取ってんだよ！」

このお杏の一喝にさしもの強敵・速水も出鼻をくじかれ、惣三郎に反撃の機がもたらされたのだ。

月明かりの芝口橋に響き渡ったお杏の啖呵《たんか》。鉄火な物言いに込められた惣三郎への愛情

が、冷酷な剣士に動揺を与え、勢いの優劣を覆す力となったのが、なんとも痛快でじんわりとくる。

銀座から数寄屋橋

さて、ここからしばらく中央通りをまっすぐ行く。言わずと知れた銀座の目抜き通り。日本全国津々浦々、どこへ行っても「○○銀座」と名のつく通りは必ずといっていいほど存在するものだが、ここはその本家本元。左右には格調高い有名ブランド店・百貨店が軒を連ね、資生堂パーラー、ライオン、鳩居堂《きゅうきょどう》などの銀座の代名詞的老舗も要所要所にどっしり腰を落ち着けている。

菊田一夫筆による「数寄屋橋の碑」

日曜日には歩行者天国となって大道芸人が現われたり、子ども連れも多く出ていっそう賑わうが、平日は外国から、あるいは地方からの観光客、上品な雰囲気を漂よわせたおしゃれな奥様とそのお嬢様が優雅に買い物を楽しむ姿がちらほらするだけで、意外にのんびりゆったりとした町並みである。ここは少々歩調をゆるめ、しばし銀ブラとしゃれこみたいところだ。

普通江戸の表通りは道幅四間（七・二メートル）というが、日本橋—新橋間のこの大通り（東海道）は道幅八〜十間（一四・四〜一八メートル）と倍の広さであったらしい。
京橋《きょうばし》までの道沿いには、ほかにも「日本最初の電気灯柱の地」東京銀座通電気燈建設之図レリーフ（銀座2・6）、「銀座発祥の地碑」（銀座2・7）、「銀座の柳由来碑」（銀座1・7）などがあり、この道をひたすら行くだけでも飽きないが、私たちの目的はあくまで金杉惣三郎の足跡をたどること。銀座四丁目の交差点を左に折れて数寄屋橋に向かおう。

正直なところ、中央通りに入ったあたりから、お腹の虫が鳴きだしていた。大門でのあのはりきりに比べ、足取りもたしかに重くなってきている。やはりこれは愛宕神社の出世の石段が、大いに効いているせいであろう。

探検隊員の年齢・性別・経歴・普段の生活様式はさまざまで、全員が一様の疲労感を感じているわけではけっしてないだろう。一行のなかでもっとも若い矢島氏などはまったく涼しい顔をしている。川本氏も寡黙《かもく》ながらしっかりとした足取りだ。驚くことに前夜三時間しか寝ていないという細谷氏も、ニコニコと街並みを楽しんでいる風情だし、編集長の加藤氏も古地図を片手に物見高い。牧野氏も精力的にあちこちの風景をカメラに収めている。

しかし、先ほどの出世の石段がメンバーそれぞれに与えた多大なダメージが前後して

南町奉行所跡の標識

「南町奉行所」も今や有楽町マリオンに

各々の元気を奪いはじめたことは間違いない。
編集長加藤氏の「そろそろ昼飯にしましょうかね」の声に、一同待ってましたとばかり首肯する。「では有楽町《ゆうらくちょう》のあたりででも」の言葉にようやくはげまされ、とにかく数寄屋橋、南町奉行所跡は見てしまおうということになる。

晴海《はるみ》通りをまっすぐJR有楽町駅方面に向かって行く。数寄屋橋交差点で目を上げると、やはりここでも高速道路の高架に「数寄屋橋」とある。阪急デパートを過ぎたところに小さな広場があり、ここが数寄屋橋公園だ。岡本太郎氏制作の時計塔が目印である。公園入り口に劇作家・菊田一夫《きくたかずお》氏の筆による「数寄屋橋此処にありき」の文字が刻まれた小さな碑（地図⑭　銀座5-1　数寄屋橋公園内）がある。

数寄屋橋は戦後、外堀の埋め立てにともない撤去された。この碑はその遺材を使って造られたものであるという。

惣三郎が南町奉行所に出入りするたび渡るこの数寄屋橋であるが、ここはまた『火頭』のなかで火頭《かとう》の歌右衛門《うたえもん》一味と惣三郎たちとの決戦の舞台ともなった場所である。

大岡に恨みを持つ一味の頭・火頭の歌右衛門と橋のたもとで対峙したのは、南町奉行所定廻り同心・西村桐十郎。

「巻羽織を脱ぎ捨て、白鉢巻に白襷《たすき》、着流しの裾は絡げて尻端折り、脚絆《きゃはん》草鞋姿も凛々《りり》しい西村」が大岡に斬りかかろうとする歌右衛門の前に立ちはだかったのだ。『火頭』の大詰めのこの場面では、めったにお目にかかれない敏腕同心の剣さばきが披露されている。

一方、橋の上では惣三郎と車坂の小蝮《こまむし》・野津虎之助《のづとらのすけ》との対決が繰り広げられている。鳩が餌《えさ》を探して石畳を突つく公園は、ただのんびりとしていて、そんな死闘が演じられた物語の数寄屋橋を思い浮かべるのは、少々むずかしいほどであるが……。

晴海通りを渡ってマリオンの前に出る。ちょうどこの界隈が、「今の東京都知事と警視総監を兼ねた役職が与えられ、さらに内閣の幕僚の一人としての公務もあるという激務」に追われる大岡が詰めていた南町奉行所のあった場所だ。

マリオンを通り抜け、さらに小道を交通会館の前まで行ってJR有楽町駅の方に折れたところに、ひっそりと、ほんとうにひっそりと南町奉行所跡の標識（地図⑮　有楽町2-8）が立っている。よほど気をつけていないと、うっかり見過ごしてしまいそうなほどである。これまで何度もここを通ったことがあるはずだが、こんな説明板があったとは気がつかなかった……。一行の間から異口同音《いくどうおん》に驚きの声が漏れた。

皇居外苑

有楽町の駅付近で待望の昼食を済ませ、心身ともに元気を回復した「歩いてみた！　惣三郎の足跡をたどる御江戸探検隊」の面々は、気分も新たに午後の行程を歩みだした。芝大門を午前九時に出発して有楽町マリオンまで。寄り道をしながらとはいえ、三時間かかっている。日暮れまでにはなんとか大川端にたどり着きたいが。

まずは惣三郎が石見道場と一日交替で稽古に通う、老中・水野忠之の上屋敷があった場所へ。そのあとは鍛冶橋《かじばし》通りをずっと下って京橋、八丁堀、そして霊岸島へというプランである。半分まで来たという達成感と昼休みが、再び一行の表情を明るくし、足取りを軽くさせる。

枝振りのいい松を横目に・皇居前

先ほどの南町奉行所跡標識からまっすぐ皇居方面に針路をとる。JR有楽町駅構内をつっきり、少々騒がしい電機店の店先をやりすごすと、あたりは急に静かになったように感じる。しばら

東京見物の名所・皇居二重橋

「水野屋敷」跡も今は松が繁る

く行くとお堀端、日比谷通りに出る。ここを右折だ。水辺の風がほてった頬《ほお》に心地よい。

都会の真ん中にこんもりまぶしい緑を眺めながら、堀沿いを馬場先《ばばさき》門まで歩き、ここから皇居外苑へと入ろう。

皇居外苑はただただ広く、一面の芝生に松がいい枝ぶりを見せ点在するのみ、といっても過言ではないかもしれない。道幅も広く、内堀通りを過ぎればアスファルトでなく砂利道だ。冬のやわらかな陽差しがあたたかく、明るくなったように感じるのは、先ほどまで視界を塞いでいた高いビル群が、嘘のようにさっぱり失せたせいだろう。さえぎるものはなにひとつなく、頭上には青い空が広がっている。

都心とは思えないほど静かで広々としてのどか。思わずのびをし、深呼吸したくなる。東京に住み暮らしていてもめったに足を運ぶことがないのが、もったいないくらいの場所である。

勝手掛老中・水野忠之、三河《みかわ》岡崎藩五万石の江戸上屋敷（地図⑯　皇居外苑1）は現在

の皇居外苑、江戸の昔は西丸下と呼ばれていた地の内堀近くにあった。訪れた観光客は、必ずここで記念撮影をするといってもいいであろう二重橋《にじゅうばし》を望む内堀端の、ちょうど前あたりである。

『初陣』ではこの水野屋敷が吉宗発案の「享保の剣術大試合」の会場となった。西丸下に通じる和田倉《わだくら》・馬場先・桜田の三つの御門のいずれかを通って、大試合出場の栄誉を手にした剣士が続々と集まる。会場には限られた者しか立ち入れなかったため、大試合当日はこの三つの御門に通じる橋際に大勢の人々が詰め掛けて、組み合わせや対戦結果を刻々知らせる読売屋まで出る始末。江戸の人々の興奮が手に取るように伝わってきて、読んでいるこちらまでも心躍る場面だ。

この剣術大試合の準備に携わって以来、惣三郎は水野家お抱え剣術指南役として屋敷内道場の朝稽古に隔日通うようになるのである。

二重橋を背景に探検隊もお約束の記念撮影を。にこやかな皆の顔に、まだ本格的な疲れは見えないのであったが……。

鍛冶橋通り〜京橋へ

都心のオアシスをあとにして再び喧騒の只中にかえろう。

鍛冶橋跡
この交差点とJR線の間には、かつて江戸城の外堀があり、鍛冶橋という橋が架けられていました。
鍛冶橋のさきには江戸城の外郭門の一つ鍛冶橋御門がありました。門の名前は『江戸紀聞』に「鍛冶町へ出る御門なればかくいへり」とあり、交差点の向こう側にあった鍛冶町に由来していると考えられます。門には鉄砲十挺、弓五張、長柄十筋、持筒二挺、持弓一組が備えられ、柳之間詰めの一万石余の外様大名が一年ずつ警備を担当しました。門内には南北の町奉行所が移転を繰り返し、一時期は中町奉行所も設けられました。門前には、幕府の御用絵師として有名な狩野探幽が屋敷を拝領し、以来代々住んだため、この家は鍛冶橋狩野家と称されました。
明治維新後に門が撤廃された後も、外堀には引き続き鍛冶橋が架けられていましたが、昭和二十年代に、外堀が戦災の瓦礫によって埋め立てられたため、鍛冶橋はその役割を終えました。
平成十五年三月
千代田区教育委員会
かつて「鍛冶橋」が架かっていた外堀は戦災の瓦礫によって埋め立てられた

来た道を引き返し、馬場先門を出て鍛冶橋通りをまっすぐ。東京駅を左手に見つつ中央通りまで下る。途中外堀通りに出るところで「鍛冶橋跡」の立て札を見つけた。

鍛冶橋は江戸城外堀に架けられていた橋であったが、この外堀をはじめとして、江戸の昔から人々の交通路として大いに利用されていた堀や川の多くが、埋め立てられてしまった。

物語のなかにもたくさんの橋や堀の名が登場するし、西村桐十郎と花火の親分が御用船で大川端に惣三郎を迎えにくるという場面も、しばしば描かれている。惣三郎の足跡をたどるわれわれ御江戸探検隊には、この堀や川・橋を実際に目のあたりにすることができないのが、なんとも残念なところだ。

「江戸歌舞伎発祥之地碑」

東海道の起点「京橋」

大正の「京橋」遺構

案内の文によれば外堀は戦災の瓦礫《がれき》によって埋め立てられたとのこと。それだけが理由ではなかろうが、東京の堀・川の多くは震災・戦災の瓦礫の片付け場所に利用され、結果姿を消したものが多いようである。

惣三郎の時代から現代にいたるまでの時の流れを、ふと考えさせられた一文であった。

鍛冶橋跡の立て札から二つ目の交差点で、鍛冶橋通りは中央通りと交わる。先ほど「銀ブラ」を楽しんだ旧東海道の続きだ。左に行けば東海道の起点・日本橋にいたるが、ここは右手、銀座方面に少し戻る。

間もなく高速道路の高架に「銀座京橋」の文字が見えてきて、ここがもと京橋のあった地とわかる。

この「銀座京橋」の文字の下は見るべきものが多く、忙しい。

まず、銀座方面に向かって通りの右側には「江戸歌舞伎発祥之地碑」と「京橋大根河岸青物市場蹟碑」。左側の警察博物館前には、明治期の擬宝珠欄干《ぎぼしらんかん》の親柱とともに京橋記念碑（地図⑰　京橋3・5）が、もう少し先に行って高速をくぐると同じく大正期の遺構が残されている。その向かい側、同形の交番の脇にも親柱が残されており、ここにはくわしい説明板も添えられている。

京橋の名は「東海道の起点・日本橋から京都へ向かって歩き、初めて渡る橋」という意味から名づけられたという。昭和三十四年の京橋川埋め立てにともない、これまた撤去されてしまった。

さて、この京橋の北詰め東側、現在警察博物館のあるあたりが伊吹屋《いぶきや》（地図⑱　京橋3・5）の所在地にあたるようである。

鹿島《かしま》から成田《なりた》へ向かう道中の主以下一行が、浪人たちに襲われそうになるところを清之助が救ったのが縁で、金杉家と交流のできた老舗薬種問屋は、「京橋際に間口十六間奥行き二十一間余、三百三十六坪余の敷地」（『遺恨』）、「東海道に面して広い間口を構える店先から薬の匂いが漂ってきた」（『極意』）と描かれている。

十三歳の結衣ですら、よく芝から一人でここまでやってきて、清之助の話を葉月に聞かせているのだ。われわれもがんばろう！

伊吹屋のほんの目と鼻の先が、かってしのの構えていた小さな小料理屋「夕がお」（地図⑲　京橋3-9）の場所である。警察博物館の奥をしばらく行ったあたりであろうか。清之助にあらためて礼を述べようと、七軒町を訪ねてきた金七《かねしち》が、かって「夕がお」の女将であったしのを認めて驚いたエピソードもうなずける。

歌川広重「京橋竹がし」（『名所江戸百景』）

「夕がお」は、しの二十歳のときに、父の寺村重左ヱ《てらむらじゅうざえ》門《もん》が京橋炭町《すみちょう》に持たせた店で、寺村が病に倒れ、飛鳥山の隠宅に移るまでの九年間ほど営まれていたと考えられる。

　惣三郎としのが出会った場所でもあり、シリーズ第一弾『密命―見参』では、寺村と惣三郎がつなぎをつけるところとして、物語の主要な舞台となっている。

のち享保五年（一七二〇）、近くに用事で出かけたついでに結衣に「夕がお」の場所を見せようと、この地に立ち寄る母娘三人であったが、「すでにそこは別の料理茶屋と変わっていてどこにも面影は残ってなかった」と『火頭』にはある。

八丁堀から霊岸島へ

そのまま路地を昭和通りに抜けて、右折。高速の下をくぐってすぐの新京橋交差点で昭和通りを横切ってそのままままっすぐ。銀座ラフィナート前を過ぎ、首都高入り口を右手に見ながら新金橋《しんかねはし》を渡れば、左手の一帯は昔の南八丁堀。花火の房之助《ふさのすけ》親分の小粋な住まいがあったあたり（地図⑳　新富1－3、12、14のあたり）だ。

親分宅の玄関には「踊り手習い静香《しずか》」の看板が掲げられている。房之助親分の恋女房・静香が踊りや三味線《しゃみせん》のお師匠さんであり、住まいの中に板敷きの稽古場がしつらえてあるのだ。そんなわけで「昼下がりともなると若い娘たちの嬌声《きょうせい》が稽古場から響いてくる」（『刺客』）というような華やかさが、ほんのり漂う佇まいであったようだ。

物語のなかで描写される居宅の外観を引いてみよう。

まずは格子造りの戸がある。

その格子戸は綺麗好きの静香がいつも、「『玄関は顔だよ』と子分の三児たちの尻を叩いて掃除をさせていた」ために、「夕暮れの微光にですら格子戸がぴかぴかに拭き掃除されているのが確かめられた」ほど常に光っている。

そして「格子戸と玄関先まで」は「三間ほどの石畳が伸びてい」る（いずれも『火頭』より引用）。

そんな親分宅の面影を現代の界隈《かいわい》に探すのはむずかしい。やはりここも高層のオフィスビルと、そうでなければ未だビル化するのを拒んでいる、小さな下町の二階屋が混在する地帯だ。

通りの左側がかつての南八丁堀

そうそうわれわれ探検隊に都合のよい風景が揃うわけもないが、すでに陽射しは午後遅くのそれで、昼休み後二時間ほどは歩いてきた。疲労もあいまって一行の表情には落胆の影がさす。

目先を変えてみようと通りの右手側、住宅地のほうに入ってみた。するとこちらは御江戸の名残とまではいかないが、せまい路地をはさんで向かい合う二階建て。軒先にずらりと鉢植えが並んだ昭和三十年代の下町の風景が、充分に残っている。

南八丁堀跡でも「洗張り」の看板を掲げる建物を一つ見つけて、なんとか気分を盛り上げた。次は八丁堀、そしていよいよ霊岸島だ。

新大橋通りに出たところを左折して、地下鉄の八丁堀駅方面へ向かう。右手に桜川《さくらがわ》公園を眺めて行く橋の下には、昔、桜川という川が流れていた。桜川の明治以前の名は八丁堀だ。

鍛冶橋通りを渡って次の道を左に入り、一本西の鈴《すず》らん通りに出る。ここ八丁堀三丁目から北東に八丁堀二丁目・一丁目、日本橋茅場町三丁目・二丁目と続く一帯には、町奉行配下の与力・同心の役宅がずっと広がっていた。

南町定廻り同心・西村桐十郎の百坪余りの役宅（地図㉑）は八丁堀岡崎《おかざき》町。現在の八丁堀二丁目10～11・16～19、三丁目12～16のあたりであろうか。鈴らん通りと平成通りにはさまれたこの一画は現在、商店や低層のオフィスビル、ちょっと懐かしい感じの住宅が並ぶ。

町方同心は三十俵二人扶持、薄給の身ではあるが、それを補って役宅は広く、敷地は百坪余りもあったとか。同心たちは屋敷の一部を医者などに貸して住まわせていたといい、惣三郎が何度もお世話になっている老外科医・溪晏《けいあん》先生の小さな診療所も、同敷地内にある設定だ。

とめの夫・権六《ごんろく》が亡くなった際、体を清めた湯灌場があるのが、同町内の王圓寺《おうえんじ》（地図

旧「王圓寺」周辺

酒問屋有志が再建・「新川大新宮」

㉒である。この寺は古地図で見ると確かに岡崎町の一画、現在の八丁堀三丁目あたりに存在するが、今は影すら見当たらない。

王圓寺はまた、荒神屋で事が起きると利用される寺である。『密命―弦月』で乗源寺一統との諍《いさか》いの巻き添えとなった、人足の四郎太《しろうた》と幹二《かんじ》の弔いにもこの寺の僧侶が呼ばれている。

八丁堀をあとにして、いざ、霊岸島へ渡ろう。

来た道を引き返し、鍛冶橋通りまで戻る。鍛冶橋通りを東へしばらく行くと、亀島川の流れが目に飛び込んでくる。

「お、川だ、川だ」

と口々に高橋《たかばし》に駆け寄る一同。川下を見やれば、亀島川の流れのその先に大きな口を開けて待っている隅田《すみだ》川が望める。佃《つくだ》島《じま》の超高層ビル群が、水門の向こうにそびえたつ。猪牙舟《ちょきぶね》ならぬ小型モーターボートがそここに横付けされている風景も、この際頼もしい。

ついに現われた水辺の景色にゴールの近いことを予感し、探検隊各員の面上に喜色が浮かんだ。しばし言葉少なに川面を見つめたあと、高橋を渡る一歩を踏み出した。

誰もが心のうちで叫んだにちがいない。「もうあとひと頑張りだ！」と。


霊岸島の名は寛永元年（一六二四）、当時砂洲で中島と呼ばれていたところを霊巌《れいがん》西誉《ゆうよ》上人が埋め立て、この地に霊巌寺という寺を建てたことによるという。この霊巌寺は明暦の大火以降、深川《ふかがわ》（江東区白川）に移転したため現在はこの地にはない。霊岸島の南半分ほどは、かつて松平越前守の下屋敷が占めていた。

高橋を渡ったすぐ右手は、かつて御船手奉行・向井《むかい》将監《しょうげん》の屋敷があった場所である。六代目の向井将監は、われらが『密命』シリーズにもしっかり登場している。『密命―残月』『兇刃』中で吉宗が水行で御鷹狩りにおもむく際、その御座船をあやつるのだ。


新川二丁目の交差点を左折して、亀島橋のたもとまで行く。本当は左折などせず、そのまま鍛冶橋通りをまっすぐ行けば大川端に出るのだが、せっかく来た霊岸島だ。疲労困憊《ひろうこんぱい》の態の皆には申し訳ないが少々回り道をしていきたい。

亀島橋のたもとに出たところを右折し、日本橋川に向かって亀島川沿いを歩く。新亀島

新川酒問屋（『江戸名所図会』）

橋のたもとに出るちょっと手前に、「梅花亭《ばいかてい》」という老舗和菓子店があるのだ。

ご主人に尋ねると創業は嘉永三年（一八五〇）とのこと。数ある名物のなかでも銅鑼《どら》焼きや梅もなかが人気ということだが、探検隊は豆大福を買って店を出た。大川端に着いたら食べようと約束して、日本橋川に向かってさらに進む。

もはや疲れはピークに達している。言葉を交わす余裕もなくなり、ただただ交互に両の足を踏み出しつづけるだけで精一杯だ。脚よりむしろ腰が痛む。夕暮れも刻々と近づいている。

永代《えいたい》通りに出る一本手前の道を右折して間もなく、新川《しんかわ》大神宮（地図㉓　新川1-8）の小さいながらも凛《りん》としたたたずまいが左手に現われた。

物語のなかにもよく登場するので、『密命』シリーズ愛読者諸兄にはすっかりおなじみであろうが、ここ霊岸島を南北に分断するように、かつて新川という川があった。ととやで泥酔した惣三郎が尾張の刺客に襲われ、落ちたまま行方不明となってしまう（『刺客』）あの新川だ。

新川もやはり戦災の瓦礫により埋め立てられてしまい、現在は存在しない。ちょうど新川大神宮の前の通りが、かつての流れに相当するだろう。

この新川は万治三年（一六六〇）に河村瑞賢《かわむらずいけん》が開いたと伝えられる。品川《しながわ》海岸に流れ着いた精霊流しの茄子《なす》や胡瓜《きゅうり》を集めて、塩漬けにして売り出したり、明暦の大火のときにいち早く木曾《きそ》の木材を買い付けた、などの逸話で知られる河村瑞賢は、ここ霊岸島に屋敷を構えていた。

江戸市中と大川を結ぶ物資輸送の重要な運河として、おもに材木や酒樽を運ぶ小舟の行き来が盛んとなった新川の河岸には、酒問屋が櫛比し、下りものの酒が揚がる場所として、有名であったらしい。そのにぎわいは『江戸名所図会　巻之一』「新川酒問屋」にも描かれている。そういえば高橋を渡ったところで、大手ビール会社のビルを見かけた。

そんな土地柄、新川大神宮は酒問屋の守護神として崇敬をあつめてきたが、東京大空襲で焼失。現在の社殿は戦後、酒問屋有志が発起、全国の同業者に協賛を求めて再建されたものであると境内の「再建由来誌」は伝える。

一同「酒」と聞いてか、お賽銭《さいせん》をはずみなにやら一心に拝んでいる。「早くおいしいお酒が飲めますように」とでも祈っているのであろうか。

大川端

新川大神宮をあとにして、一路大川端を目指す。

隅田川に向かってひたすら歩き、鍛冶橋通りに出てさらに進む。朦朧《もうろう》とした皆のうつろな目に、茜《あかね》色の西陽を受けた永代橋《えいたいばし》の美しい姿が飛び込んできた。

「あれが永代橋か……」

今や鉄骨化された「永代橋」

蹌踉《そうろう》とした足取りで永代橋のたもとに向かい、橋の脇から川端に下りて座りこむ。とにかく、しばし休憩だ。川岸は流れに沿ってずっと先まで整備され、広めの遊歩道のようになっている。

ついにたどりついたここが、惣三郎の働く火事始末御用・荒神屋の大川端仕切り場（地図㉔　新川2-32）である。

隅田川はさすがに川幅広く、大きな貨物船や観光遊覧船が行き交う。水面がまるで海面のようにうねっている。対岸は深川。右手には佃島。はやりのリバーサイドタワーとでもいうのであろうか、超高層マンションやオフィスビルが林立し、惣三郎の眺めた

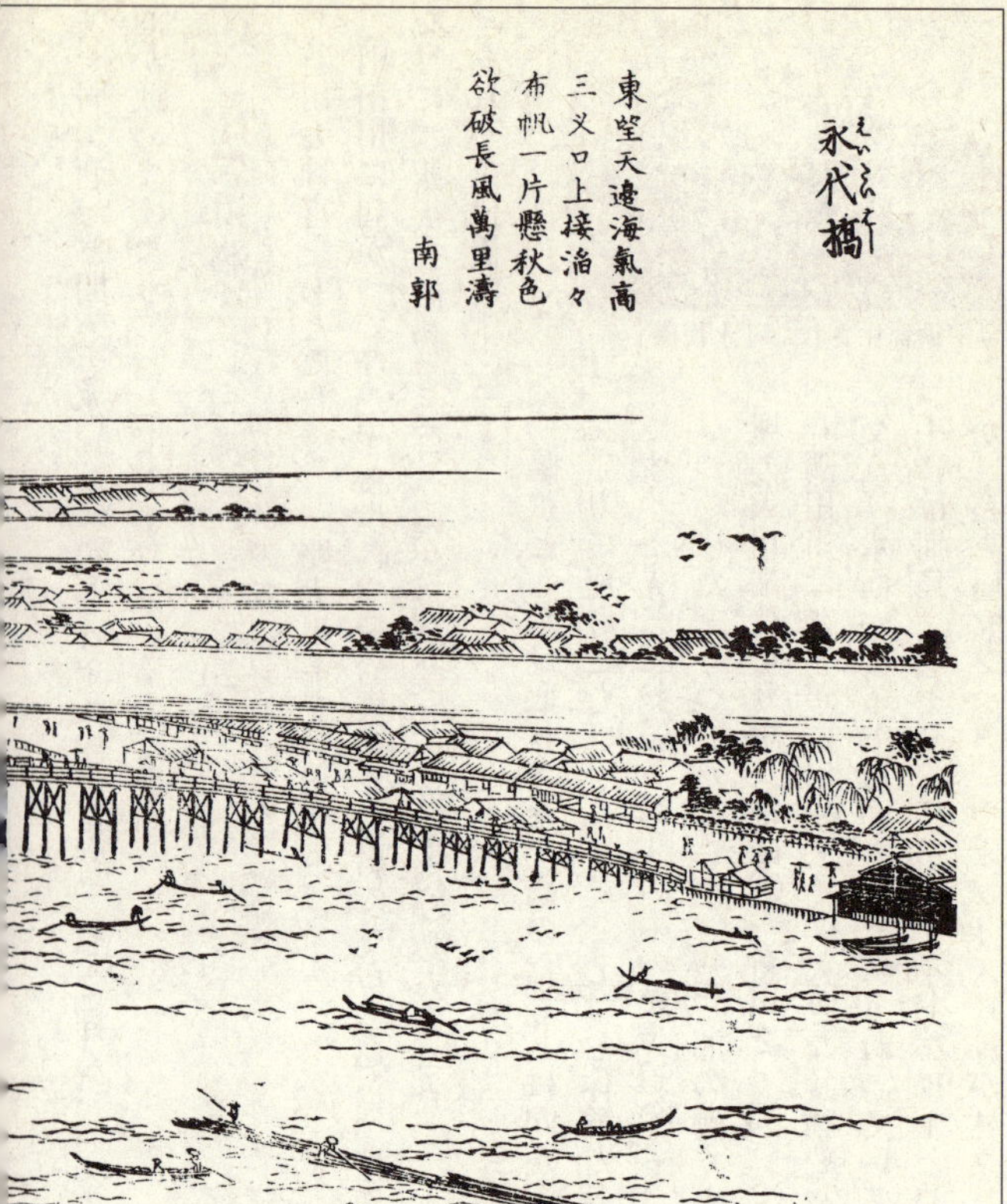
永《えい》代《たい》橋《はし》
東望天邊海氣高
三叉口上接滔々
布帆一片懸秋色
欲破長風萬里濤
南郭

手前右手の河岸が荒神屋の大川端仕切場だ

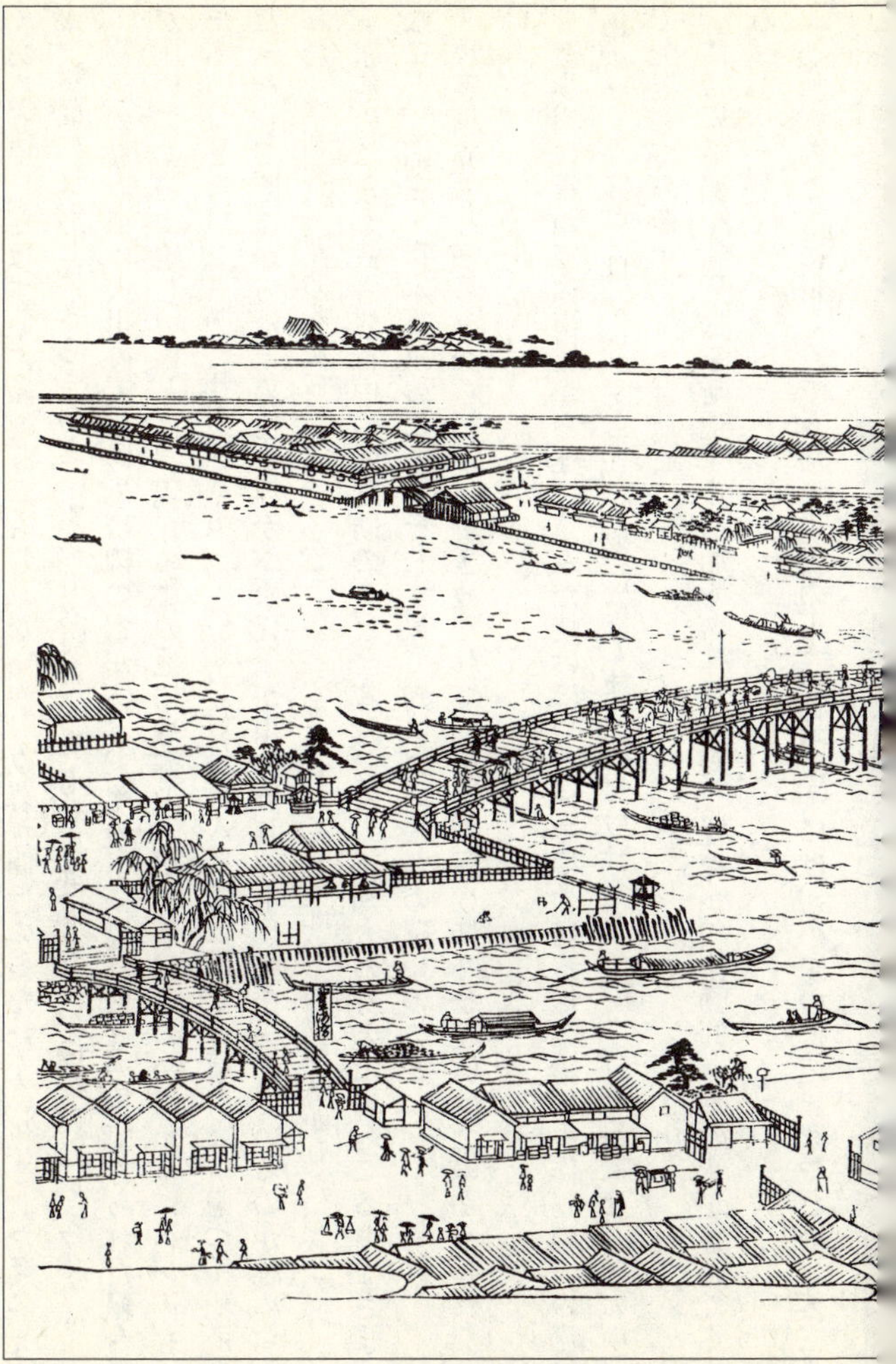

永代橋（『江戸名所図会』）　左の短い橋が日本橋川に架かる豊海橋。

であろう風景とはずいぶん違うかもしれないが、夕暮れ間近のあたたかい色をした陽の光が、川面に反射してきらきらときらめくさまは、今も昔と変わらないのではないだろうか。物語のなかでは大川の流れの岸に柳の木があり、その下に焼け残りの板で作られた縁台が置いてある（嬉しいことに、現在のこの地にも柳の木があり、そのかたわらにベンチもある）。そこは、薄暗い帳場に籠《こ》もっての帳付けに倦《う》んだ惣三郎が、ほっと一息つく場所だ。そしてそこからは「暮色に浮かぶ永代橋が川の流れの上に弧を描いているのが眺められた」（『刺客』）とあるから、ちょうどこんなふうにして惣三郎も川風に吹かれたのだろう。家族のこと、武者修行中の清之助のこと、親しい友人・知人の身の上に起こるさまざまなこと、旧主・斎木高玖のこと、そして果て知れぬ尾張との闘いのこと。現実世界のしがらみからしばし解き放たれて、川辺の風景に心を遊ばせたのかもしれない。

遊歩道に重ねて火事場から運び込んだ焼けぼっくいを挽《ひ》き切る作業場、手作りの火《ひ》の見櫓《やぐら》、そして惣三郎がいつも溜めに溜めてしまう帳付け仕事をやっつける帳場を、頭の中で配置してみる。

隣は屋形船や猪牙舟を新造する造船所の作業場だ。軽やかで律動的な鉋《かんな》の音が響いてくる。

『初陣』のころに新しくできた土手上の「二軒長屋」には、小頭の松造一家やとめ・芳三《よしさぶ》

大川端から佃島を望む

郎《ろう》母子が住んでいる。
冠阿弥から請け負った湊《みなと》町の蔵屋敷の解体作業で出た古材を使い、喜八が設計図を引いて、元大工の人足・千代松《ちよまつ》の指揮の下みんなで建てた長屋だ。
土手を上がったところに新川児童遊園地という小さな公園があり、そこに新川之跡碑（新川1-31）がある。先ほどふれた新川の興亡が、ここにひっそり伝えられている。
雄大な隅田川の流れと夕映えの永代橋の眺めは、すっかり探険隊一同の元気を回復させてくれたようだ。川と橋がこれほど神々《こうごう》しく見えたことはついぞない。ここまで歩いたぞ、という達成感で心が満たされているせいもある。

放心状態から立ち直り、皆の瞳には万感の思いと、強行ともいえるこの計画を成し遂げた喜びの光が宿っている。思い思いに川沿いを歩いたり、風景をカメラに収めたり、果てしなく歩き来た道程を地図を広げて確認したり、存分にのんびり休んだ。

先ほど買った「梅花亭」の豆大福を、あたたかいお茶とともにいただく。上品な甘さが疲れた体にこたえられない。

豆大福に舌鼓《したつづみ》を打ちながら、ここで永代橋（地図㉕）についてひとくさり。

長さ百十間（約二〇〇メートル）の永代橋が架けられたのは元禄十一年(一六九八)のこと。はじめ幕府の管理下にあったがその維持には多大な経費がかかり、享保四年（一七一九）に大破したのを機に、幕府はこれを廃そうとする。しかし住民からの橋存続の要望が多く、享保六年に「住民が管理する」ということで架け替えられたというから、このあたりはちょうど物語の『刺客』から『初陣』のころに重なる。

時代が下って文化四年(一八〇七)には深川富岡八幡《とみおかはちまん》の祭りの群衆が、山車《だし》に押されて橋の反対側からやってきた群衆と重なり合い、橋が崩落する事故があった。七百三十人あまりの犠牲者が出た大惨事だったという(文献によっては千人、千五百人とするものもある)。

惣三郎の当時は日本橋川の向こう、箱崎《はこざき》（北新堀町）—佐賀《さが》（深川佐賀町）に架かっていたが、明治三十年以降現在地となった。惣三郎が眺めた永代橋はもう少し遠景になるのだろう。

現在の橋は大正十五年に架けられたもの。日本初の鉄鋼製の橋であるという。赤穂《あこう》浪士・凱旋《がいせん》の橋としても有名である。

永代通り〜茅場町へ

残照の勢いもおとろえてきた。川面には、はや薄闇が漂いはじめている。いつまでもここでこうしていたい気もするが、そろそろ家路につくとしよう。

当然ながら、惣三郎は帰りも電車など使わなかったが、現代人の私たちにはとてもこれ以上歩けそうにない。永代通りを都心に戻って、ここから最寄の茅場町《かやばちょう》駅に出ることにする。

かつての同心屋敷街あたり・茅場町

茅場町へ向かう道すがらも、ただ歩くだけではもったいない。『密命』ゆかりのポイントを見つけながら行こうではないか。

まず、永代橋のたもとからすぐの交差点、鍛治橋通りとぶつかるその付近が、荒神屋の人足たちがよく行く煮売酒屋「ととや」のあった場所（地図㉖　新川1-21・24）である。

職人や船頭、漁師、界隈の武家屋敷の中間・小者などでいつも込み合う「ととや」は、親父の源七《げんしち》が毎朝魚河岸に買い出しに行くので、魚がおいしいと評判の縄暖簾《のれん》だ。肴《さかな》が安く、酒が旨い。夕暮れになると大勢の客でにぎわうというから、まさに今時分がそうだろう。

ちょうど頃合い、ここに「ととや」があれば、迷わずあがりこむところだが。

次の信号からもう一つ先の新川一丁目の信号の間、通りの左手、先ほど寄った新川大神宮の裏手あたりが浜町《はまちょう》裏太兵衛長屋《たへえながや》（地図㉗ 新川1-8）の見当だ。太兵衛長屋は惣三郎が荒神屋の親方・喜八の紹介で、江戸に出て脱藩後初めて住み暮らしたところである。

ここには権六・とめ夫婦の一家の住まいもあり、その他棒手振りや左官などが住んでいて、江戸の市井の人々と惣三郎が親しく触れ合った場所でもある。

その後復藩して、いったんはこの長屋を去った惣三郎だが、留守居役時代を経て享保元年（一七一六）、乗源寺一統対尾張隠れ目付の暗闘のとばっちりが相良藩に及ぶのを防ごうと再び脱藩した際、またこの長屋に帰ってくる。このときは清之助・みわと一緒だ。少し前から飼いはじめた力丸《りき》もいる。

『密命―残月』で吉宗を護《まも》って石動奇嶽《いするぎきがく》を倒した後、一之橋《いちのはし》際の拝領屋敷にしの・結衣を迎えて移るまで一年ほど、ここ太兵衛長屋でのそんな生活は続いた。

山王御旅所薬師堂

霊岸橋で亀島川を渡って、霊岸島ともお別れだ。

左右に大きなビルが増えてきて、地下鉄茅場町の駅である。

最後にもう一つだけ寄り道したいところがある。

惣三郎の足跡をたどって、芝からここ日本橋のほど近くまで歩いてきた。旅といってはおおげさだが、この御江戸探検の無事完遂を祝って、近くの神社仏閣にお礼参りでしめくくろうではないか。

うってつけの神仏が、平成通りを日本橋川の方角にちょっと入ったところに鎮座する。

まずは都営バス「茅場町」停留所前の日枝神社山王御旅所（茅場町1-6-16）にお参りしよう。ここは永田町《ながたちょう》にある日枝《ひえ》神社の山王《さんのう》祭の山車の休憩所。

神社の真裏に回ると、智泉院《ちせんいん》（地図㉘　茅場町1-5-13）という寺がある。小さな一画で、一見とてもお寺には見えない外観の建物だから、うっかりすると見逃してしまいそうである。お賽銭投入口もまるで新聞受けのようで変わっている。

しかし、ここのご本尊薬師如来《やくしにょらい》は恵心僧都《えしんそうず》の作と伝えられる、とくに眼病に霊験あらた

江戸庶民の信仰厚き「智泉院」

かということで昔から有名であったお薬師さまで（現在は川崎市の等覚院に移されている）、上野寛永寺の末寺として、神仏分離以前には山王御旅所と敷地を同じくする壮大な寺院であったらしい。毎月八日と十二日の縁日には、植木市が立ち、多くの人出があった様子は『江戸名所図会　巻之一』の「薬師堂縁日」に伝えられている。

　このお薬師さまが『密命―見参』中、国許から連れ去られた清之助とみわの身を案じるしのが、連日通ってお百度を踏んだ山王御旅所薬師堂である。

　本堂横の地蔵菩薩像は震災の犠牲者の冥福を祈って、日本橋魚河岸の人々の依頼により戸張孤雁が制作・建立したものであるそうだ。台座正面に「魚がし」の文字が刻まれている。

　片隅の神猿像にご挨拶をして、めでたくこの「歩いてみた！　惣三郎の足跡をたどる御江戸探検」はあがりとなった。足腰の痛みをこらえつつ、皆一様にさわやかな笑顔である。

　時計の針はまもなく五時を差す。途中一時間の昼休みを除いたとして、朝の九時から七時間の長い長い遠足であった。

思った以上にたいへんな試みではあったが、実際に物語の舞台に立ち、わずかな江戸の残り香に触れることのできたこの一日はまことに有意義なものであった。時代小説などを読んで「昔の人はよく歩いたものだなあ」と感心することはよくあるが、実際に自分のこの足で歩いてみると、まさに体験を通しての実感となって身に刻まれる。『密命』愛読者諸兄にもぜひ暇を見つけて、御江戸の町歩きを楽しんでいただきたくおすすめする。

ただしつけ加えると、もしもこの探検記を参考に、『密命』ゆかりの地を訪ね歩こうとなさるなら、われわれ探険隊のように一日ですべてを踏破する必要はない。

たとえば芝から愛宕山、銀座周辺と皇居外苑、八丁堀と霊岸島の三コースに分けるなど、何日かに振り分けて回られる方が、よりゆったりと感興にふけることができるかもしれない。

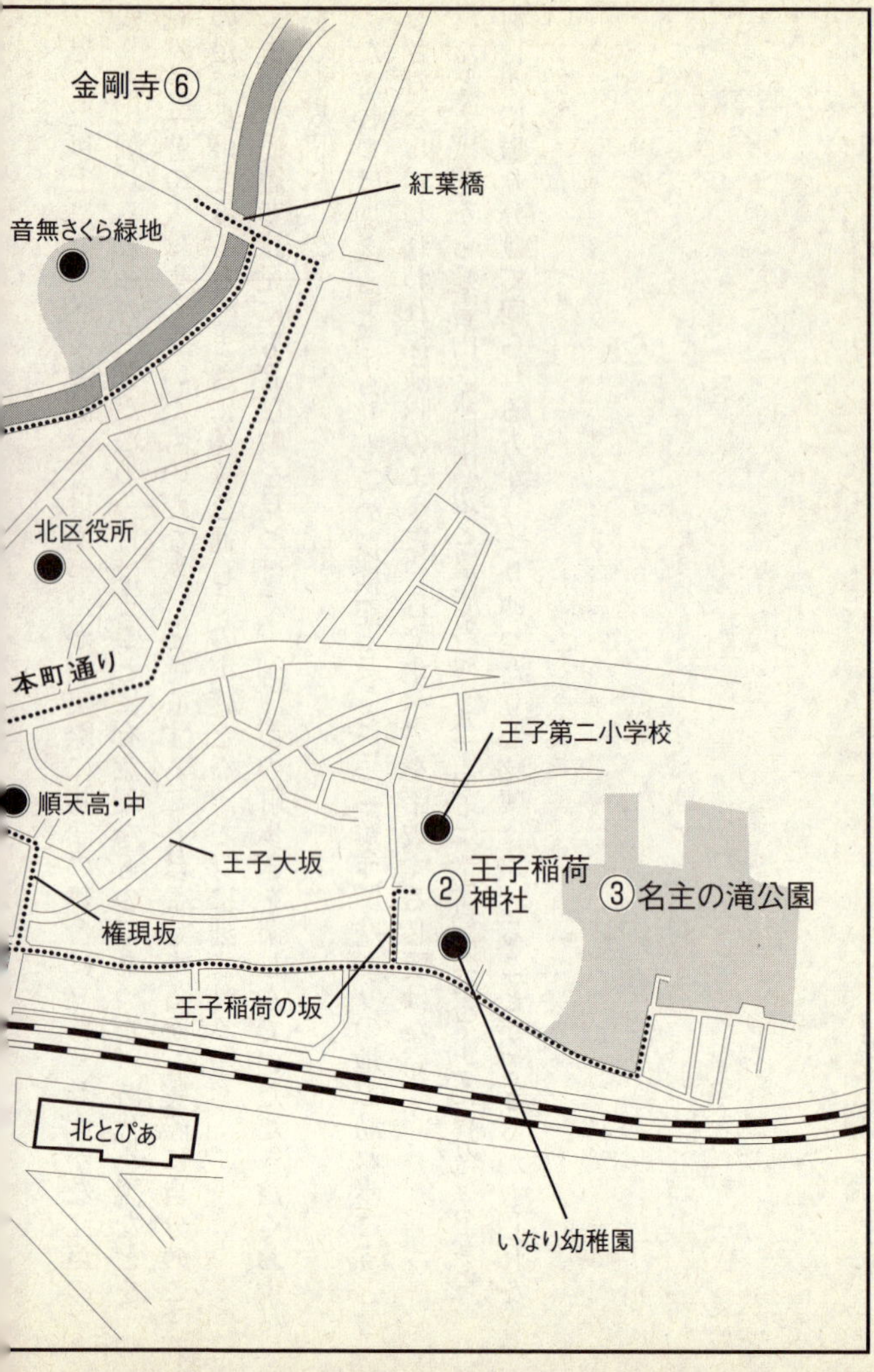
金剛寺⑥
紅葉橋
音無さくら緑地
北区役所
本町通り
王子第二小学校
順天高・中
王子大坂
②王子稲荷神社
③名主の滝公園
権現坂
王子稲荷の坂
北とぴあ
いなり幼稚園

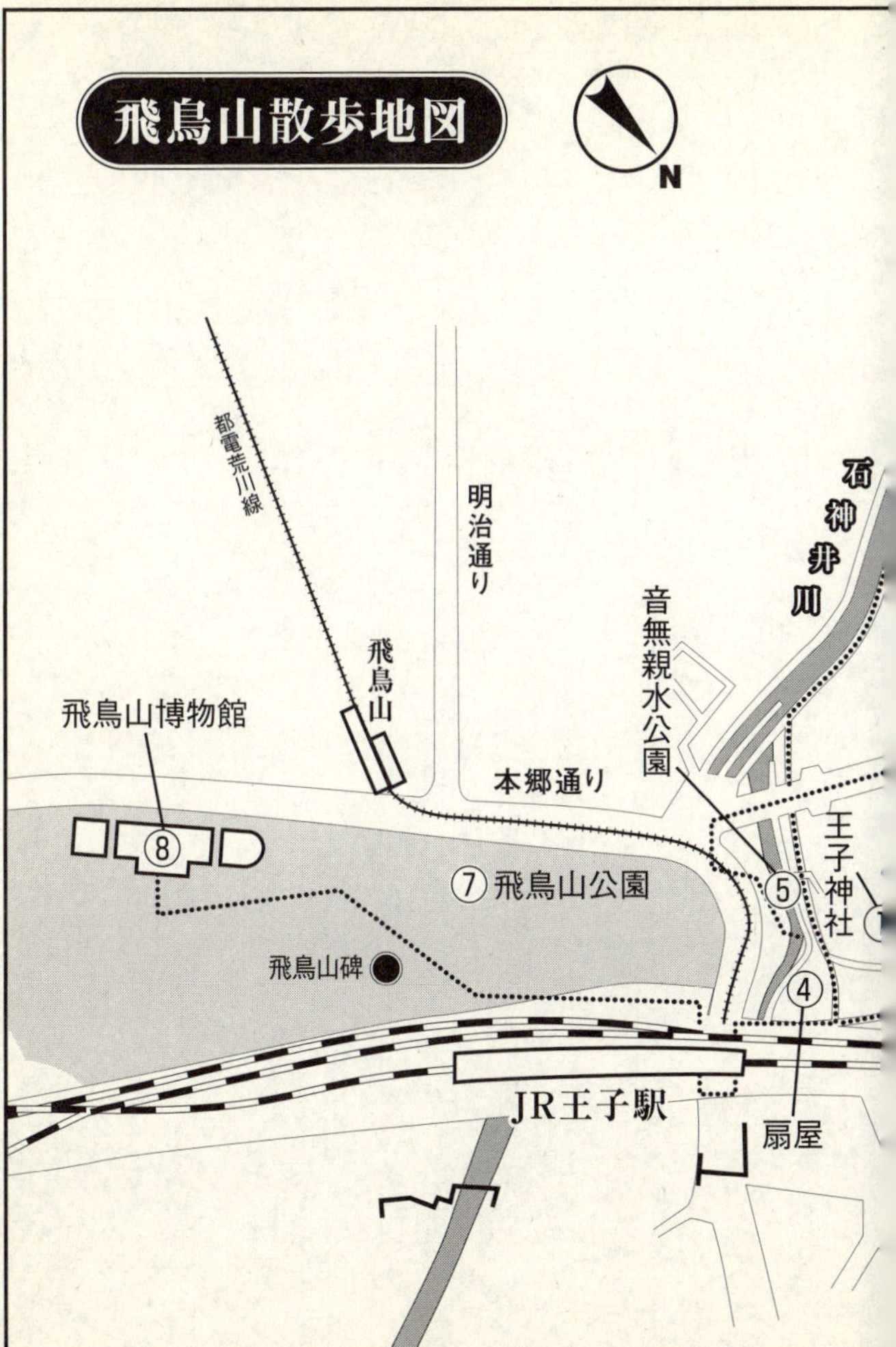
飛鳥山散歩地図
N
都電荒川線
明治通り
石神井川
音無親水公園
飛鳥山
飛鳥山博物館
本郷通り
⑧
⑦ 飛鳥山公園
⑤
王子神社
飛鳥山碑
④
JR王子駅
扇屋

しのが丹精する菊屋敷へ至る道

のんびり飛鳥山散策編

今も江戸の情緒を残す風流な土地柄。
陽気に誘われて、時間の経つのも忘れて。

◎飛鳥山ゆったり散歩

強行ともいえる「御江戸探検記」とは少々おもむきを変え、王子《おうじ》飛鳥山《あすかやま》周辺をのんびりと散策してみようと思う。この界隈もまた「菊屋敷」のある場所として『密命』を語るには欠かせない土地だからである。

豊後相良藩江戸留守居役を長年務めた寺村重左ヱ門が病に倒れたのち、娘・しのとともに引き籠《こ》もった隠宅が、飛鳥山近くの滝野川《たきのがわ》村にある名主《なぬし》屋敷。ここでしのが菊作りに精を出したため、この名主屋敷は近所から「菊屋敷」と呼ばれるようになる。

菊屋敷でしのが結衣を出産し、七年の間親子三代三人の暮らしが続くが、寺村が亡くなり、惣三郎・しのが正式に結婚して一之橋際の拝領屋敷に移り住むことになったとき、菊屋敷はいったん土地の名主に売り渡されてしまう。

その後、やはり寺村との思い出深い屋敷だということで買い戻すが、なかなか訪れる機会もなく、近くの農家に管理を任せたままという数年が続く。

しかし子どもたちも大きくなった『遺恨』あたりから、知人を誘ったりしつつ足繁く通うようになり、どうやらそろそろしのも、本格的に菊作りを再開することになりそうである。滝野川の地とともに再び周辺の王子・飛鳥山界隈が物語の舞台としてひんぱんに登場するようになってきた。

この王子・飛鳥山というところは、『密命』読者にはおなじみの八代将軍・吉宗にとってことのほか思い入れの強い土地であったらしい。

というのも、そもそもこの「王子」や「飛鳥山」という地名が、吉宗の故郷・紀州にゆかりの名であったからである。それは中世のころ、この地を支配していた豊島《としま》氏の篤い熊野信仰に大きく関連している。

まず「王子」という地名は、この地のシンボルともいうべき「王子神社（王子権現《ごんげん》）」によっている。王子神社はこの地の領主であった豊島氏が、紀州熊野の熊野権現を勧請《かんじょう》し、若一王子を祀ったことに始まる神社なのだ。

また「飛鳥山」というのも、やはり豊島氏がその居城・平塚《ひらつか》城鎮護のために、紀州・新宮、飛鳥明神の分霊を勧請したことによる名であると伝えられる。

そんな縁で吉宗は鷹狩りにも足繁く通い、享保五年（一七二〇）に二百七十本、翌年にも千本の桜を飛鳥山に植えさせたのをはじめとして、滝の川（現・石神井《しやくじい》川。この川の名も吉宗のとき、「滝の川」から本家紀州熊野の地を流れる「音無川《おとなしがわ》」と同じ名に変えられる）流域には楓《かえで》を植えさせたりとあれこれ手厚く保護したのだった。

吉宗のこのような手入れもあいまって、春は飛鳥山の花見、夏は王子七滝の滝浴みと音無川での水遊び、秋は紅葉《もみじ》狩り、そのほか王子権現・稲荷などへの寺社参詣……と一年中楽しみに事欠くことなく、界隈は江戸っ子たちの手近な行楽地としてたいへんなにぎわいであったという。

日本橋から二里半（約十キロ）。ちょっとそこまでという距離ではないが、かといって、「羽織に道中袴、頭に一文字笠をかぶって…（中略）…道中嚢を背負」うといった旅支度では「飛鳥山に行くにはご大層な……」と言われてしまう（『密命―残月』より）。

そんな気軽さも人出の多い要因であったろう。現在も見所は満載だ。江戸っ子の楽しんだあちらこちらいにしえの一大行楽地である。現在も見所は満載だ。江戸っ子の楽しんだあちらこちらを私たちも追体験してみたい。

今回はこぢんまりと場所に合わせて牧野氏と筆者のみの参加となった。風は少々冷たいが先日におとらぬよい天気に恵まれた。

王子駅（JR京浜東北線・地下鉄南北線）前から出発して、飛鳥山公園、王子神社、王子稲荷神社、名主の滝公園などを足の向くまま、気の向くままにめぐってみよう。

石神井川沿いに少し歩けば、寺村重左ヱ門の墓があるとされる金剛寺《こんごうじ》。釜焼《かまやき》玉子で有名な老舗「扇屋《おうぎや》」も駅前に健在である。

王子神社（王子本町1-1-12）

JR王子駅北口あるいは地下鉄王子駅3番出口を出て、西側に出る。JR線の高架沿いに少々、東十条《ひがしじゅうじょう》方面へ歩いたところで左手へ登っていく坂が現われる。この坂の名が「権現坂」。王子権現（現在は王子神社）にいたる坂道であることから、この名前がついている。ここを登り、順天高校の前の道を左に入っていくと、左手がこんもりとした緑に覆われて、いてそこが王子神社である。

王子神社・かつての王子権現

といってもここは正面入り口ではない。やはり神社に来たからには鳥居をくぐって境内に足を踏み入れたいというかたには、北区役所の前を通る本町通りに回っていただきたい。

神仏分離以前は王子権現と呼ばれていたこの王子神社は、元

かつら・髪の祖神、関神社

創建時以来といわれる大イチョウ

亨二年（一三二二）、この地の領主であった豊島氏が、紀州熊野の熊野権現を勧請し、若一王子を祀ったことに始まる神社。王子の地名はここから来ている。

祭神は、伊邪那岐命《いざなぎのみこと》・伊邪那美命《いざなみのみこと》・天照大御神《あまてらすおおみかみ》・速玉之男命・事解之男命。

鬱蒼とした木々に囲まれた権現造りの堂々とした社殿に、大きな八咫鏡《やたのかがみ》が祀られている。

八月の第一日曜日に行なわれる例大祭は「槍祭」と呼ばれ、その折に北区の無形民俗文化財に指定されている、王子田楽が奉納されるという。また、十二月には熊手《くまで》市も立つ。

そのほか境内には、蟬丸《せみまる》公ゆかりの関《せき》神社がある。江戸時代、かもじ業者らを中心に大津《おおつ》の逢坂山、関蟬丸神社から勧請して建てられたものだ。

小倉百人一首でもおなじみの蟬丸は、逆毛を悲しんだ姉のためにかもじ・かつらを考案したことから、かつらの始祖・髪の祖神としても崇められているのだという。

戦災により社殿は一度焼失したが、かもじ・かつら・床山《とこやま》・美容師などの人毛業界から篤《あつ》い崇敬は絶えることなく、昭和三十四年に現在の社殿が再建された。

王子神社社殿の右手奥には、創建時の植樹と伝えられる都天然記念物の大イチョウが、神々しいまでにそびえている。かたわらの立て札によれば、大正十三年の実測で幹囲六・三六メートル、高さ一九・六九メートルであったとのこと。

この大イチョウの先の階段を下りると音無親水公園（⑤）に出られる。

王子稲荷神社（岸町1－12－26）

線路沿いの道から権現坂を登るか登らないかといったあたりの右手、「森下通り商店街」の看板が続く横道を、ずっとたどっていった先の左手に王子稲荷神社の山門が出現する。

しかし、山門から鳥居までの境内は幼稚園の園庭になっていて、「閉鎖中」の張り紙をした門扉が閉ざされている。鳥居の向こうが石段になっており、その上に立派な拝殿が望めるのだが。どうやら正面からは入っていけないようだ。

向かって左脇の坂道「王子稲荷の坂」を登って、神社脇の入り口に回ると拝殿の前に出る。ここかしこにお狐さまが点在し、境内に入ってくる人々を注意深く見守っているかの

王子稲荷山門

ようだ。

王子稲荷についての解説は『残夢』にくわしい。

「王子稲荷は関東における稲荷神社の総司である。古くは岸稲荷と呼ばれていた。それは王子村の古名が岸村だからだ。無論この岸の由来は、荒川の岸という意味だ。稲荷社の草創は治承四年（一一八〇）に源頼朝が義家の兜《かぶと》や薙刀《なぎなた》を奉納したことに始まるという。

祭神は宇迦之御《うかのみ》魂神《たまのかみ》、宇気母智神《うけもちのかみ》、和《わ》久《く》産巣日神《むすびのかみ》の三神である。」

拝殿にお参りしただけで満足して帰ってはいけない。

拝殿右手奥に入っていくと、まだまだ見所がたくさんある。

まず、これぞお稲荷さまのたたずまいともいうべく、奉納された赤い鳥居がずらりと並び、小さな本宮社へと続いている。

享保六年の夏に暗躍したお狐一味の探索に、花火の房之助親分と手先の猪之吉《いのきち》がここ王子稲荷にやってくる場面がある（『初陣』）が、二人はここにも忘れずお参りしていったようだ。

「房之助と猪之吉の主従は、まず事件が早期に解決するように稲荷の大神に賽銭を上げて祈願した。

『親分、どこから手をつけますか』

猪之吉が重い口を開いて聞いた。

『刻限も刻限、まずは扇屋の釜焼玉子でも食べて腹をこしらえようか。腹が空いては戦もできめえ』

『へえ』

と答えた猪之吉が実にうれしそうに笑ったものだ。

石段に戻りかけた房之助の足が止まった。

社殿の横手に脇祭神の稲荷社があって、石像の狐が向き合っていた。

『せっかくここまで来たんだ、脇社もお参りしていこうか』

二人は稲荷大明神の赤い幟が並ぶ間を潜って小さなお社に参拝し、房之助はここでも賽

かなり急な「王子稲荷の坂」

境内には狐がいっぱい

「御石様」で運試し!?

王子稲荷の素朴な玩具「暫狐」

そんな雰囲気が感じられる「狐の穴跡」

迷宮へと誘うような数々の鳥居

銭を上げた。」

お狐さまのご利益ということか、この脇祭神に気づきお参りしたことで、二人はさっそく事件解決の糸口をつかむ。

その本宮社に並んで御石様なる石が祀られている。願いをかけて石を持ち上げ、軽ければその願いはかなうというのだが、女手ではまったくビクともしないほど。ふしぎなことに見た目よりもずっと重い。

牧野氏も挑戦し奮闘。

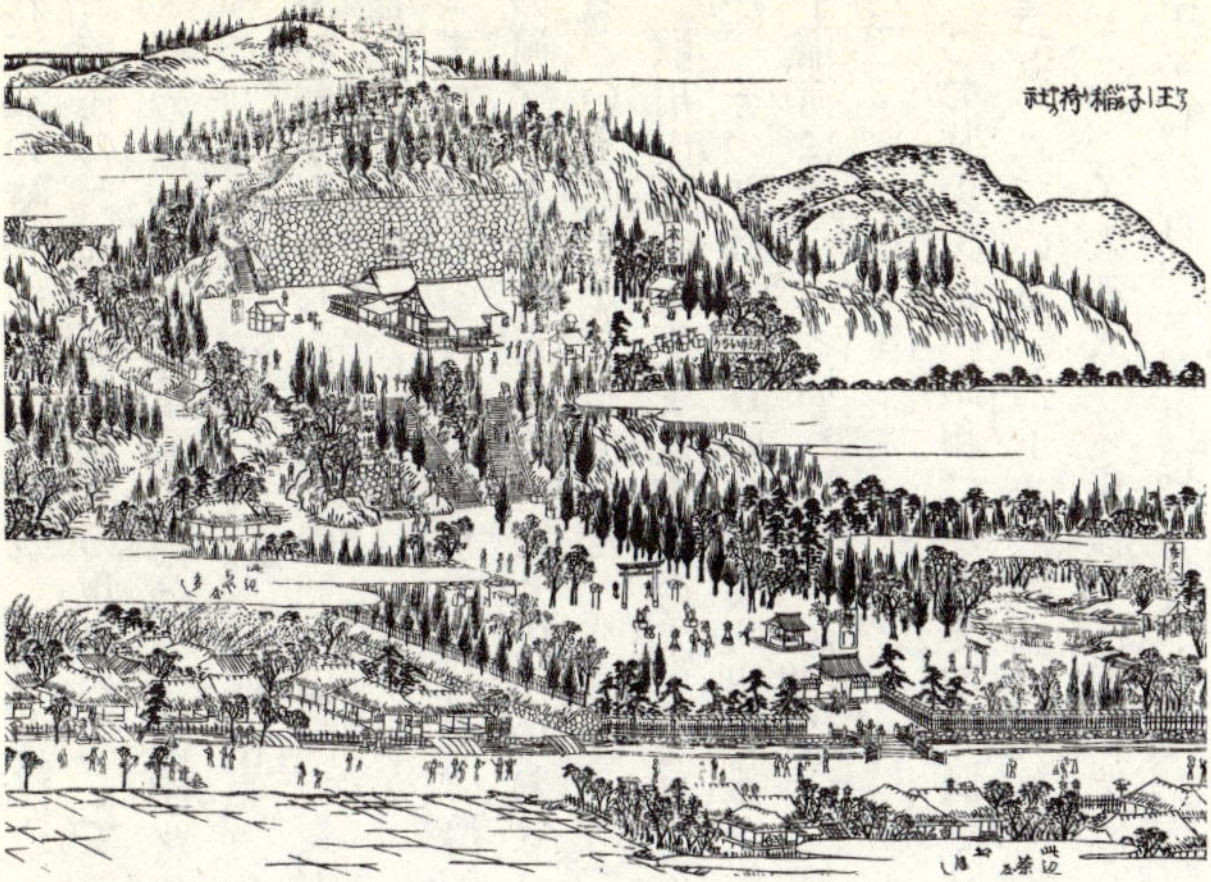

王子稲荷社（『江戸名所図会』）

こちらはなんとか持ち上がって、男子の面目を施す。

御石様に向き合う細く急な階段を上ると、落語「王子の狐」にも登場する狐の穴跡。かつてはここに狐が棲んでいたという。小さなお狐さまの石像が、ちんまり並べられているのがかわいらしい。

ここはずいぶんと高台になり駅方面を見渡せる。南から北へ新幹線が疾走するのが見えた。

社務所ではお守りや絵馬ほか暫《しばらく》狐、王子の狐といった玩具が販売されていた。

暫狐とは江戸時代、名優九代目団十郎《だんじゅうろう》が、歌舞伎狂言「暫」の上演に際し、王子稲荷に祈願して大当りをとった故事に因み作られたものといい、鎌倉権五郎の姿の狐に付いた竹串を上下に動かすと、それにつれて狐の持つ中啓が振られ、「暫く暫く」の動作をするという素朴な玩具。前述のお狐一味が犯罪の現場に残していった「跳ね狐」と同じ原理のおもちゃである。

そのほか国認定重要美術品の「額面著色鬼女図」(渡辺綱に切られた片腕を取り返しにきた、茨木童子を描いた絵馬。柴田是真作。一月一日〜三日と二月の午の日に公開)や、源頼朝が奉納した源義家の兜・面頬、長刀が所蔵され、社殿天井には谷文晁による龍図が描かれている。

また二月午の日は初午祭の縁日で、境内に火難厄除の凧市が立ち、神社からは「火防けの凧守」が授けられる。なぜ火防のお守りに凧なのかというと凧は風を切り、風は火を切るということからだそうだ。

歌川広重の「王子装束ゑの木大晦日の狐火」(『名所江戸百景』)にも描かれ有名であるが、その昔は大晦日の夜に関八州の狐が集まり、近くの榎《えのき》の木のところで衣服を整えて王子稲荷に参ったという。狐火が出て、土地の人々はその狐火で翌年の農作物の出来を占った。

この装束榎は、昭和になって切り倒されてしまい今はないが、その地に装束稲荷神社が建てられている(王子2-30-14)。

この王子の狐火、装束榎の伝説を偲ぼうと、地元の人たちによって近年大晦日の深夜に「王子狐の行列」が再現されるようになったそうだ。狐のお面や装束を身につけた人々が

歌川広重「王子装束ゑの木大晦日の狐火」（『名所江戸百景』）

装束稲荷神社を出発し、行列して王子稲荷神社へ正月の参拝をするというもので、その様子を撮影した写真などを見ると、老若男女思い思いの趣向を凝らして狐に扮し、いかにも楽しそうである。誰でも参加できるというから、たまにはこんな初詣も体験してみてはどうだろうか。

名主の滝公園（岸町1-15-25）

王子稲荷神社の正面入り口の並び、先ほど駅から来た道をもう少し先まで足を延ばすと、名主の滝公園がある。

入り口が二つあって、王子稲荷に近いほうは武家造り風の薬医門。もう少し先に行ったところにある入り口は、これまた雰囲気のある木の扉である。

ここは嘉永年間（一八四八～五四）、王子村の名主であった畑野《はたの》孫八《まごはち》という人が自邸敷地内に滝を築き、避暑に訪れる人々から座布団代をとって開放したのに始まる庭園で、現

風情ある名主の滝公園の薬医門

歌川広重「王子音無川堰埭世俗大滝ト唱」（『名所江戸百景』）

在は北区が管理運営するところとなっている。

　この人口滝は「名主の滝」と呼ばれ、王子七滝の一つに数えられていた。ちなみに王子七滝とは石神井川の崖にかかっていた権現の滝・大工の滝・不動の滝・見晴らしの滝・弁天の滝、王子稲荷境内の稲荷（竜頭とも）の滝、そしてこの名主の滝をいった。これらの滝は、震災や都市開発で次々消滅し、現代に残っているのはここ名主の滝のみである。

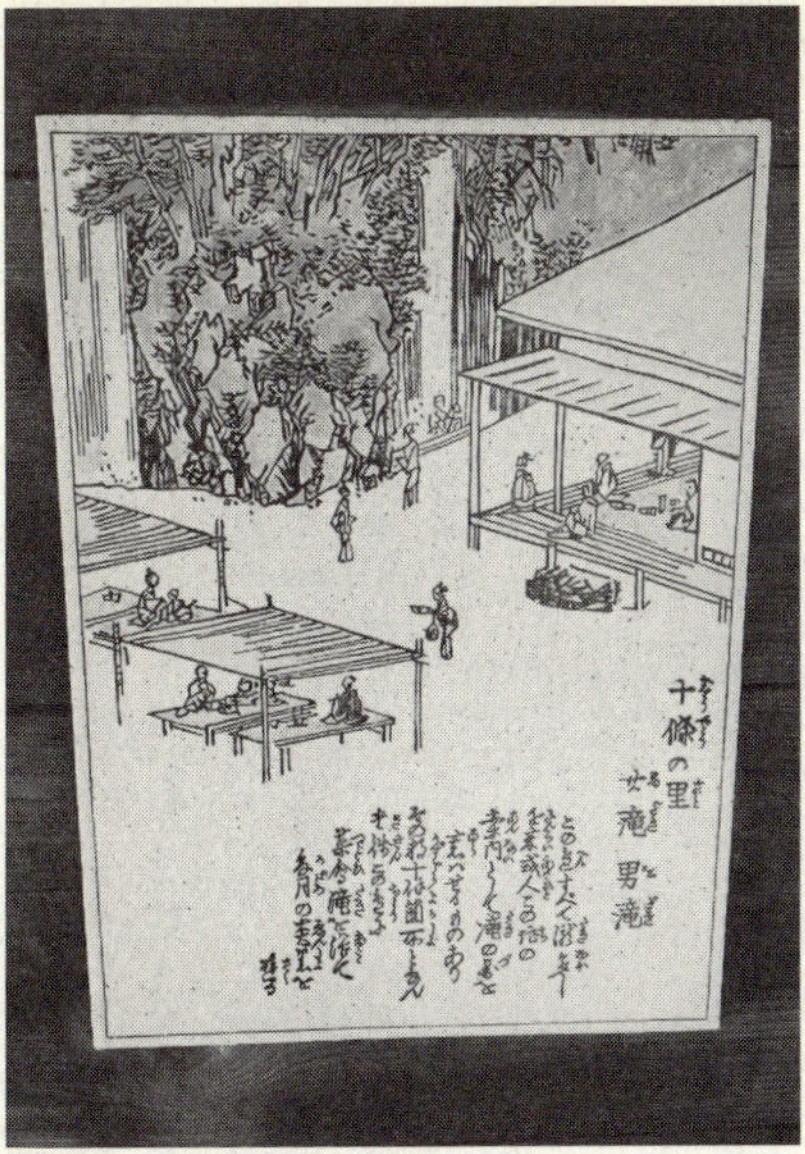

門前には広重の「女滝男滝」が

　江戸っ子の避暑といえば、近郊の涼しい場所に出かけることであったそうで、隅田川の舟遊び、目黒不動の滝遊びに並んで代表的だったのが、ここ王子滝野川の滝遊びであったそうだが、さて、その滝遊びとはいかなるものかというと、これが裸になって滝に打たれて涼をとるというものであったらしい。

　後述の飛鳥山博物館（⑧）には、この様子が描かれた錦絵が展示されていた。ご覧いただければ、きっとその豪快さをご理解いただけよう。

現在の園内には落差八メートルの「男滝」をはじめとする「女滝」「独鈷《どっこ》の滝」「湧玉の滝」の四つの滝に加え、渓流や池が配され、夏には水遊びの子どもたちでたいそう賑わうのだとか。豊かに木々が茂り、四月には桜、十一月はヤマモミジの紅葉も楽しめるそうだ。野鳥のさえずりものどかに響く。近所に住んでいれば毎日散歩に訪れたいところである。開園時間は午前九時～午後五時（七月十五日～九月十五日は午後六時まで）。入場は閉門の三十分前まで。入園無料。

薬医門の入り口のほうに、歌川広重の描いた「十條の里　女滝男滝」（『絵本江戸土産』）が飾られていた。

扇屋（岸町1-1-7）

落語「王子の狐」などに登場することでも有名な老舗料亭「扇屋」は慶安元年（一六四八）の創業。大変残念なことに料亭は二〇〇三年に閉店となったが、現在でもお土産として江戸時代からの名物・釜焼玉子を販売している。

この扇屋には『密命』登場人物も何度か訪れ（『初陣』『遺恨』）、釜焼玉子を賞味している。昇平などは丸ごと一つをごはんと一緒にぺろりと平らげてしまった。現在の大きさで

今は屋台のみの老舗「扇屋」

推測するしかないが、扇屋の釜焼玉子は卵十六個を使い、直径二〇センチ・厚さ五センチはゆうにあろうという代物だ。小ぶりの円形のスポンジケーキをご想像いただければ、近いイメージであろう。

扇屋ははじめは農家の片手間の掛け茶屋だったが、寛政十一年（一七九九）、料理屋として本格的に営業を開始。「料理席献立競」などの番付の上位に常に位置づけられるようになる。

王子飛鳥山周辺が遊興の地として賑わいを増すに連れ、界隈にはこの扇屋や姉妹店の海《え》老《び》屋《や》をはじめとする料理屋・茶屋が軒を並べ栄えたのである。

江戸期の釜焼玉子の折り詰めには、狐に化かされないためのまじないの「附け木」が添えられていたというのが、いかにも王子らしい。

ＪＲ王子駅北口あるいは地下鉄王子駅3番出口を出て駅の西側へ。すると目の前に遊歩道が整備され、その真ん中を石神井川の小さな流れが、蛇行しながらずっと先まで続いているところに出る。

その右手の白いビルが新扇屋ビルだ。表へ回るとビル前に小さな屋台がある。「十一時から」という張り紙があるが、十一時を過ぎても開いていない日もあるようだ。万一、十一時以降に開いていない場合も、ビル左脇路地奥に入って厨房に声をかけると、その場で

歌川広重『江戸高名会亭尽』「王子」

販売してくれる。

ただし突然訪ねて買い求めることができるのは、厚焼玉子だけ。店の看板、釜焼玉子は事前に予約が必要になる。都内デパート（日本橋と新宿の髙島屋）でも売っているそうなので、そちらを利用されるのもいいだろう。もちろんこちらも要予約である。

現在、主力はデパートでの販売のほうということで、日中はそちらに卸すための釜焼玉子を焼くのに多忙をきわめるらしい。というのも、釜焼玉子を焼くことを許されるのはご当主のみなのだそうだ。そんなわけで、屋台が開いているところに出くわしたいなら、夕方出向くほうが確実だ。

当代もって十四代目。跡継ぎの息子さんもいらっしゃるというから、創業三百五十年の老舗は、この先もまだまだ、私たちに江戸の香りを伝え続けてくれることであろう。

釜焼玉子の予約をしていなかった私たちは、厚焼玉子の半分サイズ（価格・六三〇円）をひとつずつ買って、近くの音無親水公園（⑤）でいただいた。

きれいな黄色で、ふわふわとやわらかくて、やさしい甘さはまるでお菓子のよう。歩き回った疲れも消えていく。

無心にほおばっていると、通りがかりのおじさんが、

「それ扇屋の玉子でしょ。どう？　うまいだろう。あそこは昔からやってる店なんだよ」

と話しかけてきた。

地元のかたがたにとって、扇屋の歴史と味は土地の誇りなのだろう。

全部食べきらないうちに、もうお腹いっぱいだ。

ちなみに、釜焼玉子まるまる一つのお値段は三六七五円也。お味見には四分の一サイズ（価格・九四五円）がお手頃だ。

音無親水公園（王子本町1-1-1先）。

JR王子駅北口、あるいは地下鉄王子駅3番出口を出て駅の西側へ出ると、石神井川の流れがずっと先まで続いている。

水と戯れられる音無親水公園

川の両側が遊歩道になっており、浅い流れのその水辺まで下りて、直接水に触れて遊ぶことができるようになっている。木製の橋や水車・東屋・行灯などがところどころに配置され、和風の趣に心落ち着く場所だ。

夏には流れに入って遊ぶ子どもたちでにぎわうという。名主の滝公園といい、この王子には水辺の遊びを楽しむ心と風景が、江戸の昔から脈々と受け継がれている。

金剛寺（滝野川3-88-17）

音無親水公園に続く遊歩道をたどり、歩いていく。途中で遊歩道は切れてしまうが、そのまま石神井川の流れに沿って行くと、「紅葉《もみじ》橋」という橋がかかっている。

この橋を渡ったところすぐ右手が、別名「紅葉寺」とも呼ばれる金剛寺だ。

滝河山松橋院金剛寺は、弘法大師の開山と伝えられる真言宗豊山派のお寺。ご本尊は不動明王像である。

紅葉寺と呼ばれるのは、吉宗によって石神井川流域に楓が植えられ、紅葉の名所になったことから。

金剛寺・別名「紅葉寺」

冨士講先達の安藤冨五郎顕彰碑

境内には七福神の石仏や、富士山の形をした「冨士講《ふじこう》先達の安藤冨五郎《あんどうとみごろう》顕彰碑」など所狭しと配置され、風格のある本堂を取り囲んでいる。

この金剛寺、物語のなかでは寺村重左ヱ門の墓があるということで登場する。また、『刺客』で惣三郎が新川に落ち行方不明になったとき、家族がひっそり弔いをしたのもこの寺であった。

金剛寺の門前に広がる現・滝野川三丁目界隈が、菊屋敷のあったあたりである。

歌川広重「王子滝の川」（『名所江戸百景』）

飛鳥山公園
（王子1-1-3）

かつてこの地の領主だった豊島氏が、熊野新宮の飛鳥神社を勧請して一社を設けたことから、飛鳥山の名がついたと伝えられる。

江戸期に入り、吉宗が享保五年から六年にかけて山桜千二百七十本を植栽し、のち元文二年（一七三七）王子権現に寄進して庶民に開放された。以後飛鳥山は江戸有数の桜の名所としてその名を高める。

桜の名所は上野・隅田川堤・御殿山と数多くあるが、ここ飛鳥山は鳴り物が許されていたこともあり、多くの人々が詰めかけた。ここでなら、いわゆるどんちゃん騒ぎの花見ができたわけである。また、仮装も許されていたため、江戸の庶民は、やれ仇討だの花魁《おいらん》の

江戸の昔から難解なことで名高い「飛鳥山碑」

道行きだのを思い思いに演じて、大いに羽目をはずして楽しんだようだ。それにしても、江戸期には花見をするにもいろいろ制約があったものだと驚かされる。

その後明治六年、東京市制定五公園（わが国初の洋式公園。ほかは浅草・上野・芝・深川）の一つに指定され、現在もＳＬやお城がある児童遊園や、噴水、「飛鳥山3つの博物館」などが整備される北区民の憩いの場。もちろん桜の季節には多くの花見客をよんでにぎわっている。

広々とした園内のほぼ中央に、元文二年建立の「飛鳥山碑」が立っている。

碑左手の東京都教育委員会による説明板によれば、この碑文は、飛鳥山の地が吉宗により、公共園地として整備されたことを記念して、儒臣・成島道筑が作成したのだ

歌川広重「飛鳥山北の眺望」（『名所江戸百景』）

そうだ。その内容とするところは、ここ飛鳥山の地の来歴であるらしいが、難解なうえに異体字や古字の多い漢文で、庶民にはさっぱり読めず。「飛鳥山何と読んだか拝むなり」「此花を折るなだろうと石碑見る」などの川柳が残っている。

その他園内には佐久間象山の詩を刻んだ「桜賦の碑」と近世三老農の一人・船津伝次平の功績が品川弥二郎の筆によって書かれた「船津翁碑」がある。

飛鳥山博物館（王子1-1-3）

飛鳥山公園の南隅に「飛鳥山3つの博物館」と呼ばれる、新しくきれいな建物が三つ並んでいる。向かって左が渋沢資料館、右が紙の博物館、そして真ん中が飛鳥山博物館。お時間のある方はすべてをご覧になってみるといいかもしれないが、このたびは『密命』ゆかりの地を訪ねるという目的なので、このうちの飛鳥山博物館を紹介しよう。

開館時間は十時〜十七時。休館日は月曜日、年末年始、祝日・振替休日の翌日。入館料三〇〇円の飛鳥山博物館は、界隈の自然・歴史・文化が非常にわかりやすいかたちに工夫され、紹介されている博物館だ。

十四のテーマに分かれた常設展示と特別展示室、図書やビデオの閲覧コーナー、そのほか体験学習室なども完備され、さまざまなイベントや講習会が開かれている。

なかでも『密命』に関連して興味深かったのは、常設展示の「名所王子・滝野川・飛鳥山」、「荒川と共に生きるくらし」「東京近郊の野菜と種苗」の各コーナーと、「飛鳥山劇場」であった。

「名所王子・滝野川・飛鳥山」のコーナーには、江戸時代の地域の様子が描かれた浮世絵が展示されている。滝浴みに興じる江戸っ子が描かれているものもあり、なるほど滝浴みとはこういうものか、と納得する。

「荒川と共に生きるくらし」には水塚の母屋の一部が再現された建物があり、菊屋敷を彷彿とさせた。

また、「東京近郊の野菜と種苗」の展示をじっくり眺めると、この地域の農業がいかにさかんであったかがよくわかる。水と地味のよさに恵まれて、品種改良研究なども進んだそうだ。

『密命』の物語のなかでも、飛鳥山のしのから浜町裏の太兵衛長屋に野菜がたくさん送られてきて、

「ありがたいやね、これだけ葉の先っぽまでしゃんとしている野菜はなかなかないよ」

と長屋の女たちが喜ぶ場面がある（『密命―残月』）。

飛鳥山から少し離れるが、染井《そめい》・駒込《こまごめ》のあたりでは園芸業が栄えたというから、しのの菊作りもこの界隈にふさわしい風景だったのかもしれない。

「飛鳥山劇場」ではお忍びで飛鳥山にやってきた吉宗と、女中に化けた狐がコンピューター制御の人形によって演じられ、飛鳥山の美しい四季が紹介される。

客席は金輪寺《こんりんじ》の御座書院を模したもので畳敷き。靴を脱いで、くつろぎながら鑑賞できる。

劇中のさまざまな仕掛けは、ここで明かしてしまうと面白さも半減してしまうので秘密にしておくが、江戸時代の飛鳥山の花見がいったいどんなものであったか、理解の深まる内容であった。

ミュージアムショップには、王子・飛鳥山周辺を描いた錦絵の絵はがきや、狐のコン吉の缶バッジが手頃な価格で販売されていて、ちょっとしたお土産にぴったり。その他、北

区の歴史や文化に関する書籍も充実しているので、今回の散歩でもっと王子周辺のことを知りたくなった、というかたはお手にとってご覧になってみるといいだろう。まず、博物館で知識を仕入れてから散歩に出かけるか、とにかく歩いてみてから博物館で知識を補うか。どちらもそれぞれに楽しさがあるにちがいない。

飛鳥山博物館をあとにして、再び園内を散策しながら駅へ向かう。飛鳥山の歴史を学んできたところである、周りを眺める視点も先ほどとは少々変わった気がする。満開の桜の下、江戸っ子たちがにぎやかに平和な春を楽しむお囃子《はやし》の音でも聞こえてきそうだ。

気づけばすでに夕闇もせまる時刻。芝から永代橋まで歩いた前回の「御江戸探検」とほぼ同じ時間歩き回ったが、なぜかこちらは終始のんびり気分。江戸の名残にも大いに親しめ、おだやかな心持ちに満たされた一日だった。

密命論

細谷正充

「国際色豊かな剣豪小説」から「家族小説」

「父子鷹小説」「大河小説」へ……進化する物語世界。

一九九九年、それまでミステリー・ジャンルで活躍していたひとりの作家が、『密命―見参《けんざん》！　寒月《かんげつ》霞《かすみ》斬《ぎ》り』『瑠璃《るり》の寺』（のちに『悲愁《ひしゅう》の剣』と改題）を立て続けに出版して、時代小説の世界に進出した。その作家の名前を、佐伯泰英《さえきやすひで》という。

ミステリー作家が時代小説を執筆すること自体は、よく見られる光景であり、特別、どうこういう事件ではなかった。だが作者の場合は、事情が違った。文庫書き下ろしで出版した『密命―見参』が、折からの、書き下ろし文庫時代小説の隆盛に乗り、好評を博したのである。同作は以後、「密命」シリーズとして順調に書き継がれることになる。また、他社でも「古着屋《ふるぎや》総兵衛《そうべえ》影始末《かげしまつ》」「鎌倉《かまくら》河岸《がし》捕物控《とりものひかえ》」「吉原《よしわら》裏《うら》同心《どうしん》」「夏目《なつめ》影二郎《えいじろう》始末旅《しまつたび》」「居眠《いねむ》り磐音《いわね》江戸《えど》双紙《ぞうし》」等、次々にシリーズを立ち上げ、あっという間に、時代小説ブームの牽引《けんいん》役となってしまったのだ。本稿では、その牽引の中核を成す「密命」シリーズに焦点《しょうてん》を絞《しぼ》り、シリーズの変遷《へんせん》と、内容の変化をたどりながら、作品世界の魅力を論じることにしたい。

さて、シリーズの内容に触れる前に、ひとつ、片付けておきたい問題がある。それは、佐伯泰英の時代小説第一作は何かという疑問だ。なぜ、こんな疑問を抱くのかといえば『密命―見参』と『瑠璃の寺』が、ほとんど同時期に出版されているからである。本の奥付を見ると『密命―見参』が、一九九九年一月二十日、『瑠璃の寺』が一九九九年二月八日。奥付でいえば『密命―見参』だが、作品が完成しても出版まで間が空くこともあり、これだけではどちらの執筆が先か分からない。この問題、ずいぶんと気になっていたのだが、本書収録の作者へのインタビューによって、やっと疑問が氷解したのである。

結論からいえば『密命―見参』が時代小説第一作だ。そもそも作者が時代小説を書く切っ掛けだが、はっきりいって、なりゆきである。残念なことにミステリー作品が売れなくなり、祥伝社の担当編集者から、今後、出版できるものは時代小説か官能小説しかないといわれ、官能小説は任ではないと思い、時代小説に挑んだのだという。このときの作品が『密命―見参』だったのだ。そして、この作品を半分ぐらいまで書き進めていたとき、角川春樹事務所の編集者に、今、何を書いているのかと聞かれ、時代小説と答えたところ、うちでも書いてよということになったという。かくして『瑠璃の寺』も執筆。結果的に、ほぼ同時期の出版となったのである。

なりゆきで書き始めたこともあり、作者は作品のシリーズ化など、微塵《みじん》も考えていなかった。どちらの作品も、あくまでも一冊完結の、単発作品として執筆している。『密命―

見参』に関していえば、ラストの場面から、それは明らかである。このあたりのことを説明するために、まずは作品の粗筋《あらすじ》と、主人公の金杉惣三郎《かなすぎそうざぶろう》について記しておこう。

『密命―見参』は、宝永《ほうえい》六年（一七〇九）の四月から始まる。この年の一月に、五代将軍綱吉《つなよし》が死去。甥《おい》の家宣《いえのぶ》が六代将軍の宣下《せんげ》を待っていた頃である。このような微妙な時期、六万冊の蔵書を誇る豊後《ぶんご》相良《さがら》二万石に、思いもかけない危機が襲いかかる。幕府が、ご禁制の切支丹《きりしたん》本所持の嫌疑《けんぎ》をかけたのだ。相良藩は前年、阿蘭陀《おらんだ》船で運ばれてきた書物二百冊を購入。しかし、それを国許に運ぼうとした書物奉行の一行が何者かに襲われ、書物は奪われていた。その中に、切支丹本が混ざっていた可能性がある。苦悩する藩主・斎木高《さいきたか》玖《ひさ》は、信頼する家臣の金杉惣三郎に、切支丹本回収の密命を下す。捜すべき本が江戸にあると見極めた惣三郎は、脱藩を装い、江戸での浪人暮らしを始める。火事場始末を請け負う「荒神屋《こうじんや》」の喜八《きはち》。町火消し・め組の頭取《とうどり》の辰吉《たつきち》。芝神明《しばしんめい》の大物札差《ふださし》・冠阿弥膳兵衛《かんあみぜんべえ》と娘のお杏《きょう》。岡っ引きの花火の房之助《ふさのすけ》親分。相良藩江戸留守居役・寺村重左工門の娘で、京橋炭町《きょうばしすみまち》で小さな料理屋の女将《おかみ》をしているしの……。江戸の市井《しせい》で、さまざまな事件に遭遇しながら、身分や立場を超えた人の輪を育《はぐく》んでいく惣三郎。切支丹本の行方を追う彼は、やがて一連の騒動の裏に、藩主の伯父で、分家の当主の斎木丹波《たんば》がいることを知った。事件の根は、相良藩のお家騒動だったのだ。子供の清之助《せいのすけ》とみわを人質に取られた惣三郎は、江戸で得た仲間たちに助けられながら、子供の奪回と、陰謀粉砕のために立ち上がる。

粗筋に続いて、主人公のプロフィール。金杉惣三郎は、相良藩の下級武士・深井《ふかい》家の三男に生まれる。直心影流綾川《あやかわ》道場に学び、十六歳で目録を得る。同じ道場の日下左近《くさかさこん》とは、相良藩の竜虎と呼ばれた。若殿時代の斎木高玖の武芸指南役の座を巡り、日下と試合するも敗北。しかし道場主の綾川辰信《たつのぶ》は、惣三郎を推挙した。江戸藩邸で指南役を務めていた頃、野犬に襲われた高玖を助けるため、生類憐《しょうるいあわれ》みの令に背き、これを斬り捨てる。主従の絆《きずな》は強まったが、ふたりの態度を不審に思った藩主・高茂《たかしげ》により、惣三郎は国許に戻される。以後、野犬斬りの一件が明らかになることを憂え、表向きは剣の道から遠ざかり、腑《ふ》抜《ぬ》けを装った。だが、ひそかに番匠川《ばんじょうがわ》で修行を重ね「寒月霞斬り」と名づけた秘剣を身につける。

私生活では、御右筆《ごゆうひつ》百十石の金杉家に婿《むこ》入り。しかし斎木丹波に、かなくぎ流の字を面《めん》罵《ば》され、御徒士《おかち》組に移された。以来〝かなくぎ惣三〟という、ありがたくない蔑称《べっしょう》が定着した。妻のあやめとの間に清之助・みわの一男一女を授かる。しかし、みわが生まれた年に、流行病であやめが死亡。腑抜けぶりに、ますます拍車がかかったと噂《うわさ》されている。

シリーズ初登場時の金杉惣三郎は、こんな人物であった。

斎木丹波に面罵された後、書の練習に励むが、それほど上達はしなかった。このエピソードからも分かるように、惣三郎は完全無欠のヒーローとして、読者の前に現われたわけではない。基本的な人物像は変わっていないが、ちょっと軽い部分も持った人間として描かれていたのだ。それがシリーズを重ねるにつれ、現在のような重厚なキャラクターへと成長したのである。シリーズ物の主人公がたどるべき、当然の変化といっていいだろう。

そしてこれは、物語そのものにも当てはまる。

『密命―見参』の、カバー袖《そで》の著者紹介は「本書はポスト藤沢周平《ふじさわしゅうへい》を狙う著者の野心作である」という一文で締めくくられている。主人公が脱藩を装い、江戸の市井で暮らしながら、任務を果たそうとするというストーリー。それが藤沢周平の「用心棒日月抄《ようじんぼうにちげつしょう》」シリーズを想起させることから、このような一文が書かれたのではないかと思う。この時点では出版社側も、作者の時代小説のポイントを摑《つか》み切っておらず、既存の作品になぞらえることで、作品のアピールをしていた。だがまあ、それは無理もないだろう。「密命」シリーズは、チャンバラの面白さを前面に押し出した、ある意味典型的な、剣豪小説として始まったのだから。といっても初期シリーズに、作者独自のアイディアがなかったわけではない。〝国際色〟という、きわめてユニークなアイディアが盛り込まれているのである。初期シリーズの読みどころは、ここだといっていい。

作者の描いた国際色とはいかなるものか。『密命―見参』でいえば、切支丹本である。先の粗筋で述べたように、幕府が相良藩に切支丹本所持の疑惑をかけたことで、物語は動きだす。

島原《しまばら》の乱を経て、切支丹アレルギーになっている徳川幕府にとって、切支丹本はまさに悪魔の書であろう。手違いであろうが何だろうが、それを所持しているとなれば、相良藩のような小藩がすぐに取り潰されることは想像に難《かた》くない。藩の危難を救うために主人公が活躍するというパターンは、時代エンタテインメントとしては、さして珍しいものではない。しかし、その危難の原因に切支丹本を持ってきたところが、国際色豊かな、優れたアイディアであった。

また、敵の亀甲船《きっこうせん》に乗り込むため、巨大な銛《もり》を船首に取りつけた弁才船《べんざいせん》を突撃させる場面は、西洋の海賊が、衝角《ラム》と呼ばれる強化した船首を相手の船にぶつける（といわれる）戦法をモデルにしたと思われる。時代小説専門の作家なら、思いついてもリアリティがないと捨ててしまうアイディア。それを平気で使いこなすところに、作者の面目が感じられるのである。

そして、シリーズ第二弾『密命―弦月《げんげつ》三十二人斬り』でも、国際色は健在だ。八代将軍の座につこうとする紀州の徳川吉宗《よしむね》と尾張《おわり》藩の暗闘と、それに巻き込まれた相良藩を救おうとする惣三郎の活躍を描いたこの作品では、吉宗の出生の秘密として、彼の母親が異国の女性だという、とんでもない設定がなされている。物語はこの秘密を巡り、展開していくのだ。

さらに付け加えるならば『瑠璃の寺』の主人公・通吏辰次郎《とおりしんじろう》は、鎖国の禁を破り、海外を放浪。中国に遠近法の技法を伝えた、あの西洋絵師ジュゼッペ・カスティリオーネから絵を学んでいる。作者の初期時代小説は、このように国際色を作品の特徴として打ち出していたのである。では、そうした国際性は、どこに由来するのか。これを理解するためには、作者の経歴を知らずばなるまい。

佐伯泰英は一九四二年、九州は福岡県に生まれる。日本大学芸術学部映画学科卒。一九六九年からヨーロッパ各地を放浪し、翌七〇年には妻子とともにスペインに滞在。七四年に帰国するまで、闘牛の取材をする。七六年、撮影した写真に文章を添えたフォト・エッセイ集『闘牛』で文筆生活に入った。八一年には『闘牛士エル・コルドベス一九六九年の叛乱《はんらん》』で、第一回PLAYBOY・ドキュメント・ファイル大賞を受賞。ノンフィクション・ライターとして活躍する。八七年の『殺戮《さつりく》の夏　コンドルは翔《と》ぶ』(『テロリストの夏』と改題)から、小説にも乗り出す。この時期の代表作は、フランコ政権末期のスペインを舞台に、テロリストに妻子を殺された日本人カメラマンの復讐を描いた『ユダの季節』および、その姉妹編の『白き幻影のテロル』であろう。

また、九四年の『犯罪通訳官アンナ　射殺・逃げる女』(『五人目の標的』と改題)では、日本を舞台にしながら、犯罪通訳官という役職を創作。国際化する日本の現実を的確に捉《とら》えた。このようにミステリー作家時代の作者は、自己の海外体験を生かした国際色豊かな作風を特色としていたのである。

作者の経歴を見ていただければ、国際色の由来は分かってもらえるだろう。それを踏まえた上で、あらためてひとつの問いを投げかけたい。「密命」シリーズの最初の一冊で、物語を動かすポイントに、異文化との遭遇がもたらす軋轢《あつれき》を持ってきたのはなぜか。もちろん、突然、時代小説を書くことになり、自分の得意とするフィールドに、ジャンルのほうを引っ張ってこなければならなかったという、実利的な理由もあると思われる。しかし、それ以上に大きな理由として、ミステリー作品のテーマを、時代小説で敷衍《ふえん》・追求したかったことが挙げられよう。江戸時代に国際問題を投げ込むことで、異文化自体が罪となる鎖国化の日本を描き、いまだに真の意味で国際社会に適応できないでいる未熟な日本人の有様を、剔抉《てっけつ》している。江戸時代を描出しながら、作者の目は時間と空間を超越して、現代と世界を見据えているのだ。『密命―見参』『密命―弦月』は、作者がミステリー作家から時代作家になるための、過渡期の産物であった。これが結果として、初期「密命」シリーズの、独自の味わいとなったのである。

すこし話を巻き戻す。『密命―見参』で、時代小説に進出した佐伯泰英だが、最初からシリーズ化の意図があったわけではない。これは作品のラストを読めば一目瞭然《りょうぜん》である。斎木丹波の陰謀を潰した惣三郎は、最後の最後で、宿命のライバルである日下左近と対決。寒月霞斬りによって、からくも勝利をおさめるが、自身も深手を負ってしまうのだ。その場面を引用してみよう。

「大事ない……」

肩から血が流れ、力が抜けていく。

「……惣三郎様」

「死にはせぬ、しの……」

そう呟きながら惣三郎の意識は薄れていった。

どうだろう。主人公の死を予感させながら、その生死を読者に預けた、心憎いラストである。だがこれは、あくまでも単発作品だからこそのラストだ。シリーズ化を最初から考えていたら、惣三郎が生き残ったことを実感させる描写になったことだろう。

面白いことに、次の『密命─弦月』でも、作者は「密命」がシリーズになるとは思っていない。こちらも、単発作品のつもりで執筆しているのだ。なにしろ前作から、いきなり七年の歳月が経過しているのだから。

切支丹本の騒動が収まってから七年。世間は七代将軍家継《いえつぐ》の死去と、紀州藩主吉宗の八代将軍決定に沸《わ》いていたが、相良藩の留守居役に出世した金杉惣三郎の日々は平穏であった。だがある日、江戸下屋敷で月見を楽しんでいた藩主夫人・麻紀《まき》の方を、忍びの一団・

乗源寺一統《じょうげんじ》が襲撃。からくも敵を退《しりぞ》けるものの、麻紀の方の乳母・刀祢《とね》が殺されてしまう。これが機となり、八代将軍の座を巡る、紀州と尾張の権力闘争に巻き込まれる相良藩。事件の根が紀州吉宗の出生の秘密にあることを摑んだ惣三郎だが、乗源寺一統を操る黒幕により、相良藩はさらなる窮地に陥る。進退谷《きわ》まった惣三郎は、再び己《おのれ》を江戸の市井に投げ込み、起死回生の大博奕《ばくち》に打って出るのだった。

おそらくは物語を動かす事件から逆算して、時代設定をしたのであろうが、そのため惣三郎の気力体力が充実していた壮年期に、巨大な空白ができてしまった。なんと、もったいないことをするのか！　この一事をもってしても、まったくシリーズ化を考えていなかったことが窺《うかが》えよう。

作者本人が考えていなかったのだから、初期二作にはシリーズとしての方向性はなかった。それが生まれたのは、シリーズ第三弾『密命―残月無想斬り』からだ。「密命」シリーズの最初のマイル・ストーンは、この作品である。

『密命―残月』の中には、ふたつのターニング・ポイントがある。ひとつは金杉惣三郎の立場の変化だ。前二作の惣三郎は、浪人になるとはいえ、その性根は相良藩士であり、藩の危難を救うために闘いを繰り広げる。ところが、この作品は違う。『密命―弦月』で、八代将軍の座を巡る、紀州と尾張の暗闘に巻き込まれた彼は、大岡越前《おおおかえちぜん》と出会い、将軍吉宗にその実力を知られた。その結果、吉宗は斎木高玖から惣三郎を貰い受け、大岡直属の密偵にしたのだ。前二作では相良藩主から「密命」を受ける立場だった惣三郎が、将軍吉宗の「密命」を受ける立場へと、自分の居場所を変えた。これによりシリーズの基本ラインが、初めて確立したのである。

また、やはり前作での紀州と尾張の暗闘が尾を引き、以後、尾張はさまざまな戦いを仕掛けてくる。これを防ぐために惣三郎は、何度も立ち上がるようになるのだ。『密命―残月』は、現在へと続くシリーズの路線を作った、まさに記念すべき作品だったのである。

このような大きなターニング・ポイントの陰で、ちょっと目立たないが、しかし重要なもうひとつのターニング・ポイントが、この作品にはある。家族小説への傾斜だ。キー・パーソンとなったのは、惣三郎の息子の金杉清之助である。

『密命―残月』は、冒頭でかなりの枚数を割いて、清之助が遊女と心中しようとするエピソードを描いている。前作でも清之助には、しのに再会したことから、七年前に心無い言葉を浴びせたことを悔やむエピソードがある。だがそれは、あくまでも物語の流れの中で語られ、解決された。一方、こちらの心中エピソードは、それだけで作品として成立するような書かれ方になっている。清之助というキャラクターも、より深く掘り下げられたのである。これはシリーズ第二弾のラストで、惣三郎としのが結婚し、主人公の身が落ち着いたことと無関係であるまい。江戸の市井で暮らす金杉惣三郎一家という基本フォーマットができたこと。前二作で惣三郎について書いているので、あらためて主人公の詳しい説明をする必要がなくなったこと。ふたつの要素が組み合わさり、惣三郎の家族に目が向けられるようになったのである。

同じことが、惣三郎の周囲に集まる仲間たちについてもいえる。惣三郎を中心に、巻を重ねるにつれて、惣三郎の力量と人柄に魅せられた人々が、続々と集結。身分や立場を超越した、独自のネットワークが構築されていく。たとえば『初陣《ういじん》―密命・霜夜《そうや》炎《ほむら》返し』で、清之助に危難を助けられた江戸の薬種問屋・伊吹屋金七《いぶきやかねしち》は、金杉家に礼に出向き、たまたまそこに集まった顔ぶれに驚愕する。

「驚きましたな、失礼ながらお長屋住まいの金杉様のお宅にめ組の頭から冠阿弥の大旦那、それに大岡様の懐刀《ふところがたな》まで顔を見せられる。一体全体どうなっておるのでございますかな」

すでに酒で顔を赤らめた伊吹屋金七が首を捻った。

「物事は複雑に考えねえこった。おれたちは十何年も前からこうやって分け隔てなく付き合ってきたんだ」

辰吉がいい、

「それもこれも金杉惣三郎という人物のおかげでな」

と膳兵衛が笑う。

伊吹屋金七が、すぐさま惣三郎ネットワークの一員となったことは、いうまでもないだろう。血のつながりこそないものの、惣三郎と彼らは、魂のつながったもうひとつの家族なのである。

もちろん時間の経過に従い、彼らとの距離や立場は微妙に変化していく。同じく『初陣』で惣三郎と知り合い、それが縁で石見《いわみ》道場に寄宿した津軽卜伝流《つがるぼくでんりゅう》の棟方新左衛門《むなかたしんざえもん》は、第十一弾『残夢—密命・熊野秘法剣』で、下野国茂木藩《しもつけのくにもてぎはん》の家臣の家に婿入りが決まる。それまで惣三郎たちと親しくしていただけに、遠く離れることを残念に思う新左衛門。だが、別れの前にと、惣三郎と連れ立っての鹿島《かしま》行の途中でこんな会話を交わす。

「金杉先生、それがし、間違っておりました」

「なにをかな」

「それがし、金杉先生と縁が薄れることばかりを恐れておりましたが、おりくどのと祝言を挙げ、茂木藩に仕えることでさらに金杉先生との縁が深まると考え直しました」

「さよう、顔を合わせる機会は減るやもしれぬ。だがな、結び付きは深くなる。これからは家族ぐるみの付き合いとなるのだからな」

「真にさようでございました」

結婚や出産など慶事があれば喜び、誰かが事件に巻き込まれれば奔走《ほんそう》する。遠く離れる人がいても、かえって結びつきは深くなる。なぜならば、みんなが家族なのだから。いつの間にか読者は、惣三郎〝一家〟の幸せを祈り、その人生に一喜一憂するようになってしまったのだ。家族小説というシリーズの新たな魅力。その先触れを告げる一冊として『密命―残月』は記憶されるべきであろう。

シリーズ最初のターニング・ポイントが『密命―残月』だとすれば、二番目の、そして決定的なターニング・ポイントが第七弾『初陣』である。この作品は、前半こそ惣三郎を中心に話が進むが、八代将軍吉宗主催の「享保《きようほう》剣術大試合」が決定した後は、清之助に焦点が移る。鹿島の米津寛兵衛《よねつかんべえ》道場で修行中の清之助が代表選手に選ばれるまでの、さわやかな剣士たちとのやりとり。惣三郎の命を狙う一条寺菊小童《いちじようじきくこどう》と、清之助の刹那《せつな》の出会い。これにより菊小童は、「享保剣術大試合」で二位になった清之助に襲いかかる。そして清之助は菊小童との闘いの中で、ついに秘剣・霜夜炎返しを完成させるのである。

このように本書では清之助が、父親と並んで物語のメインとなり、「密命」シリーズのもうひとりの主人公として、大きくクローズアップされたのだ。しかも菊小童が剣術試合第一位となった尾張柳生《やぎゆう》の柳生六郎兵衛《ろくろべえ》を殺したことから、惣三郎・清之助に、尾張柳生の逆恨みの刃が向かうことになる。以後、修行の旅に出た清之助は、尾張柳生の刺客《しかく》に狙われ、相次ぐ闘いの中で剣士として成長する。そうした清之助の姿が、シリーズの柱のひとつとなっていくのだ。剣士としても人間としても圧倒的な存在感を示す父親と、いつかはその父を超えねばならぬと精進《しょうじん》する若武者。金杉惣三郎の物語は、ここでついに惣三郎・清之助の父子鷹《おやこだか》の物語へと変貌したのである。家族小説はさまざまな要素を内包しているが、作者はその中のひとつの父子鷹の物語を強くプッシュすることで、シリーズを新たなステージへと引き上げたのである。

さらに想像を逞《たくま》しくするならば、八代将軍吉宗の緊縮政策と尾張藩主となった宗春《むねはる》の消費政策が、本格的に対立するのは、まだまだ先のこと。年齢的に見て、その時代にメインで活躍するのは、惣三郎ではなく清之助になるはずである。清之助をもうひとりの主人公にしたのは、そのための布石といえるのではないだろうか。シリーズ化など考えずに始まったため、紆余曲折《うよきよくせつ》を経ることになったが、結果として父子二代にわたる（清之助に子供が生まれれば三代か）、大河小説になりそうだ。

いままで述べてきたように、シリーズ物は作品が積み重なるにつれ、どんどん物語世界が強固になり、魅力を増していく。シリーズ物のプラスの面といえよう。だが、その一方で、マイナスになりかねない問題がある。主人公の強さのインフレだ。シリーズ・ヒーローの宿命であるのだが、主人公の強さを引き立てるために、強力な敵との対決を設定する。もちろん勝つのは主人公だ。これを繰り返していると、主人公がどんどん強くなり、それに併《あわ》せて敵も前作よりも強くなってしまうのだ。作者もこの点に注意を払っているらしく、『密命―見参』では、かつてのライバル。『密命―弦月』では、一人対多数。『密命―残月』では、戦国時代から生きている齢百五十六歳の怪剣士・石動奇嶽《いするぎきがく》と、一冊ごとに違った工夫が凝らされているのである。

さらに『密命―残月』と、第四弾『刺客―密命・斬月剣』には、要チェックのアイディアが投入されている。まず『密命―残月』だが、これは江戸の闇に潜む石動奇嶽を誘《おび》き出すための仕掛けだ。

石動奇嶽が、かつて武田信玄《たけだしんげん》に仕えていたと知った惣三郎は、深川冬木ヶ原《ふかがわふゆきがはら》に信玄が家《いえ》康《やす》を破った三方ヶ原《みかたがはら》の合戦を再現。これを餌に奇嶽を誘き出し、一気に仕留めようとする。このアイディアだけでもぶっ飛びものだが、それ以上に注目すべきは、合戦芝居での惣三郎の役割だ。なんと彼は、徳川家康に扮するのである。

あらためていうまでもなく、徳川家康は、徳川幕府の開祖である。神君家康と呼ばれる、徳川時代における至高の存在だ。あくまでも奇嶽を誘き出すための方便とはいえ、その家康に惣三郎は扮したのだ。とすればこの瞬間、彼は八代将軍吉宗すら凌駕《りようが》し、日本の頂点に立っていたのである。

次に『刺客』だが、こちらの敵は葵斬《あおいぎ》り七剣士と、彼らを操る公卿《くぎょう》の四辻季次《よつじのりつぐ》だ。次々と襲いくる七剣士との対決も工夫の凝らされたものだが、真に注目すべきは彼らが斃《たお》れた後、惣三郎の前に立ちふさがる四辻季次である。四辻卿の、妖怪のような変幻自在の動きに翻弄《ほんろう》され、危地に陥った惣三郎。とどめを刺そうと刀を振り上げる四辻卿に向かい、とっさに脇差を投げつける。これがちょうど十字に交わった瞬間、ふたつの刀に稲妻《いなずま》が落ちるのである。

この対決シーンについて、かつて私は『火頭―密命・紅蓮《ぐれん》剣』の解説で、こう述べたことがある。

「稲妻は雷。そして雷は元をただせば〝神鳴〟である。この文字から分かるように、古代の日本人は自然界の放電現象である稲妻を、神の力だと思っているのだ。その〝神鳴〟によって、惣三郎は勝利をおさめたのである。となると、ここでついに彼は、神の力さえ味方する、超絶のヒーローになってしまったといえるのではないだろうか。そう考えれば、本書で石見銕太郎のいう〝金杉どのの腕前、なにやら神域に入りかけておられるように見える〟というセリフも、素直に納得できるのである」

徳川家康という徳川時代の頂点に立つ現人神《あらひとがみ》を演じ、さらには神の力そのものまで味方とする。主人公のヒーローぶりも、極まったといっていい。これ以上、惣三郎を強くしようと思うなら、彼自身を神にするしかないだろう。そこまで惣三郎のヒーロー性が強固になってしまって、シリーズをどう続けるのかと心配してしまったのである。だが続刊により、それが杞憂《きゆう》であったことが判明する。シリーズ第五弾『火頭』では、惣三郎の敵として、冷酷無残な火付盗賊の一味を設定。惣三郎の家族や、親しい人々に魔手を伸ばそうとするのだ。

繰り返しになるが、シリーズが続くと、それにつれて主人公の周囲にレギュラーの脇役が増える。彼らは惣三郎の味方であり、もうひとつの力である。が、これを逆に見れば、彼らは惣三郎の弱点となり得るのだ。作者は、シリーズ物の魅力を逆手に取って、それまでの惣三郎と強敵との対決とは違ったサスペンスを生み出しているのである。

実際、この作品では事なきを得たが、第八弾『悲恋《ひれん》―密命・尾張柳生剣』では、惣三郎の娘・みわの恋心が尾張柳生に利用された。また、第十弾『遺恨《いこん》―密命・影《かげ》ノ剣』では、剣術界の重鎮であり、清之助の師匠でもある鹿島一刀流の米津寛兵衛が、惣三郎を狙う鷲《わし》村《むら》次《じ》郎《ろう》太《た》兵衛《ひようえ》の凶剣に斃《たお》れるという悲劇が起きたのである。これはシリーズのファンにとっては、誠にショッキングな事件であった。

また他方では、惣三郎の年齢の問題もある。シリーズの進展に従い、惣三郎も歳を重ね、いつの間にか、江戸時代の感覚では老人といってもおかしくない年齢になってしまった。

〝老い〟という剣客にとっては避けて通れない重要な問題と、これからいかに付き合っていくのか。そのあたりも、今後の読みどころとなるであろう。

シリーズが続けば続くほど、状況の変化に併せて、新たな敵が立ち上がってくる。主人公の強さのインフレや、シリーズのマンネリなど心配することはなかった。いつでも全力投球、それでいて作者の創造力と想像力は、尽きることがないのである。

独自の国際色を持った剣豪小説として始まった「密命」シリーズは、家族小説や、父子鷹小説、そして大河小説の側面を付け加えながら、巨大な物語世界へと成長した。大袈裟にいえば、このようなシリーズをリアル・タイムで読めるからこそ、この国の、この時代を生きている意味があるのだ。読むという行為によって、自分も金杉惣三郎〝一家〟の一員になれる。そんな喜びが、いつまでも続くことを祈っているのである。

『密命』の時代

楠木誠一郎

将軍吉宗の謎、御庭番の実態、吉宗と宗春の対立とは？　時代背景がわかれば、さらに楽しめる。

七年——。

五代将軍徳川綱吉《とくがわつなよし》が死に、次の家宣《いえのぶ》が六代将軍に就任するまでの四ヵ月弱のあいだから、『密命』シリーズ第一巻は語られる。

綱吉が死んで、わずか十日後の宝永《ほうえい》六年（一七〇九）一月二十日に天下の悪法「生類《しょうるい》憐《あわれ》みの令」が廃止され、その月のうちに、側用人間部詮房《まなべあきふさ》とともに六代家宣・七代家継《いえつぐ》の治世を動かす新井白石《あらいはくせき》が登用される。そして白石と入れ替わるように柳沢吉保《やなぎさわよしやす》が隠退。六代家宣は在職わずか三年で死去し、五歳（数え。以下同）で七代将軍に就任した家継もまた同じく三年で世を去り、次期将軍が就任するまでの空白期間を迎える。享保《きょうほう》元年（一七一六）四月のこと。

綱吉の死から七年が経過していた。

三百藩と「徳川」幕府

すべては徳川家康《いえやす》の陰謀だった。

大坂の陣で豊臣《とよとみ》家を滅ぼした家康は、全国の諸大名の「牙《きば》」を抜くことに全力を傾けた。一国一城令しかり、俗にいう「三百藩」をしばりつける「武家諸法度《ぶけしょはっと》」しかり。

徳川一門の親藩《しんぱん》、徳川家に仕えてきた譜代《ふだい》、関ヶ原合戦後に軍門に降った外様《とざま》に大名をランク分けしたうえで、江戸や幕府直轄地（天領《てんりょう》）近くには親藩や譜代を配置。有力外様を地方に遠ざけたうえで、その江戸寄りに譜代を配置した。ことに「伊達《だて》」「前田《まえだ》」「毛《もう》利《り》」「島津《しまづ》」を徹底的に封じ込めた。江戸に攻め上ってくるのを防ぐためだった。

江戸に幕府を開いたものの、いつ外様大名に攻められるかわからないという強迫観念が家康にはあった。だからこそ、自分の目が黒いうちに秀忠《ひでただ》に将軍位を譲って大御所《おおごしょ》となり、「江戸」幕府＝「徳川」幕府だという既成事実を作り上げた。秀忠もまた在世中に家《いえ》光《みつ》に将軍位を譲って大御所となった。江戸幕府は二百六十余年続いた長期安定政権に見えるかもしれないが、家康も秀忠もそんな悠長な考えは抱いていなかった。外様大名が怖くてたまらなかったのだ。己《おのれ》の恐怖を鎮《しず》めるためには、恐怖政治を行なうしかなかった。

三代家光までのあいだに大名を次々と改易《かいえき》させて、取り上げた領地を幕府直轄地（天領）として財力を蓄え、参勤交代という制度を設けた。

地方の外様は、国元と江戸を一年交代で往復しなければならず、大名の妻子は江戸に住まなければならなかった。妻子を人質にとられた大名は、一年は江戸の大名屋敷に、一年は国元で生活することを強《し》いられた。大名が江戸にいるあいだは国家老が藩政を仕切り、国元に帰っているあいだは江戸家老（留守居役）が幕府との折衝役を務めた。

もちろん参勤交代にかかる費用は莫大だった。ふつうの大名で百五十〜三百人が移動。加賀《かが》藩のような大藩では二千五百人が移動した。諸大名は経済力が疲弊し、江戸幕府＝徳川家に刃向かう「牙」はなくなった。

江戸幕府にさからえば改易が待っている。『密命』シリーズの主人公金杉惣三郎《かなすぎそうざぶろう》の在籍する相良《さがら》藩は九州の小藩。いつ恐怖政治の餌《え》食《じき》になってもおかしくなかった。

吉宗が将軍になれた理由

なぜ紀伊《きい》藩主だった吉宗《よしむね》が八代将軍になれたのか。

七代家継が死んだのは八歳。後継はいない。家継の兄弟も早世していたため、将軍家のなかに将軍候補はひとりもいなくなった。

ここで「御三家」の三文字が浮上してくる。初代家康が、九男義直《よしなお》に創設させた尾張《おわり》家（初代尾張藩主。六十一万九千五百石）、十男頼宣《よりのぶ》に創設させた紀伊家（初代紀伊藩主。五十五万五千石）、十一男頼房《よりふさ》に創設させた水戸《みと》家（初代水戸藩主。三十五万石）が御三家。将軍家から将軍を出せないときの「保険」だった。江戸に開かれた幕府が「徳川」幕府でありつづけるための家康なりの危機管理だった。御三家はもちろん親藩の最上位。

すぐさま御三家のなかから次期将軍候補選びがはじまった。優先順位は、御三家筆頭の尾張家、紀伊家、水戸家。

候補にあがったのは、尾張徳川家六代藩主の継友《つぐとも》（二十五歳）、紀伊徳川家五代藩主の吉宗（三十三歳）、水戸徳川家三代藩主の綱条《つなえだ》（六十一歳）、そして幕府直轄領（天領）の甲府《こうふ》城主徳川綱重《つなしげ》の子松平清武《まつだいらきよたけ》（五十四歳）。清武は六代家宣の兄弟にあたる。

ふつうに考えれば尾張家の継友が次期将軍になるはずだが、紀伊家の吉宗が七代家継の遺言を受けるかたちで八代将軍となった。表向きは、継友は家康の玄孫《やしゃご》、吉宗は家康の曾《ひ》孫《まご》だから、吉宗のほうが血が濃い、と。尾張家の継友を納得させるために幕府が用意した言い訳だった。

このときの遺恨が、『密命』シリーズの物語の基盤のひとつとなっていく。

そもそも吉宗は、紀伊徳川家を継げる立場ですらなかった。

吉宗は二代光貞《みつさだ》の四男として生まれた。生母は側室お由利《ゆり》の方。この生母については、家臣巨勢利清《こせとしきよ》の娘、巨勢村の百姓の娘、諸国巡礼の娘など諸説ある。光貞が下働きの百姓の娘に風呂場で手をつけたとする俗説もある。『密命』シリーズでは、安美麗《あんびれい》という南蛮の血の混じった美女が生母という設定になっているのが興味深い。

成長した吉宗は身の丈六尺（約百八十センチ）を越える色黒の偉丈夫《いじょうふ》。精力絶倫で、どちらかというと醜女《しこめ》好みだったとされている。美人は嫁ぎ先があるが醜女は面倒を見てやらなければならない、と。

話を元に戻そう。

吉宗の長兄の三代綱教《つなのり》が四十一歳で死去、次兄が早世、三兄の四代頼職《よりもと》も二十六歳で死んだことで、五代藩主の器《うつわ》がまわってきたのだ。御三家二位の四男坊が将軍家を継いだこと自体、「まれ」な事態だった。

その吉宗は、のちに、次男宗武《むねたけ》に田安《たやす》家、四男宗尹《むねただ》に一橋《ひとつばし》家、九代家重《いえしげ》の次男重好《しげよし（のり）》に清水《しみず》家を創設させて「御三卿」とした。初代家康を範とした吉宗の「保険の保険」にほかならなかった。事実、一橋家からは十一代家斉《いえなり》、十五代慶喜《よしのぶ》が誕生している。

紀伊から連れてきた男たち

吉宗は正式に八代将軍になる前から、七代家継の側用人だった間部詮房や新井白石らを解任して、紀伊家家臣の有馬氏倫《ありまうじのり》と加納久通《かのうひさみち》のふたりを御側御用取次《おそばごようとりつぎ》とした。ふたりの名は『密命』シリーズでもたびたび登場する。

吉宗は間部詮房のような権力増大を考慮して側用人は置かず、あくまでも格下の御側御用取次とした。まして紀伊家の家臣なら、吉宗をないがしろにすることもない。

吉宗のブレーンとなったふたりだが、その性格は正反対。有馬氏倫は切れ者できつい性格、加納久通は温和で重厚だった。足して一人前と考えていたのだろう。吉宗が享保二年（一七一七）九月に任命する老中水野忠之《みずのただゆき》とともに政治を動かしていく。

吉宗が紀伊から連れてきたのは、御側御用取次だけではない。

八代将軍となったのは享保元年（一七一六）八月十三日。そのわずか十日後、広敷《ひろしき》伊賀者を正式に任命している。これは紀伊家から連れてきた薬込役十六人のこと。のちの御庭番だ。

はじめは、御庭番十六家だったが、享保十四年（一七二九）に紀伊藩馬口之者《うまくちのもの》だった川村新六が加わって十七家となる。のちに追放される家が出たり、分家ができたりした。最盛時で二十六家、幕末には二十二家になっていた。

彼ら御庭番は、昼間は大奥の広敷に詰めており、文字どおり庭番などの雑役にいそしみ、夜は江戸城本丸天守台下の御庭番所に詰めて警備にあたった。これらは、あくまでも表向きの仕事。

将軍吉宗直々《じきじき》、御側御用取次、ときには老中の命令で隠密御用を務めた。江戸城内での噂話の収集、江戸市中での情報収集はもちろん、遠国御用《おんごくごよう》（地方出張）もあった。隠密御用を受けた御庭番は大丸呉服店の奥で変装して、それぞれの任地に散っていった。

もちろん隠密である以上、情報の漏洩《ろうえい》を避けなければならないため、日比谷門外、虎ノ門外、雉子橋《きじばし》門内に設けられた長屋に分かれて寝泊まりしていた。
御庭番のなかからは、勘定奉行や遠国奉行に昇進した者もいる。

大岡忠相と江戸町奉行

大岡忠相《おおおかただすけ》が江戸町奉行に就任したのは、吉宗が八代将軍になって、わずか半年後のことだった。享保二年（一七一七）二月三日。前年に普請《ふしん》奉行になったばかりだったが、就任とともに能登守《のとのかみ》から越前守《えちぜん》と改める。ときに四十一歳。以後、寺社奉行になるまでの二十年近く、江戸町奉行でありつづけた。

江戸時代に「町奉行」といえば、江戸町奉行を指す。江戸のうち、武家地と寺社地を除いた町地の約二十パーセントは町奉行の管轄。行政・司法・警察・消防などをつかさどった。いわば東京都知事と警察庁長官と最高裁判所長官と消防庁長官を兼ねていたといっていい。

町奉行は老中の直属だった。

老中は、大名を監視する大目付、幕府直轄領（天領）の財政と行政にあたる勘定奉行（定員四人）、町奉行（北町・南町の二人）、寺社を統制する寺社奉行（定員四人）を動かす幕政の中枢。重要な裁判を行なう評定《ひょうじょう》所は老中・大目付・三奉行で構成されていた。

これらの役職は一ヵ月交替の月番《つきばん》制で、重要事項は全員で、通常は月番の者が判断を下した。

町奉行も月番制で訴訟や請願を受け付けた。北町奉行所と南町奉行所は、江戸の北と南を分担したわけではなく、およそ所在地によって呼び名を分けていたにすぎない。読者諸兄もごぞんじのように、大岡忠相はずっと南町奉行所を担当した。

大岡忠相が町奉行に就任した当初は中町奉行所もあったようで、北町奉行所と南町奉行所も含めて所在地を特定するのは難しいが、『密命』の時代には南町奉行所は数寄屋橋に落ち着いていた。北町奉行所が呉服橋に落ち着くのは文化《ぶんか》三年（一八〇六）のこと。わかりやすくいうと、町奉行所は二ヵ所あって、北にあるほうを「北町」、南にあるほうを「南町」と呼んだわけだ。

月番の町奉行は、午前九時ごろに町奉行所奥の役宅から出勤。午前十一時ごろから午後二時ごろまで登城。ふたたび町奉行所で執務にあたった。月番ではない町奉行も休んでいるわけではない。訴訟や請願を受け付けないだけで、デスクワークをこなしているわけだ。

与力は町奉行所のメインとなる職員。与力の定員は二十五人。二十三人が幕臣で、ふたりは奉行個人の家臣で内与力といった。与力の身分は御目見《おめみえ》以上は旗本）。石高《こくだか》は二百石で騎乗できる。与力は事実上世襲で、町奉行所以外に転勤することはなかった。

なかでも吟味方与力はエリートで、町奉行に代わって裁判を行なうことができた。

同心もまた御家人で、定員は北町奉行所・南町奉行所ともに百人（時代によって異なる）。やはり世襲で、京橋の八丁堀の組屋敷に住まった。三十俵《ぴょう》二人扶持《ぶち》。定町廻《じょうまちまわり》・隠密廻・臨時廻の三廻りばかりではなく、内勤の同心もおおぜいいた。このあたりは『鬼平犯科帳』でもおなじみ。三廻りの同心は岡っ引を雇ったが、私費で工面していた。

意外と不自由だった目安箱

吉宗ははじめから「享保の改革をやるぞ」と思っていたわけではない。吉宗の政治が、のちに「享保の改革」と呼ばれるようになったにすぎない。

ざっと箇条書きしてみる。

優秀な人材であれば家禄が不足していても登用し、家禄が不足していれば、その職にあるあいだだけ家禄を加える足高《たしだか》の制。

全国の人口調査、田畑の面積算出を徹底したうえで一定期間年貢率が変わらないようにした定免《じょうめん》法。

諸大名にたいして一万石につき百石を献上させる上《あ》げ米《まい》。

参勤交代の江戸在府期間の半年減少（これは九年後に廃止）。

菜種・甘藷《かんしょ》・さとうきび・朝鮮人参などの栽培奨励。

裁判判例集『公事方御定書《くじかたおさだめがき》』および法令集『御触書集成《おふれがきしゅうせい》』の編纂。

商取引のトラブルの裁判を減らすために当事者間で解決させる相対済し令《あいたいすましれい》。ただし、かえってトラブルが増えたため十年後に廃止して仲介者を立てさせた。

だが、小説やドラマで知られているのは、これらではない。

有名なもののひとつに目安箱の設置がある。

ごぞんじのとおり、将軍への直訴状を受理する箱のこと。江戸市民の声を拾い上げるのが目的だった。が、評定所前に箱が置かれたのは毎月二日・十一日・二十一日の三日間のみ。しかも正午まで。本人の名前と住所が明記されていないものは焼き捨てられた。

目安箱から生まれた有名な政策はふたつ。

町医者小川笙船《おがわしようせん》の建議で小石川薬園内に設置された養生所（俗にいう小石川養生所）がひとつ。日本初の官立病院で、低所得や看護人のいない病人を救った。

もうひとつは、江戸町火消組「いろは四十七組」の創設だ。

江戸町火消と「いろは」四十七組

江戸市民にとって火事は日常茶飯だった。「宵越《よいご》しの金は持たぬ」のも、いつ火事で焼き出されるかわからないからだ。

享保になるまで町火消がなかったわけではない。

開幕当初にまず設置されたのは大名火消だ。あくまでも江戸城と幕府機関を守るのが目的だった。だが明暦《めいれき》の大火で江戸城本丸天守が焼失したのを契機に増設されたのが定火《じようび》消《けし》。

定火消は宝永元年（一七〇四）以後、八重洲《やえす》河岸・赤坂溜池《ためいけ》・半蔵門外・御茶ノ水・駿《する》河台《がだい》・赤坂門外・飯田橋・小川町・四谷門外・市谷佐内坂の十ヵ所に火消屋敷があった。

この定火消も、あくまでも江戸城を守るのが大原則だった。

町方の消防組織として町火消は明暦の大火の翌年には誕生していたが、火消組合を組織化して江戸町火消組「いろは四十七組」を創設したのは南町奉行大岡忠相。

享保五年（一七二〇）八月、隅田川（大川）より西を、二十町ごとに四十七組を組織。「いろは」四十七文字を組名とした。ただし「へ」「ら」「ひ」は語感が悪いので、代わりに「百」「千」「万」をあてた。さらに本所と深川は町家が密集しているため十六の組に分けた。

『密命』シリーズに登場する「め」組が担当するのは芝口壱丁目・神明《しんめい》町・桜田久保町・浜松町・新銭座・源助町辺。火消人足は二百三十九人で大所帯だった。

火消人足による消火法は、火の手のあがっている家を潰したり、風下の家を破壊して延焼を防ぐもの。大名の屋敷近くで火事が起きると、定火消と町火消が現場でかち合って喧《けん》嘩《か》になることがあった。これが「火事と喧嘩は江戸の華」の語源。

ことに文化二年（一八〇五）に芝神明社境内で相撲《すもう》取りと「め」組がやり合った喧嘩は「め組の喧嘩」の通称で芝居になった。いろは四十七組のなかでも「め」組が有名なのは、この事件のため。

幕末のころには火消人足は江戸っ子の代名詞となった。粋《いき》で勇み肌の若者を「いなせ」というが、これは漢字で書くと「鯔背」。「鯔」はボラの幼名。日本橋魚河岸の若者が髪を「鯔背銀杏《いちょう》」に結っていたことに由来する。ついでに「でんぽう肌」という言葉は、浅草の伝法院の下男《げなん》が威光をかさにきて乱暴なふるまいをしたことに由来している。

火事発生時に延焼を防ぐために、道路を広げた広小路を設置したり、火除地と呼ばれる空き地を増やしたり、類焼家屋再建時に板葺《ふ》き屋根から瓦《かわら》葺き屋根に強制的に変えさせたのも大岡忠相の功績。

江戸町奉行のライバルともいうべき火付盗賊改が創設されたのは寛文《かんぶん》五年（一六六五）。はじめは臨時職だった。『密命』の時代には、ちゃんと常置されていた。火付盗賊改というと長谷川平蔵《はせがわへいぞう》が有名だが、彼が就任するのは天明《てんめい》六年（一七八六）。おもに活躍するのは十一代家斉の時代だ。

ライバル「徳川吉宗 vs. 徳川宗春」

『密命』の時代で欠かせないのが吉宗と尾張七代藩主徳川宗春《むねはる》との対決。

宗春は元禄《げんろく》九年（一六九六）生まれだから吉宗よりひとまわり年下。実兄で六代藩主の継友は吉宗と将軍位を争ったその人。遺恨は、弟が藩主になっても引き継がれた。吉宗の「宗」をもらって宗春と改名したときは、どんな気持ちだったか。

享保十八年（一七三三）の譴責《けんせき》につづいて、元文《げんぶん》四年（一七三九）一月、宗春は吉宗から隠退・蟄居《ちっきょ》を命ぜられる。「身の行ひただしからず」「かつ国の政とどのはず」「かくては国務に任じがた」い……これは、あくまでも表向きの理由。

ほんとうの理由は、吉宗の断行する享保の改革にことごとく楯突いたからだ。

もともと宗春は自由奔放な性格だった。倹約を旨とする吉宗の政策にいやがらせをするように、すべてにおいて華美をよしとした。遊所や芝居小屋は開く、罪人を入牢させたまま死刑を廃止する、などなど。

宗春は著書『温知政要《おんちせいよう》』のなかで「人は本来好き嫌いがあるのだから自分の好みを押しつけるのはまちがい」「法は簡単なほど良い」などと書いて絶版処分を受ける。いまから見れば、宗春の言わんとすること「もっとも」だが、出る杭は打たれる。

吉宗の視点に立てば宗春の政策は「もってのほか」かもしれない。事実、尾張藩は大幅な財政赤字に陥る。だが宗春のおかげで名古屋が、江戸・大坂・京都に次ぐ大都市に発展することになったことは評価していい。

宗春は生涯正室をもたなかった。とはいえ独身貴族というわけではない。数人の側室とのあいだに二男六女をもうけたが、四女をのぞいて早世したため、八代藩主には、別家から養子を迎えなければならなかった。

宗春は明和《めいわ》元年（一七六四）に他界するが、死後七十年以上、彼の墓のまわりには金網が張られていた。

絵島生島事件と天一坊事件

シリーズ第四話『刺客』において、信濃国伊那の高遠《たかとお》に配流になっている絵島《えじま》という女性が登場する。

絵島は、七代家継の生母月光院《げっこういん》に仕えていた奥女中だった。

正徳《しょうとく》四年（一七一四）一月、絵島ら奥女中が寛永寺・増上寺へ代参の帰り、木挽町《こびきちょう》の山村長太夫座に立ち寄って、桟敷や座元の家で遊んだ。彼女たちのお目当ては、当時美貌で評判だった役者の生島新五郎《いくしましんごろう》。彼女たちは門限を破って帰城した罪に問われ、評定所で吟味のすえ永遠島となったが、月光院の嘆願によって高遠配流に減刑された。座元の山村長太夫、生島新五郎は遠島に処せられた。

この事件で山村座は潰れ、芝居小屋の営業時間も日没までとなった。芝居小屋を盛り立てた宗春と芝居小屋を取り締まった吉宗の差を思い知る事件だった。

絵島生島事件は、奥女中がからんでいるため脚色が許されなかったが、明治維新以後は「絵島生島物」として歌舞伎狂言のネタにされた。

いまひとつ、享保年間で特筆すべきは、俗にいう「天一坊《てんいちぼう》事件」だ。

江戸は南品川の修験者「常楽坊」方に身を寄せていた天一坊改行《かいぎょう》という男が「源氏坊」を名乗り、吉宗の御落胤を詐称。浪人を集めて金品を騙し取った。関東郡代伊奈忠逵《いなただみち》が取り調べ、勘定奉行稲生《いのう》正武が評定にあたった。結果、享保十四年（一七二九）に死刑に処せられた。

事件そのものには大岡忠相は関係していないが、事件当時、忠相は町奉行に在職中だったため「大岡政談物」に採用された。

「大岡政談物」というのは、明治維新以後、歌舞伎・講談などに大岡忠相が登場する作品のこと。伊奈忠逵の活躍が大岡忠相に取って替えられ、なおかつ、よりドラマチックになる。

近松門左衛門の全盛時代

『密命』の時代は、江戸時代を代表する元禄文化と文化・文政《ぶんせい》時代にはさまれているから、文化が花開いていないように思われるかもしれないが、そうではない。

絵島生島事件で江戸の芝居小屋は元気がなくなったが、大坂ではちがっていた。

近松門左衛門《ちかまつもんざえもん》の全盛期だった。すでに元禄時代から歌舞伎作者として活動していた近松は、大坂竹本座の座付作者になってからは人形浄瑠璃《じょうるり》作者として精力を傾ける。

正徳《しょうとく》元年（一七一一）の『冥途《めいど》の飛脚《ひきゃく》』、正徳五年（一七一五）の『国性爺合戦《こくせんやかっせん》』、享保五年（一七二〇）の『心中天の網島《しんじゅうてんのあみじま》』、享保六年（一七二一）の『女殺油地獄《おんなころしあぶらのじごく》』……と近松門左衛門の代表作が続けざまに大坂竹本座で初演されている。

儒学者・本草《ほんぞう》学者で八十四歳になった貝原益軒《かいばらえきけん》が中国の養生書とみずからの体験にもとづいて日常的健康法を記した『養生訓《ようじょうくん》』を書いたのも、医者の寺島良安《てらじまりょうあん》が絵入り百科事典『和漢三才図会《わかんさんさいずえ》』を完成させたのも正徳三年（一七一三）、水戸藩主徳川宗堯《むねたか》が徳川光圀《みつくに》以来の藩事業として取り組んできた『大日本史』の本紀《ほんぎ》と列伝二百五十巻を幕府に献上したのは享保五年（一七二〇）。『大日本史』のすべての編纂作業が終了するのは明治三十九年（一九〇六）のこと。

隠退した新井白石が著作活動をはじめたのもこのころで、正徳五年（一七一五）には、イタリアの宣教師シドッチを尋問した内容をまとめた代表作『西洋紀聞《せいようきぶん》』を完成させ、享保元年（一七一六）には自叙伝『折《おり》たく柴《しば》の記《き》』を書きはじめる。だが……。

飢饉に苦しめられた民衆たち

江戸時代には、記録に残っているだけでも大きな飢饉《ききん》が四回起きている。寛永《かんえい》の飢饉、享保の飢饉、天明の飢饉、天保《てんぽう》の飢饉。

享保十七年（一七三二）、中国・四国・九州および近畿地方の一部を飢饉が襲った。原因はウンカの大量発生だった。ウンカとはイネ科の植物を食べるセミに似た昆虫。イナゴ説もあるがウンカ説のほうが有力。

西日本の四十六藩が田畑の半分に被害を受け、うち二十七藩は被害が八割におよんだ。被害人口は、幕府直轄領（天領）だけで六十七万千九百六十一人、諸藩で百九十七万四千五十九人。一万二千百七十一人が餓死した。

飢饉が起きれば米が江戸に入ってこない。入ってこないと江戸庶民が困る。そのために幕府は町民に施米《せまい》を行なう。もちろん被害地域にも救済措置がとられる。どんどん幕府は緊縮財政を強いられる。幕府がいくらカネをつぎ込んでも、被害者すべてを救いきれるわけではない。百姓一揆が起き、打ちこわし騒動が起きる。

享保十八年（一七三三）一月には、江戸の米問屋高間伝兵衛《たかまでんべえ》店が庶民によって打ちこわされるという事件が起きた。これが、江戸ではじめて起きた都市型打ちこわし。

儒学者・蘭学者の青木昆陽《あおきこんよう》が救荒用の作物として甘藷《サツマイモ》に注目して、『蕃薯考《ばんしょこう》』を幕府に献上。吉宗がこれを取り上げ、改革の一環として甘藷栽培を普及させたのも、享保の飢饉があったからにほかならない。

そんなときに尾張藩主徳川宗春が華美な政策をとっていたからこそ、吉宗も諫《いさ》めなければならなかった。吉宗がはじめに譴責《けんせき》したのは、ちょうど享保の飢饉が西日本を襲ったころ。それでも改まらなかったから、宗春は隠退・蟄居《ちっきょ》という厳しい処分を受けることになったのだ。

『密命』の時代の世界史

江戸幕府が慶長《けいちょう》十七年（一六一二）に禁教令を出し、宣教師やキリシタン大名を国外追放し、鎖国令を敷いたことで、キリスト教および信者は徹底弾圧を受けることになった。金杉惣三郎が「密命」を受けたのも、そもそもは相良藩の禁書購入に端を発している。

だが戦国から江戸時代にかけて、世界は大航海時代の真っ只中。世界史の分水嶺《ぶんすいれい》を迎えていた。それまで大陸ごとに動いていた歴史が、スペインとポルトガルにはじまるヨーロッパ列強の世界進出によって、侵略と抵抗の歴史へと動きはじめていた。

ヨーロッパではイギリスとフランスの時代へ移りつつあり、北アメリカはすでにヨーロッパ諸国の侵略が進み、次々に植民地が建設されていた。中国では清《しん》朝の最盛期。

フランスがルイジアナにニューオーリンズを建設するのは吉宗が将軍に就任した二年後の一七一八年。イギリスのダニエル・デフォーが『ロビンソン・クルーソー』を書いたのは一七一九年。イタリアの探検家ロッヘフェーンがイースター島を発見するのは一七二二年。イタリアの作曲家ヴィヴァルディが『四季』を発表するのは一七二五年。ジョナサン・スウィフトが『ガリヴァー旅行記』を出版したのは一七二六年。

そんな時代に、ヨーロッパのはるか東、アジアのはずれの小さな島国で、金杉惣三郎は大きな密命を帯びて、活躍していたのだ。

惣三郎十一番勝負!

それぞれの巻に、印象に残る敵がいた。
名場面とともに物語を振り返ってみよう。

其の一

龍虎相討つ！

VS 豊後相良藩分家家臣・日下《くさか》左近《さこん》

密命　見参！寒月霞斬り

——左近《さこん》の体がまず惣三郎《そうざぶろう》に殺到した。

その背後から剣が正体を見せて、襲いかかってきた。地擦《じず》りの剣がのびやかに弧を描いて、襲来する一撃目を撥《は》ねた。両眼を見開いた。

左近の剣は蛇が鎌首を上げたように頭上に跳ね上がり、鋭角的に返されるとそのまま惣三郎の首筋を、小手を、胴を、鳩尾《みぞおち》を連続的に襲いながら、その身は前後左右に軽やかに動き回った。

惣三郎は、撥ね、払い、返し、叩くと間断なき邪剣を避けながら、左近の内懐に入りこんだ。そこしか毒牙を避ける場がないことを知っていた。

宝永《ほうえい》六年（一七〇九）四月、豊後《ぶんご》相良《さがら》藩二万石徒士《かち》組金杉《かなすぎ》惣三郎は藩主・斎木《さいき》高玖《たかひさ》の命により、十四年ぶりに江戸の土を踏んだ。学問好きの代々の藩主が集めてきた六万冊の蔵書・相良文庫が唯一の財産という九州の貧乏小藩に、幕府高官より切支丹《きりしたん》本所持の嫌疑がかけられているというのだ。どうやら先ごろ何者かによって強奪された、購入したばかりの南蛮本のなかに、幕府ご禁制の切支丹本が混ざっていたらしい。

「相良二万石は寺村《てらむら》で持つ」と言われる重臣、江戸留守居役を長年務める寺村重《じゅう》左《ざ》ヱ《え》門《もん》はことの真相を、若き藩主の伯父・斎木丹波《たんば》を当主にいただく分家の企みと睨んでいる。騒ぎが表沙汰となる前に急ぎ火種を絶たねばならない！

五十三石の下士・深井《ふかい》家の三男坊に生まれた惣三郎は、若き日には直心影《じきしんかげ》流綾川《あやかわ》道場に腕を磨き、ともに「相良の龍虎」と並び称された同門の日下左近を抑え、一時は若様の武芸指南役として江戸にあった男だ。しかし幼君をかばってのとある事情から、間もなく御役を解かれて帰国。以後は国許でふぬけのような毎日を送っていた。

やがて縁あって婿に入った御右筆《ゆうひつ》方金杉家の職を継いでも、その字のあまりのお粗末さに分家の当主から「かなくぎ惣三」と嘲《あざけ》られるほど。あえなく徒士組に移され、清之助《せいのすけ》・みわの幼い二子を遺《のこ》して妻のあやめが早世してからは、ますますそのふぬけぶりが高じていた。

しかしそれは世を忍ぶ仮の姿。城下を流れる番匠《ばんじょう》川には、藩主の座を継いだ若君・高玖より拝領の豪剣・高田酔心子《たかだすいしんし》兵庫《ひょうご》を手に、夜な夜な独創の秘剣・寒月霞《かんげつかすみ》斬りを練る金杉惣三郎の孤影があったのだ。

藩主の密命を受け、脱藩した惣三郎は江戸の市井に身を潜める。火事場始末の荒神屋《こうじんや》喜《き》八《はち》親方の温情で職と住を得、芝神明《しばしんめい》町の札差《ふださし》冠阿弥《かんあみ》の出戻り娘・お杏《きょう》や火消芝鳶《しばとび》の頭取夫婦、北町奉行所同心の西村桐十郎《にしむらとうじゅうろう》、花火の房之助《ふさのすけ》親分らと親交を結ぶようになる。そして京橋《きょうばし》に小料理屋を営む寺村の娘・しのとは、いつしか互いに思いを寄せ合う仲に……。

江戸の人々ともちつもたれつの暮らしを続けながら、密命遂行に奔走する惣三郎に、ある日国許の幼い子どもたち、清之助とみわが連れ去られたという知らせが届く。二人を救いに、そして強奪された切支丹本を奪い返しに、惣三郎は巨大な銛《もり》を舳先《へさき》に取り付けた改造船・神明丸《しんめいまる》で立ち向かう。

其の二

愛宕《あたご》山《やま》八十六段三十二人斬り！

VS 紀州の山忍び・乗源寺《じょうげんじ》一統

密命　弦月三十二人斬り

——忍びの短い直刀を菖蒲丸《あやめまる》が制した。さらに頭上から三本の剣が降ってきた。

惣三郎は石段に寝転ぶとごろごろと転がり落ちた。転がりながら着地する忍びの足を撫《な》で斬《ぎ》っていった。

立ち上がって叫ぶ。

「十、十一、十二、十三人……討ちとったり！」

惣三郎は一気に石のきざはしを駆け登る。

「これからが地獄じゃ」

禅鬼《ぜんき》が叫び返すと手を振った。禅鬼のかたわらで白い煙が上がり、爆発音が響いた。

惣三郎は身を伏せた。その耳に水音がひびいた。

宝永《ほうえい》のお家騒動から七年の歳月が流れた享保《きょうほう》元年（一七一六）。病に倒れた寺村重左ヱ門の後継となって豊後相良藩江戸留守居役を務める惣三郎は、清之助・みわとともに愛宕下の藩邸内に住み暮らし、藩財政再建に忙殺《ぼうさつ》される毎日を送っている。多忙な惣三郎には、わが子にゆっくり向き合う暇もない。みわは遊びたいさかりというのに、黙々と主婦の務めをこなし、十歳で車坂《くるまざか》の一刀流・石見銕太郎《いわみてつたろう》道場に入門した清之助は、近ごろ悪友と遊び歩いてばかりいる。

当然のように連れ添うつもりであったしのは、なぜか一言の相談もなく、飛鳥山《あすかやま》の隠宅に引き籠《こも》る父に従って、七年前惣三郎のもとから去っていた。

七代将軍・家継《いえつぐ》が夭逝《ようせい》したこの年、次期将軍位をめぐって大奥、老中をも巻き込んでの暗闘が御三家によって繰り広げられた。その結果八代将軍の座を勝ち取った紀州の吉宗《よしむね》が、まさに朝廷より将軍位就位の宣下を受けなんとする、世は緊張に満ち満ちた折……。

広尾《ひろお》にある相良藩下屋敷では、藩主・斎木高玖の正室・麻紀《まき》の方《かた》以下お女中衆がささやかな月見の宴を楽しんでいた。そこへ突如押し込んできた黒装束の一団。彼らは新宮《しんぐう》藩からお輿《こし》入れのお方《かた》様に付き従ってきた乳母を、無惨にも殺害して闇に消えた。どうやら彼らの狙いは吉宗出生の秘密に触れた、この乳母の書付にあったらしい。

あまりのことの重大さに、惣三郎は偶然知遇を得た幕閣の要人、普請奉行の大岡忠相《おおおかただすけ》にことの次第を明かす。

探索の末、一味は藩主の命のみに動くという紀州の山忍び・乗源寺《じょうげんじ》一統と判明。一方で尾張藩の隠れ目付なる一団の影も見え隠れしている。将軍家と御三家筆頭・尾張徳川家との暗闘という巨大な渦に巻きこまれては、ちっぽけな相良藩などひとたまりもない。

藩を襲った未曾有の危難に、とるべき道を失った惣三郎は、かつての藩重鎮に教えを乞おうと、飛鳥山に寺村を訪ねる。七年ぶりに再会したたしのには、結衣《ゆい》という子があった。聞けば惣三郎の子という。それならばなぜあの時黙って去ったのか……。実はそこにはしのの胸だけに秘められた葛藤があったのだ。亡き母の面影を忘れえぬ幼い清之助へのひそかな思いやり。ここに長年のわだかまりが氷解する。

危地に陥りつつある主家をかばい、惣三郎は災いの元凶とともに再び江戸の市井に身を投じる。独り矢面に立とうというのだ。後のない乗源寺一統はついにしのと結衣を愛宕山上に拉致《らち》した。二人を奪い返すため八十六段の急峻な石段を登り行く惣三郎に、三十二人の決死の忍びたちが総力を結集して襲い掛かる。

其の三

五ツ目の渡し残月無想斬り！

VS 火《か》血《けつ》刀《とう》剣

密命　残月無想斬り

――惣三郎は目を閉じたまま反転した。

高田酔心子兵庫は頭上に振り上げられ、かます切っ先が明かりにきらめいて刃が返されようとしていた。

奇嶽《きがく》がなんと走った。

走りながら惣三郎の心の臓に向かって剣が突き出された。

「火血刀剣、畜生送り！」

人の血を最後の一滴まで吸い尽くす第二の秘剣が惣三郎を襲った。

惣三郎は中空に振り上げた二尺六寸三分の長剣の刃を返し、振り下ろした。

揺れ動く円月に向かって真一文字に振り下ろした。

惣三郎の陰ながらの奮戦、甲斐あって、ようやく平穏に乗り出したかに見えた享保の世。寺村と子どもたちを交え、一日も早く共に暮らしたいと願う惣三郎としのであったが、相変わらずの長屋暮らしを余儀なくされる惣三郎にとって、それは容易に叶《かな》えがたい望みであった。

何より来るべきはずの旧藩・豊後相良藩からの帰参の命が、待てど暮らせど届かない。それもそのはず、南町奉行・大岡忠相より金杉惣三郎の腕と人柄を聞き知った上様のご所望あって、惣三郎の身は相良藩主・斎木高玖から将軍吉宗に譲られたというのだ。享保の改革を陰から支える、それが惣三郎に負わされた使命である。

そんな過酷な立場に置かれた惣三郎の前に、恐るべき暗殺者が現われる。妖剣村正《ようけんむらまさ》を携えた老武芸者が、火血刀剣なる技を遣って吉宗側近を次々と殺戮《さつりく》。死者の口に御幣のついた樒《しきみ》の枝をくわえさせるという不可解な所業を繰り返すのだ。

全身皺《しわ》くちゃ、妖気に満ちた風貌の刺客の名は石動奇嶽《いするぎ》。その齢、なんと百五十六！信玄公の昔より生きながらえるという、驚くべき人物だ。ゆるゆるとした動きであるにかかわらず、目にも留まらぬほどの鋭い太刀筋《たちすじ》。不気味な老剣客の影は大岡へ、そしてさらに吉宗へと忍び寄る。

尋常な太刀打ちはおろか、鉄砲さえも通用しない人間離れした難敵を前に、途方に暮れる惣三郎であったが、ともかくも、闇に潜む石動を引きずり出さねば話にならずと、起死回生の奇策に打って出た。現実と妄想の狭間に生きる老武芸者を誘《おび》き出すべく、『合戦深《ふか》川冬木ケ原《がわふゆきがはら》』と銘打った大掛かりな芝居を興行し、深川冬木町の空き地に信玄公ゆかりの三方ケ原《みかたがはら》の戦いを再現しようというのだ。

そんなさなか、しのの丹精する菊の見事さに近在の人々から「菊屋敷」と呼ばれる飛鳥山の田舎家で、寺村重左ヱ門がひっそりと息を引き取った。しかし、惣三郎には悲しみに暮れる暇さえない。

実に三十八年ぶりとなる将軍家御鷹狩りに汗を流した帰途、竪川《たてかわ》五ツ目の渡しで休息する吉宗の前についに姿を現わした石動に、惣三郎は江戸剣術界の古老・奥山佐太夫《おくやまさだゆう》の「現《うつつ》の剣を忘れよ。心のうちに象《かたど》った月を両断するほどに修行し直すことじゃ」との助言を得、会得した「残月無想斬り」で迎え討つ。

からくも大いなる陰謀を阻止した惣三郎は、後日、あらためて吉宗に拝謁する。ことの発端を表立って追及すれば、必ずや天下騒乱を招くと憂慮する惣三郎は、「それがしの一命に代えても、上様のお盾になり申す」と約束するかわりに、宗春《むねはる》の城中呼び出し中止を願い出るのであった。

吉宗より拝領した新堀川一之橋際の屋敷にて、この年の晩秋、惣三郎としのは祝言を挙げる。いよいよ家族五人での新しい生活の始まりだ。

其の四

東海道剣難旅！

VS 葵《あおい》斬《ぎ》り七剣士

刺客　密命・斬月剣

――惣三郎は高田酔心子兵庫を取り落とすことだけを避け、擦り上げたかます切っ先を虚空に変転させた。だが、その動きは緩慢で連続した二の太刀には移れなかった。

狩衣が惣三郎の眼前に舞い、則宗《のりむね》が横に鋭く振られた。

惣三郎の喉を白い光が襲った。

血が温く流れるのを感じながら、尻餅をついて後方に倒れこんだ。

「け、けけえっ……」

奇怪な笑いを発した四辻《よつじ》卿が両手に持った則宗と鞘を体の前で素早く交差させて、惣三郎に近づいてきた。

一之橋際の拝領屋敷での暮らしが始まって一年。念願であったはずの家族五人、一つ屋根の下での暮らしに、はや翳《かげ》りが差してきた。しのとみわの間がどうしたことかぎくしゃくとし、十六歳の清之助は闇雲《やみくも》に暴れる。おまけに肝心の惣三郎まで酒浸りで、荒神屋の仕事にも差し支える始末。

芝鳶の纏《まとい》持《も》ち・登五郎《とうごろう》と再婚し、二人して頭取夫婦の養子に入ったお杏をはじめ、親しい人たちが家庭崩壊のきざしと気を揉むその矢先、何者かに襲われた惣三郎が新川に落ちて行方不明となってしまった。芝鳶・南町奉行所・荒神屋・冠阿弥と総出で必死の捜索を続けるも、見つかったのは肩口を鋭く斬り割られた惣三郎の着衣のみ。惣三郎の死が疑うべくもない事実と悟ったしのは、父・寺村の眠る墓がある滝野川《たきのがわ》の金剛寺《こんごうじ》で、惣三郎の弔《とむら》いをすることを決意する。

一方、遠く離れた京の地には、新任の禁裡御普請監査方《きんりごふしんかんさがた》として、仙石十四郎《せんごくとおしろう》といううむさい男が江戸からやってきた。実はこの男、大岡の密命を帯びた金杉惣三郎である。

同じころ京の地に赴《おもむ》いた徳川宗春のもとに、反吉宗の志を同じくする公家・門跡・僧侶・商人たちが集結する。それぞれが手塩にかけてきた屈強の刺客に、葵斬《あおいぎ》り七剣といわれる七振りの一文字則宗《いちもんじ》を持たせ、打倒吉宗を誓うひそかな集まりだ。江戸に向けて放たれた七人の刺客。一人として吉宗に近づけてはならじと、惣三郎は東海道を下りながらこれを迎え討つ。

そんなこととは露知らぬ、江戸に残されたしのと子どもたちは、拝領屋敷を出、冠阿弥膳兵衛の世話により芝七軒町《しばしちけんちょう》の長屋に移って、新しい生活を始めている。一家の柱を失った悲しみを乗り越えようと、互いにいたわり励ましあう母子四人に、もはや家庭崩壊のもととなるようなものなどどこにも見当たらない。みわは表通りの八百屋を手伝い家計を助けると言い、清之助は車坂の一刀流道場の師・石見銕太郎の勧めで鹿島《かしま》の米津寛兵衛《よねつかんべえ》の下、住み込み修行に励むことになったのである。

道中肋骨を折る大きな怪我を負いつつ、ついに諏訪《すわ》の地に最後の刺客を倒したと思いきや、一派の首魁《しゅかい》・四辻季次《のりつぐ》卿が現われ、疲労の極限にある惣三郎に襲いかかる。

体中に創傷を受けて深夜の数寄屋橋《すきやばし》に帰りついた惣三郎は、今後密命は御免被《こうむ》ると大岡に告げるのであった。

其の五

紅蓮の数寄屋橋！

VS 火付け凶賊・火頭《かとう》の歌右衛門《うたえもん》一味

火頭　密命・紅蓮剣

――「鋭《えい》っ！」

惣三郎の沈みこんだ体が伸び上がって空へ舞い上がった。同時に地擦りの高田酔心子兵庫が虚空を斜めに貫き裂いた。

円弧を描いて飛来する虎之助《とらのすけ》の華表反《とりいぞり》が橋上にいるはずの惣三郎に落下してきた。だが、そのとき、惣三郎は虚空を舞っていた。

飛び上がりつつ使われた寒月霞斬り一の太刀と大きな円弧を描いて加速度をつけようとした華表反が中空で交差した。

惣三郎は胸のうちの円月を静かに両断した。

江戸の町火消制度整備に心血を注ぐ大岡の意を受けた、内与力・織田朝七《おだちょうしち》と芝鳶の頭取・辰吉《たつきち》が細々とした調整に奔走するさなか、凶悪な火付強盗一味による残忍な手口の事件が連続する。燃え盛る炎の中、血の海となった現場には必ず、町火消常設を、ひいては大岡自身を愚弄《ぐろう》するような戯《ざ》れ歌とともに「火頭の歌右衛門」の署名が残されていたが、その正体は一向につかめない。

一方、あろうことか、江戸の防火に一体となって努めねばならないはずの、定火消御役旗本衆からも横槍が入り、町火消再編は大詰めにきてほころびを見せ始める。

鹿島へ発った清之助に代わり、時折車坂の石見道場で汗を流し、荒神屋での帳付け仕事に精を出す、気楽な長屋暮らしを楽しんでいた惣三郎であったが、西村や花火の親分、芝鳶の面々が、江戸の町を守ろうと連日連夜命を張ってかけずりまわっているとあっては、一人知らぬふりをきめこんでいられない。気づけばまた知らず知らずのうちに、騒ぎの中心にひきずりこまれている惣三郎であった。

米津から誘いを受けた惣三郎は江戸の一時的な安寧《あんねい》を見計らい、家族を連れて鹿島への旅に出る。家族で行く初めての旅を心ゆくまで楽しみ、清之助の成長をしかと見届け、米津寛兵衛の薫陶《くんとう》に触れ……。剣術と家族の絆、己にとって何ものにも代えがたい二つのものの大切さを再確認した旅となった。

享保五年（一九二〇）八月、幾多の苦難を乗り越え、江戸町火消いろは四十七組が堂々の勢揃いを果たす。大岡への挨拶《あいさつ》と数寄屋橋に真新しい纏《まとい》を立てる火消一万余人の先頭に立つのは、初代総頭取に就いた芝鳶改め「め組」の辰吉だ。そしてこのときを待っていたとばかりに、火頭一味の暗躍が再開される。

町方・町火消、江戸の平和はわが手で守るという気概に満ちた人々の必死の奮闘に、さしもの凶賊も尻尾を掴まれ、じりじりと追い詰められていく。

そして迎える決戦は炎の数寄屋橋。大岡により北町から引き抜かれた経緯をもつ、南町奉行所定廻同心・西村桐十郎の怒りを込めた斬撃が、歌右衛門めがけて火を噴く。

一方、惣三郎の対する相手は、女子のように華奢《きゃしゃ》ながら、その剣技は一味きっての空恐ろしさという異能の剣士、車坂の小蝮《こまむし》の異名を持つ野津《のづ》虎之助であった。

其の六

西久保四辻の戦い!

VS 一期一殺剣

兇刃　密命・一期一殺

——一陣の死の風が西久保四辻に舞った。

股を深々と斬り上げられた敗者の釜田一郎兵衛《かまたいちろべえ》が叫んだ。

「寒月霞斬り、破れたり!」

惣三郎は反転しようとして咄嗟《とっさ》に思い止まった。

(走れ! 川の上流に向かってしゃにむに遡《さかのぼ》れ)

頭上に振り上げられた二尺六寸三分の豪剣を虚空に止めて、闇の前方へと走った。

その行く手におぼろに三番目の影が浮かんだ。

惣三郎はただ走った。

め組の若頭、登五郎・お杏夫婦の長男、半次郎の誕生で、いつにもまして喜びにあふれた新春を迎える惣三郎のもとに、思いがけず旧藩・豊後相良藩からの使いが訪れた。惣三郎の後任の江戸留守居役・庵原三右衛門《いおりはらさんえもん》の語るところを聞けば、再び相良藩に幕府よりきりしたんばてれんの嫌疑がかけられているというではないか。

四年半ぶりに再会した旧主・斎木高玖は、いたわしくも生気を失い、「もはや豊後相良藩は終わりじゃ」と嘆くばかり。旧藩の危機である。惣三郎、ここは一命を賭して立たずばなるまい。

疑いのもとは近年分家の強い勧めで藩主お側近くにあがった、清香《さやか》という若く美しい側室にあるという。勘定奉行に出世した米谷鎌吉《よねやかまきち》、江戸藩邸の小者《こもの》・岩松《いわまつ》ら懐かしい面々と力を合わせ探索に当たった結果、ことは単に宝永の御家騒動の再燃にとどまらず、背後に幕閣の権勢争いから生まれ出たとんでもない思惑が、醜く大きな渦を巻いていることがしだいに明らかになってくる。

惣三郎自身もまた、敵方に雇われた無外流、二天一流、タイ捨《しゃ》流とさまざまな流派の剣士たちに、息つく間もなく対峙を迫られる。なかでも清香に陰ながら付き従う影の者たちが、くるすの形の諸刃の長剣をあやつって繰り出す南蛮剣法には、いやというほど苦しめられる。

ついに宗門改《しゅうもんあらため》役の大目付より高玖に蟄居《ちっきょ》の沙汰が下された。時期を同じくして分家主従も江戸へ上り、ことは風雲急を告げる。

惣三郎の機知で敵方がしかけた「夜の評定所」なる虚仮威《こけおど》しを暴き、大岡の助力もあって豊後相良藩の危難はようやく去ったが、後のない敵方はいよいよ露骨にその矛《ほこ》先を主たる狙いに向けてくる。御用取次・有馬氏倫《ありまうじのり》邸に招かれた帰り道、大岡の行列が相良藩分家一派に襲われたのだ。なかには惣三郎と相討ち果てた日下左近の甥《おい》までが姿を見せている。

この日のために斎木五郎丸《ごろうまる》・釜田一郎兵衛・九重馬之助《ここのえうまのすけ》の分家主従が工夫と鍛錬を重ねてきたという、打倒寒月霞斬りの秘剣・一期一殺剣が惣三郎に突きつけられる。対して惣三郎は己の剣士としての勘を信じ、即興の新技・寒月霞斬り残月で立ち向かうのだった。

其の七

愛宕山女坂！

VS 寒月霞斬り

初陣　密命・霜夜炎返し

——その瞬間、男が不動の地擦りに力を与えた。

低い姿勢で迫ると痩身を伸び上がらせながら、剣に弧を描かせた。

幽鬼の口が開いた。

惣三郎は逆八双を振り下ろした。

が、動きの途中にあった惣三郎の迎撃よりも、相手の寒月霞斬り一の太刀のほうが伸びを持っていた。

惣三郎は、

（死）

を予感した。

この年の夏、金杉一家は鎌倉《かまくら》・江ノ島《えのしま》見物の旅を楽しむ。惣三郎が旅の目的地にこの地を選んだのには、ひそかな理由があった。近頃成長めざましい息子・清之助に、なけなしの金をはたいて一剣を誂《あつら》えてやりたいとの思いがあったのだ。父の思いを託すに足ると見込んだ老練の刀鍛冶《かじ》は、紅葉谷《もみじがやつ》に工房を構える新藤五綱光《しんとうごつなみつ》。

家族水入らずを満喫して終わるはずの旅先で、惣三郎は津軽卜伝流《つがるぼくでん》を遣う旅の武芸者・棟方新左衛門《むなかたしんざえもん》が、美濃高須《みのたかす》藩の藩士たちに理不尽な立会いを迫られているのに出くわす。見過ごしにできず仲裁に入るが、これが高須藩の恨みを買うところとなり、以後の災いを招くことに。

旅から戻ると、江戸では上様お声掛かりで剣術大試合の開催が画されていた。老中・水野忠之《みずのただゆき》の主催ということで、石見銕太郎・奥山佐太夫・米津寛兵衛とともに、水野家のにわかお抱え剣術指南役となった惣三郎も発起人として駆り出され、年内の開催に向け多忙の日々を過ごすことになる。

そんな惣三郎をひそかに付け狙う者があった。己が剣に過剰なまでの自信を持つ内裏一剣流の遣い手・一条寺菊小童《いちじょうじきくこどう》だ。微醺《びくん》を帯びた惣三郎を愛宕山女坂に襲う。その構えはまさに惣三郎の寒月霞斬りのそれであった。

享保六年（一七二一）十一月、全国に熱い旋風を呼んで、いよいよ天下一を決する享保の剣術大試合が、西丸下の水野家屋敷内道場にて開かれようとしていた。諸流派を代表する錚々《そうそう》たる顔ぶれのなかには、いつの間にか鹿島の小天狗《こてんぐ》と言われるまでに腕を上げた、金杉清之助の初々しい姿があった。米津道場、はたまた鹿島諸流派を勝ち抜いて、剣術大試合出場剣士の栄誉を自らの力で摑み取ってきたのだ。父・惣三郎は大会審判という立場で息子の活躍を見守る。

しの、そしてこの秋清之助に危ういところを救われた、京橋の薬種問屋・伊吹屋《いぶき》の娘、葉月《はづき》をはじめとするみなの心配をよそに、名だたる剣士を相手に一歩もひけをとらない清之助の戦いぶり。上様上覧の大会にまで潜んできた尾張の陰謀も、父より贈られた豪剣と、蠟燭《ろうそく》の炎を斬り分ける鍛練を積んで編み出した独創の秘剣・霜夜《そうや》炎返《ほむらがえ》しで阻止し、清之助はなんと決勝まで進むのだった。清之助の華々《はなばな》しい活躍をことのほかお喜びの上様より、「宗忠《むねただ》」の名とお腰の脇差が授けられる。

その翌朝ひっそりと武者修行に旅立つ清之助を、無言で待ち受ける影があった。我こそが天下一の剣士と信じてやまない、一条寺菊小童だった。

其の八

仙台坂梅寺の決闘！

VS尾張柳生四天王

悲恋　密命・尾張柳生剣

——北風が仙台坂に吹き抜けた。

梅の香りが舞うように漂ってきた。

駿次郎《しゅんじろう》が地を這うように走り飛んだのはまさにその直後だ。

坂上に向かって滑空するように走った駿次郎は瞬《またた》く間に間合を詰めた。

金杉惣三郎の地擦りに対し、低い姿勢で対決した駿次郎は、易々と間仕切りを切って、攻撃に移った。

右手の大刀と左手の小刀が鋏《はさみ》のように左右から惣三郎の不動の足を襲う、秘剣蟹鋏《かにばさみ》で迫った。

享保六年（一七二一）暮れ、年が改まればはや十六になろうというみわが、一人の青年と出逢った。芝浦浜《しばうらはま》からの帰り道、数人の浪人者にからまれていたところを危うく彼に救われたのだ。

軽部《かるべ》駿次郎と名乗るその端整な面立ちの青年は、丹後宮津《たんごみやづ》藩の御番組頭の跡取りといい、剣術に熱心な折り目正しい若者。出逢いの瞬間からその清々《すがすが》しさにすっかり心奪われたみわは、いつしか梅の香漂う湯島天神《ゆしまてんじん》に駿次郎との逢瀬を重ねるようになる。

一方、惣三郎にはここにきて、尾張柳生が総力を挙げて襲い掛かってくる。実は享保の剣術大試合の夜、天下一の栄誉を得たばかりの尾張柳生宗家八代目・六郎兵衛《ろくろべえ》厳儔《よしとも》が、何者かに不意討ちされ、間もなく命を落としていた。どうやら尾張柳生はそれを金杉父子の仕業と考え、一方的に遺恨《いこん》を抱いているようなのである。

いわれなき襲撃に困惑する惣三郎はなんとか誤解を解こうとするが、尾張柳生は一切聞く耳を持たず。四天王と呼ばれる大河原権太夫《おおがわらごんだゆう》、法全正二郎《ほうぜんしょうじろう》、牛目幾満《うしめいくみつ》、沢渡鵜右衛門《さわたりうえもん》ら一門を代表する手練《てだ》ればかりか、諸流派の刺客まで雇って間断なく繰り出してくる。

そのころ武者修行の清之助は中山道《なかせんどう》から山陽道《さんようどう》、宮本武蔵《みやもとむさし》の足跡をたどり馬関《ばかん》海峡を越えて九州へ。その後タイ捨流、示現《じげん》流を訪ね九州一円を旅している。そして十余年ぶりに故郷の地に立った清之助は番匠川《ばんじょうがわ》の流れに一人、若き日の父の姿をなぞるのであった。

そんなある日、みわがとつぜん行方不明になった。昼下がりに出かけたきり夜遅くになってもも帰らないのだ。そういえば、ここのところみわの様子がおかしかった……。そんなことを言い合いながら必死で心あたりを探す人々。なかでもみわに思いを寄せるめ組の鍾馗《しょうき》様・昇平《しょうへい》は、独り逸《はや》って瀕死の重傷を負わされる羽目《はめ》に。西村桐十郎・花火の親分ら町方の絶大な支援あって、ついにみわに向けられた毒牙の正体が明らかになる。

今を盛りと梅の花咲きほころぶ荒れ寺に囚《とら》われた娘を救うため、憤怒《ふんぬ》の形相で仙台坂を駆け上った惣三郎は、怒りも露わに四天王の最後の一人・法全正二郎の汚れた剣に高田酔心子兵庫を突きつけるのであった。

其の九

荒川関屋ノ里！

VS 信《しん》抜《ぬき》流居合

「おのれ、許さぬ！」

——とばかりに、

必殺脛《すね》斬《ぎ》り

が惣三郎の脛を襲おうとした。

金杉惣三郎の身は虚空に逃れて、両足を後方に跳ね上げつつ、頭上に振り上げた酔心子兵庫の刃を返し、振り下ろした。

それは無意識のうちに、流れる水のように行なわれた。

寒月霞斬り二の太刀と必殺脛斬り。

二つの技が中空で交錯し、火花を散らした。

極意　密命・御庭番斬殺

御城中奥、将軍居所近くで吉宗の放った御庭番《おにわばん》の一人が殺された。胸元を右から左へ真一文字に、深々と心の臓を両断する恐ろしい一撃だ。同じく御用を承《うけたまわ》った今一人もいまだ復命に現われない。

　惣三郎は吉宗より直々に密命を受け、上様お側近くに潜む刺客の割り出しと、江戸向地廻り御用を拝命した消息不明の御庭番・明楽《あけら》樫右衛門《かしえもん》の捜索に乗り出す。さしあたっての手掛かりは、明楽が行方を絶つ寸前まで連絡《つなぎ》をつけていたという、息子の法太郎《のりたろう》だ。しかし、この法太郎も父の失踪に動揺し、向こう見ずにも独り探索に飛び出したままであるという。水野・大岡の力添えを得、惣三郎は大岡配下の密偵、時蔵《ときぞう》・お吉《きち》・多津《たつ》とともに、まずはこの法太郎に接触を図ろうとするが、あと一歩というところで彼もまた行方をくらましてしまう。

　ことは複雑に絡み合った糸のごとく、一筋縄ではいかない。信抜流居合の達人にして刀剣鍛造に秀でた才を持つ、大身旗本の三男坊・小出直三郎《こいでなおさぶろう》。先ごろ国許から江戸勤番にあがってきたという美濃高須藩の徒士目付・杉浦李平《すぎうらりへい》。そして内藤新宿《ないとうしんじゅく》の食売女《めしうりおんな》が隠し持っていた村正《むらまさ》の短刀……。探索の果てに行き当たった事実は点々としており、容易にそのつながりを現わさないのだ。

　そうこうするうちにも、事件に関わった人々が次々と敵の手に落ちていく。胸元を真一文字に斬り裂かれる「真二つ」。あるいは、右脛辺から左胸下まで斜めに一気に斬り上げた「必殺脛斬り」。彼らはいずれも鋭い斬撃に、無惨にも命を奪われている。

ようようにして敵の全貌が浮かび上がってきたとき、惣三郎は悲しい絆で結ばれた信抜流師弟との苛烈な対決を迫られるのであった。そしてその背後には案の定、出世欲に駆られた人間を甘言をもって操ろうとする尾張の影が……。

そのころ、旅の空の清之助は故郷・豊後相良をあとにして、日田《ひた》・福岡城下そして再びの船島《ふなしま》から長州赤間関《あかまがせき》に渡り、萩《はぎ》への道をたどっていた。この時代に己は剣に何を求めようというのか、そんな問いを自らに投げかけつづけての旅である。

そんな清之助に屈強の刺客が次々と襲い掛かってくる。いずれも尾張柳生七人衆を名乗る剣士たちだ。ついに尾張の魔手は惣三郎のみならず息子・清之助にも伸びてきたのであった。

其の十

寒《さむ》川《かわ》神社の獅《し》子《し》舞《まい》！

VS 影ノ流・鷲《わし》村《むら》次《じ》郎《ろう》太《た》兵《ひょう》衛《え》

遺恨　密命・影ノ剣

——惣三郎の酔心子兵庫と次郎太兵衛の剣とが、

ちゃりん

という音とともに火花が散って絡んだ。

背丈は惣三郎のほうが四、五寸ほど高かった。高さを利しての斬り下げを次郎太兵衛は真正面から受けたばかりか、酔心子兵庫を弾き飛ばした。

剛直ではない、しなやかな力強さに惣三郎がよろよろと後退したほどだ。

これまで幾多の修羅場を潜り抜け、生き抜いてきた惣三郎が体験したこともない圧迫感だった。

「巨星墜《お》つ！」

享保八年（一七二三）正月、突如惣三郎のもとに米津寛兵衛の訃報《ふほう》がもたらされた。とるものもとりあえず鹿島へと急ぐ惣三郎と石見銕太郎。悲しみのうちにも二人の念頭には、高齢の寛兵衛が「天命尽きて亡くなられた」という考えしかなかった。だが鹿島へ到着してみれば、なんと米津は旅の武芸者との立会いに敗死したのだというではないか。

立会いのうちに命を落としたのであれば、それはそれで剣術家としての本懐《ほんかい》。鹿島にこの人ありと謳《うた》われた一代の剣客、米津寛兵衛の名にふさわしい、幸せな最期であったといえよう。しかし、門弟たちが涙ながらに語る立会いの様子を聞くにつけ、それがまっとうな勝負であったとはどうしても考えがたい。

この米津を倒した旅の武芸者・鷲村次郎太兵衛は、影ノ流を名乗っていたという。影ノ流といえば尾張徳川家に縁《ゆかり》深い流儀の一つではなかったか。

そんなわだかまりをかかえる惣三郎にも、日々の暮らしは大小さまざまの問題を次から次へと突きつけてくる。昨秋あたりからたちの悪い火付けが横行して、江戸の町を恐怖に陥れている。清之助とひそかに思いを寄せ合う伊吹屋の娘・葉月には、強引な輿《こし》入れ話が持ち上がる……。

一方、その清之助は四国へ渡り、伊予宇和島《いようわじま》から遍路《へんろ》道をたどる旅の途上だ。米津の死を知らせる父からの手紙に大きな衝撃を受ける清之助だが、米津との「同行二人」を思い描いて、心新たに足を踏み出す。そんな清之助に新たな敵が迫る。怪しげな法力を使う黒装束の山伏《やまぶし》の一団だ。

そのころ惣三郎の周辺にも凶悪な影が忍び寄っていた。姿なき殺気は惣三郎の家族をおびやかし、棟方新左衛門を襲う。さらにそれでも飽き足らず、恐るべき兇刃の切っ先は大岡へと向けられて……。

相模国高座郡《さがみのくにこうざ》堤《つつみ》村。近在の村人たちを招いて先祖供養の法要を執《と》り行なおうと、大岡は激務の合間を縫ってここ先祖ゆかりの地にやってきた。斎《とき》の席、にぎやかなお囃子《はやし》に乗せて獅子舞が舞われるのどかな昼下がり、ついに敵がその姿を白日の下に晒《さら》した！

相手はあの米津を倒したほどの腕の持ち主だ。さすがの惣三郎も、今度ばかりは「死」を覚悟しての勝負である。

其の十一

熊野の滝勝負！

VS 熊野三山修験者一団

——絶叫が響き、惣三郎の五体が滝壺の上に浮かんだ。

そのとき、三人の山伏を斬り伏せたかます切っ先は虚空に閃《ひらめ》いて反転していた。

落下に変じた。

「こな糞っ！」

水面にかろうじて立つ頭分が惣三郎の降り際を狙って、直刀を振り上げた。だが、滝壺の水面に停止しての斬り上げだ、刃に渾身《こんしん》の力が籠《こも》っていなかった。

惣三郎の刃が水中を下る鮠《はや》のように躍り、
ぱあっ
と頭分の首筋を刎《は》ね斬った。

残夢　密命・熊野秘法剣

享保八年（一七二三）はやたらと火付けのはやる年であった。この年の江戸の放火件数は、計七十六件にも上るという。春先も手妻《てづま》の侘助《わびすけ》一味に手を焼いたばかりであったが、夏に入ってまたその勢いが盛り返してきている。しかも爆薬まで使うその荒々しい手口は、ただの火付けとも思われない。長男誕生間もない西村も、わが子の顔をのんびり眺める暇もなく、江戸の町を汗だくになって走り回る毎日だ。

一方惣三郎は多忙の石見に代わり、縁談整い、下野茂木《しもつけもてぎ》藩への仕官の日を間近に控えた棟方新左衛門とともに鹿島の米津道場に出稽古へ。主亡き後も師範の梶山隆次郎《かじやまりゅうじろう》を柱に、門弟一同一丸となってその看板を守りつづけようと励む鹿島の人々の姿をしかと見届けた旅はまた、剣技・人柄ともに尊敬しあう棟方との友情を温める旅ともなった。

清々しい旅の余韻にひたりつつ帰着した惣三郎を、おぞましい凶事が待ち受けていた。吉宗ゆかりの紀伊藩下屋敷に例の火付け強盗・黒野分《くろのわき》一味が押し入ったか、お女中見習いの少女たち十数名が陵辱されたうえ焼き殺されるという、残虐な事件が起きていたのだ。目撃者をふくめことごとくが亡き者にされたなかに、幸か不幸か、一人だけ生き残った人間がいた。鶴女《つるじょ》という名のそのお女中見習いは、しかしあまりに酷い光景を目の当たりにしたせいで、記憶も言葉も、そして正常な精神も失ってしまっていたのであった。

そんな鶴女を惣三郎はひそかに飛鳥山に引き取った。のんびりとした田舎家での暮らしが、彼女の心をいくらかでも癒すのではないかと考えたのだ。不思議なことに鶴女は一家の愛犬・力丸《りきまる》だけには心を許し、ゆっくりとではあるがしだいに正気を取り戻していく。

そして立ち直った彼女が惣三郎に明かした、あの悲劇の夜の情景のなかには「八代暗殺、江戸灰燼《かいじん》、尾張繁盛、熊野浄土、必ずや大願成就」の詞を唱える紫衣の山伏の姿があったという……。

その頃江戸では、回向院《えこういん》に出開帳を催す熊野三山の修験者たちが、連日夥《おびただ》しい数の江戸っ子を集めている。即身成仏の境地にあるという石突不動《いしづきふどう》なる生き神様が護摩《ごま》を焚《た》けば、どんな重病人もたちどころに本復するという評判だ。この熊野三山修験者の一団と火盗黒野分一味に一脈通じるものありと睨んだ惣三郎は、め組や石見道場の人々の協力を仰ぎ、その化けの皮を剝ぎにかかる。

そしてついに迎える決戦の場は、鬱蒼《うっそう》たる樹木に覆われ、夜目にも黒々と暗雲立ち込める十二社《じゅうにそう》権現の森。三丈もの高さから滔々《とうとう》と流れ落ちる熊野の滝の滝壺に、秘法を尽くした山伏たちとの死闘が繰り広げられる。

金杉父子の剣と修行

高田酔心子兵庫のモデルとなった刀は？
刀にまつわる豆知識から、親子の秘剣まで。

「折れず、曲がらず、よく切れる」

金杉惣三郎の愛刀と言えば、豊前《ぶぜん》の刀鍛冶《かじ》が鍛《きた》えた高田酔心子兵庫《たかだすいしんしひょうご》である。刃長は二尺六寸三分（約八〇センチ）という長刀で、定寸の大刀が二尺三寸前後だから一〇センチも長い。切っ先はかます切っ先で、鋭く尖《とが》った実戦刀。身幅広く、「岩場に押し寄せる荒波の風情にも似た濤瀾《とうらん》」の乱れ刃。

どうやらこの刀は著者の創作のようだ。

豊前ではなく豊後《ぶんご》の高田荘《たかたのしょう》に南北朝期（一三三四〜一三九二）から新刀期にかけて栄えた高田物と呼ばれる鍛冶集団があった。その豊後高田と新々刀期の刀匠・水心子正秀《すいしんしまさひで》を合体させたのがこの高田酔心子兵庫と思われる。

豊後は古くから刀工の多い地だった。刀剣の需要が一気に増えた戦国時代には、備前長船《びぜんおさふね》、美濃関《みのせき》と並んで全国各地に刀剣を供給したのが豊後高田である。豊後刀は「折れず、曲がらず、よく切れる」と言われており、実戦刀としては理想的な刀だったのだろう。

一方、新々刀の祖と呼ばれる水心子正秀は寛延《かんえん》三年（一七五〇）、出羽に生まれ、後に江戸に出てきた名刀匠《とうしょう》である。各地の刀工を訪ねて鍛錬法を研究し、「あまねく古作にかえれ」と復古論を唱《とな》えた理論家でもあり、鎌倉時代、南北朝時代の古刀を理想とした。大

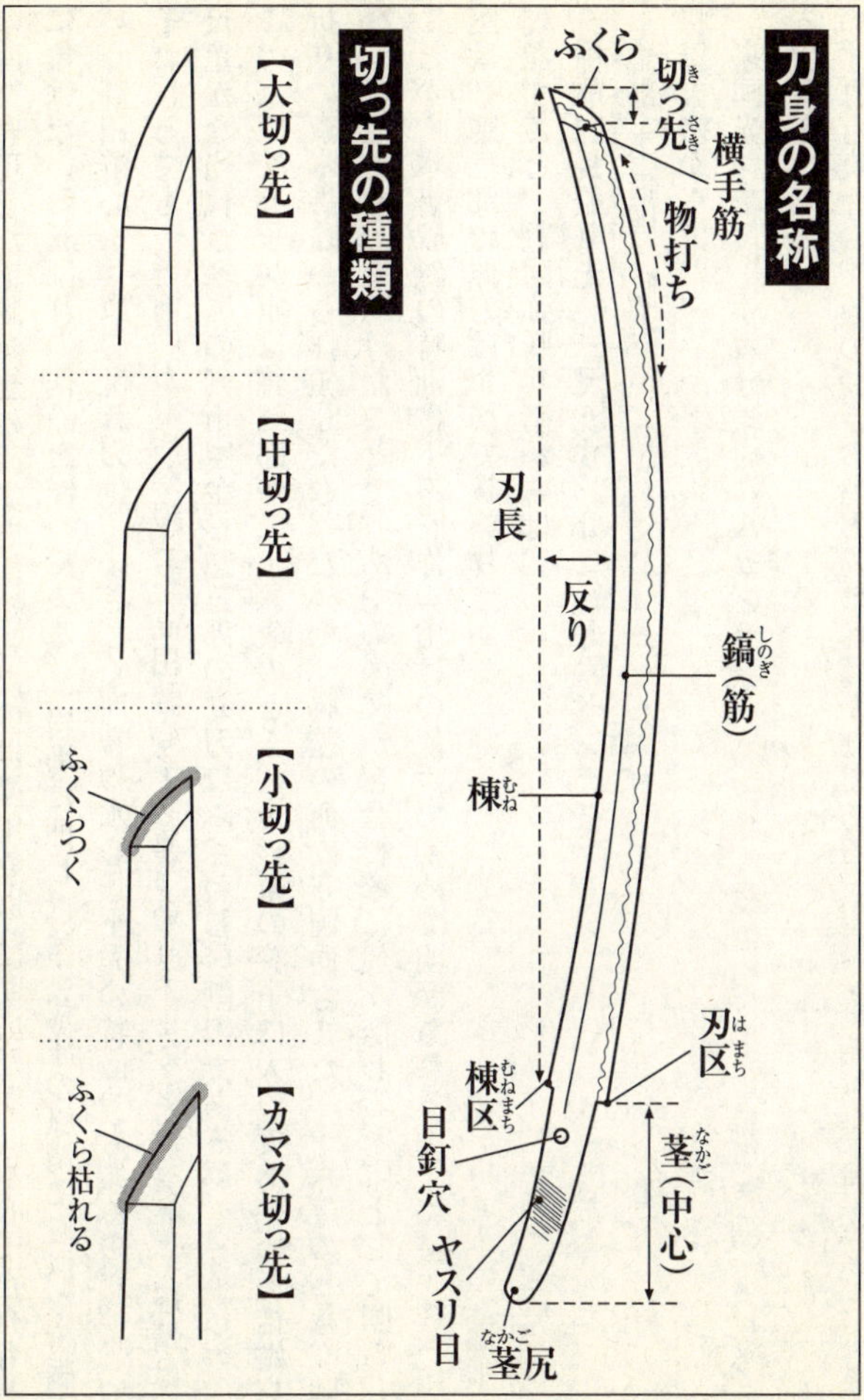
刀身の名称
ふくら
切《き》っ先《さき》
横手筋
物打ち
刃長
反り
鎬《しのぎ》(筋)
棟《むね》
刃区《はまち》
棟区《むねまち》
目釘穴
茎《なかご》(中心)
ヤスリ目
茎《なかご》尻
切っ先の種類
【大切っ先】
【中切っ先】
【小切っ先】
ふくらつく
【カマス切っ先】
ふくら枯れる

海の海を表現した濤瀾乱れの刃文を創始したのは津田越前守助広《つだえちぜんのかみすけひろ》だが、水心子正秀もそれに負けない濤瀾乱れの作品を作っている。「岩場に押し寄せる荒波の風情にも似た濤瀾」という高田酔心子兵庫の乱れ刃は、まさしく同音の水心子正秀の特徴でもあるのだ。

それにしても、豊前の刀鍛冶が鍛えた高田酔心子兵庫というネーミング、そして風情は、六尺豊かな当代きっての剣術家金杉惣三郎の愛刀にふさわしい剛刀である。

この高田酔心子兵庫は惣三郎が二十八歳のとき、金杉家の養子に入ってあやめと結婚した折りに斎木高玖《たかひさ》から拝領したものだった。脇差の河内守国助《かわちくにすけ》もまた、十六歳のとき、賊に襲われたあやめを助けたことで、あやめの父から金杉家に代々伝わる家宝として贈られたことが、本書収録の特別書下ろし作「虚《うつ》けの龍」で初めて明かされる。

実は、惣三郎の佩刀《はいとう》はすべて貰い物である。

列記すると、冠阿弥膳兵衛《かんあみぜんべえ》からは、

備前国長船兼光《かねみつ》　二尺五寸三分（約七六センチ）

式部丞信国《しきぶのじょうのぶくに》　脇差

将軍吉宗からは、

来国光《らいくにみつ》　二尺二寸六分（約六八センチ）

を拝領している。

いずれも実在の、極めつきの名刀匠の作ばかりである。

刃文の種類

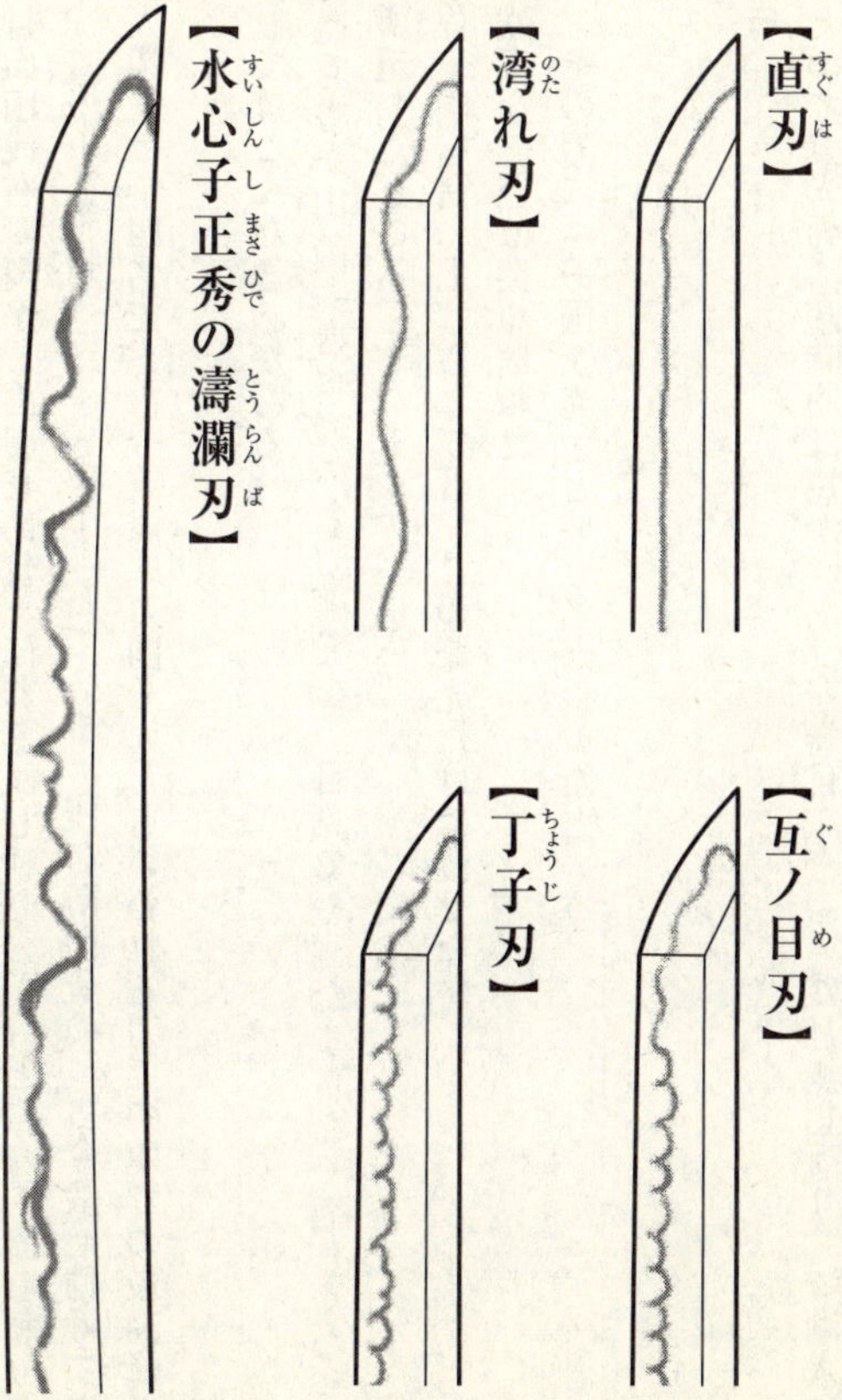

備前国長船兼光は、「湾《のた》れ調に互《ぐ》の目《め》が交じった刃文は南北朝を代表する逸品」と作中に表現されている。兼光は切れ味の鋭さで名高い。江戸時代後期、首切り浅右衛門《あさえもん》として有名な五代目山田浅右衛門が、山田家に代々伝わる試し斬りの記録と自身の試し斬りの結果を総合し、「最上大業物《おおわざもの》」にノミネートしている。浅右衛門著の『古今鍛冶備考』に選ばれた最上大業物は十四名で、古今東西二万四千人ともいわれる刀工の中での最高峰である。

兼光に関してはこんな逸話がある。

かつて豊臣秀吉が山内一豊《やまのうちかずとよ》自慢の名刀兼光を一目見るや、たまらなく欲しくなった。ぜひにもと所望したところ、

「たとえ土佐一国を召し上げられても、この兼光だけは渡せない」

と言って剛直な一豊は突っぱねた。

そのため、その刀に「一国兼光」という名がついたという。

再びの修行

惣三郎にとって兼光の活躍時期は短かった。三巻目『密命　残月無想斬り』で潮水に濡れた高田酔心子兵庫と河内守国助を研ぎに出し、それらが研ぎ上がるまでの間に使うのが

兼光である。

しかし兼光は剣客としての惣三郎にとって忘れがたい存在でもある。高田酔心子兵庫が研ぎ上がる間、兼光によって自らの剣の再修行をするのだ。

惣三郎が番匠《ばんじよう》川で編み出した寒月霞斬りは、川面《かわも》に映る三日月や満月を両断する修行の果てに会得できた技だった。

〈寒月霞斬り一の太刀……惣三郎が番匠川の流れに腰まで浸かり、流れに霞んで揺れる映月を一閃し続け、会得した強撃の剣だ。振り下ろす刃が少しでも歪《ゆが》んでおれば、水に映る月は両断できない。〉

水斬り八年。この修行を惣三郎は元禄八年（一六九五）の二十一歳頃から始めて八年後にようやく寒月霞斬り一の太刀、二の太刀を会得したのだ。

しかしそれから十四年の歳月が流れ、惣三郎四十三歳になった折りのこと。齢百五十六歳の石動奇嶽《いするぎきがく》と対戦するために再修行するときに振るう刀が備前国長船兼光なのである。

〈心貫《しんかん》流の達人奥山左太夫《おくやまさだゆう》は、惣三郎にこう言った。

「そなたは流水に映る月を両断するほどに修行した武芸者。それでも石動奇嶽の剣を超えるには尋常ではすまん。百五十余年も生き延びた武芸者が使う剣は、現実かまぼろしか判然とせぬ。ならばそなたも現《うつつ》の剣を忘れよ」

「と申されますと」

「もはや目に見える月を斬っても修行にはなるまい。そなたの心のうちに象《かたど》った月を両断するほどに修行し直すことじゃ」

奥山老人は惣三郎に想念の月を、かたちなきものを斬れ、と諭《さと》してくれた。〉

両眼を開いていては現実世界が邪魔をする。そこで惣三郎は目隠しをして「想念の月」「かたちなきもの」を斬る修行を始める。

〈えいっ！

暗黒に備前国長船兼光を抜き打った。

胸中の円月を兼光が両断した、と思った。

が、次の瞬間、月はゆがんで揺れ、消えていた。

（胸中の円月は斬れなかった）

再び惣三郎は座した。〉

さらに機会あるごとに修行を続ける。

〈一刻二刻《とき》、ただ無心に刀を抜いた。もはや両眼を閉じて剣を抜いても、体が揺れることもない。胸のうちに形作る月もはっきりと映じた。が、その月を兼光で両断する手応えの予感は微塵《みじん》もなかった。〉

やはり惣三郎の修行には過酷な状況が似合っている。寒月霞斬りのさらに上を行く想念の月、つまり、かたちなきものを斬る「残月無想斬り」を会得するには、孤独で過酷な修練が必要なのだ。故郷の番匠川での修行と同じように、水の中、しかも今度は滝の水に打たれる修行を始める。

ところは武蔵の国の高尾《たかお》山中、古寺薬王院《やくおういん》の修行の滝。ここで惣三郎はひたすら滝に打たれながら、「胸に円月がかたちを結ぶ瞬間」を待つ。

〈暗黒の地平線におだやかな黄金色の光が走った。

大きな満月がゆるやかに姿を見せて、中天にぽっかりと浮かんだ。

どっしりとした月だ。〉

これこそ、まぼろしであってまぼろしではない、惣三郎の「想念の月」がついにかたちを結んだ瞬間だ。

〈惣三郎は静かに立ち上がると滝の下から出た。

両眼を閉じたまま水中を進む。岩場には備前国の長船兼光が鍛えた大剣が血の汚れを払って安置されていた。

惣三郎の左手が確実に歌仙《かせん》拵《ごしらえ》とよばれる黒塗研出鮫《くろぬりとぎだしさめ》の鞘元を掴んだ。

褌《ふんどし》の帯にゆっくりと二尺五寸三分の大刀が差し込まれた。

ふうっ、と息を吐き、吸った。そして止めた。

鋭《えい》っ！

裂帛《れっぱく》の気合いが惣三郎の口をつき、兼光が鞘走った。

刀剣は元寇《げんこう》の役以来、とくに豪壮頑健を極めた。その代表とも言える長船兼光が冷気を裂いて一閃した。

霊山高尾山が震えるほどの一撃だった。

円く大きな月の真ん中に刃が落ちた。そして次の瞬間、円月は両断されて二つに割れた。〉

江戸期でいえば初老という年代にさしかかった惣三郎が編み出したものが「残月無想斬り」である。惣三郎の剣技は、「寒月霞斬り」よりさらに精神性を帯びて、「無想」という禅的な高みまで昇華されていくのである。

その瞬間に立ち会ったのが備前国長船兼光という名刀だった。ちなみにこの兼光はのちに息子清之助《せいのすけ》に引き継がれることになる。

燃えさかる炎の如し

清之助が父と同じ剣士としての道を歩み始めたのが享保《きょうほう》四年（一七一九）、十六歳のとき。常陸《ひたち》鹿島《かしま》で鹿島一刀流道場を開く兵法界の重鎮・米津寛兵衛《よねつかんべえ》老先生のもとで住み込み修行することにしたのだ。この旅立ちのときに冠阿弥膳兵衛から贈られたのが、

備州長船右京亮《うきょうのすけ》勝光《かつみつ》　二尺三寸六分（約七一センチ）

この頃の清之助は勝光に位負けし、

「まだ私の腰には……」

と尻込みする。

「しっかり修行なされて、長船勝光を使いこなすお侍になってくだされ」

と冠阿弥膳兵衛に励まされるのである。

米津道場での修練に次ぐ修練。加えて清之助は、父が編み出した秘剣寒月霞斬りに匹敵する技を創案したいとの思いにかられ、蠟燭《ろうそく》の炎を斬り分けるという独自の修行を続ける。父が水に映る月を揺らすことなく真二つに斬ったように、清之助は抜き打つときに起こる太刀風に炎を揺らさず斬り分けようというのである。

惣三郎は水。流れる水の如し。

清之助は炎。燃えさかる炎の如し。

この対比ははからずも、剣士としての父と子の性格の違いを表わしているようで興味深い。

さて、時は瞬《また》く間《た》に過ぎ、米津寛兵衛の伴《とも》で清之助は二年ぶりに江戸に帰ることになる。その途次、五人の追い剝ぎたちに取り囲まれた薬種問屋伊吹屋金七《いぶきやかねしち》とその家族を清之助が助けるのだ。もちろんその中には、清之助と相思相愛となる葉月《はづき》もいる。

〈「清之助、そやつを生かしておいては為《ため》になるまい。あの世に送ってやれ」

寛兵衛は金杉清之助に生死の戦いの経験を積ませようと咄嗟《とっさ》に考えたのだ。〉

寛兵衛が命じた。

「はっ」

このときの刀が備州長船右京亮勝光である。五人のうち三人を斬り伏せ、「怪我した仲間を連れて消えよ。命だけは助けてやろう」と言って解放してやる。

〈清之助は懐紙で血糊《ちのり》を拭《ぬぐ》い、鞘に勝光を納めた。

初めて人を斬った。

だが、清之助には気持ちの高ぶりも畏《おそ》れもなかった。

〈これは剣者が通るべき道なのだ〉

その覚悟だけが脳裏を支配していた。〉

清之助、十八歳。剣士としての風格が出てきた場面である。

斬った三人のうち一人は絶命した。そのことを父惣三郎に報告すると、

「そなたはこれからそやつの菩提《ぼだい》を弔《とむら》いつつ、剣を振るっていく運命に生きねばならぬ」

と諭されるが、もとより清之助の覚悟は定まっており、

「承知しております」

という一言の返答で父子は互いに通じ合っている。

正宗の系譜に連なる新藤五綱光

十八歳になった清之助はすでに六尺二寸余（約一八八センチ）という偉丈夫《いじょうふ》。二尺三寸六分の勝光では短いと考えた惣三郎は、かつて自分が使った二尺五寸三分の兼光を与える。

「そなたの剣を相州《そうしゅう》鎌倉の刀鍛冶新藤《しんとう》五綱光《ごつなみつ》どのに頼んでおる。それまで同じ長船ながら、この兼光を使ってみよ」

というわけである。惣三郎の再修行と、清之助の修行に立ち会うのが兼光ということになる。

享保の剣術大試合（『初陣』）の鹿島代表と決まった清之助は、独創の秘剣を生み出すべく山籠もりし、筑波《つくば》山から二十五里を歩き通して大試合の前日にようやく江戸に到着、みなをひやひやさせる。その夕刻、惣三郎が鍛造なったばかりの、

新藤五綱光　二尺七寸三分（約八三センチ）

を清之助に与える。

ちなみに、これまで出てきた刀は刀剣史上「古刀」に分類されている。古刀とは鎌倉時代初期から室町時代末期、つまり一一八三～一五九五年の間に作られた刀剣で、「新刀」

は慶長《けいちょう》元年〜宝暦《ほうれき》十三年（一五九六〜一七六三）、「新々刀」は明和《めいわ》元年〜慶応《けいおう》三年（一七六四〜一八六七）、そして「現代刀」明治元年〜平成（一八六八〜）と分類される。

新藤五綱光は分類上も新刀だし、できたてのほやほやという意味でも新刀だ。

ここで少し寄り道して、ちょっとおぞましい話をしよう。

そもそも日本刀はどのくらい切れ味がよかったのか。刀剣の本を調べても実際のことはなかなか出てこない。今現在、辻斬りや試し斬りなどできるはずもないから、当然と言えば当然である。そんな中、戦時中に出版された『日本刀と無敵魂』（海軍少将・武富邦茂著　昭和十八年刊）に実際の話が載っているので紹介しよう。

「陣頭に立って掛声もろともの刀はきっと切れる。首の落ちるのは勿論《もちろん》、唐竹《からたけ》割り、袈裟《けさ》掛け、何でも皆美事に切れる。ヤッーとか、エイッとか、それとか、思わず出る気合の声、この声と共に打ち込むのであるから、心身一体であって、隙《すき》がない無理がない。この声を出さずに、所謂《いわゆる》飲んだ気合で充分に打ち下せる人は、一段上の人であって、この境地には余程修練を積まねば達しられない」

「日本刀で敵を突くと通る、通り過ぎると、今度は抜けない。抜く為には足をかけるか、体当たりをやればよいが、それをやる余裕がない。誠に困ったという実例が、幾らもある。そこで突くのは考えものだ、なるべく突かないようにせよ、やむを得ず突いたら、先まで通らぬようにせよと、お布令が出たそうである」

戦争中の実例だからまことに生々しい。

同書によると、金剛兵衛盛高《こんごうひようえもりたか》（筑前の古刀）が八十数人を斬ったのが最高記録だ、と軍刀修理班の団長が語っていたという。「少しも刃こぼれもせず、ひどく曲がりもせずただ僅《わず》かにうねっていた」そうである。「流石《さすが》に古刀は新刀と違って、刃味もよく、耐久力に富んで居るものだと直感した」（以上、旧仮名交じり文を現代風に改めた）

さて、話を戻して新藤五綱光だが、これも著者の創作の刀である。

相州鎌倉に有名な刀匠が現われるのは、この地に鎌倉幕府が開かれてからである。執権の北条時頼《ほうじようときより》が備前から備前三郎国宗《くにむね》、福岡一文字助真《すけまさ》、山城《やましろ》（京都）から粟田口国綱《あわたぐちくにつな》を呼んで鎌倉鍛冶の基礎が築かれた。そして、国綱の子・国光が「新藤五国光」と名乗り、相州伝の開祖となる。

なるほど新藤五綱光とは、国綱と国光の下の文字を取って、著者が名付けたものなのだろう。

鎌倉時代は日本史上、初めて武士が政権を握った時代である。おのずと刀も鎌倉武士の気風に沿う質実剛健なものになる。

この新藤五国光の弟子に行光《ゆきみつ》がおり、その子供がかの有名な五郎入道正宗だ。国光と行光から山城伝の秘法を伝授された正宗は、蒙古襲来の実戦を踏まえて研究に研究を重ね、鍛刀界に大きな革命をもたらし「日本刀中興の祖」と呼ばれるようになる。つまり清之助の愛刀は、この系譜に繋《つな》がる享保時代の刀匠が鍛造した質実剛健を旨《むね》とする実戦刀なのである。

父から綱光をいただいた清之助は、みなが見守る中、さっそく「霜夜炎返《ほむら》し」を試してみる。

〈藍《あい》革巻の柄《つか》に手が伸びると音もなく鞘走った。

瞬間、真横に白い光が大きな円弧を描いて伸びた。

それは優美にものびやかな弧状の帯であった。

道場の空気を掻き乱すことなく、蠟燭の炎を揺らすことなく光が伸びた。

新藤五綱光の二尺七寸三分の物打ちが炎に迫り、横真一文字に斬り抜いた。

そのとき、炎が綱光の刃にまとわりついて横に走った。

綱光は炎に変じていた。

「おおおっ！」

寛兵衛が思わず驚きの声を上げていた。

清之助は炎の刀身を虚空《こくう》に跳ね上げ、ふいに手元に引き寄せた。

炎が消えて綱光が戻ってきた。

「清之助、見事じゃ！」

「霜夜炎返し、とうとう成ったな！」

二人の師匠が叫んだ。〉

二人の師匠とは米津寛兵衛と車坂《くるまざか》道場の石見銕太郎《いわみてつたろう》である。

しかし、惣三郎だけは腑《ふ》に落ちなかった。清之助は途中で技を中断したか、もしくは「霜夜炎返し」いまだ成らず、と喝破《かっぱ》していたのだ。

〈霜夜炎返しが居合いの術なれば、

（あれで完成していよう）

だが、清之助は居合いの技を練ったのではない。

闘争の連鎖のなかで独創の剣を得ようとしたはずだ。

炎となった剣が虚空に跳ね上がった後、

（どう変化《へんげ》するか）

これこそ霜夜炎返しの神髄のはずだ。〉

剣術界の二巨頭が思い至らなかったところまで惣三郎は見抜いている。この時点で惣三郎は二人の剣術家を超えている、ということになるのではないだろうか。

清之助の秘剣が完成するのは、大試合のとき、しかも対戦相手の神後《じんご》流・山高与左衛門《やまたかよざえもん》に乞われ、真剣勝負で立ち会ったときである。

〈長い刻限が流れ去ったような感じもした。

が、それは一瞬の間のことであった。

新藤五綱光が音もなく山高の眉間に吸い込まれていった。
まるで冬の夜に地表に霜が下りるような静かな一撃であった。〉

刀剣王国「備前国」

鎌倉期は日本刀の完成期だが、それに貢献した一人に後鳥羽《ごとば》上皇の名をあげないわけにはいかない。四巻目の『刺客』で、将軍吉宗暗殺のために尾張の宗春《むねはる》が朝廷と組んで七剣士を差し向けてくる。彼らが使うのが「葵《あおい》斬り七剣」で、これを鍛造したのは「後鳥羽院番鍛冶」という設定になっている。

〈筑前福岡の刀鍛冶一文字則宗《のりむね》は、後鳥羽院番鍛冶として十六弁の菊花紋を茎《なかご》に刻むことを許された鎌倉の名工だ。禁裡にあった古一文字則宗七剣は倒幕の乱あるとき、七剣が先陣を切るとして葵斬り七剣と呼ばれてきた。〉

巧妙に事実とフィクションを混ぜて、創作している部分である。

朝廷と鎌倉幕府の関係が悪化したとき、後鳥羽上皇は倒幕の計画を立て、全国から武士を招集し、承久《じょうきゅう》の乱（一二二一）を起こす。それに備え、全国から名刀匠を集めて番鍛冶集団をつくり、破格の待遇を与えて刀を鍛造させた。これによって刀工の社会的地位が向上して日本刀の最盛期を迎えることになる。

この番鍛冶は月番として月に一人ずつ鍛造させる十二名とも、月に二名ずつ鍛造させる二十四名とも言われているが、どちらにも「備前国則宗」の名があがっている。上皇自身も焼きを入れ、その茎に十六弁の菊花紋を彫り、銘の代わりとしたので、その刀を「菊御作」という。

作中では、備前福岡一文字の則宗を筑前福岡一文字と微妙に変え、さらに倒幕の乱あるとき、七剣が先陣を切る「葵斬り七剣」という呪《のろ》いの剣に設定している。葵とはもちろん徳川家のこと。

後鳥羽院の番鍛冶には諸説があってはっきりしないが、手元の資料によると十二名中十名が備前の刀工、二十四名中十七名が備前の刀工の名があがっている。

現在、全国に残っている日本刀の八割が備前刀であり、国宝や重要文化財に指定されている約八百口《ふり》の刀のうち半分が備前刀だという。備前は日本一の刀鍛冶集団だったのである。

妖刀村正

徳川幕府に仇《あだ》なす名刀で忘れてはならないのが妖刀村正だ。

そもそも徳川家康が村正を嫌悪し始めたのは、天正七年、わが子信康《のぶやす》に切腹を命じたが、そのときの介錯刀が村正だった。そのことを知らされた家康はこう言ったという。

「さても妖しいことがあるものだ。祖父清康が殺された刀も村正だった。わしが幼年の頃、小刀で手に傷つけたのも村正。今回の介錯刀も同作という。今後、差料《さしりょう》の中に村正の作あらばみな取り捨てよ」

さらに祟《たた》りは続く。関ヶ原合戦に勝利した家康の本陣に、武功をあげた織田有楽斎《おだうらくさい》の子河内守が拝謁に来たので、その刀を見ることになった。家康が刀の鞘を払って見ようとした途端、落として指に怪我をした。

「これは村正ではないか?」

不吉なものを感じて家康が問うと、

「いかにも村正でござる」

因縁《いんねん》を知らない河内守がそう答えると、家康は青ざめながら顔を背けた。

武功をあげたその刀が、その場で打ち砕かれたのは言うまでもない。

以来、家康の側近、旗本のみならず、譜代、外様に至るまで村正を差料にすることを遠慮するようになったという。

家康が最も恐れ、嫌悪した真田幸村《さなだゆきむら》の差料も村正だった。そのため、なおのこと幸村を嫌悪したとも、家康を呪詛《じゅそ》するために好んで幸村が愛用したともいう。倒幕を目論《もくろ》んだ由《ゆ》井正雪《いしょうせつ》も、呪詛のために村正を愛用した一人である。

こんな曰《いわ》くつきの村正こそ、将軍吉宗を呪う側にとってもってこいの名刀である。「密命」にはたびたび登場するが、最も印象深いのは何と言っても『密命　残月無想斬り』の石動奇嶽である。なんとも、齢百五十六歳という戦国時代の亡霊のごとき剣士が使うにふさわしい剣ではないか。

付録・清之助回国修行マップ

金杉清之助・父を超えて

あの幼かった清之助が、今や徳川幕府の命運をも背負う身に。波瀾万丈の歩みと父子の相克。

清之助、ただいま武者修行中につき！

待ちわびた末に、ようやく書店の店頭に並ぶ「密命」シリーズの最新刊。惣三郎の新たなる活躍を楽しむ一方で、あたかも年に数回届く古い友人からの手紙を読み、その家族の近況を聞くような、そんな楽しみ方をしている読者も多いのではないか。

惣三郎一家の近況から、棟方新左衛門の結婚話の進展具合、はてはみわと鍾馗《しょうき》の昇平《しょうへい》の仲は……と、とにかくレギュラー登場陣一人一人の近況が気になるところ。

しかし中でも今一番金杉家とともども読者が気がかりなのは、武者修行に出たままの金杉家長男・清之助の動向だろう。実際、シリーズ第十一作目となる『残夢』では、唯一の肉声が讃岐《さぬき》は北泊《きたどまり》から出された手紙のみ、遂《つい》に本人は姿を現わさないままであった。

幼少の砌《みぎり》に母・あやめを流行《はや》り病で亡くして以後、師の石見銕太郎《てつたろう》から「心が弱い」と断じられるほどに情緒不安定気味に育った清之助である。惣三郎と、継母《ままはは》であるしのをしばらくのあいだはやきもきさせることとなるが、ある時を境に、剣に打ち込む生き方を見つけて一気に逞《たくま》しさを増し、遂には一流の剣客である父・惣三郎に迫る秘剣「霜夜炎《ほむら》返し」を編み出すまでに至る。

今や父をも凌《しの》ぐほどの剣の腕前を見せる清之助ではあるが、一冊目の『密命　見参！

寒月霞斬り』から追いかけている読者にとっては、

「あの幼く頼りなかった清之助が……」

と、感慨もひとしおであろう。なにしろその成長の軌跡は一筋縄ではいかなかった。

この章では「密命」というシリーズを、少年・清之助の成長譚《たん》として、同時に父と子の相克の物語として、読み解いてみたい。

「剣に生きる生涯」という宿命

惣三郎と最初の妻・あやめとのあいだに長男・清之助が誕生したのは、結婚二年目（宝永元年）のこと。その三年後にはさらに長女・みわが誕生している。

しかし結婚五年目、すなわち清之助が四歳の冬、最愛の妻あやめは流行り病で亡くなっている。清之助にとっては「母の面影はたよりないほど漠然としていた…」と記されている。

さらにその一年半後の宝永六年四月、惣三郎は豊後相良藩主斎木高玖《たかひさ》からの密命を受けて江戸に赴任。清之助はみわとともに祖母に預けられ、偽装ながらも金杉家は当主逐電によって五十日の閉門を命じられる。

〈ちちうえさま、どこにいかれたのですか。じょうかでは、ちちうえがちくてんしたとうわさしています。ばばさまにちくてんとはなんのことだとおたずねしますと、ごほうこうのことだとおしえられました……〉（『密命―見参』）

行方不明の父に宛てて清之助が記した手紙である。時に清之助、六歳。幼くして母を亡くしたこと、そして唯一頼れる存在であるはずの父親の不在、加えて他人様からは後ろ指を指されるという状況。こういった不幸な環境が、清之助の人格形成において深く影を落としたことは容易に推察できる。

決定的なのは、清之助とみわが、逼塞《ひっそく》していた豊後相良の正玄寺から拐《かどわ》かされ、江戸まで春陽丸で拉致《らち》された事件である。

恐怖と心細さを二人が乗り越えた果てに、助けに現われた惣三郎は、清之助の縛《いまし》めを切り払うと、こういった。

〈「清之助、みわを頼むぞ」

脇差しを六歳の長子に渡した。

「心得ました、父上」

不運な境遇と囚われの日々が清之助を成長させていた……〉

この場面が、はからずも父から息子への「剣に生きる生涯」というバトンの受け渡しを暗示しているように解釈できはしまいか。

淡き母の面影

その後、物語は七年の時を経る。

清之助は剣に熱を入れ一刀流石見銕太郎道場に通う一方、頻繁に外泊を繰り返し、学問の師・森繁大学からは学業不振で破門されるなど、数々の素行不良で父を悩ませるようになる。

〈なにより近頃の清之助には注意力が欠けておる、いたずらをせん時は、ぼうっと外を眺めて考えごとにふけっておる〉

時に享保元年、清之助十三歳。

〈惣三郎は怯えともいじけともつかない感情を息子のまなざしに見た。

（いつからこのような卑屈な子になったか）

なにが清之助を変えたのだ〉（『密命―弦月』）

豊後相良藩江戸留守居役宅にて、朝帰りの清之助を捕まえた惣三郎は、いい機会だから稽古をつけてやるといって、清之助に木刀を握らせる。しかし、それは父から「木偶《でく》の坊《ぼう》剣法」といわれる隙だらけの構えである。

これが父と子が剣を持って向かい合う初めての場面である。清之助は悲鳴のような叫び声を上げつつ父に向かって突進しては、繰り返しその木刀を弾き飛ばされ、地面に転がされる。とても勝負になったものではない。

そしてその後明らかになった過去の出来事が、惣三郎を激しく打ちのめす。

母を亡くした清之助とみわの前に現われた新しい惣三郎の女性・しのに対し、清之助は曰《いわ》く言い難い感情に襲われていた。

〈しのはふと顔を上げ、刺すような視線に気付いた。

(清之助様……)

その名を呼ぼうとして声を飲み込んだ。六歳の清之助の双眸《そうぼう》には哀しみを超えた怒りがうかんでいた。それがしのを黙らせた。(中略)

「それがしの母者は一人じゃ、あの世に逝かれた母だけじゃ」〉

その言葉を聞いたしのは、既に惣三郎の子を身籠もっていたが、ひっそりと金杉一家の前から立ち去る。

そして七年の時を経て、清之助はしのに心からの詫びを入れる。

〈「わたしは、わたしはしの様に悪いことをいたしました。(中略)しの様、なぜ飛鳥山に引き籠もられました。清之助、それがしのゆえですね」

しのが言葉を返そうとしたとき、清之助は涙の顔をしのに残して竹河岸から走り去って

いった〉
この七年の間、清之助が胸の奥底に人知れず懊悩《おうのう》を秘めて日々を送っていたこと、父親としてそれに気づいてやれなかったことが、惣三郎にはただただ申し訳なく感じられるばかりであった。
その悩める胸中を惣三郎から吐露された石見は、惣三郎が清之助の苦悩の原因を把握していることを確認した上で、次のようにいう。
〈「ならばなんの心配もござらんて。金杉様、われらが少年の折りのことを振り返っていただきたい。秋の空のように晴れたり曇ったり、風の吹き具合にさえ一喜一憂するものでござるよ。父が子の悩みを把握されておられるのなら、急ぐこともなし。自然の機会をみてな、話を聞かれればよい」〉『密命―弦月』
以後、惣三郎はこの石見の言葉通りに、何が起ころうと慌てることなく、またきつく咎《とが》め立てするでもなく、清之助をただ温かく見守るようになる。
道場で石見と一戦を交えた帰り道、清之助は愛宕《あたご》神社境内にて父に、惣三郎としての仲を割いてしまったことへの悔悟の念を打ち明ける。
父子の間のわだかまりが解けたこともあってか、その後清之助は惣三郎が乗源寺一統と愛宕山にて対決した際に父親にいささか加勢し、一味に誘拐されていたしのを助け出してもいる。

金杉家を背負う覚悟

ようやく様々な懊悩を振り切ったかに見えた清之助ではあるが、まだまだ青春の暴走は続く。

品川の遊郭にいる労咳《ろうがい》（結核）病みの美女に入れあげた挙げ句心中騒ぎを起こし、入水《じゅすい》寸前で惣三郎に助けられるが、父の放った脇差によって、相手の女性絹子は絶命。心に痛手を負った清之助を優しく癒《いや》したのは、誰あろうしのであった。飛鳥山菊屋敷にて菊造りなどを手伝ううちに心の安定を取り戻し、一度は挫折した四書五経の素読吟味に再度挑戦するなど、積極的な姿勢を見せ始める。

紆余曲折を経て遂に惣三郎としのは結ばれ、清之助は愛憎の狭間《はざま》にて焦《こ》がれていた母親を得ることとなる。以後、しのはしので、ややもすると実の母以上に、清之助に対して愛情を抱き、その成長を愛情をもって見守ることとなる。

その後も裡《うち》に潜んだ激情を抑えきれずに暴れたりすることもあった清之助だが、やがて精神的に大きく成長するきっかけとなる最初の出来事が起きる。

泥酔した惣三郎が刺客に襲われ新川に転落、行方不明となってしまった。

次第に長男としての自覚が芽生え、かつて惣三郎が清之助に対して告げた「父が斃《たお》れた時、そなたには母と妹たちを守る責務がある」との言葉通り、清之助は、「戻らぬ父をいつまでも待って嘆き悲しんでいたのでは、金杉の家はばらばらになる。この際、はっきりかたをつけて、新しい暮らしを始めましょう」と、しのらに呼びかける。惣三郎はもうこの世にいないものとして葬式をきっちりとあげ、以後自らが金杉家を背負って立つという清之助なりの独り立ちの宣言である。時に清之助、十六歳。(『刺客』)
以後長きにわたり金杉一家が住むことになる芝七軒町の冠阿弥長屋に移住した折には、賊が侵入した場合に備えて清之助が「門番代わりに階下を使う」と主張するなど、頼もしくも父の不在を埋める。しのは一人、清之助らを武家の子どもとして育て上げる決心をする。

鹿島の小天狗

清之助にとっては人生の転機ともいえる、剣の師・石見銕太郎による常陸鹿島の米津寛兵衛道場への推挙は、ひとかたならぬ動揺を一家にもたらす。鹿島といえば剣術の本場であり、多くの剣豪がひしめき合う「剣の聖地」である。この道を志《こころざ》す者ならば、この誘いに乗らない手はない。

しかし一方で清之助は、「父の代わりに一家を守らねばならない」という長男としての強い使命感をも持っていた。

〈「はい、私もうれしい話にございます。しかしながら、父が突然いなくなり、家族が今は結束するときにございます。母や妹たちを江戸に残しては心配にございますと」〉

これに対し、母・しのは思いもよらぬ厳しさで清之助に対する。

〈「清之助、なんと女々《めめ》しいことを答えられたか（中略）母もみわも結衣も三人で暮らせぬほどひ弱な人間ではありませぬ。先生も申されたではないか、今なら間に合うと。その今を逃してなにをなさるというのです」〉（『刺客』）

その後のしのの、清之助に対するある種の依存ともいえる反応から考えて、実際にしのが胸の裡に感じていた最愛の息子を失う寂しさは想像に難くない。清之助が人間として成長するためには、この決断が必要なのだ、と必死で自らにも言い聞かせていたのだろう。

石見は「清之助は心が弱いから信頼がおけぬ」とした上で、清之助が父・惣三郎から受け継いだ未知の力について言及し、次のようにいう。

〈「米津寛兵衛先生の下で血を吐くほどの稽古を積めば、父に迫る剣士に育つやも知れぬ。それもこれも清之助の覚悟次第……」〉

鹿島修行出立祝いに冠阿弥膳兵衛から貰った備州長船《おさふね》右《う》京亮《きょうのすけ》勝光《かつみつ》を片手に、父親不在のまま金杉家を後にする清之助、時に十六歳であった。

その後、父惣三郎の存命を手紙で知り、清之助は驚きと嬉しさのあまり「同僚たちに悟られないように布団の中で泣いたのであった」。

親子の対決再び

旅立ちから一年後、金杉一家は鹿島の米津道場を突然訪ねて清之助を驚かせる。その間清之助の成長ぶりは惣三郎をも感嘆させるほどであり、「米津の小天狗」の異名も恣《ほしいまま》にする。親許を離れたことで、それまでの甘えが断ち切られたのだろう。

金杉家の鹿島滞在中に、ひとつの見せ場がある。「寒月霞斬りが見たい」という米津寛兵衛たっての望みで、惣三郎と清之助とのあいだに真剣での立ち会い稽古がおこなわれる。親子での対決は惣三郎の豊後相良藩留守居役時代、役宅での「木偶の坊剣法」立ち会い以来である。

「父を斬り倒すつもりでかかって参れ」

と挑発する惣三郎に、裂帛《れっぱく》の気合いで父の肩口を袈裟に斬り下ろす清之助。しかし惣三郎は清之助の着けた胴を斬り割り、清之助の持った備州長船右京亮勝光をはじき飛ばして道場の梁《はり》に突き立て、清之助の肩口でその酔心子兵庫を寸止めにする。気絶して横倒しになるほどの衝撃を受けた清之助にとっては、未《いま》だ父・惣三郎は眼前に立ちはだかる巨大なる巌《いわお》であった。

とはいえ、かつての清之助とは比ぶべくもない。何より惣三郎に対し、正面きって立ち会える青年となったのだ。

その父との対決からちょうど一年後、いよいよ清之助に鹿島一刀流の目録授与が決まる。授与式に父を招聘するも、この時期惣三郎は、享保剣術試合の開催に関わり、また一方で水野家剣術指南にも就任が決まって車坂道場とのかけもちになるなど、また清之助は清之助で米津寛兵衛につき添って、米沢まで弟《おとうと》弟子土岐貴三郎の葬儀に出かけるなど、互いに御用繁多で行けずじまいとなる。

晴れの舞台を父に見せることができず、さて清之助の心中やいかに。結局、その目録授与のシーンは物語上では描かれることはなかった。

霜夜炎返しと葉月との出会い

(父に匹敵する技を創案したい)

という思いが清之助の中で強くなるに従い、父が水面に映る月を斬り分けたのなら、己《おのれ》は蠟燭《ろうそく》に灯《とも》る火を斬り分けてやると決意、実に一年余りにわたりその鍛錬を繰り返すこととなる。

そんな折、清之助は剣術試合の件で呼ばれた米津寛兵衛に従い江戸に向かうが、その道中に運命的な出会いを果たす。成田宿手前の峠にて、ならずものの浪人たちに襲われていた薬種問屋・伊吹屋一家を救ったことがきっかけで、その娘・葉月（十四歳）との淡い交際が始まる。以後、葉月の面影は幾たびも清之助の胸中に去来し、武者修行に励むそのつらい試練の日々において心の支えとなるのである。

江戸での清之助の評判は上々であった。

「清之助はもはや二年前の青二才ではないわ。まず順当にいけば、鹿島諸流を制するのは清之助であろう」「近ごろでは鹿島の小天狗と呼ばれておりますが、まだまだ父の足下にも及びませぬ。だが、蛙《かえる》の子はたしかに蛙……」（米津寛兵衛）

「父親の剣の風格には到底及ばぬが、清之助の剣風は清新でのびやか、なんともよいな」（水野家家老・佐古神次郎左衛門）

鹿島に戻る道中、供の甲吉は清之助に対して、「近いうちに清之助様が鹿島を離れられるような気がするだ」と発言、清之助は言下に否定するが、既にこの慧眼《けいがん》の持ち主は清之助が鹿島の道場だけにとどまっていられる器ではないことを看破していた。

米津寛兵衛の供で出向いた江戸からの帰り道、香取神宮近くにて一つ、印象的な場面があった。清之助親子をつけ狙う口のきけぬ業病を患った殺し屋・一条寺《いちじょうじ》菊小童《きくこどう》が仕掛けたその攻撃に対して、なぜ反撃しなかったのかと訊かれた清之助はこう答えた。

〈「先生、相手は病人です、それに梶山隆次郎さんの声で心も動揺しておりました」〉

それに対し米津寛兵衛はきっぱりとこういった。

〈「この世の中はそなたの気持ちが通じる相手ばかりではないぞ」〉（『初陣』）

鹿島道場の師範代に声をかけられて動揺したのはかねてから指摘されていた心の弱さそのもの、あるいはそれが言い訳にすぎぬとしても、ここで師が戒《いまし》めているのは、清之助の「純粋さゆえの優しさ」である。しかし、優しさは一転、戦いの場においては即座に命取りとなる。清之助自身から未だ甘えが払拭《ふっしょく》されていないのではないのか。

その甘えを断ち切るべく、浪々の剣士市橋種三の奨《すす》めもあって、清之助は即座に筑波山籠もりを決め、自らの限界に挑むべく剣の修行に没頭する。

米津寛兵衛からそんな清之助の近況を聞いた惣三郎は、長女のみわに次のようにいう。

〈「みわ、剣者は常に孤独を心のうちに抱き、頼れるものは剣と己のみ、そのことを清之助は知りつつあるということだ。寛兵衛様も申されておられる。われらはいま、清之助の成長を静かに見守ろうではないか」〉

生死の狭間に生きる剣術家の覚悟

享保の剣術試合出場を決めた清之助だが、怪我でもしてはと心配する母・しのに対し、清之助はいう。

〈「母上、剣術家は常に生死の狭間で生きていく人間なのですよ。明日が格別ということではありません」〉

そこにはもう、かつての情緒不安定気味の、おどおどとした少年の面差しはない。己の行く道を見つけ、確固とした信念を持った、一人の男がいる。

そして遂に三度目の父と子の対決があった。それまでの二回の父子の対決は〈常に清之助がむしゃらの攻撃を仕掛け、惣三郎が受けに回って、圧倒的な力で跳ね返す〉かたちであった。

しかし、今回は様相が違う。〈父が子を千尋《ちひろ》の谷に突き落とそうと必死の力を振り絞り、子は父の気持ちに応えて、崖っ縁で踏み止まらんとする攻防〉であった。いうなれば、惣三郎は我が子清之助相手に、初めて本気になったのである。

何と惣三郎は、我が子に向けて地擦りの構え、すなわち自らの必殺技である「寒月霞斬り」の構えを見せたのであった。

対して清之助はといえば、切っ先を水平に左脇構えに移す、「霜夜炎返し」の構え。両者の木剣が、

〈カーン！

と乾いて響き、両者は互いの左手を駆け抜けていた。

「それまで！」
寛兵衛の声が響いた〉

何と、父と子は互いの秘剣をもって初めて引き分けたのだ。それこそ、清之助が自ら編み出した秘剣「霜夜炎返し」を初めて他人に対して仕掛けた瞬間でもあった。

同じ日の夕刻、父は背の伸びた清之助にとって、今や冠阿弥膳兵衛に贈られた備州長船右京亮勝光定寸（二尺三寸六分）では物足りなかろうと、相州鎌倉の名工新藤《しんとう》五《ご》綱光《つなみつ》が鍛造した刀を贈る。

その刀をもって父の目前で、清之助は「霜夜炎返し」を再度披露する。

〈新藤五綱光の二尺七寸三分の物打ちが炎に迫り、横真一文字に斬り抜いた。
そのとき、炎が綱光の刃にまとわりついて横に走った。
綱光は炎に変じていた。…〉（『初陣』）

父から与えられた名刀でもって、清之助は自らの秘剣をほぼ完成させつつあった。まさに彼は偉大なる巌である父・金杉惣三郎と肩を並べようとしていた。

父を乗り越える日

その後の清之助については、読者もご存じの通りである。

享保の剣術試合を順当に勝ち抜き、尾張柳生を立てて自ら第二位に甘んじるも、吉宗より「宗忠」の名と、脇差相模国広光を拝領する。

しかしその晩清之助は、内裏一剣流の怪物・一条寺菊小童を、その自らの秘剣霜夜炎返しにて葬り去り、そのまますぐにいつ終わるともしれぬ辛く厳しい武者修行へと旅だったのだった…。

清之助の旅は未だ続いている。〈なぜ、自分は剣を志すのか〉と、絶えず自らに問いかけながら。いわば自身の存在理由をその剣に託して求めながら。

過酷な環境に翻弄され、不安な自己を抱えていた清之助が、無軌道の末にたどり着いたのが、剣を究めるという道であった。清之助にとって、剣の腕を上げることは、またひとつ確固とした自分を知るということでもある。いわば、剣は彼の自我同一性そのものである。

時には父母を気遣い、また時には愛する葉月の面影を胸に密かに浮かべつつ、懸命に旅を続けている。

〈（いかぬいかぬ、武者修行の身が煩悩《ぼんのう》や里心など出しては……）〉

と懸命に煩悩を振り払おうとする清之助に対し、惣三郎はあくまで優しく、その手紙で語りかける。

〈「清之助、家族を思う気持ちと同じく葉月殿を想う心、なんら修行の妨げにならず。父もまたそなたの母やしのを慕いつつ修行に明け暮れし候。これは人の情けに候。自然の発露に候。なんぞ忌み嫌うべきや、反対に励みにならん」〉（『遺恨』）

〈父を乗り越えねば、己の剣は一人前とは認められない〉

清之助の旅が終わるのはいつの日のことなのか。父の剣を乗り越えられる日がいつか来るのだろうか。父の剣を凌駕したと判定されるためには、いつか、父と剣をもって向かい合わなくてはならないのではなかろうか。

この本と同時発売となる最新刊『乱雲』において、おそらく清之助の近況報告がなされるものと思われる。ぜひ楽しみにしていただきたい。

〈「しの、子はわれらが知らぬところで育っていくもののようだ」〉

〈「今頃は修験者が厳しい修行に明け暮れるという熊野山中に独り生きておりますか」

しのが遠くを見つめるような眼差しで、

「腹を空かせておりませぬかな」

と言い、瞼《まぶた》から涙を流し始めた〉（『残夢』）

ある種の諦念と無力感を覚えつつ、ただ祈ることしかできない。おそらくしのはこれからも、清之助からの手紙を待ちわび、その報告に一喜一憂し、またその安否を気遣っては涙を流すであろう。

惣三郎もまた、己の背負った剣に生きる業を、倅である清之助にまで引き継いでしまったことに複雑な思いを抱きつつ、それでもいつか清之助が一人前の姿で帰ってくる日を待ち望んでいるはずだ。

芝神明社にて息子の安全を祈念してお百度参りに励むしの同様、わたしたちもひたすら清之助の無事を祈り、また帰還を待ち続けようではないか。

付録

清之助回国修行マップ①

鹿島で修行中だった清之助は、享保十六年末の「享保剣術大試合」への出場が決まり、二度にわたる筑波山籠もりを決行。十一月十六日の試合が終わると同時に、いつ戻るともしれぬ回国修行へと旅立つ。「宮本武蔵の足跡を辿る」ために彼の生地・美作経由で九州へ向かったと思われるが、その際東海道ではなく中山道を通っているのは、東海道と比べて交通量が過密ではなく、何より休泊料が安かったからだと想像される。

付録 清之助回国修行マップ②
――九州編――

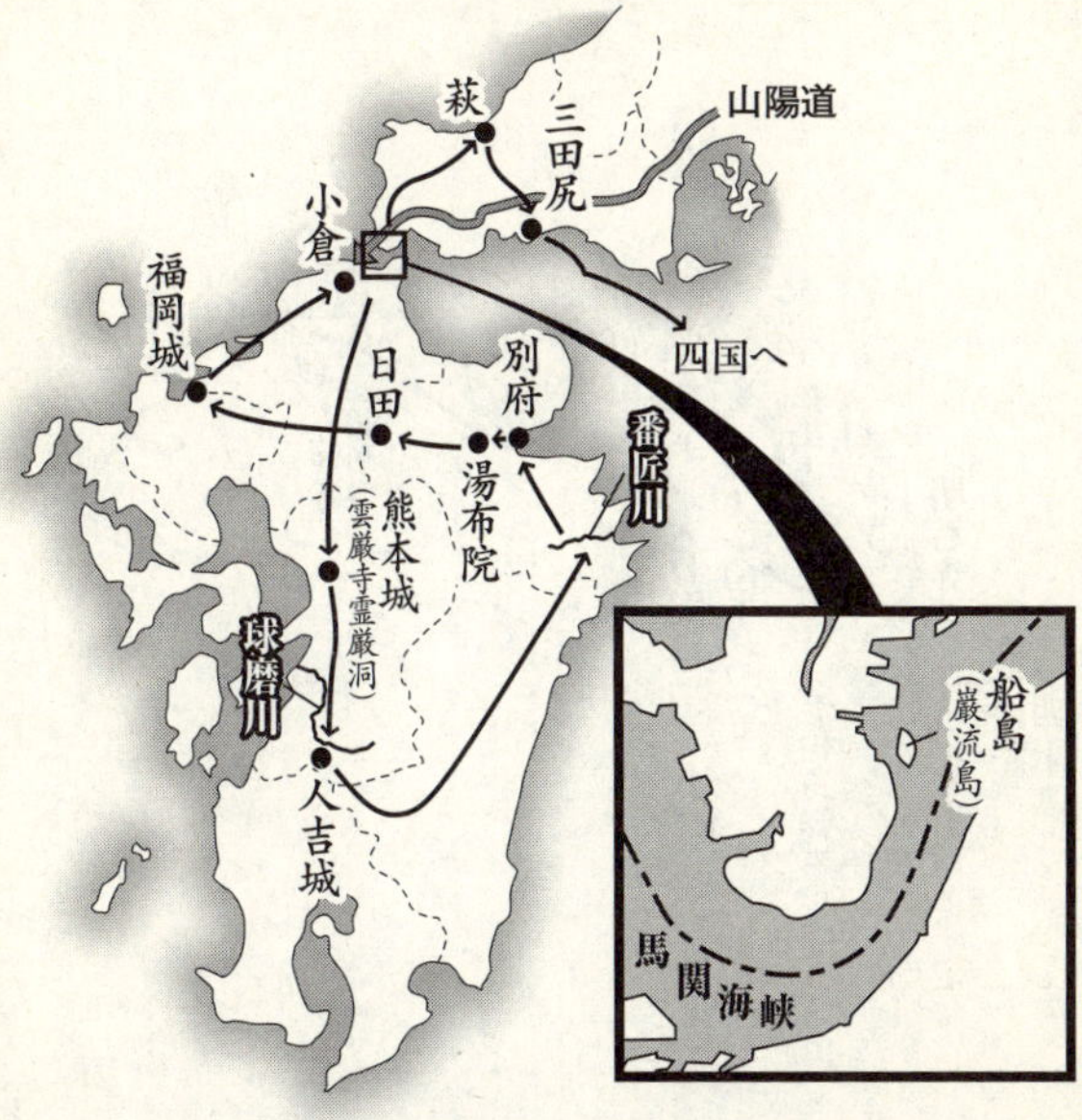

享保十六年末から翌年始にかけ、清之助は武蔵と小次郎の決闘の舞台・船島（巌流島）に上陸。さらに「五輪書」が書かれた肥後は霊巌洞にしばし留まった後、同じ肥後・人吉藩にてタイ捨流創始者・丸目蔵人を偲ぶ。その後薩摩への侵入果たせず、三月、母の墓がある豊後相良に滞在、父の如く番匠川で水面の寒月を黙々と斬る。幾度となく尾張柳生に狙われるも、別府～日田と踏破、福岡城下～小倉へ戻り、再度船島上陸の後、萩へ。

付録 清之助回国修行マップ③
――四国編――

周防三田尻から伊予宇和島に上陸した清之助は、遍路に混じって霊場を経巡る。第四十三番明石寺を皮切りに順番に踏破する清之助だったが、五十番繁多寺に至り師・米津寛兵衛の死を知らされ、打ちのめされる。しかし来島海峡にて米津が彼岸へと立ち去る光景を目撃し、以後絶えず師とともにあることを自覚。石鎚山における黒役小角一派との度重なる闘いも乗り越え、高松藩峰須賀道場滞在後、北泊から家族宛に手紙をしたため、一路紀州へ。

佐伯泰英 作品総覧

最新シリーズ「酔いどれ小籐次留書」まで。
これが佐伯時代小説群の全貌だ。

細谷正充

長崎絵師通《とお》吏《り》辰《しん》次《じ》郎《ろう》シリーズ（ハルキ文庫）

平成十一年一月刊行開始
『悲愁の剣』（四六判『瑠璃の寺』改題）
『白虎の剣』（以後続刊）

『瑠璃《るり》の寺』（『悲愁の剣』と改題）は、『密命　見参！　寒月霞斬り』と、ほぼ同時期に刊行された、作者の時代小説第二作である。主人公は、南蛮絵師の通吏辰次郎だ。長崎会所から与えられた秘命を帯びて、国禁を破り海外を放浪。さまざまな強敵と闘う一方、ジュゼッペ・カスティリオーネから絵画を学んだという、特異な経歴の持ち主だ。その辰次郎が、主家の汚名を雪《すす》ぐべく、友人の忘れ形見の子供を連れて江戸に現われるところから、物語は始まる。たまたま非人頭の車善七を助けた彼は、自分たちの事件を追いながら、運命に抗《あらが》う善七たちにも肩入れ。江戸で激しい闘いを繰り広げる。

続くシリーズ第二弾『白虎の剣』では、舞台を長崎に移して、辰次郎の新たな闘いが描かれている。長崎会所の尖兵《せんぺい》として密貿易に深くかかわりながら、絵師として人々の悲しみを見つめる辰次郎。彼の人生がどうなるのか、続刊が待たれてならない。

夏《なつ》目《め》影《えい》二《じ》郎《ろう》始末旅シリーズ（日文文庫→光文社文庫）

平成十二年四月刊行開始
『八州狩り』『代官狩り』『破牢狩り』
『妖怪狩り』他（以後続刊）

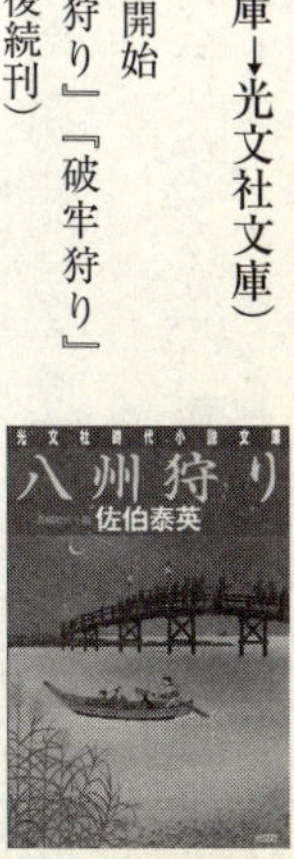

鏡新明智流の達人でありながら、実父・常磐秀信との確執から無頼の徒になった夏目影二郎。愛する女性を地獄へ追いやった十手持ちを斬り捨てた彼は、遠島になるところを、勘定奉行になった父親に救われる。そして腐敗した八州廻りの探索及び始末を命じられた。両裾に二十匁《もんめ》の銀球を縫い込んだ、攻防一体の南蛮外衣を身に纏《まと》った影二郎は、かくして陰謀渦巻く関八州へと旅立つのだった。

「夏目影二郎始末旅」シリーズの特徴は、主人公が〝旅〟をするところにある。シリーズ当初は関八州が舞台だったが、第五弾『百鬼狩り』では肥後まで赴き、活躍の場を大きく拡げた。一作ごとに変わる舞台と、主人公の旅愁が、大きな読みどころであろう。

また、第四弾『妖怪狩り』第八弾『鉄砲狩り』では〝妖怪〟と呼ばれ恐れられた南町奉行・鳥居耀蔵が、事件の背後に蠢《うごめ》いている。主人公サイドと耀蔵サイドの対立がどうなるのか。ここもシリーズの注目点である。

異《い》風《ひゅ》者《もん》（ハルキ文庫）

平成十二年五月刊行

肥後人吉藩で、五人扶持の下級武士の家に生まれた彦根源二郎。愛洲陰流を継承する刈谷道場の師範代を務める彼は、裕福な数馬家に婿入りするが、藩内の守旧派と改革派の政争に巻き込まれる。内乱のごとき激しい戦いを切り抜け、出世を約束された源二郎。だが、数馬家の人々が惨殺され、彼は仇討ちの旅に出ることになる。幕末から明治へ。変わり行く世の中に背を向けた源二郎は、ひたすら仇《かたき》を追う。だが、その果てには、索漠たる真実が待ち構えているのだった。

タイトルの〝異風者〟とは、権力におもねることなく、間違いとあらば殿様にも諫言《かんげん》する反骨の士のことである。時に迷い、人並みの幸せによろめきながら、それでも仇を追う主人公。その凄絶《せいぜつ》な姿の中に、作者は〝異風者〟としての生き方を浮かび上がらせた。熱く、そして哀切な物語だ。

なお本書は、二〇〇五年現在、佐伯泰英の長篇時代小説のなかで、唯一の単発作品である。

古着屋総兵衛《そうべえ》影始末シリーズ（徳間文庫）

平成十二年七月刊行開始
『死闘！』『異心！』『抹殺！』他（第一部完結）

日本橋は富沢町を拠点にして、手広く古着屋を営む、六代目大黒屋《だいこくや》総兵衛《そうべえ》。その正体は、徳川家を護持する影旗本・鳶沢《とびさわ》一族の頭領だ。「古着屋総兵衛影始末」シリーズは、大黒屋総兵衛と、その一族の、徳川護持のための闘いを描いた雄渾《ゆうこん》な作品である。シリーズ第一弾『死闘！』では、古着商の利権を狙《ねら》う非道な敵に、総兵衛たちが立ち向かう。だが、この一件で、五代将軍綱吉の寵臣であり、絶大な権力を持つ柳沢吉保《やなぎさわよしやす》と対立。以後、総兵衛たちと吉保は、激しい暗闘を繰り広げることになる。

さらに第七弾『雄飛！』では、密かに建造していた大船に乗船。徳川幕府を守る力を蓄えるため、あえて国禁を破り、異国との貿易に乗り出すのである。こうしたスケールの大きな展開が、シリーズの魅力なのだ。

なお、第十一弾『帰還！』で、総兵衛たちの宿敵だった柳沢吉保が失脚。これによりシリーズは、一旦、閉幕した。

鎌倉河岸捕物控シリーズ（ハルキ文庫）

平成十三年三月刊行開始
『橘花の仇』『政次、奔る』『御金座破り』
他（以後続刊）

徳川幕府開闢《かいびゃく》以来の古町町人であり、金座長官の後藤庄三郎と太いつながりを持つ岡っ引き・金座の宗五郎《そうごろう》。彼が縄張りとする鎌倉河岸には、気持ちのいい若者たちがいた。商家の手代の政次。船頭の彦四郎《ひこしろう》。宗五郎の手下の亮吉《りょうきち》。そして三人が慕う、酒問屋で働く看板娘・しほ。「鎌倉河岸捕物控」シリーズは、鎌倉河岸を愛する若者たちと、宗五郎親分が活躍する捕物帖だ。武士を主人公にしてきた作者が、初めて生粋《きっすい》の町人を主人公にして、庶民の心意気を描いたところに、このシリーズの特色がある。

また、商家の手代として登場した政次だが、第二弾『政次、奔る』で宗五郎の手下になり、第七弾『下駄貫の死』では十代目宗五郎を襲名。この政次に代表される、若者たちの成長物語もチェック・ポイントといえよう。金座の宗五郎に見守られ、若者たちが伸び伸びとはじける。これが佐伯泰英流の、青春グラフィティーなのだ。

吉原裏同心シリーズ（ケイブンシャ文庫→光文社文庫）

平成十三年十月刊行開始
『流離』（『逃亡』改題）『足抜』『見番』
他（以後続刊）

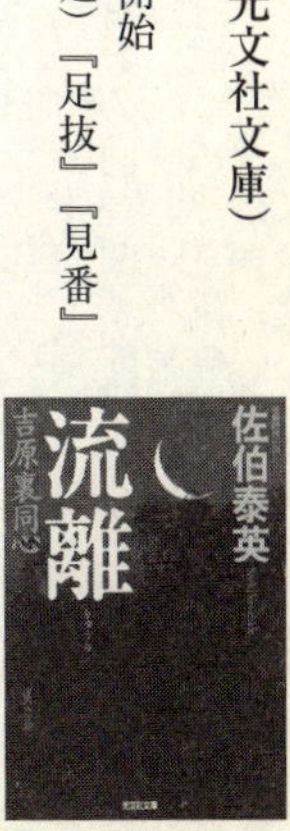

豊後《ぶんご》岡《おか》藩の馬廻役だった神守幹次郎《かみもりみきじろう》は、納戸頭・藤村荘五郎の妻の汀女《ていじょ》と駆け落ちをする。幼馴染で三歳年上の汀女を好いていた幹次郎が、彼女の婚姻が理不尽なものであると知っての暴挙であった。妻敵《めがたき》討ちの追っ手を避けながら、苦しい流浪を続けたふたりは、やがて江戸に向かった。そして出会ったのが、吉原の四郎兵衛《しろべえ》会所《かいしょ》の主・七代目四郎兵衛である。吉原の町奉行ともいうべき四郎兵衛から剣の腕を見込まれた幹次郎は、ここを自分たちの安住の地とすべく、遊郭の用心棒〝吉原裏同心〟を引き受ける。

不義者となりながらも、自分たちの選んだ道を貫く。江戸最大の遊郭である吉原を舞台にしながら、神守幹次郎と汀女の夫婦愛をクローズアップしたところに、「吉原裏同心」シリーズの面白さがあるといえるだろう。第一弾『逃亡』（『流離』と改題）では吉原焼き討ちの陰謀、第二弾『足抜』では遊女失踪の謎と、扱う事件も吉原ならではのものとなっている。舞台と主人公の組み合わせの妙が、生かされたシリーズなのである。

居眠り磐音《いわね》　江戸双紙シリーズ（双葉文庫）

平成十四年四月刊行開始
『陽炎ノ辻』『寒雷ノ坂』『花芒ノ海』他
（以後続刊）

直心影流の達人で、相手の剣を真綿で包むように受ける〝居眠り剣法〟を得意とする坂《さか》崎《ざき》磐音。豊後関前藩の中老職の家に生まれた彼は、親友たちと藩政改革に取り組もうとしていた。しかし藩内の騒動により親友たちは非業の死を遂げ、浪人となった磐音は、江戸深川で長屋暮らしをしている。多くの人々と触れ合い、さまざまな事件に巻き込まれた彼は、やがて親友たちの死の秘密を知り、藩内に巣食う悪を斬るのだった。

「居眠り磐音　江戸双紙」シリーズは、親友の死や、許婚の運命の変転など、たくさんの悲しみを背負いながら、明るく真っすぐに生きる浪人・坂崎磐音を主人公にした、味わい深いシリーズだ。剣の達人でありながらそれを誇ることもなく、食事となれば子供のように一心不乱になる主人公のキャラクターが宜《よろ》しい。

そして、長屋の住人や用心棒仲間。あるいは江戸有数の両替商・今津屋など、磐音を取り巻く人々が、また魅力的なのだ。主人公を中心とした、気持ちのいい空間。それを読むことが、シリーズの最大の楽しみなのである。

悪《わる》松《まつ》シリーズ（祥伝社文庫）

平成十四年八月刊行開始
『秘剣雪割り』『秘剣瀑流返し』『秘剣乱舞』（以後続刊）

中間《ちゅうげん》の父親が殺され、自分は江戸放逐になったのを切っ掛けに、低き身分を嫌い、強い侍になることを渇望する〝悪松〟こと一松《いちまつ》。箱根山中で老武芸者から愛甲派示現流を学んだ彼は、大安寺《だいあんじ》一松弾正《だんじょう》を名乗り、江戸に舞い戻る。破竹の勢いで道場破りを続ける悪松だが、示現流を遣うことが、薩摩藩の逆鱗《げきりん》に触れた。かくして薩摩藩を敵に廻しての、悪松の激越な闘いの幕が上がるのだった。
『秘剣雪割り　悪松・棄郷編』から始まる「悪松」シリーズは、若武者の荒ぶる魂を描いた、青春の譜である。立ち塞がる者たちを、斃《たお》すことでしか前に進めない悪松の、壮絶な生き方が、読みどころといえるだろう。
　シリーズは、悪松と薩摩藩の闘争が中心になっているが、第三弾『秘剣乱舞　悪松・百人斬り』で、水戸のご老公こと水戸光圀《みつくに》が登場、悪松とかかわりを持つ。どうやら物語は、新たなステージへと突入するようだ。青嵐《せいらん》の道、いまだ定まらず。その行く末を見届けたいものである。

酔いどれ小《こ》籐《とう》次《じ》留《とめ》書《がき》シリーズ（幻冬舎文庫）

平成十六年二月刊行開始
『御鑓拝借』『意地に候』『寄残花恋』
（以後続刊）

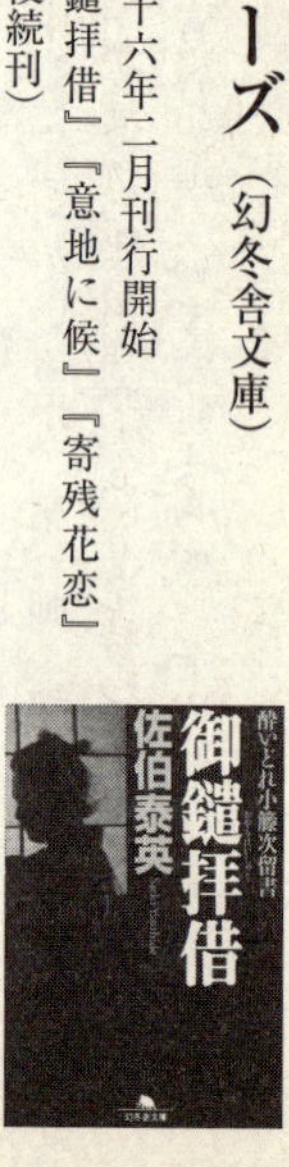

豊後森藩下屋敷の厩《うまや》番・赤目《あかめ》小籐次《ことうじ》。五尺一寸（一五三センチ）の矮軀《わいく》で、歳は四十九。いたって目立たない男だが、実は一子相伝の秘剣・来島水軍流の遣い手である。大酒会が原因のしくじりで、奉公を解かれた小籐次。だがそこには、ある目的があった。江戸城内で四人の他藩主から辱められた藩主・久留島通嘉のため、意趣返しをしようというのだ。主家に迷惑のかからぬ浪人となった小籐次は、四人の藩主の参勤行列を狙い、鑓《やり》の穂先を次々と斬り落としていく。「酔いどれ小籐次留書」シリーズ第一弾『御鑓拝借』は、四藩を相手に孤軍奮闘する小籐次の活躍を描いた痛快作だ。

この作品のラストで、鑓の穂先斬りの件は落着したかに見えたが、そうは問屋が卸さない。第二弾『意地に候』では、小籐次に斬られた人々の遺族が、彼を仇と狙うのだ。現実の復讐の連鎖は断ち切るべきだが、そこはそれエンタテインメント・ノベルである。どんどん拡大する闘いの波紋を、楽しもうではないか。

◎時代小説以外の佐伯作品

自らが撮影した闘牛の写真に文章を添えたフォト・エッセイ『闘牛』で文筆の世界に足を踏み入れた佐伯泰英は、『闘牛士エル・コルドベス一九六九年の叛乱』『狂気に生き』など、ノンフィクションのジャンルで活躍。一九八七年に上梓《じょうし》した『殺戮の夏 コンドルは翔ぶ』（『テロリストの夏』と改題）で、小説にも乗り出す。以後、海外体験を生かした国際色豊かな冒険小説やミステリーを次々と発表。この時期の代表作は、フランコ政権末期のスペインを舞台に、テロリストに妻子を殺された日本人カメラマンの復讐を描いた『ユダの季節』であろう。

また、一九九四年の『犯罪通訳官アンナ　射殺・逃げる女』から始まった「犯罪通訳官アンナ」シリーズでは、国際社会になりつつある日本の現状を踏まえて、犯罪通訳官という役職を創造、新境地を切り開いた。時代小説作家になる以前の、こうした優れた仕事にも、もっと注目してほしいものである。

『密命』年表

物三郎は何年生まれ？　しのは？
寛永〜享保、ほぼ九十年にわたる年表決定版。

西暦　元号

一六三六　寛永一三
奥山佐太夫誕生
一六四一　寛永一八
米津寛兵衛誕生
一六六五　寛文五
石見銕太郎誕生
一六六九　寛文九
水野忠之誕生
一六七五　延宝三
金杉（深井）惣三郎誕生
一六七七　延宝五
大岡忠相誕生
一六八二　天和二
このころしの誕生
一六八四　貞享元
徳川吉宗誕生
一六八六　貞享三
大岡、忠真の下へ養子へ
このころお杏誕生
松造誕生

一六八七　貞享四
斎木高玖誕生
梶山隆次郎誕生
一六八九　元禄二
甲吉誕生
一六九〇　元禄三
惣三郎、直心影流の目録を得る
一六九一　元禄四
棟方新左衛門誕生
このころ登五郎誕生
一六九二　元禄五
徳川継友誕生
一六九三　元禄六
しの母死亡。しの、板橋の祖母に預けられる
一六九四　元禄七
惣三郎、江戸で高玖の武芸指南役を務める
麻紀誕生
弓削辰之助誕生
一六九五　元禄八
惣三郎、代々木野で野犬を斬る
晩秋　惣三郎、斎木高茂の命で相良に帰される
このころから惣三郎、寒月霞斬りの稽古

このころ野衣誕生
佐々木治一郎誕生
一六九六　元禄九
高玖高熱
十月　徳川宗春誕生
一六九九　元禄一二
高茂死亡。高玖、豊後相良藩七代藩主に
一七〇〇　元禄一三
大岡養父・忠真死亡。大岡、家督相続
久村りく誕生
一七〇一　元禄一四
しの、夕がお開店
一七〇三　元禄一六
惣三郎、あやめと結婚。金杉家に婿養子として入り、御右筆の役職を継ぐ
惣三郎、斎木丹波に〝かなくぎ惣三〟の侮名をつけられ、五ヵ月後御徒士組に移される
惣三郎、高玖より高田酔心子兵庫を拝領
猪之吉誕生
うめ誕生
一七〇四　宝永元
清之助誕生

お杏、半次郎と結婚
一七〇六　宝永三
半次郎死亡
亮静院（高玖の母）死亡
一七〇七　宝永四
みわ誕生
八月　葉月誕生
冬　あやめ、流行病で死亡
一七〇九　宝永六
四月二二日　**惣三郎、十四年ぶりに江戸入り。**
高玖より密命を受ける。宝永のお家騒動
五月　高玖帰国（初めてのお国入り）
惣三郎、脱藩。江戸の市井に身を潜める
冠阿弥、火事（仁助の火付け）
お杏、仁助にかどわかされる
六月　松造、宮地芝居の太夫に入れあげた末、上村彦乃丞・恵巌殺しの濡れ衣を着せられそうになる
冠阿弥、店再建
お杏の幼馴染・縫の事件
九月　磯吉の抜け参り
権六死亡（享年五十三歳）。とめが荒神屋で働き

始める
おけい母子火災に遭う。大七の大名屋敷荒らし
晩秋　九一死亡
末女、自害
秋の終わり　斎木丹波が清之助・みわを拉致し、
亀甲船・春陽丸に乗せて下田へ。相良藩、芝
鳶・荒神屋・冠阿弥の協力を得て、突きん棒を
つけた神明丸で迎え撃つ
米谷甚左死亡
一一月　惣三郎、日下左近と対決し、瀕死の重
傷
一七一〇　宝永七
春　惣三郎、全快
寺村重左ヱ門、中風に倒れる。しの、夕がおを
畳み寺村と飛鳥山に
高玖、上府
惣三郎、相良藩江戸留守居役に。財政再建に粉
骨砕身
高玖、麻紀と結婚
松造・お由、結婚
結衣誕生
芳三郎誕生

一七一二　正徳二
大岡、山田奉行に
一七一三　正徳三
清之助、石見道場入門
お杏の飼い犬・一代目しろ死亡
一七一五　正徳五
お杏、惣三郎によく似た藤村林伍のところへ
一七一六　享保元
七月二六日　相良藩下屋敷で月見の宴。乗源寺
一統、麻紀の方の乳母・刀祢を殺害
八月一日　清之助、精々塾退学
惣三郎、大岡と出会う
高玖、上府
お杏を救いにいって、登五郎、捨て身の活躍。
肩口から背中にかけて創傷
金杉家、力丸を飼い始める
八月一三日　宣下の儀。吉宗、八代将軍に
惣三郎、寺村・しのと再会
惣三郎、再び脱藩。市井の暮らしに
乗源寺一統にしの・結衣、さらわれる
惣三郎、愛宕権現男坂で乗源寺一統と対決。三
十二人斬り

お杏、登五郎の湯治について箱根へ。その後年内に**結婚し、二人揃って芝鳶の養子に**
一七一七　享保二
一月末　石動奇嶽の暗躍始まる
二月三日　**大岡、江戸町奉行に就任**
二月　清之助、絹子と心中騒ぎ
清之助・みわ、飛鳥山でしのらと暮らす
冠阿弥に取り潰しの危機迫る
惣三郎、大岡より帰藩ならず、享保の改革を陰から支えるためにひそかに働く者となることを引き受けさせられる
惣三郎、石見から奥山佐太夫を紹介される
惣三郎、三児と甲州へ旅
惣三郎、残月無想斬りを会得
寺村、死亡
三月一〇日　西村桐十郎、北町から南町へ移る
惣三郎、石動一族との斬り合いで大怪我（左脇腹刺し傷、背まで貫通）。しばらく冠阿弥の離れでしのや子どもらと暮らす
金杉一家、亀戸村に住む
五月一日『合戦深川冬木ケ原』興行（あがりは町火消整備のための資金の足しに）
冠阿弥、享保金貨への切り替えにいち早く乗り出す
五月一一日　吉宗、御鷹狩り
惣三郎、石動奇嶽と対決
惣三郎、吉宗に拝謁。尾張のお咎めなしにするかわり、吉宗の盾となって働くことを約束
金杉一家、一之橋際の拝領屋敷に住む
晩秋　惣三郎・しの祝言
一七一八　享保三
この年惣三郎の周辺は穏やかな一年
この年野衣、山口鞍次郎と結婚
一七一九　享保四
この年より光紘君、高熱を発する奇病に取り付かれる
みわ、しのとうまくいかず。清之助、暴れる。
金杉家崩壊の危機
辰吉・織田朝七、大岡の命で町火消の実情を調べるため連日奔走
初夏　**惣三郎、尾張の刺客に左肩を斬られ、新川に落ちて行方不明になる**
四月末　惣三郎、仙石十四郎として京都へ
夏　有馬氏倫、長崎から対馬へ

五月　宗春・四辻卿ら、吉宗暗殺をもくろみ、まずは惣三郎に七人の刺客を放つ
惣三郎、橘重籐と鴨川河原で対決
しのら、滝野川村金剛寺で惣三郎の弔い。寺村の墓参り
しのら、芝七軒町の冠阿弥家作に引越し
みわ、八百久に手伝いに行きはじめる
惣三郎、古蜘蛛暗軒と鈴鹿峠田村神社で対決。脇腹負傷（肋骨骨折）
惣三郎、亀山宿いせやに逗留の宗春を訪ね、話し合う
夏　惣三郎、西三条実里と桑名宿住吉神社で対決。脇腹と左肩を斬られる
清之助、鹿島の米津寛兵衛の下へ修行に発つ。
冠阿弥膳兵衛から備州長船右京亮勝光を贈られる
惣三郎、鐘巻治左衛門と白須賀宿蔵法寺で対決
惣三郎、堀内権太左衛門と高遠城下で対決（示現流の仲間が応援に来たので、権太左衛門が戦わずして負けを認める）
惣三郎、高遠で絵島に会う。月光院宛の書状を預かる

大岡、八百久・芝七軒町の長屋を訪ねる。しのらと初の対面
惣三郎、巨勢大学頭守義と諏訪神社下社春宮前で対決
惣三郎、四辻卿と諏訪神社下社秋宮で対決
惣三郎、江戸帰着。これ以上の影働きを拒否。拝領屋敷も断わる
一二月二七日　火頭一味の暗躍始まる
享保四年師走から新年にかけて、火頭の件以外は惣三郎の身辺穏やか

一七二〇　享保五
春　高玖、国許で側室（清香）を持つ
二月　荒神屋で猪鍋
織田・辰吉の尽力で町火消再編大詰めへ
辰吉、定火消御役に呼ばれた席で啖呵を切る
惣三郎、このころより石見道場にたびたび通い始める
三月三日　しのら、お杏を呼んで七軒町の長屋で雛祭り
お杏懐妊
三月四日　登五郎、定火消の臥煙に襲われ右腕負傷

三月七日頃　火頭一味、江戸から一時退散
清之助から手紙が来る
四月二〇日　幕府、瓦屋根、土で塗り固めた壁の防火蔵を奨励する法令を発布。冠阿弥、さっそく改築
お杏、しの・みわ・結衣・昇平と目黒の明王院に安産祈願へ。なみやで飾り御膳を食べる。帰途、昇平、からんできた奇助らを蹴散らし女たちを守る
花火の房之助親分の下っ引き・熊吉死亡
花火夫婦、熊吉の孫娘・うめを女中として住み込ませる
五月　金杉一家、鹿島へ旅（初めての家族旅行）。道中市村直次郎らと知り合いに。米津寛兵衛と初めて対面
寛兵衛、吉川継久を招いて鹿島で合同稽古。道場対抗戦で清之助活躍。惣三郎、寒月霞斬りを披露
金杉一家、銚子へ小旅行
梶山隆次郎、道場破りに来た火頭一味の野津虎之助と立ち会い、負傷（腕を砕かれる）
寛兵衛、野津と立会い

この年の梅雨はだらだら続き、大川が増水。荒神屋の川端の縁台あたりまで水がひたひたに。作業場の床まで浸水
辰吉、定火消御役の差し金で襲われ、瀕死の重傷（背中を斜めに断ち割られる。右肩から一太刀に斬り下げ。一羽流渡辺津兵衛の高弟・神崎飛雲の仕業）
このころから清之助、霜夜炎返しの稽古を始める
車坂近くで火事。惣三郎、神崎飛雲と対決。寒月霞斬り・片手斬り
金杉一家、市川団十郎の納涼芝居に招待される
惣三郎、定火消御役たちと対決。渡辺津兵衛以下、片桐紫角・宇井麟太郎・両角銭鬼を倒す
八月六日　江戸町火消いろは四十七組登場。辰吉、初代総頭取に。芝鳶はめ組に
九月　しの、菊を作り親しい人たちに配る
火頭一味、江戸に戻る
しの、みわ・結衣を連れて夕がおがあった地を訪ねるが、別の料理屋となっている
南町・惣三郎、火頭一味と対決。西村対火頭の歌右衛門。惣三郎対野津虎之助

九月末頃　山口鞍次郎死亡

一七二一　享保六

一月　吉宗、御鷹狩り

一月一八日　結衣、芝から大川端へ初めてのお使い

登五郎・お杏の長男・半次郎誕生

惣三郎、藩追放以来初めて高玖に会う。高玖、再びの藩の危難に惣三郎に助けを求める荒神屋、火付けされる

このころ、荒神屋に競争相手現われる

一月一九日　冠阿弥、湊町に新しい蔵屋敷を建てるため、荒神屋に解体を依頼

一月二〇日　昇平、石見道場に入門

一月二一日　湊町の現場で事故。荒神屋人足、仲次・新太死亡、和七・千代松、大怪我（有馬配下の仕業）

このころ西村の嫁取り話盛り上がる

清之助から手紙。寛兵衛の供で伊達城下へ行くと

湊町の蔵屋敷の古材を使って、荒神屋、長屋を建て始める

梅の頃　花火宅で西村・野衣の見合い

米谷鎌吉、江戸に来る

西村、六郷の渡しまで国許へ帰る野衣を見送りに行く

昇平、稽古中右肩を怪我して火事場に出られないでいた折り、半次郎、連れ去られる。昇平、取り返しに行く

惣三郎、二天一流古矢丹兵衛と対決

惣三郎、清香配下、南蛮剣法使いのかぴたんと対決

相良藩邸で夜の評定所、開かれる。惣三郎、無外流京極長門と対決

有馬邸に招かれた帰りの大岡、襲われる。鎌吉、日下神次郎を倒す。惣三郎、釜田一郎兵衛・斎木五郎丸・九重馬之助による一期一殺剣と対決。

寒月霞斬り残月を即興的に編み出す

梅咲き鶯鳴く頃　荒神屋、長屋の壁塗り終わり、あんこう鍋

四月　幕府、縁座制大幅制限

清之助、鹿島一刀流の目録を授与される

初夏　吉宗、剣術大試合をやりたいと言い出す

清之助、米津の供で米沢へ

五月　金杉一家、鎌倉・江ノ島へ旅

惣三郎、棟方新左衛門と知り合う
惣三郎、新藤五綱光に清之助の剣を注文
享保の剣術大試合準備のため**惣三郎、水野家の剣術指南役に**
夏の盛り　お狐騒ぎ
房之助・猪之吉、調べで王子稲荷へ
剣術試合発起人会。惣三郎、水野家の家臣たちと腕試しの立会い稽古
惣三郎、一条寺菊小童に待ち伏せされる
初秋　米津・清之助、江戸へ向かう。道中、伊吹屋の災難に出くわし助ける。**清之助と葉月の出会い。清之助、初めて人を斬る**
棟方、車坂に来る
米津・清之助、鹿島へ帰る。帰途、菊小童現われる
野衣、江戸に戻る
八月二日　幕府、目安箱を設置
米津道場代表になった清之助、山籠り
一〇月　鹿島諸流派を勝ち抜いて大試合に出場決まった清之助、再び山籠り
一一月一三日　野衣の離縁の手続き整う。藩邸を出て三島町の冠阿弥家作に引っ越すことに

藤里季右門死亡
一一月一四日　清之助、惣三郎と木剣で立ち会い、寒月霞斬りを封じる
惣三郎、清之助に新藤五綱光を贈る
一一月一五日　享保の剣術大試合開催
棟方、出場。八強に残る
清之助、山高与左衛門との戦いで初めて完成した霜夜炎返しを使う
清之助、第二位に。吉宗より脇差・相模国広光と宗忠の名を賜る
天下一となった柳生六郎兵衛、菊小童に襲われる。十数日のち死亡
一一月一六日　清之助、武者修行へ旅立つ
清之助、一条寺菊小童と対決
一二月二六日　みわ、軽部駿次郎と出会う
一二月二七日　惣三郎に尾張柳生四天王をはじめとする刺客が襲いかかりはじめる
惣三郎、高玖に呼ばれ江戸家老になってほしいと言われる。水野家の剣術指南をしていることを詰られる
一二月二八日　荒神屋で毎年恒例の餅つき
一二月二九日　清之助、中山道、山陽道をたど

り、馬関海峡を越えて豊前小倉で九州入り。この日までに肥後国熊本城下に着いている
大晦日　惣三郎、沢渡鵜右衛門との戦いで左肩負傷（浅手）
暮れ～年明け　清之助、肥後国熊本城下外れの霊巌洞で参禅修行

一七二二　享保七
一月二日　水野邸道場、初稽古。石見道場、初稽古
一月九日　惣三郎、棟方を連れて相良藩江戸藩邸に行く。棟方、相良藩の剣術指南役に
一月一一日　石見道場、鏡開き
清之助、雲巌寺近辺で悪さをする野中左膳を倒す
一月一五日　西村・野衣祝言　惣三郎、甲源一刀流速水左馬之助と対決
二月四日　惣三郎、西村・花火・三児・信太郎・猪之吉・昇平らの協力を得て横地坐禅坊らを倒す。**三児**、その際**内股・腕に負傷**。**意外に重い**。うめが看病し、親しくなる
清之助、人吉城下・タイ捨流丸目道場に滞在。道場破り、示現流の寺見八十八と立会い

みわ、軽部に連れ去られる
惣三郎、江戸の尾張柳生道場を訪ねる。帰り道、牛目幾満と対決
みわを救出せんとはやった**昇平**、**法全正二郎に斬られ瀕死の重傷**（右の太股から下腹部。深手）
清之助、示現流を知ろうと薩摩に向かうが入国できず
水野、柳生俊方と柳生兵助を招んで話し合い。帰途、惣三郎、大河原権太夫と対決
惣三郎、尾張柳生四天王最後の一人、法全と対決。みわを救い出す
三月　清之助、相良へ。番匠川で寒月霞斬りの修行
みわ、駿次郎の裏切りに遭って以来気鬱にしずむ
四月　登五郎、富岡八幡の二軒茶屋・伊勢屋での寄合いに出席し、幼馴染のお染と再会。これよりのち同僚のおすみに金を騙しとられつづける
五月　水野、勝手掛り老中に。反感を持つ者が増える
吉宗、御庭番を尾張に送り込む

七月三日 水野、財政再建案発表。上米の制
仲秋 清之助、番匠川で尾張柳生七人衆から宣戦布告を受ける。赤星次郎平と対決。このとき、寒月霞斬りを会得している
野衣懐妊
惣三郎、江戸城中奥へ。吉宗に拝謁。直々に密命を受ける
清之助、日田宿手前で板杖燕之丞と対決
惣三郎、尾張新陰流御手洗重蔵と対決
清之助、福岡城下・木下図書助邸に滞在。福岡藩道場に通う
晩秋 清之助、木場柳五郎と対決
惣三郎、探索で小金井村へ
惣三郎、富田流強矢陣五郎らを倒す
清之助、船島で大津源播・龍光寺兵造と対決
初冬 江戸に付け火が流行る（十三、四の悪餓鬼たちの仕業）
清之助、長州赤間関から萩城下へ
お吉死亡
惣三郎、杉浦李平・不破平治との戦いで脇腹負傷（軽い）
清之助、萩城下・真新陰流沼田清右衛門道場に滞在。寺村姓を名乗る
清之助、鎌足大海と対決
惣三郎、小出直三郎と対決
水野道場で忠之観覧の勝ち抜き戦
惣三郎、能見八郎兵衛と対決。**吉宗より山城来国光を賜る**
三田尻湊近く阿弥陀寺にて、清之助、尾張柳生七人衆の最後の一人、鯨内天厳と対決

一七二三 享保八
正月八日 **米津寛兵衛、鷲村次郎太兵衛に敗れ死亡**
惣三郎・石見、鹿島へ
正月二一日 石見道場で米津の法要
とめ三男・芳三郎、荒神屋で見習いとして働き始める
葉月に江州宮川藩より側室話、持ち上がる
金杉一家、葉月、昇平、飛鳥山へ
このころ手妻の侘助一味横行
とめ母子、二軒長屋に引越し
清之助、伊予から手紙とお札・お守りを送ってくる。三田尻湊から島伝いに便船・漁師船を乗り継ぎ、伊予宇和島湊に上陸。しばらく宇和島

城下・飯篠流杉山賢太郎道場に滞在。四国遍路道を歩く修行中
芳三郎の活躍で侘助一味捕縛
清之助、大宝寺で黒役小角一団に襲撃される。
繁多寺で惣三郎からの手紙を読み米津の死を知る
二月　**惣三郎、永福寺に参禅の宗春を訪ね、対面**
三月三日　伊吹屋で雛祭り
三月五日　北沢毅唯、石見道場に来る
清之助、横峰寺で黒役小角一団と決戦。翌日、石鎚山山頂で井蛙流伴佐七と対決
棟方、久村りくと上野下の壱兆寺で見合い。その夜**切通しで鷲村次郎太兵衛に襲われ、背中を割られる**
三月中旬　惣三郎・棟方、鹿島へ
清之助、大窪寺に到着し、遍路道終わる。葉月宛に手紙を出す
大岡、休暇を取り、先祖ゆかりの地、相模国高座郡堤村へ。先祖供養の法会を行なう
鷲村、その席に現われ、惣三郎と対決
三月二五日　西村・野衣の長男、晃太郎誕生

三月下旬　清之助、高松藩松平城下・一刀流蜂須賀正長道場滞在
四月一日　西村宅で晃太郎の誕生祝
芳三郎、正式に荒神屋人足になる
四月　火付けが勢いを盛り返す
四月二日　昇平、登五郎とお杏の仲について惣三郎に相談
四月三日　惣三郎、松造と伊勢屋・お染宅へ
惣三郎、棟方と冠阿弥の船に便乗して鹿島へ。以降十数日滞在
清之助、阿波から加太湊行きの便船に乗る。以降熊野山中で修行の予定
棟方、米津道場に来た道場破りを見事返り討ち。門弟たちの絶大な人気を得て観光地に引っ張りまわされる
棟方、谷田部藩士たちに逆恨みされる
四月下旬　黒野分一味、紀伊藩下屋敷のお女中見習十三人を殺戮、放火
葉月、清之助からの手紙受け取る
五月　惣三郎、江戸帰着
金杉一家、鶴女とともに菊屋敷へ。以後しばらく滞在して鶴女の回復を助ける。力丸活躍

このころ、回向院で熊野三山修験者一団による出開帳が催され大盛況。両国橋が危険と、町方が通行制限
黒野分の数人が菊屋敷を襲う
清之助から手紙来る
鶴女、回復。金杉一家、七軒町へ戻る
回向院で惣三郎、十文字解燵ほか熊野修験者らと対戦。「那智滝氷剣落とし」を破る
黒野分一味（熊野修験者）、め組を襲撃。惣三郎、め組・石見道場・佐々木三兄弟の協力を得て迎え討つ
棟方、相良藩の剣術指南役を辞す
惣三郎、牛王聖ほか山伏らと戦う。鶴女、さらわれる
惣三郎、十二社で石突不動ほか熊野修験者たちと対決。猪之吉活躍

初秋　吉宗より惣三郎に脇差下賜

佐伯泰英写真ギャラリー『闘牛』

これが佐伯泰英の原点。
幻の一文「闘牛と私」も再録。

『角よ故国へ沈め』
小川国夫／写真＝佐伯泰英
1978年刊（平凡社）より

◎闘牛と私

佐伯泰英

闘牛士パコ・カミーノの弟であり、バンデリジェロであったホアキンがアタナシオの牡牛に殺されたと知らせてくれたのは誰であったか、どうしても思い出せない。

私はアスナルカサール村一番の物知りミラグロばあさんの家に駆けていった。

――ホアキンが殺されたって？

――そう、バルセロナ闘牛場でね。キーテ（牡羊を誘導すること）の最中にさ。今夜、セビージャに特別機で還ってくるとさ。お前は大《グラン》パコと知合いなんだろ。おくやみに行っておいで。それもみんなの行くより前にね。みなりはちゃんとして行くんだよ。そして、パコに会ったらこういうんだ。

「Le doy mi más sincero pésame（今度はご愁傷さまでした）」とね。

――覚えきれるかなあ。

――じゃ、こうがいい、「Lo siento（本当に残念です）」、これなら覚えきれるだろう。

私は翌朝、日本からただ一つ持ってきた背広を着て、我が村からさほど遠くないカマス村に出かけた。その村はセビーリャからポルトガルに向うバダボス街道に面していた。その街道の一筋奥に入ったところにある闘牛士の家はアンダルシアのどこにでも見られる白い家であった。人影の無い朝まだきの通りに向かって表戸が開け放たれていた。玄関の小机に昨夜来の弔問客の置いていった名刺が山積されてあった。ホアキンはその奥の居間に横たわっていた。スペイン闘牛史上、四二六番目の悲劇の男であった。枕元の十字架に朝の光がかすかにあたっていた。が、室全体はうす闇に沈んでいた。その中に黒い喪服の男女が数人、放心の体で坐っていた。立ちすくむ私に気づいたのは闘牛士であった。ホアキンの足もとを廻ってやってきたパコは黙って異邦人の私に抱きついた。パコの体から乾いた血の臭いが漂ってきた。それがホアキンのものか牡羊のものか私にはわからなかった。私は急いでミラグロからおそわった慰めの言葉を捜そうとしたがなに一つ思い出さなかった。

私が闘牛に本格的にとりつかれたのはこの時からであった。

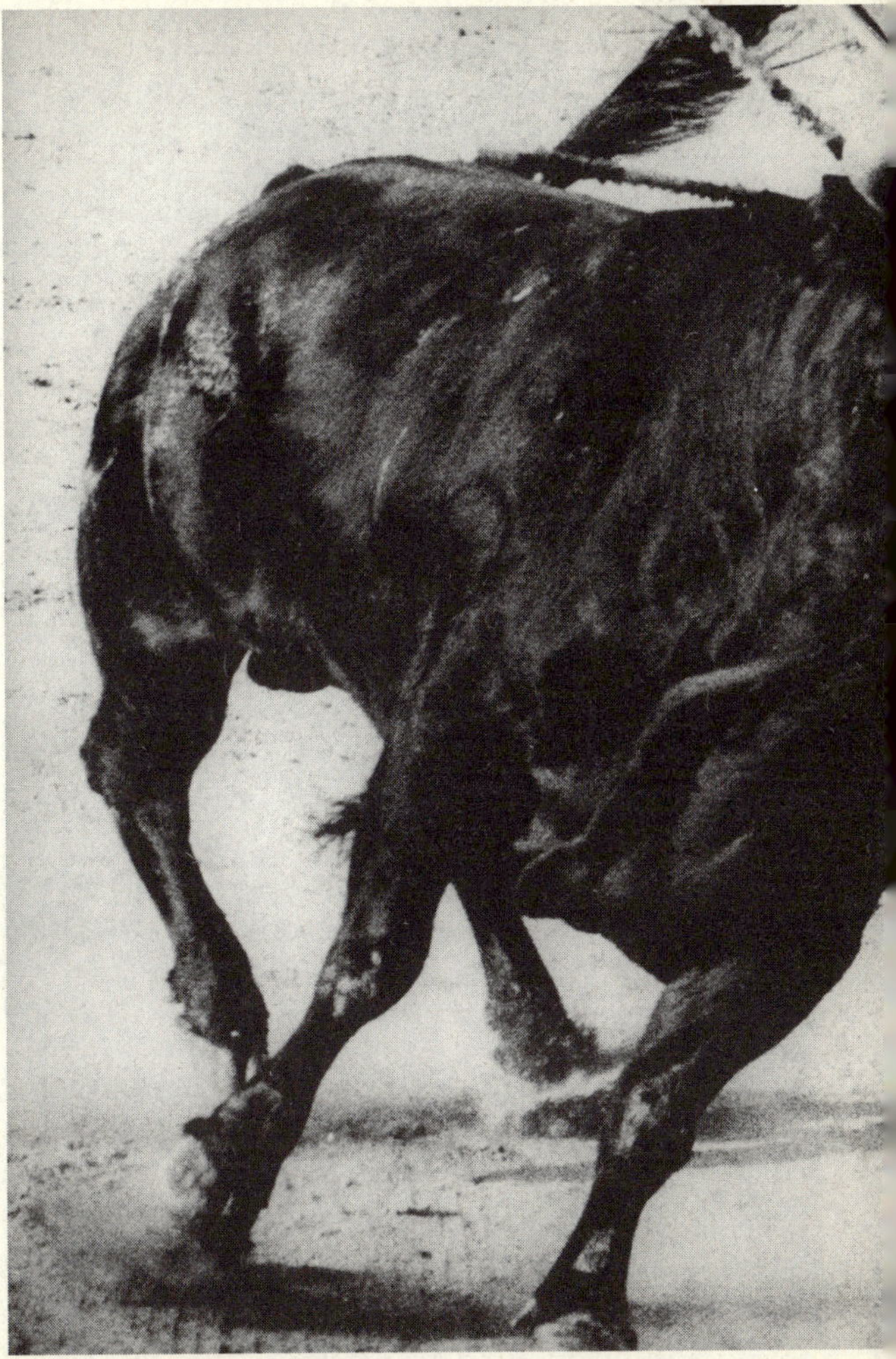

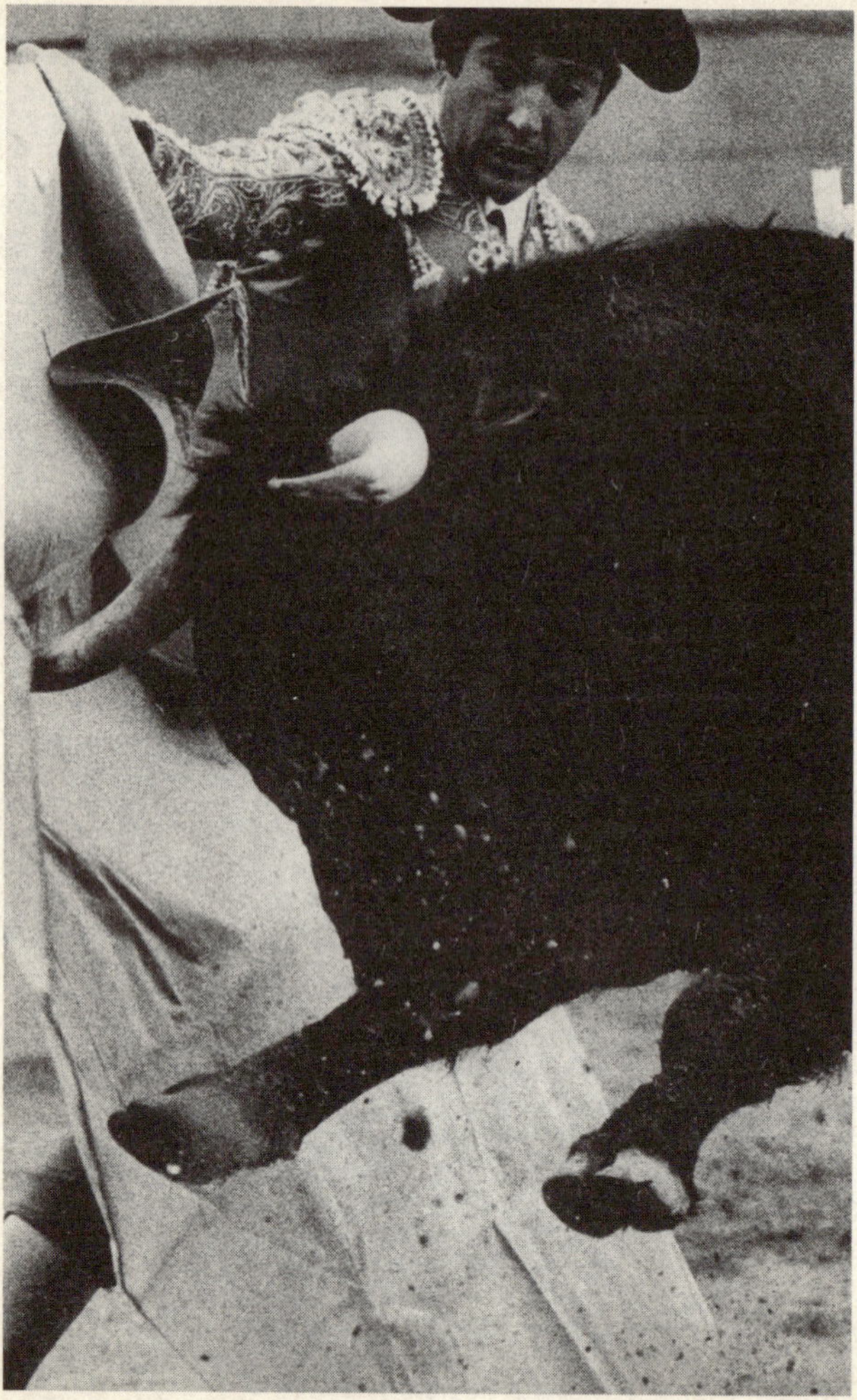

●登場人物紹介・コラム図版協力

深川江戸資料館／東京消防庁消防博物館／明治大学博物館／鹿嶋市観光協会／東京国立博物館

●歩いてみた『密命』の江戸東京　図版

『江戸名所図会』深川江戸資料館所蔵

『名所江戸百景』『江戸高名会亭尽』『江戸名所道戯尽』以上・歌川広重／国立国会図書館所蔵

『江戸名所』歌川広重　神奈川県立歴史博物館所蔵／白石つとむ編『江戸切絵図と東京名所絵』（小学館／2002年）より転載

●コラム参考文献

・大江戸探検隊『改訂新版　大江戸暮らし――武士と庶民の生活事情』PHP研究所／2003年

・秋山忠彌監修『図説江戸8　大江戸捕物帳』学習研究社／2003年

・平井聖監修『図説江戸2　大名と旗本の暮らし』学習研究社／2000年

・渡辺澄夫『大分県の歴史』山川出版社／1971年

・日本風俗史学会編『図説江戸時代食生活事典』雄山閣出版／1978年

・大石慎三郎『徳川吉宗とその時代』中央公論社／1989年

・興津要『大江戸長屋ばなし』PHP研究所／1991年

・江崎俊平『日本剣豪列伝』社会思想社／1970年

・石川英輔・田中優子『大江戸ボランティア事情』講談社／1996年

・大石慎三郎『将軍と側用人の政治』講談社／1995年

・『江戸時代ものしり帖』菱芸出版／1983年

・西山松之助ほか『江戸時代「生活・文化」総覧』新人物往来社／1992年

・大分放送編『大分歴史事典』大分放送／1990年
・牧秀彦『古武術・剣術がわかる事典』技術評論社／2005年

●金杉父子の剣と修行　参考文献

・武富邦茂『日本刀と無敵魂』彰文館／1943年
・広井雄一・飯田一雄『新日本刀の鑑定入門』刀剣春秋新聞社／1977年
・福永酔剣『日本刀名工伝（増訂新版）』高千穂書房／1972年
・得能一男『普及新版　日本刀事典』光芸出版／2003年

◎江東区深川江戸資料館

館内に天保期の江戸の長屋が実物大で再現されている資料館。「密命」の登場人物を思い浮かべながら、長屋暮らしの雰囲気を体験してみては？

・住所／〒135・0021　東京都江東区白河1・3・28
・電話／03・3630・8625
・開館時間／午前9時30分～午後5時（入館は午後4時30分まで）
・休館日／第2・4月曜日（ただし祝日にあたる場合は翌日）、年末年始
・最寄り駅／都営地下鉄大江戸線・地下鉄半蔵門線「清澄白河」駅徒歩3分
・入館料／大人300円・小中学生50円（中学生以下は保護者同伴のこと）

●執筆者一覧

祥伝社文庫『密命研究会』

「闘牛から時代小説へ」佐伯泰英インタビュー
聞き手・細谷正充／テープ起こし・メディアミックス&ソフトノミックス／構成・編集館+祥伝社文庫編集部／写真・近藤陽介

登場人物紹介
菅野由美子+編集館（川本和夫・矢島道子）

コラム
編集館（川本和夫・矢島道子）
イラスト・麻利邑みみ

歩いてみた『密命』の江戸東京
菅野由美子／写真・祥伝社文庫編集部

「密命」論　細谷正充
密命の時代　楠木誠一郎
惣三郎十一番勝負！　菅野由美子
金杉父子の剣と修行　加藤　淳
金杉清之助・父を超えて　牧野輝也

佐伯泰英作品総覧　細谷正充
『密命』年表　菅野由美子

カバー装幀　芦澤泰偉
本文デザイン・DTP　里村万寿夫
本文地図・図版作製　上野　匠（三潮社）
校正・校閲　天人社

一〇〇字書評

切り取り線

購買動機（新聞、雑誌名を記入するか、あるいは○をつけてください）	
□（　　　　　　　　　　）の広告を見て	
□（　　　　　　　　　　）の書評を見て	
□ 知人のすすめで	□ タイトルに惹かれて
□ カバーがよかったから	□ 内容が面白そうだから
□ 好きな作家だから	□ 好きな分野の本だから

●最近、最も感銘を受けた作品名をお書きください

●あなたのお好きな作家名をお書きください

●その他、ご要望がありましたらお書きください

住所	〒				
氏名		職業		年齢	
Eメール	※携帯には配信できません	新刊情報等のメール配信を希望する・しない			

あなたにお願い

この本の感想を、編集部までお寄せいただけたらありがたく存じます。今後の企画の参考にさせていただきます。Eメールでも結構です。

いただいた「一〇〇字書評」は、新聞・雑誌等に紹介させていただくことがあります。その場合はお礼として特製図書カードを差し上げます。

前ページの原稿用紙に書評をお書きの上、切り取り、左記までお送り下さい。宛先の住所は不要です。

なお、ご記入いただいたお名前、ご住所等は、書評紹介の事前了解、謝礼のお届けのためだけに利用し、そのほかの目的のために利用することはありません。またそのデータを六カ月を超えて保管することもありませんので、ご安心ください。

〒一〇一-八七〇一
祥伝社文庫編集長　加藤　淳
☎〇三（三二六五）二〇八〇
bunko@shodensha.co.jp

祥伝社文庫

上質のエンターテインメントを！　珠玉のエスプリを！

祥伝社文庫は創刊15周年を迎える2000年を機に、ここに新たな宣言をいたします。いつの世にも変わらない価値観、つまり「豊かな心」「深い知恵」「大きな楽しみ」に満ちた作品を厳選し、次代を拓く書下ろし作品を大胆に起用し、読者の皆様の心に響く文庫を目指します。どうぞご意見、ご希望を編集部までお寄せくださるよう、お願いいたします。

2000年1月1日　　祥伝社文庫編集部

「密命《みつめい》」読本《どくほん》

平成17年4月20日　初版第1刷発行

著者　佐《さ》伯《えき》泰《やす》英《ひで》
祥伝社文庫編

発行者　深澤健一

発行所　祥《しょう》伝《でん》社《しゃ》
東京都千代田区神田神保町3-6-5
九段尚学ビル　〒101-8701
☎03(3265)2081(販売部)
☎03(3265)2080(編集部)
☎03(3265)3622(業務部)

印刷所　堀内印刷

製本所　ナショナル製本

ISBN4-396-33218-1 C0193
祥伝社のホームページ・http://www.shodensha.co.jp/

祥伝社文庫・黄金文庫　今月の新刊